THE ETERNAL BETRAYAL

CURSEBREAKER

BUCH SECHS

JT LAWRENCE

FIRE FINCH

FIRE FINCH

ÜBER DIE AUTORIN
JT LAWRENCE

JT Lawrence ist eine USA Today Bestsellerautorin
mit mehr als 30 Büchern und ist ein Kindle Unlimited All-Star.
Mutter einer Menagerie aus Chaos, leidenschaftliche Leserin, Gin-
Fan und urbane Farmerin.

* * *

Bleib die ganze Nacht wach
mit USA Today Bestsellerautorin
JT Lawrence.
www.jt-lawrence.com

* * *

facebook.com/JanitaTLawrence

x.com/stay_up_allnite

instagram.com/authorjtlawrence

amazon.com/author/jtlawrence

bookbub.com/authors/jt-lawrence

pinterest.com/stay_up_all_night

patreon.com/jtlawrence

youtube.com/@jtlawrence79

BESONDERER DANK

Unendliche Dankbarkeit an meine Leser
deren Treue, Unterstützung und großzügige Rezensionen mir den Mut
geben, mich immer wieder
der leeren Seite zu stellen.

Ohne euch könnte ich das nicht tun.

- Janita (JT Lawrence)

DER EWIGE VERRAT

CURSEBREAKER, BUCH 6

KAPITEL 1

EIN KAMPF MIT EINEM VAMPIR

ASHA

Wenn Lilian Black die Einzige war, die wusste, wer meine Eltern waren, musste ich sie am Leben erhalten. Ich wusste es, und sie wusste es auch – es stand ihr förmlich ins Gesicht geschrieben, diesem selbstgefälligen, blutsaugenden Gesicht.

»Außerdem«, sagte der Vampir mit der seidenweichen Haut, »wenn ich sterbe, stirbt dieser Taschenraum mit mir.« Sie deutete dramatisch auf die Reihen bewusstloser Mädchen in ihren weißen Krankenhausbetten. Black hatte definitiv einen Gottkomplex... und sie wusste, dass sie mich in ihrer Gewalt hatte, diese tyrannische Pythia. Verdammt, ich hasste sie.

Ich ging meine Optionen durch. Waffen: keine. Zauberstab: Fehlanzeige. Ich hatte meinen Skelettschlüssel von Ferra, der in einer Keilerei mit einem Vampir nicht besonders nützlich sein würde. Ich vermutete, dass bald Sicherheitspersonal auftauchen würde, und ich war mir sicher, dass Black irgendeine Art von Panikknopf hatte, zusammen mit dieser kleinen Klinge, die sie in ihrem Witwenkleid aus dem 19. Jahrhundert versteckt hielt.

Den Göttinnen sei Dank, dass Mercury wach und aufmerksam war. Die Mädchen, deren Infusionen ich heruntergedreht hatte, wachten auf. Ich nahm meine Augen nicht von Black, aber ich konnte hören, wie sie stöhnten und sich bewegten. Natürlich wären sie in keinem Zustand zu kämpfen, aber zumindest wären sie bei Bewusstsein für unsere Flucht – die Flucht, von der ich keine Ahnung hatte, wie ich sie umsetzen sollte. Ich schluckte schwer, aber es beseitigte nicht den Kloß der Angst, der in meinem Hals steckte.

Ich wusste, dass ich das nicht alleine schaffen konnte. Ich wünschte mir so sehr, mein Team bei mir zu haben. Ich wusste, sie würden mir den Rücken freihalten, egal was passiert. Ohne es überhaupt zu merken, hatten sie beständig an meinen Verlassenheitsängsten gearbeitet.

»Ich erinnere mich an dich«, sagte Black. »Du warst vor ein paar Wochen auf dem Markt.«

»Ja«, antwortete ich. »Da hast du auch schon versucht, mich umzubringen.«

»Oh«, der Vampir kicherte. »Ich werde dich nicht töten, liebe Asha. Du bist viel zu wichtig dafür. Du bist lebend weitaus mehr wert als tot.«

»Also stehen wir in einer Pattsituation«, sagte ich. »Ich kann dich nicht töten, und du kannst mich nicht töten.«

»In der Tat«, erwiderte sie, scheinbar zufrieden mit dem Status quo. Ich hielt meinen Blick auf sie gerichtet und hoffte, dass sie nicht den Kopf drehen würde.

Aus dem Augenwinkel sah ich, wie eines der Mädchen sich aufsetzte. Black bemerkte es nicht. Ich sah auch, dass Mercurys Bett leer war. Ich musste den Vampir am Reden halten, damit sie gehen konnten, bevor das Sicherheitspersonal auftauchte. Ich sagte das Erste, was mir in den Sinn kam.

»Warum benutzt du nur Jungfrauen?«, fragte ich.

Black runzelte die Stirn. »Wie bitte?«

»Warum wählst du nur weibliche Jungfrauen für diese Blutfarm aus?«

Der Vampir schnaubte. »Ich bin überrascht, dass du fragen musst. Jungfrauenblut ist rein, unverfälscht. Magische Wesen wissen das seit unvordenklichen Zeiten.«

Klar, das wusste ich. »Es wurde aber nie wissenschaftlich bewiesen, oder?«

Lilian blickte mich auf eine Weise an, die ihre Enttäuschung darüber ausdrückte, dass ich dümmer war, als sie mir zugetraut hatte. »Wissenschaft kann nur so viel beweisen. Wir, die Vermittler der Magie, kennen die Wahrheit, weil wir sie fühlen.«

Ein weiteres Mädchen setzte sich im Bett auf. Ich dachte, es könnte Dusty sein, aber ich hielt meine Augen auf die des Vampirs gerichtet. Mercury schien die schwachen Mädchen aus ihren Betten zu holen und den Korridor entlang zu führen. Ich wartete ständig darauf, dass die medizinischen Geräte ihre Alarmsignale von sich gaben, aber der Ton kam nicht.

»Nun«, sagte ich, als würden wir diese Debatte in einem Buchclub führen und nicht in einem makabren Taschenraum, wo die Zeit davonlief, »ich fand Reinheit schon immer überbewertet.«

Black zischte missbilligend, was die sich zurückziehenden Mädchen zusammenzucken ließ.

»Erstens«, sagte ich, »ist die Vorstellung, dass Sex dich *unrein* machen kann, lächerlich. Und selbst wenn es stimmen würde, was absolut nicht der Fall ist, was ist der Sinn von Reinheit? Es gibt keine

Kraft in der Reinheit. Kraft kommt aus Erfahrung, aus dem Überschreiten deiner Grenzen. Eine Frau, die weiß, was sie will, ist dynamisch. Vergnügen ist ermächtigend.«

Ich sah keine Bewegung mehr hinter Black, also konnte ich den bizarr getimten Austausch von Philosophien beenden. Wie es war, starrte sie mich an, als hätte ich einen zweiten Kopf bekommen. Vielleicht hatte sie so viele Mädchen mit dem *»puritas antedecit«*-Unsinn hypnotisiert, dass sie versehentlich sich selbst einer Gehirnwäsche unterzogen hatte.

»Es ist unerlässlich, dass die Zutaten des Æternal-Elixiers rein sind.« Ihre Augen waren leblos, als sie das sagte. Es war eindeutig eine gut einstudierte Zeile. Ja, sie klang definitiv indoktriniert.

Lilian Black griff nach ihrer Klinge. »Du wirst mit mir kommen.«

Ich schüttelte den Kopf. »Ich gehe nirgendwo hin.«

Das Stahlmesser glänzte unter dem grellen Krankenhauslicht und verlieh ihm das Aussehen purer Bedrohung. »Ich kann dich vielleicht nicht töten, meine Liebe« – *Ugh, ich hasste es, wie sie jeden als Liebe bezeichnete* – »aber lass dich nicht in falscher Sicherheit wiegen. Was ich dir antun kann, wird dich um die Erlösung des Todes betteln lassen.«

Was Lilian Black nicht wusste, war, dass ich in den letzten Wochen einiges durchgemacht hatte, mich gegen alle möglichen Monster verteidigt hatte und gewonnen hatte. Außerdem wusste auch ich, wie man eine Klinge benutzt.

Die Tatsache, dass das Sicherheitspersonal noch nicht aufgetaucht war, war beunruhigend und ließ jede verstreichende Sekunde wie das Ticken einer nicht detonierten Zeitbombe erscheinen.

»Asha Viridian Rook«, sagte der Vampir, ihre Iris verdunkelte sich zu schwarzen Strudeln, »du wirst mit mir kommen.«

Mein Gehirn schrie »Nein!« bevor es mein Mund tat. Etwas in mir weigerte sich, hypnotisiert zu werden. Black sah verwirrt aus; sie war eindeutig nicht daran gewöhnt, dass Menschen gegen ihre magische Manipulation immun waren. Sie versuchte es erneut, und diesmal, als ich zurückschrie, stürzte ich mich auf ihre Klinge und packte sie, riss sie ihr weg und schnitt mir dabei in die Handfläche.

»Asha«, schalt sie mich, als wäre ich ein unartiger Welpe mit einem neuen Pantoffel. »Gib das zurück.«

Ich wechselte die Hand wegen des Schmerzes in meiner verletzten Handfläche. Das Blut machte alles rutschig, und ich konnte den Griff nicht richtig festhalten. Wo war das Celestia-Sicherheitspersonal? Ich wusste, dass ich Black ausschalten musste, ohne sie zu verletzen, aber ich wusste nicht wie.

»Asha«, warnte sie erneut. »Gib die Klinge zurück.«

Ich runzelte die Stirn, denn das Messer begann in meiner Hand zu zucken, als hätte es einen eigenen Willen. Es begann, meinen Arm in Richtung des Vampirs zu heben. Ich zog ihn wieder nach unten, aber er erhob sich erneut und begann, meinen Fingern zu entkommen, egal wie sehr ich versuchte, sie um den Griff geschlungen zu halten.

»Warum hast du keinen Sicherheitsdienst gerufen?«, fragte ich.

Selbstzufrieden wie immer antwortete der Vampir: »Ich bin durchaus in der Lage, eine Hexe alleine zur Strecke zu bringen.«

Ich spürte, dass das nicht die ganze Wahrheit war. Sie mochte zwar fähig sein, aber ich vermutete, dass es kein gutes Licht auf sie werfen würde, wenn ihr Chef wüsste, was passiert war. Immerhin hatte Lilian Black unwissentlich eine ärgerliche Eindringling in ihren reinen, kostbaren Taschenraum gebracht. Das wäre wahrscheinlich ein kündigungswürdiges Vergehen, und ich wusste, wie sehr dieser Vampir ihre fetten Gehaltschecks liebte.

Das Messer entfaltete weiterhin meine Finger, bereit, zu seiner Herrin zurückzufliegen, und meine Handmuskeln begannen vor Anstrengung zu verkrampfen. Ich biss auf das schmerzende Gefühl, wissend, dass Schmerz keine Rolle spielte. Alles, was zählte, war, die

Mädchen nach Hause zu bringen, und um das zu tun, musste ich den Vampir außer Gefecht setzen – während ich ihn am Leben hielt. Mein Arm war jetzt vor mir ausgestreckt, und das Messer war fast frei. Ich versuchte erneut, den Griff zu umklammern, aber seine Kraft war zu stark – als würde es von einem starken Magneten weggezogen, was Lilian Black im Grunde ja auch war.

KAPITEL 2
DAS VERLANGEN

ASHA

Meine Finger hatten keine Kraft mehr, und meine rechte Hand tropfte Blut auf den weißen Boden. Lilian Black betrachtete die karmesinrote Flüssigkeit, und ihre Nasenflügel blähten sich, was mich daran erinnerte, dass sie tatsächlich ein Vampir war, eine mörderische Kreatur, die sich gut unter der eleganten viktorianischen Mode versteckte. Trotz ihres Reichtums und ihres Status war sie genauso sehr ein Vampir wie jeder andere niedere Straßenvampir, der in Gassen nach ahnungslosen Opfern schnüffelte. Ihr Geld machte sie nicht immun gegen ihren blutrünstigen Instinkt. Ich verengte meine Augen und wartete darauf, dass sie angriff, aber während ich das tat, gewann das Messer endlich genug Schwung, um meine Hand zu verlassen und in ihre zu fliegen, jedoch nicht, bevor es sich in der Luft drehte, um mit dem Griff voran anzukommen.

»Das ist ein guter Trick«, sagte ich. *Den muss ich lernen.*

Sie zischte erneut, und diesmal lag Verlangen in dem Geräusch. Vorher war es pure Verärgerung, aber jetzt hörte ich den Hunger darin, das Verlangen. Sie zeigte mir ihre Fangzähne und bewegte sich verschwommen auf mich zu, wobei sie meinen Hals in ihrer Hast, meine Halsschlagader zu durchbohren, fast seitwärts knickte. Die Wirbel machten ein knirschendes Geräusch, und ich dachte, ich könnte ohnmächtig werden.

»Nein!«, schrie ich und versuchte, sie wegzudrücken. Trotz ihrer schlanken Figur war sie außergewöhnlich stark. Ich benutzte all meine Kraft, um ihre Fangzähne von meiner Haut fernzuhalten, aber das Gerangel verstärkte den Geruch meines Blutes, und Black verlor die Kontrolle über die sorgfältig konstruierte Fassade, die sie normalerweise trug. Verschwunden waren ihre kerzengerade Haltung, ihr strenges, aber ruhiges Auftreten, ihre gemessenen Bewegungen. Meine Arme verloren an Kraft, während meine ermüdeten Muskeln nachgaben. Ihr Fanggesicht abzuwehren war wie einen Felsbrocken wegzuschieben, der kurz davor war, mich zu zerquetschen, und ich wusste, dass ich den Kampf verlor.

Verdammt.

»Tu … es … nicht«, keuchte ich. »Sie brauchen mich … lebendig.«

Ihr Griff lockerte sich ein wenig, als sie sich daran erinnerte, dass ich als Vermögenswert mehr wert war denn als spätes Mittagessen.

»Die … Bluttests … erinnern Sie sich?«, drängte ich. Ich hatte immer noch keine Ahnung, was die Ergebnisse gewesen waren, aber ich wusste, dass Black sie für wichtig hielt. Ich musste an ihre andere gierige Seite appellieren, die eine, die nach Geld gierte statt nach meinem Blut.

Sie ließ wieder etwas locker. Ich war immer noch fest in ihrem Griff, aber die Spannung zwischen meinen Händen und ihrem Kopf, während ich sie weiter wegdrückte, wurde erträglicher. Als sie zu mir aufsah, waren ihre Iriden so schrecklich, so erschreckend, dass ich nach Luft schnappte und mich weiter zurückzog. Tintige Adern wanden sich unter der Haut um ihre Augen wie winzige, giftige Nattern. Ihre Haut war grau. Die einzige Farbe in ihrem Gesicht war das leuchtende Blut um ihren Mund, was mich erschreckte, weil ich dachte, es wäre meins, bis ich erkannte, dass sie in ihrem Rausch, von mir zu trinken, ihre eigenen Lippen durchbohrt hatte. Die beiden kleinen schwarzen Löcher zu sehen, ließ mir die Nackenhaare zu Berge stehen. Meine Handfläche hatte aufgehört zu bluten, wofür ich dankbar war. Wenn ich nur den kupfrigen Geruch in der Luft loswerden könnte, war ich sicher, dass Blacks plötzliche Wildheit enden würde. Sie hielt immer noch das Messer, und ich konnte die Spitze der Klinge spüren, die in mein Brustbein stach.

»Sie brauchen mich lebendig«, flüsterte ich erneut. Diesmal schien die Botschaft durchzudringen. Sie behielt die Klinge in Position, machte aber einen zittrigen Schritt rückwärts.

Ohne ihre furchterregenden Augen von meinen abzuwenden, wischte sie ihren blutigen Mund mit dem Handrücken ab, während die schwarzen Kapillaren unter ihrer Haut verblassten. Ich konnte an der gierigen Art, wie Black mich ansah, erkennen, dass sie immer noch gegen das Tier in ihr kämpfte, das sie drängte, mich zu verschlingen, ungeachtet meiner Abstammung oder meines Geldwerts. Während ihr innerer Kampf tobte, wusste ich, dass es jetzt oder nie war. Ich schnappte nach dem Messer des Vampirs und versuchte, es erneut zu drehen. Der daraus resultierende Kampf um die Klinge schnitt erneut in meine Handfläche und ließ mehr Blut hervortreten, was das Letzte war, was ich wollte.

»*Rumpis,*« sagte ich, und das Messer wurde ausgetrocknet und fiel wie Sand zwischen unseren Händen zu Boden. Ich legte meine blutige Handfläche auf ihre Brust und flüsterte: »*Fiat fulgur.*« Ich erwartete, dass der Blitzzauber sie schocken und rückwärts schleudern würde, aber die Magie wirkte nicht. Ich wiederholte es, diesmal mit mehr Lautstärke, aber sie war wie ein nasser Docht. Ihre Lippen verzogen sich zu einem grausigen Grinsen und entblößten blutbefleckte Zähne. Da bemerkte ich, dass der Opalanhänger an ihrem Halsband feurig orange glühte. Ähnlich wie mein Tansanitring, der leuchtete, wenn ich in Gefahr war, schien ihrer einen zusätzlichen Vorteil zu haben: einen Schutzzauber, der bedrohliche Magie abwehrte. Ich versuchte, danach zu greifen, aber sie war zu schnell für mich, packte mein Handgelenk und verdrehte es, sodass ich vor Schmerz aufschrie. Ich versuchte, einen Schritt zurückzutreten, aber ihr Griff an meiner Hand war so stark, dass es mir nur noch mehr wehtat, und ich konnte nicht anders, als erneut zu schreien. Ihre Blutgier schien der Wut gewichen zu sein. Sie brodelte aus ihr heraus, ihre Wut auf mich, weil ich es gewagt hatte, sie zu berühren, es gewagt hatte, zu versuchen, ihr Amulett zu stehlen. Ich konnte meine Magie nicht gegen sie einsetzen, und ich hatte keine Waffe. Ich hatte normale menschliche Kraft, sie hatte Vampirkraft. Trotz ihres zierlichen Körperbaus und ihrer lächerlich schmalen Taille konnte sie ein Dutzend von mir hochheben, und das wussten wir beide. Die Chancen standen nicht gut für mich.

KAPITEL 3

BLUTDUFTENDER ATEM

ASHA

Wenn ich meine Magie nicht gegen sie einsetzen konnte, musste ich mir etwas anderes einfallen lassen. Der Zerstörungszauber hatte bei der Klinge funktioniert, also versuchte ich es erneut, diesmal mit dem Schutzamulett als Ziel. Ich atmete tief ein, um mich zu erden und meine Magie zu sammeln – was in einem Raum ohne Pflanzen nicht einfach war – und als ich die Funken in meinen Fingern spürte, zielte ich wieder auf ihr Halsband.

»*Rumpis!*« rief ich. Es gab ein knirrschendes Geräusch, und ich schrie vor Schmerz auf. Statt zu zerbröckeln hatte der magische Stein den Zauber reflektiert und meine Hand zerquetscht. Meine Finger hingen schlaff herab. Ich taumelte rückwärts und versuchte, durch die Tränen zu sehen, die meine Sicht verschleierten.

Lilian Black sah besonders zufrieden aus. *Das passiert eben*, konnte ich sie denken hören. *Das passiert, wenn eine Hexe arrogant und dumm genug ist, in Vampirterritorium einzudringen.*

Der Schmerz war unglaublich.

Also, das hat nicht funktioniert, dachte ich. *Besser, ich komme mit einem neuen Plan auf.*

»Denken Sie nicht einmal daran«, sagte der Vampir mit blutduftendem Atem. »Es sei denn, Sie wollen sich wirklich verletzen.«

Eine Idee schoss mir durch den Kopf, die so abwegig war, dass ich nicht einmal wusste, ob ich sie ernst nehmen sollte. Es würde immer noch Magie erfordern, aber nicht direkt gegen den viktorianischen Vampir.

Ich versuchte, den Schmerz aus meinem Bewusstsein zu verdrängen, um Platz für den Zauber zu schaffen, aber mir wurde klar, dass ich ohne genügend Grün in der Umgebung den Schmerz nutzen musste, um die Magie zu speisen. Nach einem tiefen Atemzug wagte ich es. Um Black nicht misstrauisch zu machen, sprach ich den Beschwörungszauber in Gedanken. Während ich das tat, konnte ich spüren, wie sich die Magie in meinem Körper ausbreitete.

Bei den Geheimnissen der Tiefe

Bei den Flammen der Wildnis

Bei der Macht des Ostens

Und bei der Stille der Nacht

Bei den heiligen Riten der Hekate

Beschwöre ich dich, HENRY HOLDEN

Zeige dich hier

Und beantworte wahrheitsgemäß meine Forderungen

Evoco et excito, nunc et semper, res ac mortales

So sei es!

»Was machen Sie da?«, fragte Black mit zusammengekniffenen Augen.

Ich sah keinen Sinn darin, ihr zu antworten. Ich schaute mich um – ziemlich optimistisch, gebe ich zu – nach dem kleinen Phantom, aber ich sah keine Spur von ihm. Ich wartete auf den charakteristischen Temperaturabfall, Gänsehaut oder diesen Poltergeistgeruch, den ich inzwischen erkannte. Ich wusste, dass es viel spektrale Energie kostete, damit ein Geist erscheinen konnte, also erwartete ich keine volle Show, aber ich hoffte auf irgendeine Hilfe, besonders da Lilian Black die Frau gewesen war, die Henry und seine Schwester in eine Falle gelockt und ihnen im Keller von Taranath unsägliches Leid zugefügt hatte. Ich wiederholte den Zauber noch einmal, diesmal wirklich mit dem Versuch, eins mit dem Schmerz zu werden, seine Kraft zu nutzen. Als nichts passierte – abgesehen davon, dass der Vampir mein Handgelenk so weit drehte, wie er konnte, ohne es zu brechen – befürchtete ich ernsthaft, dass nichts, was ich tun könnte, mich retten würde. Die Mädchen versteckten sich wahrscheinlich irgendwo und warteten darauf, dass ich sie aus diesem grausamen Kult befreite, und ich verlor ... oder hatte bereits verloren.

Hatte ich die Worte falsch gewählt? Hatte ich Beschwörungsformeln durcheinandergebracht? Oder führte Henry einfach sein bestes Geisterleben irgendwo und nahm keine Anrufe entgegen?

Eine Brise kam aus dem Nichts, stark genug, um das Haar der schlafenden Mädchen zu zerzausen und ihre Bettlaken zu kräuseln. Als der Wind auffrischte, segelten Papierfetzen den langen Flur herunter. Lilian Black runzelte die Stirn, und mir war klar, dass etwas Ungewöhnliches passierte. Sie ließ mein Handgelenk los und starrte mich an, wortlos fragend, was ich getan hatte.

»*Curas vulnum*«, flüsterte ich meiner Hand zu. Ich spürte, wie meine Knöchel wieder an ihren Platz rückten, und der schreckliche Schmerz in meiner gebrochenen Hand ließ etwas nach. Ich war kein Heilermagier, aber meine magische Erste Hilfe würde vorerst ausreichen. Sie stand vor mir, die Arme an den Seiten erhoben, und versuchte herauszufinden, was vor sich ging.

Plötzlich keuchte der Vampir auf, und mein Blick schoss umher, weil ich dachte, sie hätte Henry gesehen, aber als ich zu ihr zurückblickte, erkannte ich, dass sie die ganze Zeit mich angesehen hatte. Der Wind flaute völlig ab, und es herrschte absolute Stille. Lilian Blacks Kiefer erschlaffte, ihre Augenlider fielen zu, und sie fiel nach vorne in meine Arme.

Es war Instinkt, der mich sie auffangen ließ. Hätte ich Zeit zum Nachdenken gehabt, hätte ich sie wahrscheinlich mit dem Gesicht auf den Boden fallen lassen. Als sie in mich hineinstürzte, sah ich eine Spritze, die eine hastig geschriebene Notiz in den Rücken des Vampirs steckte. Ich legte den bewusstlosen Vampir auf die weißen Fliesen und zog das Beruhigungsmittel heraus. Es steckte tief in ihrem Rücken, und die Nadel war so groß, dass ich erschauderte. Nicht dass der Vampir Mitgefühl verdient hätte. Ich nahm den Zettel und ließ ihn sofort fallen, als hätte er mich verbrannt.

KAPITEL 4
GEISTERHAFTE WEIDEN

ASHA

»APOLLO BRAUCHT DICH«, stand in der Notiz. Sie war von Henry unterschrieben.

Die Worte ergaben keinen Sinn. Sie brachten meine Gedanken durcheinander. Ich war verwirrt, wusste aber, dass ich weitermachen musste. Während mein Verstand wie verrückt arbeitete, steckte ich die Notiz in meine Tasche und hob Blacks Körper auf das nächstgelegene leere Bett, das sich als Mercurys Matratze herausstellte. Ich deckte sie mit dem gestärkten Krankenhauslaken zu, damit es aussah, als würde sie dorthin gehören, aber ich wusste bereits, dass es unmöglich sein würde, zu verbergen, was passiert war. Immerhin würde es bei der nächsten Runde von Schwester Vena immer noch vier leere Betten geben. Ich hasste die Vorstellung, den Vampir dort zurückzulassen. Ich wollte Lilian Black mitnehmen, wollte sie verhören, bis sie uns alles erzählte, was es zu wissen gab, aber ich wusste, dass es nicht funktionieren würde.

Ich machte mir Sorgen, dass Black und ihre bösen Kumpanen während unserer Reise mit den drei Mädchen zurück ins Reich mit ganz Celestia durchbrennen würden. Ich suchte nach einer Schere und fand schließlich ein Skalpell, mit dem ich dem Vampir den Halsreif abschnitt. Ich band ihn um mein Handgelenk. Das Amulett würde nicht nur Schutz vor schädlichen Zaubern bieten, sondern auch als praktischer Portalschlüssel dienen, wenn ich bereit wäre, für die Mädchen zurückzukommen. Selbst wenn sich das Taschenreich bewegen sollte, was ich sicher war, wusste ich, dass Lilian Black bei den Celestia-Schwestern bleiben würde. Sie hing an ihnen – sie kümmerte sich um sie, wie ein Wolf sich um eine Schafherde kümmern würde, die er nicht teilen möchte.

»APOLLO BRAUCHT DICH.«

Seltsam, sagte ich zu mir selbst, *ich bin diejenige, die Apollo braucht.*

Also war Henry noch nicht zu grüneren geisterhaften Weiden weitergezogen. Vielleicht war er geblieben, um als Schutzengel für seine skelettierte Schwester zu fungieren. In Anbetracht dessen, wie sehr er sich um sie sorgte, war das durchaus möglich. Aber wo passte der Taschendieb hinein?

Ich warf einen letzten Blick auf die weiße Halle. Ich wusste, dass ich meine Mädchen finden musste, aber es fiel mir schwer, die anderen zurückzulassen. Wie viele von ihnen würden sterben, bevor wir zurückkämen? Mein Brustkorb schmerzte vor Traurigkeit für ihre Familien. Gleichzeitig brodelte mein Magen vor Hass auf Vampire. Kein Wunder, dass Jax sie so hasste; kein Wunder, dass sie ihr Leben damit verbracht hatte, sie niederzustrecken. Von außen betrachtet erschien es vielleicht wie eine ungesunde Besessenheit, Vampirjägerin zu sein, aber ich verstand es. Vielleicht könnte ich mich, jetzt da ich vom Starfall-Zirkel abgeschnitten und nicht mehr Soleils gemieteter Zauberstab war, mit der Zauberin zusammentun, sobald sie wieder bei der Arbeit war. Dusty könnte unsere Lehrling sein; wir wären ein Fangzahn-bekämpfendes Team.

»Asha!«, kam ein heftiges Flüstern. »Was *machst* du da?«

Ich sah auf und erblickte Mercury am Eingang, wo sie auf mich wartete. Verdammt. Ich war durch die verwirrende Notiz und das Amulett in eine Tagträumerei verfallen. Ich musste aufwachen.

»Entschuldigung«, sagte ich, als wäre ich das Kind und sie der Erwachsene. Ich schüttelte den Kopf, um ihn zu klären und rannte auf sie zu. »Ich musste mich um Black kümmern und ... egal. Wo sind die anderen?«

»Wir glauben, wir haben einen Ausweg gefunden«, flüsterte Mercury. »Aber wir können die Tür nicht öffnen.«

»Ausgezeichnet«, sagte ich und dachte an den magischen Schlüssel in meinem BH. Ich tastete schnell danach, um sicherzugehen, dass er da war, und war erleichtert, als ich das harte Metall spürte. Mir war klar, dass das Öffnen einer Tür uns nicht nach Hause bringen würde, aber wenn wir aus diesem Gebäude fliehen könnten, wäre das ein Anfang.

Ich sah eine Leitung an der Wand, die sauber durchgeschnitten worden war, und mir wurde klar, warum die Sicherheitsleute nie eingetroffen waren. Selbst wenn Black ihre Panik-Taste gedrückt hätte oder die Alarme der medizinischen Geräte ausgelöst worden wären, hätte das Signal die Wachen nie erreicht. Mercury grinste mich an. Sie war wirklich etwas Besonderes. Schönheit, Köpfchen *und* Mut. Ich fragte mich, ob sie es in Betracht ziehen würde, unserem imaginären Team beizutreten.

Wir rannten einen Gang entlang und wussten, dass es nicht lange dauern würde, bis die Krankenschwester ihre bewusstlose Chefin im Bett entdecken würde. Als wir die anderen Mädchen erreichten, die an der verschlossenen Tür warteten, hätte ich fast vor Erleichterung geschluchzt.

»Dusty!«, rief ich. »Abi!« Dustys Augen waren so voller Zuneigung und Trost, dass ich ihren Blick tief in meinem Herzen spürte. Wir stürmten aufeinander zu, um uns zu umarmen, und Abigail schloss sich an.

»Sei nicht böse auf mich«, flehte Dusty. »Bitte, Asha.«

»Ich bin nicht böse auf dich«, sagte ich in ihr Haar. »Hier ist kein Platz für Wut«, ich drückte sie beide fester. »Nur Liebe.«

Ich spürte, wie sie seufzte und zu weinen begann. Ich ließ Abi los und packte Dusty an den Schultern, hielt sie jedoch auf Armeslänge, damit wir einander ins Gesicht sehen konnten. »Es ist keine Zeit zum Weinen, Dust.«

Sie schniefte und nickte. »Lass uns von hier verschwinden.«

Zaleria beobachtete mich fasziniert. Sie sah immer noch blass aus, aber das Aufstehen und die Befreiung von den Beruhigungsmitteln schienen ihr etwas Farbe verliehen zu haben. »Was ist mit den anderen?«, fragte sie. »Wir können sie nicht hier lassen.«

Ich atmete scharf ein, getrieben von meinen eigenen Schuldgefühlen. »Wir kommen für sie zurück.«

»Wir können sie nicht hier lassen«, wiederholte sie. Ihre trockenen Lippen hatten den hellsten Rosaton, und ihre Atmung war unregelmäßig. »Sie werden sterben, wenn wir das tun.«

Ich schüttelte den Kopf. »Nein. Das werde ich nicht zulassen. Sobald ihr Mädchen in Sicherheit seid, komme ich mit Verstärkung zurück. Wir können das nicht alleine schaffen.«

»Sie werden nicht mehr hier sein, wenn du zurückkommst«, sagte Zaleria. Sie sprach ohne jede Emotion, und ich hoffte, dass es wegen der Drogen in ihrem System nur vorübergehend war und nicht ein dauerhafter Zustand aufgrund des Traumas, das sie erlitten hatte. Blonde Haare, blasse Haut, emotional komatös – sie war wie ein Geist ihres früheren Selbst.

Geist.

Henry.

Apollo braucht dich.

Ich ignorierte den irritierenden Gedanken und holte meinen Skelett-schlüssel hervor. Ich atmete aus und murmelte den Zauberspruch unter meinem Atem, während ich versuchte, die Tür aufzuschlie-ßen. Es funktionierte.

Ich ignorierte den irritierenden Gedanken und holte meinen Skelett-schlüssel hervor. Ich atmete aus und murmelte den Zauberspruch unter meinem Atem, während ich versuchte, die Tür aufzuschlie-ßen. Es funktionierte.

KAPITEL 5
ALTER KOHL

ASHA

Bevor ich die Hand auf den Türgriff legte, befürchtete ich, dass wir beim Überschreiten der Schwelle versehentlich ins Leere stürzen könnten, wie der Kojote bei Road Runner, wenn er nach einem Sprint über eine Klippe nach unten schaut. Ich hätte mir keine Sorgen machen müssen. Dahinter befand sich ein weiterer Gang, der identisch mit dem aussah, in dem wir gerade standen.

Ich ließ den Atem los, den ich angehalten hatte. »Lasst uns gehen.«

Wir eilten den neuen Gang entlang, aber bald bemerkte ich, dass Zaleria nicht bei uns war. Wir drehten uns um und riefen mit dringlichen Flüstern nach ihr.

»Zaleria«, rief Mercury mit angstgeweiteten Augen. »Komm! Sie werden hinter uns her sein!«

»Wir können sie nicht hier lassen«, protestierte Zaleria zum dritten Mal. Ich hatte plötzlich den Drang, meinen Kopf gegen die Wand zu schlagen. Ich bewunderte ihr Einfühlungsvermögen, das bekanntlich in den Adern der Familie Chalice floss, aber mein Instinkt schrie, dass wir von hier verschwinden müssten, sonst würden wir *alle* wie Maxine Malachay enden.

»Bitte«, flehte Mercury. »Asha hat recht. Wir können ihnen von hier aus nicht helfen. Wir müssen nach Hause kommen, bevor wir sie sicher retten können.«

Zaleria schüttelte den Kopf, was mich fast vor Frustration schreien ließ. Stattdessen biss ich die Zähne so fest zusammen, dass ich mir fast einen Zahn abbrach. Zusammen waren wir Schrödingers Katze, gleichzeitig lebendig und tot. Tot, wenn wir blieben, lebendig, wenn wir entkamen, und doch standen wir still, mit einem Fuß auf der Grenze zwischen Atmen und Nie-wieder-Atmen. Ich fragte mich, ob Chione unsere Lage zu schätzen wüsste.

»Zaleria«, sagte ich und näherte mich ihr vorsichtig, weil ich befürchtete, sie würde zurückweichen. »Deine Eltern machen sich schreckliche Sorgen um dich.«

Bei der Erwähnung ihrer Eltern blinzelte sie.

»Sie haben mich aufgespürt und mich angefleht, dich zu finden«, sagte ich. »Deine Mutter kann nicht essen, dein Vater kann nicht schlafen. Sie sind völlig verrückt vor Sorge. Komm mit uns, lass sie sehen, dass es dir gut geht. Bitte.«

Sie schloss die Augen, und ich konnte sehen, dass trotz ihrer kühlen Miene ein Kampf in ihr tobte. Ich schlich mich hinter sie, steckte leise den Schlüssel zurück ins Schlüsselloch und drehte ihn um, sodass wir von Lilian Black und der Ausblutungsfarm abgeschnitten waren. Zalerias Augen flogen weit auf, als sie bemerkte, was ich getan hatte. Es war ein listiger Zug, vielleicht unfair, aber notwendig. Ich warf ihr einen entschuldigenden Blick zu, und sie nickte und folgte endlich.

Wir joggten den Flur entlang, mit angespannten Nerven und ohne zu wissen, wo wir landen würden. Was mich betraf, solange wir Abstand zwischen uns und die Vampire brachten, bewegten wir uns in die richtige Richtung. Der Korridor war lang und es gab keine

Türen – oder irgendetwas anderes –, sodass es sich wie einer dieser Träume anfühlte, in denen man ständig läuft, aber nicht vom Fleck kommt. Es erinnerte mich an den Steingang im Obsidianschloss, der mit verschiedenen optischen Täuschungen verhext worden war, um Eindringlinge an der Flucht zu hindern. Schließlich erreichten wir tatsächlich das Ende, das die Form einer weiteren verschlossenen Tür hatte. Atemlos öffnete ich sie und dankte Ferra für den Schlüssel, den sie aus Adrathers Zauberstab gemacht hatte. Ich genoss durchaus das Wissen, dass die mächtige Zaubereimagie des Dämmerungsschnitters – mit der er versucht und es nicht geschafft hatte, mich zu töten – sich als so nützlich erwies.

Wieder stieg Angst vor dem, was uns erwartete, in mir auf, und wieder schien es nichts zu befürchten zu geben außer der weißen Decke, den Fliesen und Wänden eines weiteren Korridors.

»Ist das ein Trick?«, fragte Dusty.

Zaleria war wieder blass, und ich fragte mich, wie lange sie mit uns Schritt halten könnte.

Ich schüttelte den Kopf. »Es gibt nur einen Weg, das herauszufinden.«

Ich ging weiter, und die Mädchen folgten mir. Wir bewegten uns vorsichtiger als zuvor, nicht sicher, ob wir vor der Gefahr flohen oder direkt hineinliefen.

Wie könnte Henry Apollo überhaupt kennen? Es sei denn, der Taschendieb wäre ... tot? Mein Herz machte bei dieser Vorstellung einen Satz. Ohne den Portaler wären wir wirklich und wahrhaftig verhext.

Nein, er ist nicht tot, sagte ich mir. *Er ist zu wichtig. Direktorin Copperfield hat es gesagt.*

Ich wünschte, ich hätte es nie gedacht. Es wurde zu einer weiteren Wolke in meinem Kopf, die meine Gedanken verdunkelte, wie Sorgen das eben tun. Apollo war nicht tot. Es würde eine vollkommen vernünftige Erklärung dafür geben, wie das Geisterkind ihn kannte.

Plötzlich änderte sich etwas. Der weiße Gang sah gleich aus, aber etwas war anders. Das Licht? Die Energie? Nein. Ich schnüffelte in der Luft. Es war der Geruch. Ein Geruch, den ich besser kannte, als mir je lieb war. Alter Kohl, tote Ratte, Blauschimmelkäse ... es war *eau de Ork*.

KAPITEL 6
GEMEIN UND GRAUSAM

ASHA

Ich schnupperte wieder. »Riecht ihr das?«

Die Mädchen hielten inne und witterten wie Spürhunde.

»Den Duft der Freiheit?«, scherzte Mercury.

Trotz unserer Lage musste ich lächeln.

»Igitt«, sagte Abigail und verzog das Gesicht. Ich sah, wie ihr angewideter Ausdruck sich auf die Gesichter der anderen Mädchen übertrug, als sie den Geruch wahrnahmen.

Zaleria sah aus, als müsste sie sich gleich übergeben.

»Was machen Orks hier?«, flüsterte ich. Die Frage richtete sich hauptsächlich an mich selbst, aber ich hatte keine Antwort. Ich wusste, dass die Xarlugs mit den Smaragdes unter einer Decke steckten, aber ich hatte nicht erwartet, dass sie in den Betrieb der Blutfarm verwickelt waren.

»Warum nicht?«, fragte Dusty. »Sie stehen doch auf derselben Seite, oder?«

»Vermutlich schon«, antwortete ich. Ich wünschte, ich hätte einige dieser Betäubungsspritzen mitgenommen. Alles, was ich hatte, war ein Skelettschlüssel und ein Skalpell, und ich war wirklich nicht in der Stimmung, gegen diese Wilden zu kämpfen. Allein der Gedanke an Alyndra Sybils sadistischen Ork-Schläger ließ mein Herz rasen und meine Augen feucht werden. Ich berührte das Monokel und drängte meine Angst zurück. So oder so würde es einen Kampf geben. Wenn wir umkehrten, würden wir Lilian Black und ihren kultischen Vampiren gegenüberstehen, und wenn wir weitergingen, müssten wir gegen Orks kämpfen.

»Bleibt zusammen«, sagte ich zu ihnen. »Passt aufeinander auf. Und wenn es irgendeine Chance gibt zu entkommen, dann nutzt sie. Rennt schneller als je zuvor in eurem Leben. Versteht ihr?«

Vier verängstigte Mädchen schauten mich an und nickten.

»Selbst wenn das bedeutet, mich zurückzulassen«, sagte ich. »Verstanden?«

Dusty und Abigail schüttelten ihre Köpfe.

»Auf keinen Fall«, sagte Dusty.

»Kommt nicht in Frage«, sagte Abi.

»Ich komme schon klar«, versicherte ich ihnen. »Ich habe weitaus Schlimmeres überlebt.«

Sie sahen nicht überzeugt aus. »Ihr *müsst* hier rauskommen«, beharrte ich. »Die anderen Mädchen brauchen euch.«

Ich machte mir Sorgen, dass meine Magie schwach sein würde, weil es keine natürlichen grünen Dinge gab, von denen ich Kraft ziehen konnte, und ich hatte meinen Zauberstab nicht dabei. Aber der Gestank wurde stärker. Wir mussten uns bewegen.

Der Gang bog nach links ab, dann bogen wir rechts ab. Es gab keine Entscheidungen zu treffen oder Optionen für andere Wege – nur die weißen Wände, die scheinbar endlos weitergingen. Was als subtiler

Duft begann, wurde zu einem Geruch und später zu einem Gestank. Als wir etwas hörten, ein Raspeln und Gurgeln, wussten wir, dass wir nahe dran waren. Ein Stück weiter war eine Ecke, und ich wusste, sie waren dahinter. Ich bedeutete den Mädchen zu warten, während ich leise zur Ecke schlich und sehr vorsichtig um sie herumspähte. Ich hätte nicht so vorsichtig sein müssen, denn die beiden Orks, die ich sehen konnte, schliefen tief und fest. Sie trugen dieselben Sicherheitsuniformen, die die Xarlug-Schläger im SubRealm getragen hatten, was mir eine Gänsehaut verursachte. Abscheuliche, boshafte Kreaturen. Sie sahen fast komisch aus, wie sie auf Stühlen saßen, die zu klein für sie waren, mit ausgestreckten Beinen und Armen, in tiefem Schlummer. Der uns am nächsten liegende sabberte, während der Kopf des anderen nach hinten gerollt war und er schnarchte. Ich war froh, dass wir uns nicht eine Sitzreihe in einem Flugzeug teilten – ein alberner Gedanke, denn Orks fliegen nicht gerne. Angeblich macht es sie nervös, außerdem müssen sie wegen ihrer Körperfülle extra zahlen. Der Raum, in dem sie sich befanden, sah aus wie ein Labor, aber ich sah niemanden in einem Laborkittel.

Eine laute Sirene ließ mich hochschrecken, und mein Herz setzte kurz aus. Ich konnte den Schrei in meiner Kehle gerade noch rechtzeitig unterdrücken und schlug mir vorsichtshalber die Hand vor den Mund. Schwester Vena musste die leeren Betten gefunden haben.

Verdammung!

Wir hätten nur noch ein paar Augenblicke gebraucht, um an den Wachen vorbeizuschleichen, aber jetzt waren sie auf ihren riesigen fleischigen Füßen.

Ich schaute zu den Mädchen zurück und bedeutete ihnen, ruhig zu bleiben, trotz der Adrenalinflut in meinem Körper. Als ich meinen Blick wieder zu den Wachen wendete, war ich überrascht zu sehen, dass sie nicht nach ihren Waffen gegriffen hatten – tatsächlich wirkten sie erstaunlich unbeeindruckt. Sie schienen die Sirene nicht anders zu behandeln als einen Weckruf. Sie brummten einige unverständliche Worte miteinander und näherten sich einem Förderband, das ich nicht bemerkt hatte. Der Sabberer drückte einen Knopf und setzte das Band in Gang, während der Schnarcher schwarze Latexhandschuhe überstreifte und auf die Ware wartete. Es dauerte eine Weile, bis etwas auf dem Förderband zu sehen war, aber als es soweit war, kamen ordentliche, weiße, medizintaugliche Kühlboxen zum Vorschein, die mit rotem Gefahrgutband zugeklebt waren. Ein Dutzend identischer Pakete ratterte entlang, bis der Sabberer den Knopf erneut drückte, wodurch das Band langsamer wurde und anhielt. Er blickte auf ein elektronisches Klemmbrett, das ich ihn nicht hatte aufnehmen sehen.

»Zwölf?«, fragte er seinen Kollegen.

»Zwölf«, bestätigte der Ork nickend.

Der Sabberer tippte auf seinen Bildschirm, um die Lieferung zu bestätigen, legte ihn weg und zog seine eigenen Handschuhe an. Gemeinsam, langsam und sorgfältig arbeitend, schlitzten sie das rote Klebeband aller Boxen auf. An ihrer Zusammenarbeit konnte ich erkennen, dass dies nicht ihr erstes Rodeo war. Es war so gut choreografiert, dass ich fast vergaß, dass es Orks waren. Der Sabberer nahm die erste Box vom Förderband und stellte sie auf die blitzsaubere Laborarbeitsplatte, griff hinein und holte etwas heraus, das wie ein Beutel Blut aussah, zusammen mit einem Reagenzglas vom selben. Meine PTBS schlug voll durch und erschwerte mein Atmen, während ich ihnen zusah. Es erinnerte mich so sehr an meine Erfahrung im Käfig, dass ich das Gefühl hatte, wieder dort zu sein. Ich konnte sogar das Blut und das Erbrochene und die rosa Paste riechen. Ich unterdrückte die Galle in meiner Kehle, so wie ich es damals versucht hatte, und war dankbar für meinen leeren Magen. Das Letzte, was ich zu mir genommen hatte, war »Koch Pablos« Proteinshake vor über vierundzwanzig Stunden gewesen.

Während die Blutbeutel einzeln gewogen wurden, kamen die Reagenzgläser in eine große Maschine, die zu surren begann, sobald der Deckel geschlossen war. Nach etwa einer Minute piepte sie, und ein grünes Licht leuchtete auf.

»Alles gut«, sagte der Schnarcher.

»Alles gut«, stimmte der Sabberer zu.

Die Wachen nahmen die Röhrchen wieder heraus, ordneten sie ihren Beuteln zu und banden jedes Paar mit einem grünen Band zusammen. Diese kamen zurück in die weißen Kühlboxen, die erneut versiegelt wurden, diesmal mit grünem Band. Ich dachte, sie würden sie zurück auf das Förderband stellen, um sie zur nächsten Station zu transportieren – was auch immer das sein würde –, aber stattdessen trugen sie sie zur gegenüberliegenden Seite des Labors, wo sich ein großer Kanal in der Wand befand. Er sah aus wie eine ausgeklügelte Version eines Wäscheschachts in einem Krankenhaus, mit einer schicken Ofentür – eine, die man im Haus eines Elfen finden könnte.

Die Mädchen hinter mir wurden unruhig, also bat ich sie lautlos, noch ein wenig länger zu warten.

Der Sabberer öffnete die Luke. Es war dunkel darin. Ich hörte das Klirren einer Schnalle und vermutete, dass der Ork die Box festschnallte, um sie für ihre Reise ins Ungewisse zu sichern. Er schloss die Tür, betätigte einen blauen Knopf, und es gab ein lautes *Whoosh*. Als er die Luke wieder öffnete, war die weiße Box verschwunden.

Ich beobachtete, wie sie es noch einmal machten, aber diesmal war es der Schnarcher. Sie wechselten sich in ihrer geschmeidigen und eingeübten Art ab. Es war Zeit, einen Zug zu machen … ich wusste nur nicht, welchen Zug ich machen sollte.

Eine ohrenbetäubende Sirene heulte auf, und es war allen klar, dass es diesmal kein Lieferungssignal war.

KAPITEL 7

PLÖTZLICHER TOD

ASHA

Die Sirene war so laut, dass ich mir unwillkürlich die Ohren zuhalten musste. Weder im Korridor noch im Labor gab es etwas, was das Kreischen dämpfen konnte, und es fühlte sich an, als würde es durch meinen ganzen Körper vibrieren. Es war schwer zu denken. Ich würde mich um die Orks kümmern und die Mädchen sollten... warten? Auf das Förderband klettern und auf das Beste hoffen? Verflixt, ich konnte bei diesem seelendurchdringenden Gekreische wirklich nicht klar denken.

Copperfields Stimme kam mir in den Sinn. *Das Universum unterstützt Handlung, nicht Denken.*

Damit nahm ich einen tiefen Atemzug und schlich um die Ecke. Es gab nichts, hinter dem ich mich verstecken konnte, also wagte ich einfach den Versuch und stürmte auf Sabbermaul – oder vielleicht war es Schnarcher – zu und schlug ihm die Waffe aus der Hand. Er war so überrascht, eine kampfbereite Hexe im Schlafanzug zu sehen, dass er erst reagierte, als die Waffe bereits aus seiner Hand flog und über die Fliesen rutschte, bis sie klappernd in der Ecke landete. Er stürzte sich auf mich, aber ich war schneller als er. Er verlor das

Gleichgewicht und fiel fast zu Boden, weil er dachte, er hätte mich erwischt, als ich an ihm vorbeihuschte. Der andere Wächter richtete seine Glock auf mich und warf mir einen warnenden Blick zu. *Tu es nicht*, sagten seine Augen. *Heb diese Waffe nicht auf, oder das wird sehr schlecht für dich enden.*

Während sich die Situation entfaltete, spürte ich, wie ein Teil meiner Angst von mir abfiel. Ich hatte gewaltsame Ork-Angriffe überlebt. Ich hatte die Kugel eines Dämmerungsjägers überlebt. Ich würde auch das hier überleben.

Sabbermaul holte mich ein, als ich seine Waffe erreichte, packte meinen Knöchel und zog mich davon weg. Ich fragte mich, warum Schnarcher mir noch nicht in den Rücken geschossen hatte.

Handlung, nicht Denken.

Ich drehte mich auf den Rücken und tat so, als würde ich eine Waffe auf Sabbermaul richten. Instinktiv ließ er meinen verdrehten Knöchel los, um sein Gesicht vor meiner imaginären Kugel zu schützen. Er war nur für einen Sekundenbruchteil getäuscht, aber das reichte. Ich stieß mich nach hinten ab und schnappte mir die Waffe, richtete sie auf seine Schläfe. Er hob kapitulierend die Hände. Ich richtete meine Waffe auf Schnarcher, sodass wir uns gegenseitig im Visier hatten. Sabbermaul nutzte die Gelegenheit, um erneut auf mich loszugehen, aber ich war so voller Adrenalin, dass ich nicht einmal daran dachte, abzudrücken – mein Finger tat es automatisch.

Der Knall war nicht laut, aber hässlich. Eine dunkle Öffnung erschien zwischen den Augen des Wächters, und er kippte zur Seite.

Trotz meines Berufs hatte ich nie Gefallen an Gewalt gefunden. Den Schaden am Schädel des Orks zu sehen, machte mich krank, aber ich hatte keine Zeit, darüber nachzudenken. Ich starrte über den Lauf meiner gestohlenen Waffe in den Lauf meines Gegners. Er schien durch den plötzlichen Tod seines Kollegen nicht sonderlich erschüttert zu sein, obwohl sie offensichtlich gut zusammengearbeitet hatten und nur einander als Gesellschaft hatten.

Ich konnte ihn nicht davon abhalten, auf mich zu schießen – die Sirene heulte immer noch wie ein wahnsinniges Nebelhorn –, also starrten wir uns über unsere Waffen hinweg an, die Finger am Abzug.

»Leg die Waffe weg!«, schrie er und gestikulierte für den Fall, dass ich ihn nicht hörte.

»*Rumpis*«, sagte ich zu seiner Waffe, aber sie zerstörte sich nicht selbst. »*Rumpis!*«, schrie ich. Nichts.

Ich nahm einen beruhigenden Atemzug und drückte ab. Schnarchers Augen und Mund weiteten sich, aber kein Einschussloch erschien. Er drückte ab, aber es gab keinen Schuss. Vielleicht hatte der Zerstörungszauber ja doch funktioniert, nur nicht so, wie ich es gewohnt war. Bei so wenig magischer Energie hatte er wohl das Wenige getan, was er konnte – den Abzugsmechanismus beider Waffen blockiert. Der Ork verzog das Gesicht und warf die Glock weg. Er kam auf mich zu, und ich schloss die Augen, schützte mein Gesicht und machte mich bereit, da ich aus vorheriger intimer Erfahrung wusste, wie es sich anfühlt, von so einer Kreatur zerquetscht zu werden. Ich spürte, wie der Boden unter mir bebte, aber der erwartete Aufprall blieb aus. Als ich die Augen wieder öffnete, lag Schnarcher bewusstlos auf dem Boden, ein Rinnsal Blut lief aus seinem rasierten Kopf. Dusty stand an seiner Stelle und hielt die Waage.

Ohne Zeit mit Selbstbeglückwünschung zu verbringen, ließ sie das Instrument fallen und half mir auf. Ich machte einen schnellen mentalen Scan meines Körpers und stellte fest, dass ich unverletzt war, abgesehen von einem schmerzenden Knöchel. In dem Wissen, dass der Ork nicht lange bewusstlos sein würde und dass mit Sicherheit weitere Wachen unterwegs waren, wussten wir, dass wir einen Ausweg finden mussten. Dusty schnappte sich die anderen Mädchen, die entsetzt auf die Körper am Boden blickten. Manchmal vergesse ich, dass normale Menschen nicht daran gewöhnt sind, dem Tod ins Auge zu blicken, obwohl er die ganze Zeit um uns herum ist.

Ich durchsuchte den Raum nach einem Fluchtweg. Das Förderband würde uns vermutlich zurück ins Labor bringen, wo die Techniker das Blut testeten. Die Rutsche könnte uns zu einer Art Fabrikhalle führen – *wenn* wir die Fahrt überlebten. Es sah ganz sicher nicht so aus, als würde es auch nur die lockersten Sicherheitsvorschriften für Personentransport erfüllen, Sicherheitsgurt hin oder her. Aber ich dachte, es wäre unsere beste Chance.

»Das ist nicht dein Ernst«, sagte Abigail, als ich hinüberlief und die Tür öffnete. Zumindest glaube ich, dass sie das sagte. Ich war noch nie gut im Lippenlesen, aber ich würde es in Zukunft üben müssen, denn ich war mir sicher, dass das ständige Heulen der Sirene mich taub machte.

Ich schüttelte den Kopf. Kein Scherz. Ich hielt die Tür offen und fühlte mich wie die böse Waldhexe aus Hänsel und Gretel. *Zeit, in den Ofen zu steigen, meine Lieben. Das hält eure Koteletts schön warm.*

Wir alle wussten, dass es der einzige Ausweg war, und doch zögerten wir alle. Ich nahm an, dass es sicher wäre, weil das Produkt, für das sie es normalerweise benutzten, extrem wertvoll war. Aber ich wusste auch, dass leblose Objekte eine andere molekulare Struktur haben als menschliches Gewebe und Knochen, und ich hatte keine Ahnung, welche Technologie sie benutzten, um die Kisten durch die Rutsche zu saugen. Wir könnten zerfetzt auf der anderen Seite herauskommen, oder hirntot... oder einfach nur tot. Auch der Landeplatz war ein Rätsel: Er könnte uns direkt zu unseren Feinden bringen. Trotz dieser beängstigenden Gedanken, die in meinem Kopf wirbelten, drängte mich mein Instinkt, es zu tun. Ich müsste ihm vertrauen und mit den Konsequenzen leben.

Autsch.

Ich bedeutete Abigail, einzusteigen. Sie schüttelte den Kopf. Ich versuchte es mit Dusty, die besorgt aussah – ihre Lippen vor Angst zusammengekniffen –, aber ihr Vertrauen in mich gewann. Sie holte tief Luft und kletterte in den dunklen Raum. Ich zeigte ihr einen Daumen nach oben.

Du wirst es schaffen, sagte ich ihr telepathisch, und sie nickte.

Ich schloss die Tür und betätigte den blauen Knopf, wie ich es beim Ork gesehen hatte. Diesmal hörte ich das Rauschen nicht, aber es gab eine leichte Vibration am Griff, und als ich wieder öffnete, war die Rutsche leer. Ich atmete erleichtert aus und bedeutete Zaleria, einzusteigen. Zitternd und schwankend brauchte das arme Mädchen Hilfe, um hineinzukrabbeln. Daumen hoch. Stilles Rauschen.

Abigail nickte, dass sie bereit war. Sie krabbelte schnell hinein, bevor sie den Mut verlor, und war verschwunden. Ich wusste, Mercury würde nicht zögern – das Mädchen hatte Eierstöcke aus Stahl, wie Ferra sagen würde –, aber ich irrte mich. Sie weigerte sich.

»Steig ein!«, schrie ich sie an. Ich konnte die Gefahr in der Luft spüren. Sie hing wie würziges Ork-Körpergeruch in der Luft.

Die bösen Mächte waren so nah, dass ich ihre schwarzen Klauen fast nach uns greifen fühlen konnte. Mercury schüttelte den Kopf und bedeutete mir einzusteigen. Erst da erkannte ich den großen Fehler in meinem Fluchtplan. Jemand musste außerhalb der Rutsche sein, um den verdammten Knopf zu betätigen.

KAPITEL 8

SELBSTFÜRSORGE FÜR HEXEN-ASSASSINEN

ASHA

»Steig ein!« schrie ich nochmal. Ich würde zurückbleiben und gegen die Vampire kämpfen.

Mercury schüttelte wieder den Kopf und gestikulierte verzweifelt, dass ich gehen sollte, zeigte auf den Regler und deutete an, dass sie ihn drehen würde.

»Sie werden mir nichts tun«, rief sie mir ins Ohr. »Ich bin ein Vermögenswert.«

Jetzt war ich diejenige, die den Kopf schüttelte. »Wir können das nicht riskieren! Ich werde dein Leben nicht aufs Spiel setzen! Ich kann kämpfen!«

»Nein!«, rief sie. »Du musst die anderen Mädchen retten. Alle von ihnen. Nur du kannst das tun!«

Oh, Göttin. Ich wurde zurückversetzt in einen Unterricht über magische Moralphilosophie, wo Professor Tramway uns erklärte, dass es ethisch gesehen richtig sei, ein Leben zu opfern, um viele zu retten.

»Geh!«, rief Mercury und schlug frustriert gegen die Wand, weil es so lange dauerte.

Zaleria hat mir gesagt, dass ich ein Schicksal habe, hatte Mercury vorhin gesagt.

»Ich komme zurück und hole dich!«, rief ich.

Sie nickte und schlug die Tür zu. Ich fummelierte mit dem Sicherheitsgurt herum, die Angst machte meine Fingerspitzen taub. In der Dunkelheit konnte ich die Schnalle nicht gut erkennen. Der Schacht war wohltuend still im Vergleich zum Lärm im Labor, und ich konnte ihn endlich befestigen. Ich wurde durch die Röhre gesaugt wie das gefräßige deutsche Kind in *Charlie und die Schokoladenfabrik* – was nicht ganz so viel Spaß macht, wie es klingt – und der Druck auf meinem ganzen Körper erinnerte mich an das Durchqueren der Leere beim Portalen ... bis ich erkannte, dass ich tatsächlich durch die Leere portelte. Es war, als wäre ich in einer Kompressionsröhre, und meine Ohren schmerzten, aber mein Herz sang, weil wir es lebend aus Celestia herausgeschafft hatten. Ja, wir würden irgendwo in einer Vampir-Hochburg landen, aber wenigstens wären wir zurück im Reich. Ich war emotional, ein berauschender Mix aus Schuldgefühlen, weil ich Mercury zurückgelassen hatte, und intensiver Erleichterung, weil ich meine Mädchen herausgeholt hatte.

Der Celestia-Kult erschien jetzt wie ein Traum, so bizarr war die Erfahrung gewesen. In jemand anderem Körper zu sein, ließ Situationen immer surreal wirken, aber die »Finishing School« war bei weitem die unheimlichste Glamour-Erfahrung, die ich je gemacht hatte, was wirklich etwas heißen wollte, da ich in diesem Moment durch eine gläserne Achterbahnröhre durchs All gesaugt wurde. Ich versuchte, meinen Körper zu entspannen und mich auf meine Atmung zu konzentrieren, um ihm etwas Ruhe zu gönnen. Ich war stundenlang in höchster Alarmbereitschaft gewesen und brauchte dringend etwas Erdung. Aber wie erdet man sich, wenn man durch den Weltraum katapultiert wird? Ich schloss meine Augen und stellte mir vor, ich wäre in meinem Dschungelgarten, meine Enten um meine nackten Füße herum. Wie ich Jemima die Erdbeeren fütterte, die sie so liebte. Kartoffeln erntete. Samen sammelte. Die Spalierbäume beschnitt. Ich atmete tief und langsam, bis mein Herz ruhiger wurde. Ich machte mir eine geistige Notiz, das öfter zu tun. Selbstfürsorge für Hexen-Assassinen. Als ich in meinem Garten fertig war, stellte ich mir vor, ich wäre im Kupferrad und Ale mit Ferra und Sam. Wir würden von Savvy, Abigail, Nilve SaltySnap, Chione, Captain Morgan, Stoker und Rick Gesellschaft bekommen. Und sie alle sahen ausgeruht, gesund und glücklich aus. Die Getränke leuchteten golden, das Essen war üppig, und wir redeten, lachten und weinten zusammen, erinnerten uns an die schlechten Zeiten und wie wir sie alle überlebt hatten. Nach dem Abendessen würden Sam und ich das Lokal verlassen und nach Hause gehen zu einem kerzenbeschienenen Bad und dann ins Bett, wo er mich so eng an sich ziehen würde, dass jeder Teil unserer Körper sich berührte, einschließlich unserer Narben, und unsere warme Haut unsere Liebe füreinander übertragen würde.

Meine Vorwärtsbewegung verlangsamte sich und der Druck ließ allmählich nach, was mir sagte, dass ich fast an meinem Ziel war. Meine Meditation hatte gewirkt, und jetzt war es Zeit, wieder auf der Hut zu sein. Diesmal begrüßte ich meinen erhöhten Puls und den Adrenalinstoß, weil ich wusste, dass ich für meine Landung in Topform sein musste. Theoretisch sollte ich etwa eine halbe Minute nach den anderen ankommen, und ich hoffte, dass sie in dieser Zeit nicht in zu große Schwierigkeiten geraten waren. Die Röhre wurde dunkel, und ich nahm an, dass ich über einen Kanalschacht geliefert wurde, ähnlich dem im Versandlabor von Celestia.

Die Landung war sanft, und sobald ich zum Stillstand kam, öffnete sich die Lukentür, und ich sah, wie Dustys Gesicht beim Anblick von mir aufleuchtete.

»Alles in Ordnung?«, fragte ich sie, und sie nickte, während sie mir aus dem Schacht half.

Die anderen Mädchen sahen auch unversehrt aus. Ich sah niemanden sonst im Raum, also vermutete ich, dass der Alarm, der in Celestia ausgelöst worden war, hier noch nicht ausgelöst worden war – noch nicht. Hoffentlich würde Mercury ihnen erzählen, dass wir über das Förderband entkommen waren, um uns etwas Zeit zu verschaffen. Außerdem wäre niemand verrückt genug, in einen Produktlieferschacht zu klettern, oder?

»Es ist ein Lagerhaus«, sagte Abigail.

»Den Göttinnen sei Dank«, antwortete ich. »Wo sind die Wachen?«

»Haben noch keine gesehen«, antwortete Dusty.

»Bald wird jemand hier sein, um diese Lieferung entgegenzunehmen«, dachte ich laut.

Ich schaute mich nach irgendeiner Art von Pflanze um, aus der ich Magie ziehen könnte, aber es gab nichts in dem minimalistischen Raum außer weißen Kühlboxen und größeren braunen Pappkartons. Ein Lieferwagen sah gepackt und abfahrbereit aus – aber wo waren die Arbeiter?

Plötzlich bekam ich Angst. Nach dem, was ich gesehen hatte, betrieb das Smaragde-Blutgeschäft eine gut geölte Maschine. Hier sollten Bediener, Packer und Träger sein, aber der Raum war leer und still.

»Ihr habt niemanden gesehen?«, fragte ich. Die Mädchen schüttelten alle den Kopf, ihre Mienen spiegelten meine Besorgnis wider. Waren wir einfach nur extrem glücklich gewesen? Irgendwie bezweifelte ich das.

»Vielleicht sind sie in einer... Mitarbeiterbesprechung?«, schlug Abigail vor.

Ich konnte mir ein Kichern nicht verkneifen. Nervöses Lachen blubberte in mir hoch bei der Vorstellung von einem Dutzend Orks, die um einen polierten Konferenztisch sitzen und Ziele und Anreize diskutieren. Das ließ die Mädchen noch besorgter aussehen, also schluckte ich es hinunter. Ich schaute mich nach weiteren

Hinweisen um, wo sie sein könnten – es gab keine halb ausgetrunkenen Kaffeetassen, keine offenen Schubladen, also folgerte ich, dass sie nicht in Eile weggegangen waren. Im Gegenteil, es war tipptopp aufgeräumt. Mein Fokus landete auf der geschlossenen Doppeltür. Dusty sah, wie ich schaute, und sagte: »Wir haben es noch nicht versucht. Wir haben auf dich gewartet.«

»Kannst du von hier aus irgendwelche Gedanken hören?«, fragte ich.

Sie schüttelte den Kopf. »Für mich hört es sich leer an.«

Ich atmete scharf aus und sammelte meinen Mut. Wir würden einen Ausbruchsversuch wagen müssen. Ich wünschte, ich hätte genug magische Energie gehabt, um uns alle in Unsichtbarkeit zu hüllen, aber als ich versuchte, ein einfaches Kribbeln zu erzeugen, funktionierte es nicht. Ich bezweifelte, dass ich auch nur den kleinsten Zauber wirken konnte.

»Bereit?«, fragte ich die Mädchen.

»Bereit«, sagten Dusty und Abigail. Zaleria nickte leicht, und ich konnte erkennen, dass es ihr immer noch nicht gut ging. Wir würden sie zu Darick bringen müssen, damit er sie heilt, sobald wir aus diesem gruseligen Lagerhaus raus wären. Ich hoffte nur, dass sie mithalten konnte.

KAPITEL 9
RUMPEL RUMPEL

ASHA

Immer noch misstrauisch wegen der Stille schlich ich auf Zehenspitzen zur Tür – was leicht war, da ich Pantoffeln von Celestia trug. Leider funktionierte der Skelettschlüssel nicht, da es sich um ein Keycard-System handelte. Die Paranoia kam wieder hoch – hielten sie uns hier eingesperrt? Ich schaute zur Decke und sah die Kamera in der Ecke. Natürlich hatten sie in jedem Raum der Fabrik Kameras installiert.

»*Fiat fulgur*«, flüsterte ich ziemlich optimistisch. Kein Blitz erschien.

Ich fluchte, verfluchte Alyndra Sybil dafür, dass sie meine Kräfte blockiert hatte, und verwünschte die Lagerarbeiter dafür, dass sie keine Topfpflanze im Raum hatten. Kein Wunder, dass ihre Seelen befleckt waren.

Ich musste kreativ werden. Ich hatte keine Waffen, drei Mädchen, die ich beschützen musste, und eine stinkende Armee von Orks gegen uns.

Non forsit, wie unser Lateinlehrer zu sagen pflegte. Kein Problem.

Dusty meldete sich plötzlich zu Wort. »Da kommt jemand.«

»Versteckt euch!«, flüsterte ich.

Die Mädchen sahen entsetzt aus. In der minimalistischen Einrichtung gab es nirgendwo ein Versteck.

»In die Kisten!«, zischte ich. Dusty und Abi gehorchten schnell, und ich half Zaleria in eine. Ich sprang zum Klebebandspender, klebte ihre Deckel zu und zuckte bei dem scharfen Geräusch zusammen, das es machte. Schnell hüpfte ich in meine eigene Kiste und schloss sie von innen so gut es ging. Es fühlte sich wie eine völlig verrückte Idee an, aber ich sah keine Alternative. Der Plan war, uns zu verstecken, bis die Luft rein war, dann herauszuklettern und einen besseren Plan zu entwickeln. Natürlich kam es anders. Die Tür piepte und öffnete sich, und mindestens zwei Orks schlurften herein. Wie Sabberer und Schnarcher sprachen sie nicht. Ich vermutete, sie wussten, was sie zu tun hatten, also gab es keine Notwendigkeit für Smalltalk. Es gab keine Dringlichkeit in ihren Bewegungen, was darauf hindeutete, dass sie noch nicht über die Eindringlinge informiert worden waren, aber ich wusste, es war nur eine Frage der Zeit. Mit viel Glück würde der Wachmann, der die Überwachungsaufnahmen beobachtete, ein naher Verwandter von Schnarcher oder Sabberer sein und die Bildschirme mit geschlossenen Augen beobachten.

Ich unterdrückte meinen Schrei, als die Kiste, in der ich war, angehoben und auf das gelegt wurde, was ich für einen Wagen hielt. Der Arbeiter grunzte – vermutlich weil die Kiste schwerer war als normal – aber er untersuchte sie nicht. Es war nicht sein Job nachzudenken, sondern nur Waren zu bewegen, und zum ersten Mal war ich froh über den niedrigeren IQ dieser Rasse.

Ich bewegte mich wieder, diesmal in einer gleichmäßigen Vorwärtsbewegung, und ich konnte die Räder unter mir rumpeln hören.

Okay, beruhigte ich mich selbst. *Das ist ein Weg, aus diesem verschlossenen Raum herauszukommen.* Alles, was ich tun konnte, war zu hoffen, dass die anderen Waren folgen würden. Meine Gedanken schweiften zurück zum Käfig auf Rädern im SubRealm. Ich brauchte wirklich eine Therapie dafür, sonst würden mich diese Erinnerungen für immer verfolgen. Ich würde Dr. Gilbert aufsuchen, wenn dieser Albtraum vorbei wäre – und sie nicht vergessen, ihr für die Warnung vor Garretts Angriff zu danken, was wahrscheinlich mein Leben gerettet hatte.

Rumpel, rumpel, machte meine PTBS, mein Gehirn loderte bei der wahrgenommenen Gefahr auf.

Tote Hexe auf Rädern.

Es würde bald vorbei sein.

Nach der langen Fahrt, die ich machte, zu urteilen, war das Lager riesig. Die Blutbeutel würden sicher in ein weiteres Labor gebracht werden, zur Verarbeitung. Ich schaute auf Lilian Blacks gestohlenes Schutzamulett, das noch fest an meinem Handgelenk befestigt war. Es leuchtete im Dunkeln. Ich löste das Artefakt vom Halsband und machte ein kleines Spähloch in die Seite der Kiste, das ich mit meinem Fingernagel erweiterte. Ich befestigte das Amulett wieder sicher und schaute durch die Öffnung. Für eine Fabrik dieser Größe schien sie leer von Arbeitern zu sein, und ich konnte nicht herausfinden, warum. Der Wagen ruckelte plötzlich, und ich musste meine Handfläche auf meinen Mund drücken, um mein Keuchen zu unterdrücken. Der Fahrer grunzte, fuhr ein paar Zentimeter zurück und machte dann weiter. Schließlich sah ich einen weiteren Ork in Overall. Er sah mehr wie ein Gefängnisoverall aus als wie Fabrikkleidung, aber wer bin ich, um Orks in Sachen Mode zu kritisieren – besonders, da ich zusammengekauert in meinem Baumwollpyjama saß. Ich schaute auf seine Stiefel und sah die Fußfessel, die er trug. Der Ork arbeitete vielleicht in der Fabrik, aber nicht aus freien Stücken. Er war ein Gefangener.

Ich würde diese Fußfessel aus einem Kilometer Entfernung erkennen. Die Skorpione hatten einen Raum voll davon. Einige waren einfache Bewährungsmanschetten zur Verfolgung von Kriminellen auf Bewährung oder unter Hausarrest. Andere nutzten fortschrittlichere Magietechnik und konnten über Fernsteuerung eine erschreckende Anzahl von Volt das Bein des Trägers hochjagen. Diese kamen besonders in den Strafkolonien zum Einsatz, wohin der Rat regelmäßig Übeltäter schickte. Die raffinierteste Fessel von allen brachte die Magie des Trägers zum Kurzschluss, was laut Morgan im Kerker im Hauptquartier recht hilfreich war, wenn die Verdächtigen dort auf ihren Prozess warteten. Ich wusste nicht, wer diese Orks waren, aber sie wurden gefangen gehalten und mussten für den Smaragde-Clan arbeiten. Ich war mir auch ziemlich sicher, dass sie keine Sträflinge waren, sondern Sklaven.

Warum die Orks jemals Vampiren vertrauten, war mir ein Rätsel. Die Art und Weise, wie die arroganten Blutsauger sie behandelten, war wirklich abstoßend, und dennoch war die Antwort immer positiv, wenn sie gebeten wurden, sich ihnen in Schlachten anzuschließen. Der Anblick der Fußfessel änderte unsere Mission ein wenig, denn während ich bereit war, so viele Xarlugs zu töten, wie nötig, waren diese keine Neonazis. Dies waren gewöhnliche Orks, die genau wie Rick gefangen genommen worden waren. Das war sowohl gut als auch schlecht – als Sklaven würden sie wahrscheinlich nicht das Bedürfnis verspüren, uns zu töten, aber wir sollten ihnen auch nicht wehtun, was mich fragte, wie wir jemals hier rauskommen würden.

Vertraue in die Leere, hörte ich Direktorin Copperfield sagen.

Ich vertraute Copperfield, aber ehrlich gesagt hatte das Vertrauen in die Leere mich in der Vergangenheit wirklich in Schwierigkeiten gebracht. Was sollte eine Hexe tun?

Schließlich kamen wir in einem Raum zum Stehen, der wie ein Lagerraum aussah. Die Temperatur sank. Ich wurde vom Wagen gehoben und auf den Boden gestellt, bereit, wie ich annahm, ausgepackt und ins Regal gestellt zu werden. Ich hoffte, dass die Mädchen in der Nähe waren, und machte mir Sorgen, dass sie im Lieferraum zurückgelassen worden waren. Ich hoffte auch, dass der Ork, der mich gleich auspacken würde, keine Herzprobleme hatte. Ich meine, es würde mir das Leben leichter machen, wenn er vor Schreck umkippen würde, wenn ich herausspringen würde, aber es wäre nicht fair ihm gegenüber. Das Beste, worauf ich hoffen konnte, war, dass er ohnmächtig werden würde, aber die Chancen, dass das passieren würde, waren so gut wie nicht vorhanden. Ich wusste nicht einmal, ob Orks überhaupt in Ohnmacht fallen konnten; sie schienen viel zu robust für solche dramatischen Aktionen zu sein. Ich hörte wieder dieses panikauslösende Rumpelgeräusch, aber diesmal bewegte es sich von mir weg. Der Ork ging. Es schien, dass er kein Auspacker war, nur ein Transporteur. Ich stieß einen zitternden Atemzug aus. Vielleicht sollte ich mir eher um mein eigenes Herz Sorgen machen als um das des Orks. Ein kratzendes Geräusch neben mir ließ mich zusammenzucken. Es war außerhalb der Sichtweite meines kleinen Gucklochs.

»Asha?«, kam eine schwache Stimme.

Ich streckte vorsichtig meine Hand durch den oberen Teil der Kiste und winkte, dann öffnete ich sie und stand auf, die Glieder steif vom Hocken.

Zaleria stand in ihrer Kiste und sah aus, als würde sie gleich ohnmächtig werden. »Wo sind wir?«

Zwei weitere Kisten öffneten sich. Meine Mädchen. Ich lächelte sie an. »Im Kühlraum.«

Das war ein Glücksfall; alle Kühlräume hatten aus Sicherheits-gründen einen mechanischen Griff innen, denn wenn man jemals ohne seine Schlüsselkarte darin stecken bleiben würde, könnte man sterben.

Es war frostig dort drinnen. Ein ziemlich derber hexenthematischer Vergleich kam mir in den Sinn, aber ich sprach ihn nicht aus.

»Was jetzt?«, fragte Abigail. Sie zitterte bereits.

Ich machte mich auf den Weg zur Tür. »Jetzt hauen wir hier ab.«

KAPITEL 10
ES GIBT KEINE GEWÖHNLICHE HEXE

ASHA

Während sich die Mädchen hinter mir drängten, öffnete ich die Tür einen Spalt und versuchte zu erkennen, was jenseits des Lagerraums vor sich ging. Wie zuvor waren kaum Arbeiter zu sehen. Wir hatten über die Betriebsversammlung gescherzt, aber ich glaubte tatsächlich, dass sie irgendwo zusammenkamen – vielleicht in der Firmenkantine zum Frühstück oder Mittagessen. Ich hatte keine Ahnung, wie spät es war, da ich seit einer scheinbar endlosen Zeit weder eine Uhr noch die Außenwelt gesehen hatte. Ich musste nach draußen, frische Luft atmen, die Sonne auf meinem Gesicht spüren, die Erde berühren... und wenn ich Magie ziehen wollte, musste ich etwas Grünes finden. Es war ein klassisches Henne-Ei-Problem.

Ich wartete, bis die Luft rein war, und wir stürmten aus dem Kühlraum in einen anderen Raum, von dem aus wir einen besseren Blick auf die Fabrikhalle hatten. Wir versteckten uns alle hinter einer Theke und beobachteten die Orks in Overalls bei ihrer alltäglichen Arbeit. Es war ruhig in der Lagerhalle, aber wir konnten draußen einen Aufruhr hören. Ein Blick aus einem kleinen Fenster zeigte uns sechs Glatzköpfige Orks in Wachuniform. Ihre AK-47s hingen lässig über ihren Schultern, während sie zusammenstanden, plauderten und Zigaretten rauchten. Es überraschte mich nicht, ein Xarlug-Tattoo am Hals des Orks zu sehen, der uns den Rücken zukehrte. Als ich meinen Hals reckte, sah ich eine große Gruppe von Arbeitern, die eng zusammengedrängt standen. Ich dachte, sie könnten protestieren, bis ich einen weiteren Wächter sah, der sie ansprach. Ich konnte nicht hören, was er sagte, aber der Redner sprach so heftig, dass er mich an alte Aufnahmen erinnerte, die ich von Adolf Hitler bei einer Ansprache an die Nation gesehen hatte. Mit strengem Gesicht und schreiend konnte ich mir vorstellen, wie sein Speichel flog, und fühlte sofort Mitleid mit den Gefangenen, die in der ersten Reihe standen.

Obwohl ich seine Worte nicht verstehen konnte, war klar, dass es eine politische Rede war. Er versuchte vielleicht, sie zu den Wegen der Xarlugs zu bekehren. Seine Technik war nicht so effektiv wie die von Lilian Black. Er war nicht in der Lage, seine Opfer zu hypnotisieren – und sein offensichtlicher Mangel an Charisma war auch ein Nachteil. Die Menge schien nicht besonders an seiner Rhetorik interessiert zu sein, beobachtete aber ruhig. Ich nahm an, dass jeder, der aus der Reihe tanzte, sofort von seiner Fußfessel getasert würde.

Dusty beobachtete den Redner aufmerksam. »Er sagt ihnen, dass der Krieg begonnen hat. Sie müssen der Armee beitreten. Wenn sie zustimmen, Soldaten zu werden, werden sie nach dem Krieg freigelassen.«

»Die Arbeiter hier sind Gefangene«, erklärte ich den Mädchen. »Sie wurden gefangen genommen, genau wie ihr. Wir müssen ihnen helfen.«

»Ihnen *helfen*?«, fragte Abigail empört. »Die haben uns da drinnen fast umgebracht.«

»Das waren Xarlug-Mitglieder. Sie sind Verbündete des Smaragde-Clans, genau wie die Wachen dort draußen in Uniform. Die Vampire haben ihnen Reichtum und Macht versprochen, wenn sie zusammenarbeiten, um das Reich zu erobern. Aber die Gefangenen hier sind unschuldige Orks, die die aggressive neonazistische Philosophie abgelehnt haben. Sie werden gegen ihren Willen benutzt – genau wie ihr Mädchen.«

Penner und Pazifisten, hatte Rick sie liebevoll genannt.

Dusty runzelte die Stirn. »Aber du hast die meisten Smaragdes getötet. Und viele Xarlugs.«

Ich nickte. »Ich bin sicher, sie sehen mich als Feind Nummer eins. Daher das lächerlich hohe Kopfgeld auf mich. Dies ist sicherlich nicht der sicherste Ort für uns.«

»Also lass uns von hier verschwinden«, sagte Abigail.

»Ja«, stimmte ich zu. »Ihr müsst gehen.«

Dustys Stirn runzelte sich. »*Wir* müssen gehen? Was ist mit dir?«

Ich schüttelte den Kopf. »Ich kann sie nicht so zurücklassen. Versklavt.«

Abigail blickte auf die automatischen Gewehre der Wachen. »Aber es sind so viele, und sie sind bewaffnet! Und du bist nur eine Hexe«, sagte sie.

»Es gibt keine *gewöhnliche* Hexe«, erwiderte ich.

Wir mussten uns bewegen, bevor die Gruppe draußen alle zurück zur Arbeit geschickt wurden, aber ich sah keinen Weg hinaus, ohne dass die Wachen uns bemerkten. Wenn meine Magie mir zur Verfügung stünde, hätte ich uns unsichtbar machen oder in Dampf verwandeln können. Oder die Waffen der Wachen blockieren können. Die Mädchen beobachteten mich und warteten darauf, den Plan zu hören, den ich nicht hatte. Ich schaute erneut aus dem kleinen Fenster, um zu sehen, wo die Wachen waren.

Da sah ich ihn.

KAPITEL II
INVISIBILIS FACTUS

ASHA

Er sah anders aus, aber ich erkannte ihn. Gnrok.

»Bei der heiligen Hekate«, murmelte ich.

»Was ist los?«, fragte eines der Mädchen hinter mir.

»Da draußen ist ein Ork – jemand, den ich kenne. Ein guter Mann. Er hat mir schon mal das Leben gerettet.«

Es fühlte sich an wie eine Ewigkeit, als ich damals in der Grackles-Kneipe in Schwierigkeiten geraten war.

Ich drehte mich zu ihnen um. »Deshalb muss ich hierbleiben«, sagte ich. »Und ihr müsst gehen.«

Dusty sah genervt aus. »Ich verstehe nicht, wie du glaubst, das hier in Ordnung bringen zu können«, sagte sie und deutete auf unsere trostlose Umgebung. Ich verstand ihre Frustration, aber ich wusste, was ich tun musste.

Wo eine Hexe ist, da ist auch ein Weg.

Ich zog sie in eine Umarmung. Ihr Körper war steif vor Unmut, aber bald wurde sie weicher, und ich pflanzte einen Kuss auf ihren Kopf. Sie würde immer mein Hexenküken bleiben, egal was passierte.

Ich hatte draußen trotz der kargen, felsigen Landschaft einen Hauch von Grün gespürt, also wusste ich, dass ich zumindest etwas Magie abzapfen konnte – aber ich brauchte mehr. Ich wünschte, ich hätte meinen Ork-Glamour-Vape dabei, aber kein solches Glück. Ein Unsichtbarkeitszauber musste es tun.

»Dusty«, sagte ich. »Die Zeit ist gekommen.«

Ihre Frustration wich der Verwirrung. »Wofür?«

»Für dich, deine Kraft zu nutzen.«

»Was?«, stotterte sie. »Wie?«

»Wir wissen beide, dass du Magie in dir trägst«, sagte ich. Tatsächlich hatten es alle gesehen, die an jenem Tag auf dem Parkplatz vor dem Familiengericht gestanden hatten. Wenn das Mädchen genug Kraft hatte, um mit ihrem Geist ein Auto umzuwerfen, hatte sie auch das, was nötig war, um uns aus dieser misslichen Lage zu befreien.

Dusty schüttelte den Kopf. »Auf keinen Fall! Ich weiß nichts!«

»Du willst meine Lehrling sein, oder?«

»Ja«, erklärte sie ohne zu zögern.

»Deine Lehrzeit beginnt heute. Jetzt. Ich brauche deine Hilfe.«

Ihre Augen quollen hervor, und sie schüttelte wieder den Kopf. »Ich bin nicht bereit, Asha.«

»Doch, das bist du«, sagte Abigail, und ich schenkte ihr ein liebevolles Lächeln. »Wir machen es alle zusammen.«

Ich nickte. Abi war nicht umsonst mein Patenkind.

»Erinnert ihr euch, als ihr Mädchen diesen schrecklichen Polizisten bei Ferras Haus ausgetrickst habt?«

Beide nickten.

»Es wird genauso einfach sein. Ich kann wahrscheinlich genug Energie von draußen ziehen, um mich unsichtbar zu machen, aber ich werde nicht genug für euch alle haben, also seid ihr für eure eigene Verschleierung verantwortlich. Und ihr müsst zusammenarbeiten, weil Zaleria nicht gesund ist.«

Abigail und Dusty nickten. Zaleria sah aus, als müsste sie sich übergeben.

»Sobald ihr das Gelände verlassen habt, macht euch so schnell wie möglich auf den Heimweg. Das Militär ist bereits im Einsatz. Es ist nicht sicher da draußen. Nur weil ihr Celestia entkommen seid, heißt das nicht, dass ihr außer Gefahr seid. Abi, deine Mutter ist in meinem Haus. Findet Sam, Stoker und Rick. Sprecht einen Schutzzauber über das Haus – Savvy kann euch helfen. Ich bin gleich hinter euch.«

Drei bleiche Gesichter starrten mich an. »Ihr schafft das schon«, versicherte ich ihnen. Sie nickten, aber ich konnte sehen, dass sie höllische Angst hatten.

Ich fand einen halb ausgetrockneten Marker und zeichnete einen Kreis um uns. Wir hielten Hände und schlossen die Augen.

»Unendliche Leere, höre unser Gebet«, sagte ich, und die Mädchen wiederholten nach mir.

»Dies ist die Umlaufbahn der eigensinnigen Frau,

Die mit Sternen und Steinen strickt,

Die Wilde, die Wanderin, die Wespe, die Hexe,

Dies ist der Weg der eigensinnigen Göttin,

Eine Flamme, ein Stein, eine Masche.

Unendliche Leere, Weisheit des Wilden,

Wir suchen deine Kraft und deinen Schutz.«

»So soll es sein«, sagten die Hexlinge im Chor.

»Und so ist es«, sagte ich, um den Zauber zu besiegeln, und wir öffneten unsere Augen. »*Tenebrae obscuratio. Invisibilis factus!*«

Sofort spürte ich, wie die Wärme des Unsichtbarkeitszaubers über mich floss. Man würde denken, unsichtbar zu werden, fühle sich kalt an, wie eisiges Wasser, aber bei mir war es immer ein gemütliches, wohltuendes Gefühl.

»*Invisibilis factus!*«, sangen die Mädchen, und sie schimmerten alle aus dem Sichtfeld.

»Gut gemacht«, sagte ich und fühlte mich wie eine stolze Mama. »Jetzt schleicht vorsichtig hinaus, und ich bin gleich hinter euch.«

Sie verabschiedeten sich und machten sich gemeinsam auf den Weg, und ich verbrachte einen Moment damit, mich von Emotionen überwältigt zu fühlen. Angst um ihre Sicherheit, Stolz auf ihre Magie und Sorge um das, was ich als Nächstes tun musste.

Unsichtbar schlich ich aus dem Raum und in das höhlenartige Lagerhaus, wo die Gefangenen allmählich zurücktröpfelten, nachdem sie von dem kahlen Fanatiker angeschrien worden waren. Ich hatte Gnrok aus den Augen verloren. Ich bewegte mich langsam und vorsichtig, wollte nicht mit jemandem zusammenstoßen und unbeabsichtigt auf meine Anwesenheit aufmerksam machen. Bevor ich einen Plan zur Befreiung der Sklaven schmiedete, musste ich alles über diesen Betrieb herausfinden. Ich wusste, dass er von den Smaragdes geleitet wurde, aber wer kontrollierte den bösartigen Clan? Ich würde jeden letzten Koin, den ich besaß, darauf verwetten, dass der Drahtzieher die mächtige Hexe war, die Sirilla Voltanes Leiche kontrolliert hatte. Ein starker Instinkt sagte mir, dass ich diese Hohe Hexe finden musste, dass nur ich ihrem Bösen Einhalt gebieten konnte. In dem Lagerhaus zu sein, so unglaublich unangenehm es auch war, versetzte mich in die einzigartige Lage, ihre Identität zu entdecken. Die Leere wirkt auf geheimnisvolle Weise, und ich war aus einem bestimmten Grund hier.

Ich konnte nicht umhin, die schlurfenden Orks in ihren Fußfesseln zu beobachten. Mit gesenkten Gesichtern und schlurfenden baumstammartigen Beinen wirkten sie im Geiste gebrochen. Ich konnte nicht glauben, dass der Clan damit durchkam. Wie viele Leben waren sie bereit zu ruinieren, nur um des Geldes willen? All die gestohlenen Mädchen in Celestia, all die versklavten Orks hier. Ich hielt mich an der Rückwand, schob mich entlang und beobachtete sorgfältig, suchte nach Hinweisen und schaute ab und zu auf meine Hände, um sicherzugehen, dass der Zauber noch wirkte. Die Arbeiter nahmen wieder ihre verschiedenen Rollen ein, und bald summte die Produktionslinie vor sich hin. Ich wusste, dass das Blut über die Insta-Portal-Rutsche, durch die wir gereist waren, von Celestia ankam und in die Kühllagerung gebracht wurde, aber wohin ging es danach? Ich beobachtete, wie ein Ork einen Karren aus dem Kühlraum schob und zur Nordseite des Lagerhauses steuerte, und ich folgte ihm.

KAPITEL 12

DAS ÆTERNAL ELIXIER DER JUGEND

ASHA

Als ich dem Arbeiter folgte, um zu sehen, wohin das Blut als Nächstes gebracht wurde, versuchte ich, so viele Details der Fabrik wie möglich aufzunehmen. Wir gingen an einer geschäftigen Nische mit einem brüllenden Ofen vorbei. Es schien eine Glaswerkstatt zu sein, nach der Anzahl der aufgestapelten Fläschchen, Röhren und Flaschen zu urteilen. Als Nächstes kam die Etikettierungsabteilung, mit einer riesigen Druckmaschine, die wie eine Zeitungspresse lief und die frischen Etiketten auf die Fläschchen klebte. Ich konnte den Rauch des Ofens und die Tinte der Druckmaschine riechen. Es sah aus, als würde das Unternehmen alle Elemente ihrer Produkte selbst herstellen und alles im eigenen Haus behalten. Das, zusammen mit der kostenlosen Arbeitskraft, die sie ausbeuteten, bedeutete, dass sie mit Sicherheit einen enormen Gewinn machten. Die Hohe Hexe wusste definitiv, wie man Geld macht.

Weiter ging's. Ein Berg aus Kohle wurde an seiner Basis langsam von Männern mit Schubkarren abgetragen, die schaufelten und die Kohle wegrollten, vermutlich zum Ofen. Das Gleiche galt für einen Berg aus Kieselerde. Es gab Lagerräume für Papier- und Tintenvorräte und eine Kantine, die nach verfaulten Zwiebeln und Kutteln stank. Ein Schild für Schlafsäle zeigte nach unten, unter die Erde, und deutete an, wo die Gefangenen schliefen und duschten. Der Ork, dem ich folgte, verlangsamte leicht seinen Schritt, um einen anderen Arbeiter vor ihm passieren zu lassen. Ich wäre fast in seinen Rücken gelaufen, aber er beschleunigte ein wenig und ging durch eine Schwingtür. Ich schlüpfte schnell hinterher.

Die Atmosphäre auf der anderen Seite der Türen hätte nicht unterschiedlicher sein können zu der geschäftigen Fabrik, die wir hinter uns gelassen hatten. Es war, als würde man nach Celestia zurückkehren. Alles war weiß, sauber und perfekt. Die Lichter waren so hell, dass meine Augen schmerzten. Mein Zielobjekt war der einzige Ork in Sichtweite, und er stach mit seinem schmutzigen Overall und seiner dreckigen Haut wie ein wunder Daumen hervor, denn die einzigen anderen Leute, die in diesem Abschnitt arbeiteten, waren Vampire. Sie trugen Laborkittel anstelle ihrer üblichen schwarzen Umhänge, und ihre Reißzähne waren ordentlich in ihren Mündern versteckt, aber ich konnte von weitem erkennen, dass es Dracs waren. Blasse Haut, rote Lippen und intensive, hungrige Augen. Die Hohe Hexe vertraute Orks offensichtlich nicht mit dem technischeren Teil des Prozesses. Laborausrüstung nahm einen Großteil des Raumes ein: Zentrifugen, Mixer, Mikroskope. Der Ork und ich erreichten ein schickes Fließband, auf dem er begann, die Kisten zu platzieren. Nachdem er seinen Wagen entladen hatte, hielt er seinen Blick gesenkt und verließ den Laborbereich. Ich blieb zurück, um nachzuforschen, aber ich wusste, dass ich schnell sein musste, weil ich jetzt weit von meiner Energiequelle entfernt war und keine Möglichkeit hatte zu wissen, wie lange meine Unsichtbarkeit anhalten würde. Ich beobachtete, wie die Kisten langsam auf die Laborkittel zufuhren, die sie eine nach der anderen auspackten, elektronisch notierten, welche angekommen waren, und begannen, das Blut zu verarbeiten. Als Tränkebrauerin erkannte ich einige der Geräte, die sie benutzten, und war ziemlich neidisch darauf. *Wenn ich ein Labor wie dieses hätte, könnte ich viel mehr Geld verdienen, um Nahrung für das Thomas Harvey Naturschutzprojekt zu kaufen.* Ich schüttelte den Gedanken aus meinem Kopf und sagte mir, ich solle mich konzentrieren. Was genau stellten sie her und wohin schickten sie es? Wenn ich das herausfinden könnte, würde es mich sicherlich zur Hohen Hexe führen. Nachdem ich die Vampire bei ihrer erstaunlich fokussierten Arbeit beobachtet hatte, folgte ich der Linie, um zu sehen, wo das fertige Produkt landete. Es gab viele Stufen im Prozess, und was ich am Ende sah, war ein goldenes Serum. Eine große Edelstahlmaschine pumpte die luxuriös aussehende Flüssigkeit in die kleinen Fläschchen, die ich in der Glaswerkstatt gesehen hatte. Ein anderes Fließband beförderte die klirrenden Glasgefäße aus der Seite des Labors, durch die wir eingetreten waren, und lieferte sie zurück ins Ork-Gebiet und zur Etikettiermaschine. Ich quetschte mich durch die Doppeltüren zurück und hoffte, dass niemand bemerken würde, wie sich die Tür wie von selbst öffnete.

Ich folgte den gefüllten Röhrchen zur Druckmaschine und beobachtete, wie die etikettierten Fläschchen in einer noch luxuriöser aussehenden Schachtel verpackt wurden. Weiß, offensichtlich mit Gold umrandet, mit einem wunderschönen Logo, das auf der Vorderseite geprägt war. Ich stibitzte eine Schachtel, versteckte sie unter meinem Ärmel und eilte damit weg in der Hoffnung, den Lastwagen zu finden, mit dem sie transportiert werden würden. Ich könnte zwei Fliegen mit einer Klappe schlagen, wenn ich eine Mitfahrgelegenheit von hier bekäme *und* herausfände, wo das Produkt landen würde. Fortschritt. Meine Stimmung hob sich, aber bevor ich ging, musste ich die schockabgebenden Fußfesseln der Sklaven deaktivieren.

Während ich nachdachte, versteckte ich mich hinter einer Ecke, damit ich mir die Schachtel ansehen konnte, ohne jemanden misstrauisch zu machen. Es war wirklich ein wunderschönes Design. Das Logo war eine Ligatur der Buchstaben *A* und *E*, und das resultierende Æ war mit dekorativen Linien verwoben, die es gleichzeitig klassisch und zeitgenössisch aussehen ließen. Ich fuhr mit dem Finger über das geprägte Design und bewunderte es. Unter dem Logo stand "ÆTERNA" und darunter: "Das Æternal Elixier der

Jugend" mit einem Markenzeichen. Ich drehte die Schachtel um, um den Text auf der Rückseite zu lesen.

*Das Æternal Elixier der Jugend (TM) ist das erste seiner Art und das einzige Serum, das du benötigst, um ein wahrhaft langes und gesundes Leben zu führen. Hergestellt nur mit den feinsten Zutaten, sorgfältig kombiniert, liefert **ÆTERNA** dieses erstklassige vitalitätssteigernde Elixier, das mit Sicherheit dein Leben verändern wird. Für weitere Informationen besuche bitte www.æterna.com*

Es war die gesamte Bestätigung meiner Theorie, die ich brauchte, und jetzt hatte ich den Firmennamen. Dies war das Unternehmen, das Shadow Snow, alias Lilian Black, bezahlt hatte, um die Mädchen zu entführen und sicherzustellen, dass sie nicht schwierige Fragen in Celestia stellten. Sie hatte zuvor dasselbe für den alten Taranath getan, der das Blut der Kinder für sein eigenes persönliches Elixier benutzte. Es war das gleiche Verbrechen, nur in industriellem Maßstab. Ich hatte den bösen Elfen beseitigt, und, bei der Leere, ich würde dasselbe mit der Hohen Hexe tun. Ich würde die Besitzerin von ÆTERNA töten, wenn es das Letzte wäre, was ich je tun würde. Ich würde alle ihre Flüche brechen, all ihre Zauber, all ihre Schwarzamseln befreien. Ich würde sie auf jede erdenkliche Weise auslöschen.

KAPITEL 13
AUFSTAND

ASHA

Ich konnte den *rumpis*-Zauber nicht für die Fußfesseln verwenden, weil das Risiko bestand, die Orks zu verkrüppeln. Ich zerbrach mir den Kopf, um auf etwas zu kommen. Ich untersuchte die Kiste, als ob sie die Antwort enthielte. Spoiler-Alarm: Das tat sie nicht. Aber ich begann ein Flimmern auf meiner Haut zu bemerken und spürte die Wärme des Verschleierungszaubers schwinden. Ich musste schnell handeln. Ich erinnerte mich an Soleils Worte in der ersten »Yoga«-Stunde, die ich nach meiner Kopfverletzung besucht hatte.

Möge Mutter Erde durch uns wirken und uns in allem, was wir tun, leiten. Mögen wir uns täglich aufs Neue verpflichten, das Unrecht zu bekämpfen, das wir in der Welt um uns herum sehen.

»Bitte leite mich, Mutter Erde«, flüsterte ich. »Ich weiß nicht, wie ich die Sklaven befreien kann.«

Geh, kam die Antwort.

Sicher nicht, dachte ich. *Was ist mit der Bekämpfung des Unrechts?*

Geh jetzt, sagte die Stimme in meinem Kopf. Ich verstand die Logik dahinter, zu gehen; theoretisch könnte ich effektiver sein, wenn ich mit einem Plan, Waffen, aufgeladener Magie und einem Team zurückkäme. Oder ich müsste gar nicht zurückkommen, wenn ich der Schlange den Kopf abschlüge, denn dann würden ihre grausamen Gefangenschaften aufgehoben. Aber jetzt zu gehen würde bedeuten, dass ich die Mädchen grundlos allein losgeschickt hätte, und es würde bedeuten, Gnrok zurückzulassen, was ich nicht ertragen konnte.

Geh. Jetzt. Meine Füße waren jetzt sichtbar, und meine Arme begannen zu schimmern.

Gut, gab ich nach, obwohl es überhaupt nicht gut war. Meine schwindende Unsichtbarkeit zwang mich zum Handeln.

Ich huschte über den geschäftigen Fabrikboden und hoffte, dass die Orks zu benommen waren, um meine nackten Füße zu bemerken. Und wenn sie es doch bemerkten, würden sie sie vielleicht ignorieren oder denken, sie würden verrückt – was angesichts ihrer schrecklichen Umstände nicht überraschend wäre. Ich flitzte am Kohleberg vorbei, am Hochofen, den verschiedenen Lagerräumen und war fast an der Tür, die nach draußen führte, wo der Neonazi-Skinhead die Menge bewässert hatte. Ich musste nur noch an diesem Xarlug-Wächter vorbei und wäre in Freiheit. Das Gesicht des Wächters zuckte, und mein Herz hüpfte wild in seinem Käfig.

Verdammt! So nah an der frischen Luft!

Hinter mir ertönte ein panisches Gurgeln und ein Krachen. Ohne nachzudenken blieb ich stehen und drehte mich um. Ein Ork war auf die Knie gefallen und hatte dabei einige Kisten umgestoßen, wodurch das Glas im Inneren zerbrochen war. Der Wächter hatte es gesehen, daher das seltsame Gesichtszucken. Er steuerte direkt auf den keuchenden Ork zu, und ich musste aus dem Weg springen, um ihm auszuweichen. Es war der perfekte Zeitpunkt, um mir den Fluchtweg zu ermöglichen, aber ich konnte nicht anders, als zurück auf den Ork am Boden zu schauen.

»Du nutzloses Stück-!«, schrie der Wächter. Er zog seinen Schlagstock und begann, auf den kämpfenden Ork einzuschlagen sowie auf jeden Arbeiter, der versuchte, ihm zu helfen. »Ihr könnt hier nichts kaputt machen!« Er schlug dem Ork auf den Rücken, und dieser stürzte zu Boden, Blut spritzte aus seinem Mund. »Tollpatsch!« Klatsch. »Dummkopf!« Klatsch. Jeder Ork, der versuchte, dem jetzt bewusstlosen Arbeiter zu helfen, wurde genauso hart geschlagen. Sie kamen immer wieder, um ihm zu helfen, und wurden immer wieder zurückgeprügelt. Immer mehr Gefangene legten ihre Werkzeuge nieder, um zu sehen, was los war. Der Wächter fingerte an seinem Gürtel nach seiner Fernbedienung und begann, die Orks, die sich ihm näherten, zu tasern. Die Spannung der Fesseln musste auf Blitzschlag eingestellt gewesen sein, denn sobald sie getasert wurden, fielen sie wie Bäume um, und es gab den schrecklichen Geruch von versengten Haaren und verbranntem Fleisch. Alles, was der Wächter tun musste, war, auf sein Ziel zu zeigen und einen Knopf zu drücken, und die Sklaven waren völlig kampfunfähig. Diejenigen, die noch bei Bewusstsein waren, lagen stöhnend auf dem Boden, die Augen nach hinten verdreht. Doch noch mehr Arbeiter kamen heran, Wut in ihren Augen, bereit, die Fernbedienung zu entreißen. Der Wächter taserte panisch so viele wie möglich, aber er war in der Unterzahl. Er rief nach Verstärkung und schaute zu den Überwachungskameras, aber die schienen gestört zu sein. Mir wurde plötzlich klar, dass der Putsch orchestriert worden war. Keine Verstärkung kam; keine Sirene ertönte. Ich musste die Orks nicht retten, weil sie sich selbst retteten.

Ich wandte mich von der blutigen Szene ab – die Sklaven zerrissen den Wächter nun – und rannte zur Tür, aber eine riesige, fleischige Hand packte meine Schulter. Ich schrie erschrocken auf und drehte mich um, bereit zu erklären, dass ich auf ihrer Seite war, nur um festzustellen, dass das nicht nötig war.

»Asha«, sagte Gnrok und blinzelte, als wäre er im Dunkeln gewesen und ich ein helles Licht. »Bist du das wirklich?«

»Gnrok!«, rief ich aus und warf meine Arme um ihn. »Ich bin so froh, dass ich dich gefunden habe! Wir waren so besorgt! Morgan ist so beunruhigt über dein Verschwinden. Ich bin sogar zu deinem Haus gegangen, um nach dir zu suchen.«

»Ich habe versucht, meinen Bruder zu finden«, sagte er niedergeschlagen. »Er ist nicht hier.« Seine Trauer war greifbar. Der Tumult hinter ihm wurde immer blutiger. Die Taser-Fernbedienung war unter dem Stiefelabsatz eines besonders kräftig aussehenden Sklaven zertrümmert worden.

»Hast du das geplant?«, fragte ich und hob mein Kinn in Richtung des Aufstands.

Gnrok nickte. »Das ist erst der Anfang.«

»Komm mit mir«, sagte ich, wohl wissend, dass er es nicht tun würde.

Er schüttelte den Kopf. »Tut mir leid, Hexe. Mein Platz ist hier. Wir müssen dieses Lagerhaus dem Erdboden gleichmachen.«

»Es gibt genug Orks hier, die diese Aufgabe erledigen können«, sagte ich. »Wenn du mit mir kommst, kannst du meinem Team beitreten und wir können die Hexe finden und vernichten, die hinter all dem steckt.«

Seine Augenbrauen schossen nach oben. »Hexe?«

Nachdem sie den Xarlug-Wächter in Stücke gerissen hatten, steuerten die Arbeiter auf die Vampire in der Laborabteilung zu. Ich stellte mir die Blutspritzer auf den Laborkitteln und den perfekt weißen Wänden vor.

»Die Besitzerin von Æterna«, antwortete ich.

Er grinste humorlos. »Du glaubst, das wird einfach sein?«

»Nein«, erwiderte ich. Nichts Wertvolles war je einfach. »Es geht nicht darum, ob es einfach ist.«

Er blickte zurück zu seiner Mannschaft, wandte seinen Blick wieder mir zu und nickte leicht. »Okay.«

KAPITEL 14

NUKLEARE ZAUBEREI

ASHA

Wir hörten Schreie, als wir durch die Tür nach draußen traten, und ich erschauderte. Ich hasste diese Vampire dort drinnen genauso wie jeder andere, aber sich vorzustellen, wie die Orks ihre Körper in Stücke rissen, war trotzdem grauenhaft.

»Gibt es einen Laster?«, fragte ich. Gnrok nickte. Wir rannten um das Gebäude herum in Richtung der Laderampe. Die Luft war heiß und trocken. Als wir uns näherten, bekam ich ein merkwürdig mulmiges Gefühl und wurde langsamer.

»Etwas stimmt nicht«, sagte ich.

Gnrok warf mir einen verwirrten Seitenblick zu. Das war nichts Neues. Nichts stimmte hier.

Ich streckte die Hände aus. »Es gibt hier eine Energie... ich weiß nicht, was es ist.«

»Egal«, brummte der Ork. »Wir verschwinden.«

Ich schüttelte den Kopf. Die Haare in meinem Nacken stellten sich auf. Es gab etwas oder jemanden hier, das sehr beunruhigend war. Ich spürte es bis in meine Eingeweide. Ich atmete aus und überlegte, falls ich meinen Atem sehen könnte, wäre es wahrscheinlich ein Geist, aber es gab keine gespenstische Kälte in der Luft.

»Wir müssen los«, drängte der Ork.

Ich wollte das auch, aber mein Instinkt schrillte. Ich schaute mich um und versuchte, meinen Atem zu beruhigen.

Was zum Teufel war das?

»Vielleicht spürst du einfach das Böse an diesem Ort«, überlegte Gnrok. »Sie haben uns nicht gut behandelt.«

»Vielleicht«, sagte ich. Ich bewegte mich wieder langsam vorwärts. Das Gefühl wurde stärker, und ich schluckte.

Als wir um die Ecke bogen, nur wenige Meter entfernt von dem Laster, in den wir beide so sehnlich einsteigen wollten, erschien sie, den Zauberstab in unsere Richtung gestreckt.

»Keine Bewegung«, sagte die Hexe, ihr Fauchen zeigte ihre ruinierten Zähne. Sie waren so braun, dass es aussah, als hätten wir sie beim Schokoladeessen erwischt.

Ich hatte sie zuvor nur einmal getroffen, aber ich erkannte sie sofort. Mildred Malachay. Ihre Anwesenheit hier ergab keinen Sinn. Kapitän Morgan hatte mir gesagt, dass sie aus der Anstalt geflohen war, aber was machte sie *hier*?

Ich hob meine Hände in Kapitulation. »Wir sind auf derselben Seite.«

Sie räusperte sich und spuckte vor Gnroks Füße. »Falsch.«

»Doch, Malachay. Der Grund, warum ich hier gelandet bin, ist, dass ich damit beschäftigt bin, die Mädchen zu retten.«

»Ich sehe keine Mädchen«, höhnte sie. Ihre Haare waren seit langem nicht mehr gebürstet worden. Sie waren so verfilzt, dass ich bezweifelte, dass sie jemals wieder einen Kamm durchziehen könnte. Sie würde mit rasiertem Kopf noch gruseliger aussehen. Ich wusste, dass das Verschwinden und der anschließende Tod ihrer Tochter sie vor Kummer wahnsinnig gemacht hatten, aber wenn sie uns aufhalten wollte, müsste ich Maßnahmen gegen sie ergreifen.

»Ich weiß jetzt, wo sie sind«, sagte ich. »Die vermissten Töchter. Ich brauche nur mein Team, um sie zu retten. Es gibt einen talentierten Portalmacher-«

Die Hexe begann, mit ihrem Zauberstab auf uns zu wedeln.

»Die Werwölfe haben mir die Wahrheit gesagt, verstehst du.«

Sie hatte mit den Wölfen gesprochen? »Ich dachte, du hasst sie«, sagte ich. »Ich dachte, du gibst ihnen die Schuld an Maxines Tod.«

Sie zuckte bei dem Namen ihrer verstorbenen Tochter zusammen. »Natürlich tat ich das«, antwortete sie. »Denn das stand im Polizeibericht, nicht wahr? Aber es war alles eine große Lüge. Es waren überhaupt nicht die Wölfe. Palefang hat mir alles erzählt.«

Ich stutzte. »Palefang?«

»Er hat mich aus dem Gefängnis befreit. Er und seine Leute. Er erzählte mir von diesem Ort und gab mir die Werkzeuge, die ich brauchte, um ihn zu zerstören.«

»Warte, was?«

Sie ignorierte meine Frage. »Ihr alle sagt, ich sei verrückt, dass ich eine Verschwörungstheoretikerin bin, aber rate mal? Es *ist* eine Verschwörung. Dieses ganze Ding.« Sie deutete auf das Fabrikgebäude. »Dieses ganze Ding. Ich habe den *wahren* Autopsie-Bericht gesehen. Den, der vertuscht wurde, um die Werwölfe zu beschuldigen. Ich habe ihn mit eigenen Augen gesehen!«

»Es wurde nichts vertuscht«, sagte ich, aber ich wusste, dass es sinnlos war, mit ihr zu streiten. Wir mussten weg.

Ihre Augen waren wild. »Du glaubst, du weißt, was vor sich geht, aber du hast keine Ahnung.«

Okay, ich hatte keine Zeit für sowas.

»Malachay, wir steigen jetzt in den Laster. Komm mit uns.«

»Du denkst, es geht um ein paar vermisste Mädchen, aber die Verschwörung ist viel tiefer und weiter als das.«

»Komm mit uns«, drängte ich sie. »Du kannst uns alles erzählen.« Ich würde ihr sogar einen Aluhut basteln.

»Es waren die ganze Zeit die Vampire und die Orks«, sagte sie und entblößte wieder diese schrecklichen Zähne. »Sie wollen das ganze Land zerstören. Sie wollen das Königreich dem Erdboden gleichmachen, und sie haben die Waffen dazu. Ich spreche von nuklearer Zauberei. Ich spreche von einer dunklen magischen Bombe, die jenseits der Vorstellungskraft liegt.« Sie richtete ihren Zauberstab auf Gnrok. »Sie haben das Leben meines Mädchens genommen. Mein Mädchen! Sie war die einzige Person im Königreich, die mir etwas bedeutet hat. Gewalttätige Vampire, widerliche Orks. Ich werde sie dafür bezahlen lassen.«

Mein Kopf begann zu schmerzen. »Du hast recht«, sagte ich. »Die dunklen Mächte verschwören sich. Aber nicht alle Orks sind böse, und dort hinten gibt es ein ganzes Lager mit gefangenen Orks unter Smaragde-Kontrolle. Gnrok und ich tun, was wir können, um die Vampire zu stoppen und die Mädchen zu retten, also geh bitte aus dem Weg.«

Bevor ich sie aufhalten konnte, murmelte sie einen Zauberspruch und schickte einen elektrischen Strom in Richtung Gnrok. Ich sprang in die Luft vor ihn und benutzte das gestohlene Schutzamulett an meinem Handgelenk, um den Zauber zu blockieren. Es absorbierte die Magie perfekt, und ich spürte einen Schauer der Macht, als es das tat. Eine neue Welle von Magie floss unter meine Haut und machte mir klar, dass das magische Artefakt einen nicht nur vor Angriffen schützte, sondern auch diese Kraft abzapfte und an seinen Träger weitergab. Das würde sehr nützlich sein.

Malachay presste ihren Mund zusammen und ihre Augen glitzerten vor Wut. »Du bist *eine von denen*?«, fragte sie und rümpfte angewidert die Nase.

»Nein!«, schrie ich, obwohl ich das gar nicht beabsichtigt hatte.

»Du hast Maxine nicht gerettet«, sagte sie. »Niemand kümmerte sich um Maxine.«

»Ich schon«, beharrte ich. »Ich kümmere mich um Maxine und ich kümmere mich um dich. Aber die Orks dort drinnen zu töten, wird unserer Sache nicht helfen. Sie hassen den Smaragde-Clan genauso wie wir. Wir brauchen sie auf unserer Seite.«

Die verrückte Hexe blinzelte mich an und dachte darüber nach.

Ich verengte meine Augen. »Als du sagtest, Palefangs Rudel habe dir gegeben, was du brauchst, um diesen Ort zu zerstören, was meintest du damit?«

Die Augen der Hexe wurden unstet, und ich bekam ein sehr schlechtes Gefühl. Sie begann, sich von uns zurückzuziehen, aber ich wusste, dass ich sie nicht entkommen lassen konnte.

»Malachay«, warnte ich. »Stopp.« Ich streckte meine Hand aus, um zu zeigen, dass ich es ernst meinte.

Sie grinste, ihr braunes Lächeln jagte mir Schauer über den Rücken. Sie bewegte sich weiter rückwärts, in Richtung des Lagerhauses. »Wenn du auch nur einen Funken in meine Richtung schickst«, warnte sie, »werden wir alle in Stücke gesprengt.« Sie öffnete ihren Hexenumhang und enthüllte ihren Oberkörper, der mit kreuzweise verlaufenden Drähten und blauen Dynamitstangen bepackt war.

Ich hörte, wie Gnroks Kehle ein seltsames Geräusch machte. Wir beide wussten, wie zerstörerisch blaues Feuer war.

»Ich sterbe so oder so«, sagte sie, ihre Augen funkelten vor Eifer. »Aber ihr müsst das nicht.«

KAPITEL 15

IMPEDIO

ASHA

Mein Kopf schwirrte vor Ideen für Zaubersprüche, die ich nutzen könnte, um die Bedrohung zu neutralisieren. Feuermagie würde nicht helfen, aber vielleicht könnte ich Wasser oder Eis verwenden. Würde eine gefrorene Bombe immer noch explodieren? Zu riskant. Ich kannte die chemische Zusammensetzung von blauem Dynamit nicht, daher wüsste ich nicht, wie ich es entschärfen sollte.

Während ich verzweifelt nachdachte, ging die verrückte Hexe weiter rückwärts. Sie wusste, dass es nur eine Frage von Minuten war, bis die Orks aus der Fabrik strömen und in die Freiheit fliehen würden.

»Die Wachen und die Vampire sind tot«, sagte Gnrok. »Du wirst unschuldige Leute töten.«

Malachay schnaubte. »So etwas wie unschuldige Leute gibt es nicht.«

Mit ihr war nicht zu reden. Ich nahm die Magie, die ich durch den Zauber absorbiert hatte, den sie auf Gnrok geschleudert hatte, und ohne Vorwarnung warf ich ihn in ihre Richtung. *»Impedio!«*

Sie erstarrte augenblicklich; selbst der schreckliche Ausdruck auf ihrem Gesicht blieb, als ob der Wind die Richtung geändert hätte. *Impedio*-Magie hielt nie lange an, also war es keine dauerhafte Lösung. Bestenfalls würde es uns ein paar Minuten verschaffen.

»Nicht schlecht«, sagte Gnrok.

»Es ist nur vorübergehend«, antwortete ich. »Sehr vorübergehend.«

Als wir ein Summen hörten, schauten wir beide nach oben. Eine Drohne schwebte über dem Gelände. Ich wusste nicht, ob sie den Smaragdes oder dem Palefang-Rudel gehörte, aber in beiden Fällen bedeutete es Ärger. Wenn es eine Vampir-Spionagekamera war, würden sie Verstärkung schicken. Wenn es die Wölfe waren...

»Fernzünder?«, vermutete ich. Eine Möglichkeit, die Bombe zu zünden, falls Malachay ausgeschaltet würde.

»Wir müssen die Orks aus dem Gebäude holen«, sagte ich. Gnrok nickte. Wir rannten zurück zu der Stelle, von der wir gekommen waren.

Drinnen herrschte das absolute Chaos. Nicht zufrieden damit, ihre Entführer getötet zu haben, zerstörten die Sklaven jeden Teil der Infrastruktur. Ich konnte es ihnen nicht verübeln. Flaschen wurden zerschmettert; Metallwerkzeuge wurden auf Förderbänder geworfen, um die Maschinen zu blockieren. Wissenschaftliche Ausrüstung wurde in den Ofen geworfen.

Gnrok versuchte, sie zusammenzutreiben, aber ihre neu entfachte Mob-Mentalität ließ das nicht zu. Er hatte die große Ausgangstür auf der anderen Seite des Lagerhauses geöffnet und schrie: »Steigt in die Lastwagen! Steigt in die Lastwagen!«, aber niemand schenkte ihm Beachtung. Ich musste etwas tun, aber ich wusste, wenn sie nicht auf ihn hörten, würden sie sicherlich nicht hören wollen, was ein mickriger Mensch zu sagen hatte.

Ich wandte meine Augen von dem ab, was von der Xarlug-Wache übrig geblieben war, die den Ork mit dem Taser angegriffen hatte, umging die schmutzige Blutlache und nahm seine AK-47 auf, die ölig vor Blut war. Im Chaos war sie größtenteils von einem Karton bedeckt worden, aber das Metall der Waffe hatte einen bestimmten Glanz, der meine Aufmerksamkeit erregte. Ich richtete sie nach oben und drückte den Abzug, feuerte eine großzügige Kugelsalve in die hohe Decke.

In der Sekunde fast völliger Stille, die folgte, schrie Gnrok »Lauft!« und die Orks zögerten nicht. Sie stürmten so laut hinaus, dass ich mir die Ohren zuhalten musste, während ich hinter ihnen herrannte. Ich folgte den freien Männern zu den Lastwagen, wohin Gnrok sie dirigierte, und alle quetschten sich in die Anhänger. So chaotisch wie ihre Gewalt im Inneren des Gebäudes gewesen war, verhielten sie sich jetzt wie Soldatenameisen – folgten einander instinktiv und ohne einen Hauch von Aggression. Motoren begannen zu brüllen, und der erste von einem Dutzend Lastwagen begann, die schmale Straße hinunterzurasen, wie sie es schon so oft zuvor getan hatten. Dieses Mal transportierten sie jedoch, anstatt illegale Elixiere, Leben und lieferten Orks in die Freiheit.

Ein zweiter Lastwagen, dann ein weiterer, rasten davon. Gnrok, zufrieden damit, dass alle auf dem Weg waren, gesellte sich zu mir und wir liefen zum letzten Lastwagen der Flotte. Die Drohne schwirrte immer noch wie eine lästige Mücke über uns. Ich verspürte den Drang, sie mit meiner neuen automatischen Angriffs-waffe abzuschießen, widerstand aber. Wir kletterten hinein, wobei Gnrok den Fahrersitz übernahm. Er drückte den Zündknopf und trat aufs Gas, und wir holten schnell den Rest der Flotte ein, die den trockenen Sand am Straßenrand aufwirbelte. Ich war gerade dabei, den längsten Seufzer meines Lebens auszustoßen, als hinter uns ein gewaltiges *BOOM* ertönte. Die Kraft der Explosion schmetterte unseren Lastwagen zur Seite und wir pflügten durch einen kleinen Sandhügel. Gnrok gewann die Kontrolle über das Fahrzeug zurück und brachte uns wieder auf die Straße. Erst dann sah ich, was wir zurückließen. Das riesige Gebäude war fast vollständig dem Erdboden gleichgemacht, und eine gewaltige Wand aus blauen

Flammen verschlang gierig die Überreste. Eine weitere Explosion erschütterte unseren Lastwagen, und als die dritte explodierte, waren wir gerade weit genug entfernt, um uns sicher zu fühlen. Ich schaute auf die AK-47, schaltete die Sicherung ein und lehnte mich in den Sitz zurück.

Heiliger Hexenzauber, das war verdammt knapp.

»Dieses blaue Dynamit hat ganz schön Wumms«, sagte Gnrok.

Ich lachte, hauptsächlich aus Erleichterung, dann erinnerte ich mich an die verrückte Hexe Malachay und mein Lächeln verblasste. Wenigstens würde sie in Frieden ruhen können.

KAPITEL 16

MEUTERER

ASHA

Die Heimfahrt verlief glücklicherweise ereignislos. Das eingebaute Funksprechsystem ermöglichte es uns, mit den anderen Fahrern zu kommunizieren, und ein Treffpunkt wurde vereinbart. Gnrok, von dem ich wusste, dass er nicht der beste Fahrer war, besonders wenn er emotional aufgewühlt war, lieferte eine ruhige und entspannte Fahrt ab und setzte mich am Stadtrand ab, wo ich Sam gebeten hatte, mich abzuholen. Seit meiner Auseinandersetzung mit Alyndra Sybil hatte ich eine irrationale Angst vor E-Taxis, und der riesige Truck hätte es nicht leicht gehabt, durch die von Bäumen gesäumte Vorstadt zu navigieren, in der ich wohnte. Außerdem sehnte ich mich danach, Sam zu sehen. Ich vermisste ihn, und vor allem brauchte ich das Gefühl der Sicherheit, das ich empfand, wenn ich in seinen Armen lag. Ich hatte mich schon lange nicht mehr sicher gefühlt.

Als ich Gnrok bat, mich zu begleiten, lehnte er ab. Er wollte bei den anderen Orks sein, damit er sie informieren konnte. Sie mussten wissen, dass der Krieg begonnen hatte und dass sie zwar frei, aber nicht sicher waren. Waffen, Bunker und Strategien würden erforderlich sein, und Gnrok war der Meinung, dass er derjenige sein sollte, der sie anführte, genauso wie er den Sklavenaufstand geplant hatte. Sie sollten ihm nach dem Erfolg des Putschs und der Art und Weise, wie er sie aus der Gefahrenzone des inzwischen dem Erdboden gleichgemachten Lagerhauses gebracht hatte, vertrauen.

Ich stimmte zu, dass es das Richtige war, und er ließ den Truck aufheulen und ließ mich Abgase einatmend zurück. Ich rannte zu Sams Auto, das auf einem Kiesstreifen neben der Autobahn geparkt war. Er lehnte am Kofferraum und beobachtete mich liebevoll. Wir trafen uns in einer langen Umarmung, und er löste sich nur, um mich zu küssen. Ich war wieder in seinen Armen. Autos fuhren vorbei, einige hupten bei unserer Umarmung.

»Gott, ich habe mir solche Sorgen um dich gemacht«, sagte er in mein Haar hinein. »Die Mädchen sind sicher zu Hause.«

Ich hob meinen Blick und sah den Schlafmangel in seinem Gesicht. Dunkle Ringe, geschwollene Augen, obwohl er immer noch hundertprozentig umwerfend aussah.

»Es war eine wilde Fahrt«, sagte ich. Wie konnte ich ihm überhaupt alles erzählen, was in den letzten achtundvierzig Stunden passiert war?

»Ich habe deine Fahrt gesehen«, sagte er. »Trampst du jetzt bei Lastwagen mit?«

»Ich bin nicht getrampt«, antwortete ich. »Und das war kein Lkw-Fahrer.«

»Okay«, sagte er und lockerte seinen Griff um mich. »Zeit, dich nach Hause zu bringen. Du kannst mir alles erzählen, wenn du dich erholt hast.«

Ich schüttelte den Kopf. »Wir haben keine Zeit zum Erholen.«

»Verflucht nochmal, die hast du sehr wohl«, argumentierte er. Er öffnete mir die hintere Tür, und als ich ihn fragend ansah, sagte er, es sei, damit ich mich hinlegen und ausruhen könne. Ich nickte und stieg ein. Er hatte eine gekühlte Wasserflasche und ein Sandwich für mich eingepackt, beides verschlang ich.

»Du machst hervorragende Sandwiches«, sagte ich zu ihm, und zwanzig Minuten später rieb er meinen Arm, um mich zu wecken.

»Wir sind zu Hause«, sagte er sanft. »Die Mädchen können es kaum erwarten, dich zu sehen.«

Sobald ich durch die Haustür stolperte, wurde ich fast von den Mädchen überrannt. Dusty und Abigail umarmten mich so fest, dass ich nicht atmen konnte. Es fühlte sich so gut an, sie zu Hause und in Sicherheit zu haben.

Savvy schob sie beiseite. »Ich bin dran!«, rief sie und umarmte mich genauso fest. Ihre Umarmung begann freudig, aber innerhalb von Momenten weinten wir beide. »Du hast es geschafft«, schluchzte sie immer wieder. »Du hast es geschafft, du hast es geschafft. Du hast mein Baby gerettet.«

Wir heulten beide eine Weile los und hörten erst auf, als Sam uns dampfende Tassen Tee brachte. Es war der beste Tee, den ich je getrunken hatte, und das sagte ich ihm auch. Beruhigt durch das Zu-Hause-Sein, das Wiedersehen mit den Mädchen und den warmen Tee fühlte ich mich nicht mehr zum Weinen. Mein Bett rief nach mir, aber ich musste allen erzählen, was passiert war und was es für uns bedeutete. Ich hatte auch eigene Fragen.

»Zaleria?«, fragte ich.

»Zu Hause bei ihren Eltern und deren Hausarzt«, antwortete Dusty. »Er sagt, es geht ihr gut, sobald der Schock nachlässt. Sie fragt ständig nach Mercury.«

Ich zuckte zusammen.

»Sie haben einen ziemlich großzügigen Scheck für dich hinterlassen, als sie sie abholten«, sagte Savvy mit einem Funkeln in den Augen. »Reicht zu sagen, du wirst nie wieder einen Tag in deinem Leben arbeiten müssen.«

»Wenn das nur wahr wäre«, seufzte ich. Ich fühlte mich, als könnte ich tagelang, wochenlang, monatelang schlafen. Ich beneidete Schneewittchen. Dennoch war ich für das Geld äußerst dankbar. Es würde einen langen Weg gehen, um das Naturschutzprojekt am Leben zu erhalten – die Tiere zu füttern, Chione ein Gehalt zu zahlen. Und wir würden die Finanzierung für andere Dinge brauchen – Kriege sind nicht billig.

»Chione möchte, dass du sie anrufst«, sagte Sam. »Sie sagte, es sei dringend, wollte mir aber nichts weiter verraten.«

Ich nickte. »Das werde ich tun. Wie seid ihr Mädels so schnell nach Hause gekommen?«

Abigail setzte sich auf. »Der Verschleierungszauber hat super funktioniert. Niemand hat uns aufgehalten, als wir gingen. Wir sind der Straße gefolgt, bis wir zu einer Autobahn kamen, und sind auf die Ladefläche eines Pickups gesprungen, der am Straßenrand gehalten hatte. Wir sind heimlich auf der Ladefläche mitgefahren und er hat uns bis in die Stadt gebracht. Wir sind an einer Ampel abgesprungen und haben das Telefon einer netten Dame ausgeliehen, um meine Mutter anzurufen, und sie und Rick haben uns im Monstertruck abgeholt.«

Ich schüttelte den Kopf. »Ihr Mädels seid unglaublich. Ich bin so stolz auf euch.«

Sie allein aus dem Gelände gehen zu lassen, war eine schwierige Entscheidung gewesen, aber es war die richtige gewesen. Beide strahlten mich an.

»Stoker?«, fragte ich.

»Immer noch beim Rudel«, antwortete Sam. »Er sagte, du sollst ihn anrufen, wenn du zurück bist, um die Planung mit Palefang abzustimmen und weil er an deiner Seite sein möchte.«

»Salty?«

Sam schüttelte den Kopf. »Haben sie nicht gesehen.«

»Und Rick?«

»Ist Lebensmittel für uns einkaufen gegangen«, sagte Dusty. »Wir verhungerten fast, als wir nach Hause kamen.«

Ich stellte mir Rick vor, wie er seinen panzerartigen Monstertruck mit Lebensmitteltüten füllte, und das gab mir ein warmes und amüsiertes Gefühl.

»Ich werde dir ein Willkommensfestmahl kochen«, erklärte Savvy. »Mit allem Drum und Dran!«

Abigail und ich schüttelten gleichzeitig den Kopf. »Nein, danke«, sagten wir.

Sie schnappte nach Luft und sah beleidigt aus.

»Du bist eine wunderbare, wunderbare Freundin und Mutter«, sagte ich beruhigend. »Du kannst nicht in allem gut sein.«

Savvys Mund klappte auf. »Meuterer, allesamt.«

»Ich mache dir einen Vorschlag«, sagte Armstrong. »Sobald Asha geschlafen hat, nehme ich euch alle zum Abendessen in den Cog mit.«

»Juhu!«, rief Dusty. Es war nicht nur ihr Lieblingsort, sondern dort waren auch ihre Halbgeschwister.

Es war ein seltsam ergreifender Moment. Wir fühlten uns wie eine Familie, eine *echte* Familie, und trotz allem jubilierte mein Herz.

»Aber zuerst erzähle uns alles«, sagte Abigail. Meine Freude ebbte ab. Die anderen Mädchen waren noch da draußen. Henrys Notiz besagte, dass Apollo mich brauchte, und ich brauchte Apollo, um uns zurück nach Celestia zu portieren. Wir konnten nicht riskieren, Salty oder die magische Autowaschanlage zu benutzen; die Sicherheit des Taschenreichs war zu streng, und wir müssten über hundert Mädchen zurückbringen, was die Talente meines Lieblingsschleimbolls und seiner Artgenossen überstieg.

Meine Augen begannen sich zu schließen, und ich realisierte, dass ich niemandem nützte, wenn ich mich nicht ausruhte, egal wie dringend die Situation war.

»Du bist blass geworden«, sagte Sam. »Lass uns nach oben gehen.«

Die Mädchen sahen enttäuscht aus, ebenso wie Savvy. Sie brannten darauf zu erfahren, was passiert war.

»Ich erzähle euch alles beim Abendessen«, versprach ich und schlurfte von ihnen weg die Treppe hinauf in mein Schlafzimmer. Obwohl ich verzweifelt nach einem Bad und danach lechzte, die Celestia-Pyjamas von meinem Körper zu reißen, um sie zu verbrennen, tat ich nichts dergleichen. Ich kann mich nicht einmal daran erinnern, meinen Kopf auf das Kissen gelegt zu haben, aber als ich Stunden später zum ersten Mal erwachte, spürte ich Sams Körper, der meinen umhüllte, und glitt zurück in schlummernde Glückseligkeit.

KAPITEL 17

EINE NEUE HEXE

ASHA

Ich wachte auf, ohne zu wissen, welche Tages- oder Nachtzeit es war. Ein Teil von mir wollte für immer weiterschlafen, aber der andere wollte das Abendessen, das Sam mir versprochen hatte, und Zeit, um mit meinen Lieblingsmenschen zu sitzen und zu planen, was als Nächstes zu tun war. Ich fühlte mich anders, jetzt wo ich wusste, wo die entführten Mädchen waren – selbstbewusster, dass wir sie retten könnten, und hoffnungsvoller auf einen guten Ausgang. Zuvor hatte ich keine Ahnung, wo sie waren oder ob sie überhaupt noch am Leben waren. Ich hatte keinen Schimmer. Ich hatte kein Schutzamulett oder ein loyales Team. Verdammt, ganz am Anfang dieser Mission hatte ich nicht einmal Zugang zu meinen eigenen Erinnerungen. Aber die Dinge änderten sich, und ich fühlte mich bereit, die Welt zu erobern – oder besser gesagt, die Hohe Hexe anzugreifen, die all dieses Leid überhaupt erst verursacht hatte.

Im Moment lief alles gut. Dusty und Abigail waren in Sicherheit, Garrett war aus dem Spiel, Savvy trank sich nicht mehr in ein frühes Grab, und wir hatten endlich die Mittel, die wir brauchten, um

Harveys Tiere zu füttern und zu versorgen. Solange ich das Monokel hatte, war meine Sehkraft größtenteils wiederhergestellt, abgesehen von flüchtigen Momenten der Verschwommenheit – was eher durch Emotionen als durch die Nachwirkungen körperlicher Schäden verursacht sein könnte. Detektiv Sam Armstrong war der Mann, von dem ich nie wusste, dass ich ihn brauchte, und er schien meine Gefühle zu erwidern, obwohl wir auf dem Papier ein schreckliches Paar waren. Die Göttin weiß, dass ich mich nicht verhexen wollte, indem ich zu optimistisch war, aber die Dinge schienen sich zum Besseren zu wenden.

Ich rollte aus dem Bett, zog den weißen Schlafanzug aus, den ich hasste, und versprach mir selbst, ihn bei Gelegenheit in einer heiligen Zeremonie zu verbrennen. Ich dachte an all die Mädchen, die in Celestia in denselben Schlafanzügen feststeckten, unbesorgt und sorglos, unwissentlich darauf vorbereitet, als Æterna-Futter zu enden. Ich würde ein Feuer machen – wie ich es immer zur Wintersonnenwende tat, um zu verbrennen, was mir nicht mehr diente – und ich würde sehen, wie der Schlafanzug flammt, raucht und zu bitterer Asche wird. Feuer reinigt. *Puritas antedecit.*

Eine schnelle Dusche statt meines üblichen langen, tiefen, bei Kerzenschein genommenen Bades folgte. Saubere Kleidung und ein Hauch Make-up. Ich fühlte mich wie eine neue Frau. Eine neue Hexe.

»Wow«, sagte Sam, als ich die Treppe herunterkam. Ich sah sowohl Verlangen als auch Zärtlichkeit in seinen Augen, als er mich betrachtete. Mir wurde klar, dass er mich in allerlei Zuständen gesehen hatte, aber meist schmutzig, verletzt und ängstlich. Er hatte mich in meinen verletzlichsten Momenten gesehen. Er hatte mich verletzt und nackt gesehen. Er hatte mich blind gesehen.

»Du siehst richtig gut aus, wenn du dich herausgeputzt hast«, sagte Rick, den ich bis dahin gar nicht wahrgenommen hatte.

»Hey«, warnte Sam. »Flirte nicht mit meiner Frau.«

Rick hob seine baseballhandschuhgroßen Hände kapitulierend. »Ich stelle nur die Fakten fest, Mann.«

Savvy hatte sich eines meiner schwarzen Kleider geliehen. Es war ein zurückhaltender Look für sie – normalerweise war sie bis zum Gehtnichtmehr gestylt und mit Accessoires geschmückt – und sie hätte ausgesehen, als wäre sie in Trauer, wenn da nicht das Lächeln auf ihrem Gesicht gewesen wäre. Nägel unlackiert, Gesicht ohne Make-up, keinerlei Bling. Sie erinnerte mich an ihr jugendliches Selbst, als wir einen ewigen Pakt geschlossen hatten, Blutsschwestern zu sein. Plötzlich spürte ich einen Tsunami der Zuneigung für meine beste Freundin und zog sie in eine Umarmung.

»Ich liebe dich«, sagte ich.

Ihre Augen funkelten. »Ich liebe dich auch.«

WIR QUETSCHTEN uns in den Panzer, da es das einzige Fahrzeug war, das die ganze Bande aufnehmen konnte. Wir waren zu sechst, und nach ein paar Telefonaten wurde vereinbart, dass Chione, Stoker und Salty uns dort treffen würden.

»Ich kann es kaum erwarten, Ferras Bratkartoffeln zu essen«, sabberte Dusty.

»Ich sehne mich nach dem Ingwerbier«, sagte Abigail.

Savvy und ich tauschten sanfte Blicke aus. Es wärmte unsere Herzen, die Mädchen zurück zu haben und zu sehen, wie gut sie miteinander auskamen, wie Schwestern. Wie wir es waren, wie wir es immer sein würden. Sam schaute den größten Teil der Fahrt aus dem Fenster, scheinbar in Gedanken versunken, während er gedankenverloren meinen Rücken streichelte, was mir jedes Mal eine Gänsehaut bescherte, wenn er meine nackte Haut berührte.

Die Fahrt verging schnell, hauptsächlich dank Ricks Fahrkünsten und seinem schweren Fuß auf dem Gaspedal, und bevor wir es wussten, kletterten wir aus dem Monstertrucck vor dem Copper Cog & Ale.

Wie immer fühlte es sich an, wie nach Hause zu kommen, wenn wir den Gastropub betraten. Ich würde diesen Ort nie satt werden, und ich würde sicherlich nie der fantastischen Fernaks überdrüssig werden. Die freigelegten Backsteinwände, die Kupferrohre, die Steampunk-Elemente, die tickenden Uhren, die schwebenden Feuer … sie alle waren Zeichen dafür, dass es Zeit war, meine Abwehr zu senken, meinen Körper zu entspannen und einfach die dort verbrachte Zeit zu genießen. Fighour stand hinter der Theke, und als er uns sah, gab er uns diesen Blick, der als Lächeln durchging – eine Art mürrische Anerkennung, dass das Leben nicht immer schrecklich war – und winkte uns herüber. Er polierte ein Bierglas. Er hielt es gegen das Licht, um es zu inspizieren, bevor er es ins Regal stellte.

»Ihr seid heute im privaten Speiseraum«, sagte er und neigte seinen Kopf in diese Richtung. »Ferra ist dort und richtet alles her.«

»Ooh«, erwiderte ich. »Wir sind jetzt VIPs.«

»Du warst schon immer ein VIP«, antwortete er und zwinkerte. Er nahm ein anderes Glas und hielt es über die Teekanne, um es zu bedampfen.

»Very Irritating Person?«, witzelte Dusty.

Ich stieß sie mit dem Ellbogen an, weil sie so abgedroschen war, obwohl ich liebte, dass sie sich selbstbewusst genug fühlte, um mich aufzuziehen.

»So was in der Art«, antwortete Fig mit einem Funken Belustigung in seinen Augen. Er konnte gut mit Kindern umgehen, das war schon immer so gewesen, trotz seiner rauen Art. »Was möchtet ihr trinken?«

Wir gaben unsere Bestellung auf: kalte Pints Lagerbier für Rick, Sam und mich und Ferras feuriges Ingwerbier für Savvy und die Kinder.

Ich unterdrückte den Drang, Savannah zweimal anzusehen, als sie ein alkoholfreies Getränk wählte, und wir bewegten uns als Gruppe in Richtung des privaten Raumes, der mich leider immer noch an Mordecai erinnerte.

KAPITEL 18

SCHATTENMENÜ

ASHA

Als wir den Speisesaal betraten, drehten sich vier fröhliche Gesichter zu uns, um uns zu begrüßen.

»Asha!«

»Rookie!«

»Dusty!«

Sie standen auf, um mich zu umarmen, und ich nahm jede Umarmung dankbar an.

Ferra, Chione, Salty und Stoker hatten alle auf uns gewartet. »Ah«, murmelte ich vor Freude, sie alle zu sehen, glücklich und gesund. »Es ist *so schön*, euch alle zu sehen.«

»Ich kann nicht glauben, dass du sie gefunden hast!«, sagte Ferra und korrigierte sich schnell selbst. »Ich meine, ich *wusste*, dass du es schaffen würdest. Aber hervorragende Arbeit! Das Abendessen geht aufs Haus.«

Sam warf ihr einen unbeeindruckten Blick zu. *Das war nicht der Deal,* schien er zu vermitteln. Sie grinste ihn nur an. Wenn sie wüsste, dass ich einen Scheck über eine Million Koin in meiner Tasche hatte.

»Du musst uns alles erzählen«, sagte Stoker mit intensivem Blick.

»Gute Arbeit, Hexe«, erkannte Chione an. »Wo ist das Geld?«

»Gib ihr doch erst mal eine Chance, sich zu setzen, ja?«, sagte Stoker.

»Aber du hast das Geld bekommen?«, fragte die Grimalkin.

»Ich habe das Geld bekommen«, bestätigte ich und konnte mein Strahlen nicht unterdrücken. Es war ein so großartiges Gefühl zu wissen, dass das Naturschutzprojekt gerettet war.

»Gib her!«, sagte sie und machte Greifbewegungen mit den Händen. Sie scherzte nur halb. Wir hatten vereinbart, dass ich es auf das Bankkonto des Projekts einzahlen würde und sie meine Erlaubnis bräuchte, um Geld abzuheben. Wir wussten beide, dass man Grimalkins nicht mit glänzenden Dingen trauen konnte.

Wir setzten uns und die Getränke kamen. Ich schaute gar nicht erst auf die Speisekarte, weil ich wusste, dass Ferra den Chefkoch gebeten haben würde, etwas Besonderes für mich zuzubereiten. Die Mädchen bestellten Cheeseburger, Savvy einen Hähnchensalat und Stoker ein ultrarargebratenes Filetsteak.

»Gerade genug, um es zu erschrecken«, waren seine Worte, und ich konnte nicht anders, als zu kichern.

Wir tranken und holten auf. Als das Essen kam, hatte ich ihnen bereits alles erzählt, was sie über Lilian Black, den Celestia-Kult und das Æternal-Elixier wissen mussten.

»Æterna?«, wiederholte Chione. »*Das* Æterna?«

Ich zuckte mit den Schultern. Ich hatte noch nie zuvor von dem Unternehmen gehört.

»Hexe«, erklärte sie auf eine Weise, die einem Kleinkind zugute-kommen würde, »das ist praktisch die reichste Firma auf dem ganzen Kontinent.«

»Nee«, sagte ich. »Davon hätte ich gehört.«

»Es ist ein Korb voller Unternehmen«, erklärte Stoker. »Extrem erfolgreiche Marken. Du kennst sie alle – weißt nur nicht, dass sie alle einem Mega-Konzern gehören. Seeeeehr glückliche Aktionäre. Sie drucken praktisch Geld.«

»Erinnerst du dich, wie reich die Sybil-Zwillinge waren?«, fragte Chione. »Sybil Corp?«

Ich konnte nicht anders, als zu erschaudern. »Ja.«

»Gehört zu Æterna«, sagte sie.

Ich hätte mich fast an meinem Bier verschluckt.

»Go Solar. Shocklit. Liscious. ALLE Mineralwassergeschäfte. Die meisten Luxushotelketten...«

»Okay«, ich nickte. »Ich verstehe. Sie besitzen alles.«

»Und natürlich Platelet«, fügte Ferra hinzu.

»Platelet«, sagte ich langsam. Ich wusste, dass etwas Unheimliches an dieser Marke war. Sie waren überall. »So verteilen sie das Blut. Und das Elixier.«

»Ein Schattenmenü«, sagte Ferra.

Abigail schaute auf. »Was ist das?«

Ferra richtete ihren Wikingerhelm. »Das ist, wenn es in einem Lokal eine geheime Speisekarte gibt, die nur einige ausgewählte Kunden kennen.«

»Hast *du* ein Schattenmenü?«, fragte sich Dusty und stellte damit die Frage, die uns allen durch den Kopf ging.

Ferra schüttelte tadelnd den Kopf. »Nun, Stinktier, es wäre kein Schattenmenü, wenn ihr alle davon wüsstet, oder?«

Ich war sicher, dass nicht nur ich bemerkt hatte, dass sie die Frage nicht beantwortet hatte.

Wir alle machten uns über unser köstliches Abendessen her, die Mädchen verschlangen ihre Burger, als hätten sie tagelang nichts gegessen.

»Langsam«, sagte ich zu ihnen. »Ihr bekommt noch Bauchschmerzen.«

Kaum hatte ich die Worte ausgesprochen, erkannte ich, dass es etwas war, das eine Mutter sagen würde. Chione hob eine Augenbraue. *Sieh dich an, wie mütterlich du dich verhältst.*

Stokers blutiges Steak verschwand noch schneller als die Burger. Er wischte sich die Lippen mit einer Serviette ab und warf mir einen langen, durchdringenden Blick zu. »Also, was ist der Plan?«

»Ich hatte gehofft, wir könnten zusammen einen ausarbeiten«, sagte ich mit einem Mundvoll herrlich knuspriger, dreifach frittierter Süßkartoffel.

»Aber du hast eine Idee«, drängte er. »Ich kann es sehen.«

»Du traust mir zu viel zu«, erwiderte ich. Als er nicht lächelte, fuhr ich fort: »Okay, ich dachte nur, dass dieser Angriff zwei Stoßrichtungen haben muss.« *Zwei Fliegen, eine Klappe.*

Ferra hörte auf, den Mädchen weitere Beilagen zu servieren. »Angriff?«

»Ja, *Angriff*«, bestätigte Stoker. »Sonst sind wir nur Sitzenten. Angriff ist fast immer erfolgreicher als Verteidigung.«

»Ich sehe, du hast Zeit mit dem Palefang-Rudel verbracht«, bemerkte Rick.

»Und was ist daran falsch?«, verlangte der Werwolf zu wissen.

»Nichts, nichts«, sagte der Ork und schüttelte den Kopf. »Nur eine Beobachtung.«

Stoker drehte sich zu mir um. »Die Zeit ist jetzt, Asha. Jetzt, oder es wird zu spät sein.«

Ich legte mein Besteck beiseite, plötzlich hatte ich keinen Appetit mehr. Ich rieb mir das Gesicht. Ich wusste, dass er recht hatte.

»Ja«, antwortete ich. »Die Zeit ist jetzt. Aber eine durchdachte Strategie ist die Zeit wert, die es braucht, sie zu planen.«

Er atmete scharf durch die Nase aus, lehnte sich zurück und verschränkte die Arme.

»Zwei Pläne«, fuhr ich fort. »Beide sind unverzichtbar. Der erste ist natürlich, die Mädchen zu holen, bevor sie sie wieder verschwinden lassen.«

»Was, wenn sie sie bereits verlegt haben?«, fragte Abigail mit großen Augen.

Ich schüttelte den Kopf. »Nach dem, was ich dort erlebt habe, ist das Reich viel zu aufwendig, um es schnell zu verlegen. Es wird Zeit und eine Menge Magie erfordern, diese… Illusion zu transportieren, ganz zu schweigen von der realen Logistik, das Hightech-Labor und die Blutfarm zu verlegen. Sie haben ein absolutes Vermögen investiert, also denke ich nicht, dass sie riskieren würden, es zu beschädigen. Allein die Sicherheit – es gibt so viele Schichten – wird ein Cluster-Kopfschmerz sein, sie zu übertragen. Ich denke, wir haben mindestens weitere vierundzwanzig Stunden, vielleicht mehr. Außerdem weiß Lilian Black, dass ich ihr Schutzamulett habe, also weiß sie, dass wir zu ihr portalen können, wo auch immer sie ist.«

»Das ist also das Erste«, sagte Rick. »Die anderen Dinge, die wir tun müssen, sind Apollo zu finden, das magische Gemälde zu sichern und die Mädchen zu retten.« Wenn es nur so einfach wäre.

»Wo fangen wir an?«, fragte Sam, der während des größten Teils des Abendessens ruhig gewesen war.

»Die Hohe Hexe aufspüren«, antwortete ich. »Diejenige, die das alles überhaupt erst angefangen hat.«

KAPITEL 19

EIN BESONDERER GAST

ASHA

Die Skunks wussten automatisch, wann sie unsere Teller abräumen sollten, und Ferra gab jedem von ihnen ein anerkennendes Zwinkern. Fig brachte ein riesiges Tablett mit Kaffee, und Ferra half dabei, die Tassen zu verteilen. Es gab eine Platte mit Süßigkeiten, die mich an meine Copperfield-Tage erinnerten: Ingwerkekse, Toffee-Bomben, Feuerbälle, vulkanische Schokolade. Als ich mich an die Namen erinnerte, wurde mir klar, wie gewalttätig sie alle klangen. Salty lehnte zum ersten Mal überhaupt einen Nachtisch ab, und ich fragte mich, ob das Mixen dieser magischen Milchshakes etwas damit zu tun hatte. Ich hatte noch nie einen Kobold so grün im Gesicht gesehen.

Ferra kam vom Eingangsbereich zurück. »Rookie, du hast einen besonderen Gast.«

Ich schaute von meinem Kaffee auf und hatte nicht die geringste Ahnung, wer es sein könnte.

Ferra trat zur Seite, und Madame Copperfield schritt herein. Eine Stille legte sich über den Raum, was mich daran erinnerte, wie respektiert sie überall im Reich war. Ihr titanfarbenes Haar strahlte vor ihrer dunklen Haut wie ein Heiligenschein aus heller Asche.

Ich stand automatisch auf. »Direktorin«, sagte ich. »Ich hatte nicht erwartet, Sie hier zu sehen.«

Tatsächlich hatte ich die Schulleiterin noch nie woanders als in der magischen Akademie gesehen.

»Wir haben Dinge zu besprechen«, erklärte sie, »und ich wollte dich nicht zu mir bestellen. Dafür hast du keine Zeit.«

Dusty huschte von ihrem Stuhl, bot ihn Copperfield an, die sich herzlich bedankte und sich setzte, wobei ihr langer Rock über den Boden fegte.

»Es gibt gute Nachrichten«, sagte sie. »Und schlechte.«

Könnte nicht einmal jemand nur gute Nachrichten haben? »Ich bin ganz Ohr«, sagte ich.

Der Kopf eines jungen Zwergs tauchte neben der Direktorin auf und stellte eine Tasse Tee vor ihr ab.

»Die schlechte Nachricht ist, dass Apollo das Gemälde mitgenommen hat. Wieder einmal. Craic Blackloth war außer sich vor Wut. Ich hatte Angst, er könnte spontan in Flammen aufgehen. Zum Glück konnte Virvaris ihn beruhigen.«

Argh! Ich wusste es. Das *Wiesel*. Meine Hände ballten sich zu Fäusten, und ich knirschte mit den Zähnen. Soviel zum reinherzigen Taschendieb. Kleines Stück-

»Bevor du den Jungen verurteilst«, fuhr Copperfield fort, »glaube ich, dass er es getan hat, um Haryk Virvaris' Leben zu retten.«

»Sie geben ihm zu viel Kredit«, kochte ich. Wahrscheinlich versuchte er gerade, das Artefakt auf dem Schwarzmarkt zu verkaufen, während wir hier sprachen.

»Asha Viridian Rook«, tadelte sie. »Ich würde es begrüßen, wenn du auf deinen Ton achten würdest.«

Zurechtgewiesen löste ich meine Finger. Sams beruhigende Hand wanderte in meinen Schoß.

»Ich bitte um Entschuldigung, Direktorin«, sagte ich. »Ich fühle mich nur-«

»Ich verstehe deine Verdächtigungen, Asha, und du hast ein Recht darauf. Du bist dem Mann noch nicht begegnet und kanntest seine mutigen und selbstlosen Eltern nicht. Aber Apollo abzulehnen, wird uns allen schaden. Mit deinen eigenen Worten: Apollo ist der Schlüssel. Lass ihn nicht entkommen.«

Ich rieb mir wieder das Gesicht. Ich hoffte, dass es nicht zu einem Tick wurde.

»Ja, Direktorin«, antwortete ich. Henrys Notiz hatte auch - irgendwie - für Apollo gebürgt, also erinnerte ich mich daran, aufgeschlossen zu sein. »Ich werde ihn finden, ich verspreche es.« Selbst wenn ich nicht wollte, hatte ich keine Wahl. »Er ist der Einzige, der die vermissten Töchter durch ein Portal nach Hause bringen kann.«

Scheinbar zufrieden nickte sie und nahm einen Schluck Tee.

»Die guten Nachrichten?«, fragte Savvy zögernd.

Copperfield entspannte sich endlich genug, um zu lächeln. »Die guten Nachrichten sind, dass wir glauben zu wissen, wo sich der junge Apollo aufhält.«

Ich ließ meinen Teelöffel fallen, und er klapperte auf meinem Unterteller, was Savvy zusammenzucken ließ.

Tut mir leid, formte ich mit den Lippen, als wären wir beide wieder zu Schulmädchen in der Copperfield-Speisehalle reduziert worden.

»Wo?«, fragte Stoker. »Ich hole ihn.«

»Angesichts seiner Koordinaten«, sagte die Direktorin, »glaube ich nicht, dass es so einfach sein wird.«

Innerlich stöhnte ich. Ich wollte keine weitere schwierige Reise. Ich wollte nicht wieder in irgendein furchterregendes Taschenreich reisen. Ich hatte Oblivion kaum überlebt, dann Obsidian, *dann* Celestia. Tränen stiegen mir in die Augen.

Madame Copperfield deutete den Ausdruck auf meinem Gesicht richtig, denn sie stellte ihre Teetasse ab und nahm meine Hand. »Du armes Ding«, sagte sie. »Es wird nicht so schwierig sein wie die vorherigen Reisen.«

»Woher wissen Sie das?«, fragte ich.

Sie lächelte und brach den Augenkontakt nicht. »Weil du dort einen Freund hast.«

Einen Freund?, dachte ich. Ich konnte mir nicht vorstellen, wen sie meinen könnte. Alle meine Freunde befanden sich im Raum.

»Erlösen Sie mich von meinem Elend«, sagte ich. Es gab genug Geheimnisse bei diesem Fall, ohne dass man mich raten lassen musste, was wir ohnehin schon wussten.

»Bitte entschuldige«, sagte die Schulleiterin. »Ich wollte die Dinge nicht noch schwieriger machen. Hier sind die guten Nachrichten: Der sehr clevere Haryk Virvaris hat einen Ortungszauber auf das Gemälde gelegt, für den Fall, dass jemand es erneut stehlen würde. Als Apollo also mit dem Artefakt aus Blackloths Gedächtnispalast verschwand, konnte der Elf ihn orten.« Copperfield bemühte sich nicht, ihre Belustigung zu verbergen. »Damit hat er sich, wage ich zu behaupten, die ewige Bewunderung des mürrischen Bibliothekars gesichert, eine nahezu unmögliche Leistung.«

Dusty nickte mit nach unten gezogenen Lippen, scheinbar ebenfalls beeindruckt.

Mit vollem Bauch und ausgetrunkenem Bier fühlte ich mich wieder müde und wünschte, wir könnten einfach zur Sache kommen. »Können Sie uns die Koordinaten geben?«

»Natürlich«, erwiderte Madame Copperfield. »Ich dachte, du würdest nie fragen.«

Als ich die Augen zusammenkniff, gab sie mir ein freches Zwinkern. »Ich habe den Standort an dein Handy gesendet, als ich ankam.«

Ich zog mein Handy heraus und sah die Benachrichtigung. »Danke.«

»Ich danke *dir*, liebe Asha. Du machst mich weiterhin stolz.«

Ich dachte, sie würde bleiben, um ihren Tee zu beenden, aber sie sagte, sie habe »viel zu erledigen«, bevor sie aus dem Raum rauschte.

Als ich mich umschaute, sah das Team ein wenig verblüfft aus.

»Um es klarzustellen«, wagte Sam, »Apollo ist *nicht* in einem gefährlichen Taschenreich?«

»Richtig«, antwortete ich. »Wahrscheinlich weil das der Ort ist, an dem jeder ihn erwarten würde.«

»Also...?«, fragte Rick und lehnte sich nach vorne.

Ich tippte auf meinen Bildschirm, um den Forage Maps-Standort zu öffnen, aber er war gesperrt, mit einem Timer, der herunterzählte. Noch elfeinhalb Stunden, bis er entsperrt würde, mit einer Nachricht von der Direktorin: »Schlafe gut, Asha. Du wirst es brauchen.«

Chione zog mich beiseite, als wir gingen. Sorgenfalten kräuselten ihre sonst glatte Stirn.

»Was ist los?«, fragte ich. Ich hatte die Grimalkin nicht oft besorgt gesehen, und jetzt, wo wir Geld für die Tiere hatten, konnte ich nicht verstehen, warum sie beunruhigt war.

»Es ist Rap«, sagte sie.

Ich war überrascht. »Was? Warum? Was stimmt nicht?«

»Er ist nicht mehr er selbst. Seine Federn verblassen, fallen aus. Er ist ständig müde. Früher war er wie ein Welpe, wollte immer fressen und spielen. Jetzt liegt er nur noch da, teilnahmslos. Seine Augen sind stumpf.«

»Wir brauchen einen Tierarzt«, sagte ich. »Einen Tiermagier. Sofort.«

Gesucht: Dinosaurier-Vogelflüsterer.

»Bist du verrückt?«, spottete sie. »Wir würden vor den Rat gebracht werden, weil wir ein illegales Wesen halten.«

Wie konnte irgendein lebendiges Wesen als illegal bezeichnet werden? Ich wollte das Gesetz anfechten, aber ich musste meine Kämpfe auswählen.

»Nun?«, verlangte ich, als wäre es ihre Schuld, dass der Dinosaurier-Vogel uns in eine Strafkolonie bringen würde. »Kennst du jemanden, der helfen könnte?«

Sie schüttelte den Kopf. »Nicht, es sei denn, du kannst Harvey wieder zum Leben erwecken.«

»Versuch mich nicht in Versuchung zu führen«, erwiderte ich.

»Ich habe alles versucht«, sagte sie. »Sein Lieblingsessen, sein Lieblingsspielzeug. Er blinzelt mich nur mit diesen stumpfen Augen an und schläft dann wieder ein. Ich glaube, er hat auch sein Feuer verloren. Ich habe nicht einmal einen Funken gesehen. Er verschlechtert sich schnell.«

Es könnte alles Mögliche sein. Heimweh. Eine gewöhnliche Erkältung. Eine magische Krankheit, die nur Regenbogen-fedrige hohle-Gliedmaßen Sichelkrallen-Sauroraptoren befällt.

»Verdammt.« Ich konnte das Fluchen nicht unterdrücken. Zusammen hatten Rap und Chione unser Leben gerettet, indem sie uns aus dem Smaragde-Taschenreich herausgeflogen hatten. »Es muss doch etwas geben, das wir tun können.«

»Ich habe bereits jeden gefragt, dem ich vertraue«, antwortete Chione. »Mir gehen die Optionen aus.«

»Die Leere weiß, dass ich null medizinische oder tierärztliche Expertise habe«, begann ich. »Aber wie wäre es mit einer Antibiotika-Kur? Und Flüssigkeitszufuhr. Eine Kochsalzlösung-Infusion mit Breitspektrum-Antibiotika.« Wenn nichts anderes, würde es die meisten Infektionen ausschließen. »Und halte ihn warm.«

Die Grimalkin nickte. »Okay. Das klingt gut. Es gibt einen ganzen Raum mit medizinischem Zeug für Tiere. Ich werde nachsehen, und wenn ich nichts finde, werde ich etwas besorgen.«

»Gib aus, was du brauchst«, sagte ich. »Ich werde den Scheck so schnell wie möglich einlösen und die Zahlung freigeben. Und für Futter natürlich. Und dein Gehalt, mit Nachzahlung.«

Chione nickte wieder. »Betrachte es als erledigt.«

Als ich zur Kasse ging, um für das Abendessen zu bezahlen, schüttelte Fig den Kopf. »Tut mir leid«, sagte er, ohne überhaupt zu wirken, als ob es ihm leid täte. »Jemand war schneller als du, plus ein ziemlich... üppiges Trinkgeld.«

»Sam?«, fragte ich.

»Nein«, antwortete er. »Die Chalices. Sie haben eine stattliche Summe für dich hier auf ein Konto eingezahlt. Dein Guthaben wird wahrscheinlich erst im Jahr... « Er runzelte die Stirn über seinem Bildschirm, als würde er im Kopf rechnen. »2082 aufgebraucht sein. Es sei denn, du gewöhnst dich daran, diesen teuren Champagner zu bestellen. Dann reicht es nur bis in die späten Siebziger.«

Ich lachte, aber Fig nicht. Stellte sich heraus, dass er nicht scherzte. Die Chalices waren offensichtlich überglücklich, ihre Tochter wieder zu Hause zu haben.

Wir umarmten alle zum Abschied und vereinbarten, uns am nächsten Morgen bei mir zu treffen, sobald der Kartenpin entsperrt wäre. Savvy und Abigail wollten bei uns bleiben, und Rick bestand darauf, uns nach Hause zu fahren. Ich war beunruhigt wegen Raps Zustand, und Sam hielt mich fest.

»Ich wünschte nur, es gäbe etwas, was ich tun könnte«, murmelte ich und schaute aus dem Fenster in die Schwärze der Nacht.

»Ich verstehe«, sagte er. »Aber du kannst nicht die Welt retten.«

Aber er verstand nicht. Es war buchstäblich mein Job, die Welt zu retten.

KAPITEL 20
BERGAMOTTE

ASHA

Ich kam bei der Auric Bank genau zur Öffnungszeit an, eine Stunde bevor Copperfields Nachricht freigegeben werden sollte. Die Sicherheitsleute waren nicht besonders erpicht darauf, mich einzulassen.

»Rufen Sie die Empfangsdame an«, sagte ich zu ihnen. »Agreement.«

Nach einem kurzen Funkspruch ins Gebäude nickte der Mann mit dem Walkie-Talkie, und der andere Wachmann ließ mich durch die Drehtür passieren. Agreement stand auf der anderen Seite, ihr goldenes Namensschild glänzte.

»Hallo nochmal«, sagte ich lächelnd.

Sie erwiderte meine Freundlichkeit nicht. »Ihre Fingerabdrücke sind nicht im System registriert, was bedeutet, dass Sie nicht zu unseren Kunden gehören, was wiederum bedeutet, dass Sie hier nicht willkommen sind.«

Ich ignorierte ihren barschen Ton und lächelte weiter. »Ich würde gerne ein Konto eröffnen.«

Ihr genervter Gesichtsausdruck wich einem ziemlich herablassenden Blick. »Ich fürchte, wir haben strenge Kriterien für Neukunden.«

Ich wusste, worauf sie hinauswollte. »Ich habe zwei Millionen Koin zum Einzahlen«, sagte ich. »Ich würde das gerne sofort erledigen. Ich habe noch andere Dinge zu tun.«

Agreement blinzelte, unsicher, ob sie mich ernst nehmen sollte, und begriff, dass sie lieber auf der Seite des Vertrauens irren sollte, als einen wertvollen Kunden zu verlieren. Ich reichte ihr die Schecks, um die Sache zu beschleunigen. Ich hatte noch andere Orte aufzusuchen. Sie betrachtete das luxuriöse Papier, auf dem die Schecks gedruckt waren, und erkannte das Gefühl echter Auric-Produkte. Als sie den Kontoinhaber bemerkte, starrte sie mich an.

»Sie«, flüsterte sie.

Ich klebte mir das Lächeln wieder ins Gesicht. »Ich«, erwiderte ich.

»Sie waren diejenige, die-«

»Ja«, ich nickte. »Können wir die Einzahlung vornehmen? Ich muss noch woanders hin.«

»Ich sollte wütend auf Sie sein«, flüsterte sie. »Ich sollte den Sicherheitsdienst rufen.«

»Nein«, antwortete ich. »Sie sollten mir helfen, die Schecks einzuzahlen.«

»Erst versuchen Sie, sich als Frau Chalice auszugeben, und jetzt versuchen Sie, sie zu bestehlen.«

»Nein«, sagte ich erneut. »Sie können Sabine anrufen. Alles ist völlig korrekt.«

Sie nahm Anstoß daran, dass ich Chalices Vornamen benutzte. »Ich *werde* sie anrufen.«

»Gut«, sagte ich. »Aber könnten Sie sich beeilen?«

Nachdem Sabine Chalice die Sicherheitsfragen am Telefon bestanden und bestätigt hatte, dass die Schecks keine Fälschungen waren, blieb Agreement nichts anderes übrig, als mir zu helfen. Ich eröffnete zwei Auric-Konten, eines für das Naturschutzprojekt und eines für meinen persönlichen Gebrauch. Es fühlte sich immer noch unwirklich an, so viel Geld zu haben.

»Sie waren früher die Empfangsdame«, sagte ich später, als wir in ihrem neuen Büro saßen.

»Ich wurde befördert.« Sie hörte auf zu tippen, als der Groschen fiel. »Sie waren *das*.«

»Nö.« Ich zuckte mit den Schultern.

»Halfpint wurde auch befördert. Am selben Tag. Sie *waren* es.«

»Ich habe es geschätzt, dass ihr beiden mich nicht an die Metro Realm Einheit ausgeliefert habt. Und ich fand, ihr beide wart brillant in euren Jobs. Ihr habt die Beförderungen verdient. Übrigens, wie geht es Davis?«

»Besser«, antwortete sie gedehnt und versuchte, mich zu durchschauen. Sie starrte mich mit ihren goldenen Iriden an.

»Was?« fragte ich. »Werden Sie mir keinen Bergamotte-Tee anbieten?«

KAPITEL 21

CARPE THE DAMN DIEM

ASHA

Ich kam gerade rechtzeitig nach Hause, um für das Team Kaffee zu kochen, bevor sie zur vereinbarten Zeit um neun Uhr morgens eintrafen. Ich machte mir eine geistige Notiz, ihre Bankdaten zu erfragen, damit ich sie für ihre bisherige Arbeit bezahlen konnte. Ich hätte nie gedacht, dass ich einmal in der Lage sein würde, das zu tun, und es machte mich glücklich.

»Du bist mir zuvorgekommen«, sagte Sam, als er die heiße Tasse von mir entgegennahm, sein Gesicht noch vom Schlaf zerknittert, während er seine warmen Arme um mich schlang. Er wollte mich festhalten, aber ich hatte zu viel nervöse Energie.

Ich nahm meine CARPE THE DAMN DIEM Tasse und war bereit für Taten. Noch bevor ich einen Schluck genommen hatte, war ich aktiviert. Als Dusty und Abigail auftauchten, kicherten sie und waren wie Superhelden gekleidet.

Ich schüttelte den Kopf. »Ihr zwei bleibt hier, sicher und wohlbehalten.«

109

»Neiiiin«, sangen sie im Chor. »Die Direktorin hat gesagt, es würde nicht gefährlich sein.«

»Das werde ich beurteilen«, erklärte ich.

Die anderen kamen alle innerhalb weniger Minuten an. Es schien, als wäre jeder bereit zu carpen. Wir kippten mehr Kaffee hinunter, als unbedingt nötig war, während wir darauf warteten, dass der verdammte Timer 00:00:00 erreichte und den Live-Standort-Pin freischaltete. Der magische Ortungszauber war raffiniert, und die Tatsache, dass es eine App dafür gab, war fantastisch. Ich liebte es, wenn Magie und Technik sich vermischten.

»Du bist in ekelhaft guter Stimmung«, bemerkte Savvy.

»Warum sollte ich nicht?«, fragte ich. Alles lief richtig. Dann verstand ich meinen Fehler: Wenn alles gut lief, bedeutete das, dass etwas Schlimmes passieren würde. Bald.

Savvy seufzte und zog mich in eine einarmige Umarmung. »Nur ein Scherz. Du verdienst es, glücklich zu sein.«

Mein Handy vibrierte mit der Benachrichtigung, dass die Nachricht entsiegelt wurde, und ich griff schnell danach und öffnete Forage Maps.

»Wo ist das?«, sagte ich laut. Stoker bot an, mein Handy zu nehmen, um einen genaueren Blick zu werfen, also gab ich es ihm.

Madame Copperfield hatte Recht – es war nicht in einem Pocket-Realm. Es war in einem seltsamen grauen Bereich auf der regulären Karte, von dem ich noch nie gehört hatte.

»Es ist eine verlassene Kohlemine«, sagte Stoker nach einer Minute. »Gefährlich.«

»Wie das SubRealm?«, fragte ich. Rick und ich sahen uns ängstlich an. Wir hatten genug von Minenschächten und den darin enthaltenen Sprengstoffen, vielen Dank, und wir hatten immer noch die PTBS-Symptome, um es zu beweisen. Es würde viel Überzeugungsarbeit kosten, damit wir wieder so unter die Erde reisen würden.

»Nein«, sagte Stoker. »Die Schächte sind alle geschlossen. Aber dort ist eine Geisterstadt. Der perfekte Ort, um ein magisches Artefakt zu verstecken, oder?«

Eine Geisterstadt klang überhaupt nicht schlecht. Die Angst verließ meinen Körper und ich begann, mich wieder optimistisch zu fühlen. Ich konnte mir diesen Taschendieb vorstellen, wie er sein bestes Leben in einer verlassenen Siedlung führte, während Touched-Leute die Leere durchquerten und ihn überall suchten. Fing ich an, den Kerl zu mögen? Ich wusste es nicht, aber ich würde es bald genug herausfinden.

»Es ist über vier Stunden Fahrt von hier«, sagte ich. »Salty, könntest du uns durch ein Portal bringen, um Zeit zu sparen?«

»Klar doch«, sagte sie mit vollem Mund von etwas, von dem ich annahm, dass sie es in meiner Küche gefunden hatte.

»Deine Fähigkeiten sind zurück, richtig?«, fragte ich.

»*Ja*«, antwortete sie und verteilte überall Krümel. »Hunderte.«

»Stoker, bitte such Kieron Palefang auf und hol dir aktuelle Informationen. Du kannst ihnen sagen, dass ihr Plan mit Mildred Malachay funktioniert hat, aber jetzt sind wir alle im Fadenkreuz der Hohen Hexe.«

Chione sah mich erwartungsvoll an. Ich gab ihr die Debitkarte für das neue Auric-Konto und ihre Augen blitzten auf, als sie das Logo sah. »Schick«, sagte sie.

»Du kümmerst dich um Rap, richtig?«

Sie nickte. Savvy stand neben ihr.

»Savvy, pass auf die Mädchen auf.«

»Asha!«, stöhnten die Mädchen. »Wir wollen helfen!«

»Ihr könnt helfen, indem ihr hier bleibt«, sagte ich. »Bei nochmaligem Nachdenken, nein. Geht zu den Belore-Zwillingen und schaut, ob ihr die Identität des Eigentümers von Æterna herausfinden könnt. Wir suchen eine Hexe mit genügend Macht, um den Körper einer Vampirkönigin zu kolonisieren.«

Sie nickten beide mit vor Aufregung weit aufgerissenen Augen.

»Also, mit anderen Worten, mehr Macht, als wir je gesehen haben.«

»Ja, Asha«, sagte Dusty. Sie konnte sich ein Lächeln nicht verkneifen.

»Savvy wird dafür sorgen, dass ihr nicht in Schwierigkeiten geratet.«

»Ja, Asha«, sagte Savannah und salutierte spöttisch. Ich zeigte ihr als Antwort den Mittelfinger, was die Mädchen in einen Haufen Gekicher zusammenbrechen ließ.

»Sam, Rick, Salty, wir haben eine Geisterstadt zu besuchen.«

UMHANG, Dolch, Zauberstab, Schutzamulett. Noch eine Tasse Kaffee, und wir waren unterwegs, oder besser gesagt, rasten durch die Raumzeit und hatten das Gefühl, dass unsere Milz zusammengedrückt und unsere Augäpfel aus unseren Köpfen geschlürft wurden. Eine sanfte Landung ließ uns alle der talentierten Goblin danken.

»Dankbarkeit zahlt keine Miete, weißt du«, beschwerte sie sich.

»Keine Sorge«, sagte ich. »Ich kaufe dir einen magischen Milchshake. Ein paar verschiedene Geschmacksrichtungen.«

Sie würgte trocken, was mich schlecht fühlen ließ, aber sie schien nicht niedergeschlagen deswegen.

»Hier ist es gemütlich«, sagte Rick und schaute auf die graue

Wüstenlandschaft. Der Minenstaub war so fein, dass er innerhalb von Sekunden in unseren Lungen war.

»Wir sollten Masken tragen«, sagte ich, wenig hilfreich.

»Pssh«, erwiderte Nilve. »Es ist ein bisschen Staub. Ihr werdet überleben.« Sie nieste, es war nicht hübsch. Ich segnete sie trotzdem.

Wir gingen in Richtung der verfallenen Gebäude. Es schien völlig verlassen zu sein, und ich konnte mir vorstellen, wie Steppenläufer über die Landschaft wehten, obwohl es keine gab. Die Luft roch sauer, und die Brise war kalt. Ich erwarte immer, dass eine Wüstenlandschaft glühend heiß ist, aber natürlich werden sie nachts eisig. Nicht, dass dies eine echte Wüste war, aber sie sah wie eine von Menschenhand geschaffene aus.

»Hier ertrinken Menschen«, sagte Sam und erinnerte mich daran, dass er Polizist war. Oder zumindest früher Polizist gewesen war.

»Im Sand?«, fragte ich verständnislos.

Er schüttelte den Kopf. »Die verlassenen Minen füllen sich mit Regenwasser. Es gibt keine Zäune oder Warnschilder, also benutzen die Kinder aus der Gegend sie als Schwimmbecken.«

Ich verzog das Gesicht. Ein Rezept für eine Katastrophe.

»Und es sind nicht nur Ertrinkungsunfälle«, sagte er. »Wenn das Erz mit Wasser und Luft in Kontakt kommt, produziert es Schwefelsäure. Es vergiftet das Wasser, den Boden, alles. Ein toxisches Vermächtnis. Kein Wunder, dass der Sand zu Staub wird. Kein Wunder, dass es eine Geisterstadt ist.«

Es war also nicht meine Einbildung – es roch sauer wegen der Säure in der Luft. Salty nieste wieder.

»Gesundheit«, sagte ich, aber sie ignorierte mich. Ich nahm es ihr nicht übel. Die Goblinkultur hatte andere Manieren als wir. Außerdem, wen bat ich, sie zu segnen? Welchen Gott oder welche Göttin? Es gab so viele zur Auswahl.

»Schau«, sagte Rick, und wir alle hielten an und strengten unsere Augen an. Vor uns war Bewegung.

»Was ist das?«, fragte ich.

Salty nieste wieder. »Eher *wer* ist das.«

Ihre singenden Stimmen schwebten auf dem säurehaltigen Wind zu uns herüber.

»Kinder«, sagte ich. Kinder, die in der Geisterstadt lebten.

KAPITEL 22

GEISTER MIT ERLÖSUNG

ASHA

»Wir müssen sie warnen«, sagte ich, und Sam stimmte zu, aber Salty schüttelte den Kopf.

»Es ist zu spät«, sagte sie.

»Sei nicht albern«, ermahnte ich sie. »Wir werden ihnen jetzt sofort von der Gefahr erzählen. Sie nach Hause schicken.«

»Es ist zu spät«, wiederholte der Kobold, und endlich verstand ich. Es war tatsächlich zu spät. Dieser Ort war buchstäblich eine Geisterstadt.

Ich brauchte einen Moment.

»Alles okay?«, fragte Sam und berührte meinen Ellbogen.

»Ja«, antwortete ich. »Ich... Noch mehr tote Kinder, weißt du?« Es war, als wäre ich ein Magnet für tote Kinder, und das gefiel mir gar nicht.

Ich atmete tief ein. *Sie sind bereits tot,* sagte ich mir. *Es hat also keinen Sinn, auszuflippen. Auch keinen Sinn, traurig zu sein, denn es ist passiert.*

115

Sie sind nicht traurig. Sie spielen und lachen und haben einen Riesen-spaß. Sie stecken in einer perfekten ewigen Kindheit fest. Was könnte besser sein? Sie müssen nicht essen, trinken oder schlafen, sie können einfach spielen und singen und sich keine Sorgen um Sicherheit oder schlechte Eltern oder Ertrinken oder sonst was machen. Lass dich nicht davon beunruhigen. Aber ich konnte nicht anders. Ich war aufgewühlt.

Es war interessant, dass Apollo ausgerechnet diesen Ort ausgewählt hatte. Mein Herz wurde weicher. Identifizierte er sich mit diesen Kindern? Fühlte er sich verlassen, wie ich? Immerhin wuchs er mit Eltern auf, von denen er dachte, sie wären seine eigenen. Das ist doch etwas. Ich war das Kind, das niemand wollte.

Seltsame Dinge passieren, wenn sie im Raum ist.

Zum ersten Mal fühlte ich eine Verbindung zu dem Taschendieb. Ich wurde weniger misstrauisch und hatte mehr Mitgefühl. Vielleicht hatte ihm niemand gesagt, dass seine Eltern gestorben waren, als sie versuchten, das Reich zu verteidigen, Ehre und Anstand zu verteidigen, aber auf einer tiefen Ebene hätte er es gewusst. Er hätte den Unterschied zwischen dem unversehrten Paar, das ihn adop-tierte, und den Eltern, die er an die dunklen Mächte verlor, erkennen können. Tief im Inneren musste er es immer gewusst haben. Okay, wir hatten Gemeinsamkeiten; das war gut. Wir waren auf derselben Seite. Vielleicht konnte ich das als Druckmittel benutzen, um das Gemälde zurückzubekommen.

Als wir uns näherten, blickten einige der Kinder zu uns auf und liefen weg. Ich war mir nicht sicher, warum Phantome Angst vor uns haben sollten.

Vielleicht haben sie keine Angst, sagte mein paranoides Gehirn. *Vielleicht holen sie Waffen.*

Nachdem ich Oblivion besucht hatte, wurde mir klar, dass Phan-tome genauso gefährlich sein konnten wie Lebende.

Oblivion.

Geisterkinder.

APOLLO BRAUCHT DICH.

Endlich begriff ich, woher Henry Apollo kannte und warum ich ihn beschwören konnte – weil er nicht dorthin weitergezogen war, wohin Geister mit Abschluss gehen. Trotz seiner Zufriedenheit darüber, dass ich seine Schwester aus dem Keller befreit hatte, war er mit der materiellen Welt noch nicht fertig. Ich vermutete, dass er alle tot sehen wollte – und mit »alle« meinte ich Gordon Taranath (erledigt), Sirilla Voltane (erledigt), Lilian Black und die Hohe Hexe von Æterna. Ihre bösen Taten hatten den Jungen an unsere Welt gebunden, und nicht einmal das Brechen des Fluchs durch die Tötung von Taranath hatte ihn befreit. Er lebte hier mit den anderen Geisterkindern, und Apollo war vor Kurzem eingezogen.

»Okay«, sagte ich schließlich. »Ich denke, wir sind hier sicher. Ich glaube, Henry lebt hier.«

Ich dachte, sie würden fragen, wer Henry sei, aber alle schienen sich an ihn zu erinnern. Er hatte so viel Chaos verursacht, dass man ihn schwer vergessen konnte.

Henry Havoc sucht totale Rache.

Zwei Kinder kamen in Sicht. Junge Teenager, beide tropfnass. Sie mussten, wie Sam erklärt hatte, einen der regengefüllten eingestürzten Schächte als Schwimmbecken benutzt haben. Meine Wut über die Inkompetenz der Regierung, einfache Gesetze wie die Schließung verlassener Minen durchzusetzen, wenn sie sie schon nicht sanieren, flammte auf. Ein anständiger Zaun und ein Gefahrenschild würden ausreichen, besonders nach den ersten Ertrinkungsfällen, aber sie bekamen nicht einmal das hin, ganz zu schweigen von der Eindämmung der sauren Grubenwässer, die die Umwelt vergifteten. Ein dunkler Teil von mir wünschte, dass die tropfenden Geister die Verantwortlichen für solche Dinge heimsuchen würden. Sie mit diesem Tropf-Tropf-Geräusch Tag und Nacht verfolgen, bis sie endlich das Verantwortungsvolle tun und diese verlassenen Kohlebergwerke für immer schließen würden. Und sie könnten verdammt noch mal etwas Kompost ausbringen und ein paar Bäume pflanzen. Ich fragte mich, ob Merlin einen Vorschlag für die richtige Art von Pilzen hätte, die helfen würden, das Chaos zu beseitigen. Ich erinnerte mich, dass er mir erzählt hatte, dass bestimmte Pilze verschmutzte Böden und Gewässer neutralisieren können, indem sie sie in eine weniger giftige Form umwandeln. Die Kinder standen da und beobachteten uns, durchnässt.

»Hallo«, rief ich und winkte.

Sie wirkten unsicher, vielleicht fragten sie sich, ob wir hier waren, um sie irgendwie zu täuschen.

»Wir suchen *Henry*«, rief ich. »Er ist ein Freund.«

Sie berieten sich und schüttelten die Köpfe.

»Henry ist mein Freund«, wiederholte ich. »Ihr könnt ihn fragen. Mein Name ist Asha.«

Sie hörten auf zu diskutieren. »Asha?«, riefen sie.

Ich nickte und schrie »Ja!«, falls sie es nicht sehen konnten.

»Asha?«, riefen sie wieder, als ob sie den Namen erkannten.

»Ja!«

Ich schaute auf mein Handydisplay. Wir kamen dem Gemälde näher. Es war definitiv irgendwo in der verfallenen Stadt.

»Komm!«, riefen sie. »Komm, komm!«

Na ja, dachte ich, *wenn sie mich in irgendeine Todesfalle locken, sind sie wenigstens freundlich dabei.*

KAPITEL 23

DER ATMENDE

ASHA

Wir vier trabten zu den ertrunkenen Kindern. Mit ihrer blutleeren Haut und den unheimlichen Augen erinnerten sie mich an Henry, und ich wünschte, ich könnte ihnen helfen. Ich unterdrückte den Drang, sie zu fragen, was passiert war und was ich tun könnte, um ihnen zu helfen, aus dem Limbus herauszukommen, in dem sie feststeckten. Wir hatten keine Zeit, die Klagen aller jungen Geister an diesem seltsamen Ort zu lösen, aber vielleicht könnte ich zurückkommen, wenn sich der Staub gelegt hatte, und einigen von ihnen helfen. Kein Kind verdiente es, im Fegefeuer festzustecken. Während wir sie beobachteten, tropfte weiterhin Wasser aus ihren Haaren und Gesichtern, und die besonders trockene Landschaft, die uns umgab, machte es wirklich unheimlich.

»Du bist Asha!«, sagte der kleinere Junge. »Henry hat uns alles über dich erzählt.«

Der Ältere nickte. »Du bist hier eine Heldin.«

»Bin ich das?«

119

Der kleine Junge nickte begeistert. »Du hast Henrys Schwester und die anderen Kinder gerettet.«

Ich lächelte sie an. »Ich hätte es ohne Henry nicht geschafft. Er war der Held.«

Ich hörte Salty stöhnen, als wolle sie sagen: *Können wir bitte weitermachen?*

»Lebt ihr alle hier?«, fragte ich und deutete auf die verlassenen Häuser, von denen die meisten in Trümmern lagen oder auf dem Weg dorthin waren.

Sie nickten, und ich spürte einen Wasserspritzer, obwohl ich wusste, dass er nicht echt war.

»Es ist ein schöner Ort zum Leben«, sagte der kleinere Junge. Sie sahen sich so ähnlich, dass ich vermutete, sie seien Geschwister.

Ich war überrascht. »Ist es das?«

Der Junge nickte. Er war sehr süß, und es tat mir im Herzen weh. »Es ist besser, hier zu leben, wo es keine lebenden Menschen gibt.«

»Außer den *Zama-Zamas*«, korrigierte ihn sein älterer Bruder.

»Das sind die Bergbaupiraten«, sagte der kleine Junge, und seine Augen leuchteten auf. »Sie graben nach Gold.«

Illegale Bergleute riskierten täglich ihr Leben in diesen verlassenen Minen – es war eine große und gefährliche Subkultur in Südafrika.

»Warum ist es besser, dort zu leben, wo es keine lebenden Menschen gibt?«, fragte ich. Sam nickte, als wollte er sagen, dass auch er das wissen wollte.

»Lebende Menschen geraten immer in *Panik*«, sagte der jüngere Junge.

Der Teenager nickte. »Panik wegen Geld, Panik wegen Beziehungen –«

»Panik wegen Geistern«, fügte das Kind hinzu, und beide lachten.

»Hier ist es viel ruhiger«, fuhr er fort. »Wir sind empfindlich für Energie, für Schwingungen. Hier gibt es nichts. Nur gelegentlich ein Pirat oder Besucher, was ausreicht, um uns zu unterhalten.«

»Wenn du atmest, ist das Leben schwer. Es gibt viel, was dich beunruhigen kann. Aber wenn du ein Geist bist«, sagte der kleinere Junge, »verstehst du, dass nichts es wert ist, in Panik zu geraten.«

»Du lässt den Tod sehr einladend klingen«, scherzte ich, und sie grinsten mich an.

»Du suchst Henry«, sagte der jugendliche Geist.

»Ja«, sagte ich. »Und Apollo.«

»Den Atmenden«, sagte der kleine Junge. »Er hat uns unterhalten.«

Ich stellte mir vor, wie der Taschendieb den Geisterkindern Zaubertricks mit Münzen vorführte.

Ich hörte Saltys Magen knurren. Als ich sie ansah, legte sie eine Hand auf ihren Bauch. »Ich verhungere«, sagte sie. »Ich werde gleich pampig.«

Ich verfluchte mich selbst. Warum hatte ich keine Snacks für den Kobold mitgebracht? Obwohl Nilve eine Erwachsene war, war sie notorisch schlecht darin, für ihre regelmäßigen – und intensiven – Hungerattacken zu sorgen.

»Verdammt nochmal, Salty«, schimpfte ich. »Kannst du nicht einfach einen Proteinriegel in deiner Tasche haben? Ist das so schwierig?«

»Hab ich doch, Hexe!«, zischte sie und zeigte mir ihre schmutzigen, nadeligen Zähne. »Aber ich esse sie ständig, oder? Das ist keine magische Tasche! Sie produziert nicht ständig neue Snacks für mich!«

Ich seufzte laut. Da es eine Geisterstadt war, gab es natürlich kein Essen in Sicht. »Kommt schon«, sagte ich. »Lass uns das hinter uns bringen, damit wir zurückkönnen und den Kobold füttern können.«

»Ich kann kein Portal öffnen, wenn ich hungrig bin«, jammerte sie.

Ich funkelte sie an. »Du wirst es tun, wenn dein Leben davon abhängt.«

Die Geisterjungen führten uns durch die Stadt. Einige der hochwertigeren Gebäude hatten noch ihr Gerippe – wir sahen Überreste von dem, was einmal ein Lebensmittelgeschäft, ein Baumarkt und eine Art Kirche oder Saal gewesen war – aber die meisten Häuser waren völlig dem Erdboden gleichgemacht.

»Wohin bringt ihr uns?«, fragte ich. Sie waren immer noch tropfnass, und ich fragte mich, ob es sie jemals störte. Es schien nicht so.

»Die alte Schule«, sagte der Teenager. »Dort halten sich die meisten von uns auf. Sie haben Stühle in der richtigen Größe und einen alten Projektor, der noch funktioniert.«

»Wir schauen Filme«, sagte der Kleine. »Und manchmal spielen wir unsere eigenen Geschichten nach, besonders die über unseren Tod.«

Beeindruckt nickte ich. Das war wirklich Nischen-Unterhaltung.

Wir gingen an einigen alten ausgebrannten Autoleichen und einer Tankstelle vorbei, die ihr Haltbarkeitsdatum überschritten hatte.

»Es gibt hier keine Bäume«, klagte ich. »Überhaupt keine Pflanzen.«

»Der Boden ist Staub«, sagte der ältere Junge und bestätigte meinen vorherigen Gedanken. »Es ist die Säure. Sie tötet alles.«

»Außer uns«, sagte der kleinere Junge lächelnd. Ich lächelte zurück, trotz der Düsternis, die ich empfand.

Wir näherten uns der Schule, die in besserem Zustand war, als ich erwartet hatte. Kein Dach, aber die meisten Wände standen noch.

Es herrschte definitiv eine fröhlichere Energie, und ich konnte Kinder lachen und spielen hören, obwohl ich sie nicht sehen konnte.

»Warum kann ich euch beide sehen, aber sie nicht?«, fragte ich.

»Weil wir wollen, dass du uns siehst«, sagte der ältere Bruder. »Du wirst nie einen Geist treffen, der nicht getroffen werden will.«

Der kleine Geist nahm meine Hand. »Apollo ist wahrscheinlich auf der Bühne«, sagte er. »Das ist sein Lieblingsplatz.«

Und tatsächlich hörten wir kurz darauf seine schlechte Poesie.

»Doch still! Welch Licht bricht dort durch jenes Fenster?

Es ist der Osten, und das Gespenst ist der Schneesturm.

Geh auf, schöne Sonne, und töte den neidischen Zauberer,

Der schon krank vom Bösen -«

»Buh!«, rief ein Geist. »Buh!«

»Langweilig!«, hechelten andere.

»Schon gut, schon gut«, murmelte ein junger Mann auf einer Bühne, die in einem so schlechten Zustand war, dass sie wie eine Todesfalle aussah. »Schwieriges Publikum.« Er rückte seine Schiebermütze zurecht, nahm einen Bleistiftstummel hinter seinem Ohr hervor und kritzelte in das Notizbuch, das er hielt. Er tippte mit seinen Turnschuhen auf den Boden.

»Zu deprimierend!«, rief jemand aus dem kleinen Geisterpublikum.

»Pfui!«

Apollo räusperte sich laut, um ihre erneute Aufmerksamkeit zu bekommen, und die unruhige Menge beruhigte sich.

»Ene mene miste«, begann er. Es gab etwas Ermutigung, also machte er weiter. »Es rappelt in der Kiste. Kiste kaputt, Papa weint. Ene mene miste.«

Es gab sofort tosenden Applaus und Pfiffe. Die Menge war größer als es zunächst schien, als Geister sich zeigten, um aufzustehen und zu klatschen.

Ich dachte, der Mann könnte wütend werden, weil sie das letztere Gedicht bevorzugten, aber er tat das Gegenteil. Sein Gesicht leuchtete bei dem Applaus auf, und er verbeugte sich und dankte dem Publikum.

Was für ein seltsamer Mensch, dachte ich bei mir.

»Danke, danke«, sagte er, »Ihr seid zu gütig.«

»Zugabe!«, rief ein kleiner Knirps.

»Zu gütig«, murmelte Apollo erneut, während er versuchte, seinen Weg von der Bühne hinunter zu finden, ohne ein Bein zu verlieren. Sobald er auf sicherem Boden war, nahm er sein Buch wieder heraus und machte einige Notizen. Völlig in seine Gedanken versunken, sprang er auf, als wir vor ihm erschienen.

»Der Atmende«, sagte der triefende Geist zur Einleitung. Ich schätze, das war höflicher, als ihn *den schrecklichen Dichter* zu nennen.

»Apollo«, sagte ich. »Du hast keine Ahnung, wie schwer ich nach dir gesucht habe.«

KAPITEL 24
GRIMALKIN MÄDCHEN FÜR ALLES

ASHA

Er blinzelte uns drei an und wirkte leicht beunruhigt. Ich hatte das deutliche Gefühl, dass er vielleicht weglaufen würde. Ich hob meine Hände.

»Ich mochte dein Gedicht«, sagte Salty und versuchte, das Eis zu brechen. Glaube ich zumindest. Vielleicht gefiel es ihr wirklich. Über den Geschmack von Kobolden lässt sich nicht streiten.

Er schaute Salty an und wirkte besorgter denn je.

»Wir sind auf derselben Seite«, sagte ich.

Salty nickte. »Definitiv auf derselben Seite.«

Ich stieß ihr den Ellbogen in die Seite und hoffte, dass sie damit aufhören würde, sich seltsam zu benehmen.

»Au!«, jaulte sie und warf mir einen verletzten Blick zu.

»Wie habt ihr mich gefunden?«, fragte Apollo.

»Oh, keine Sorge«, versicherte ich ihm. »Du bist sicher. Niemand weiß, dass du hier bist.«

»Nun«, sagte Sam, »niemand außer Haryk Virvaris und Direktorin Copperfield.«

»Und der Rest unseres Teams«, ergänzte Salty.

»Wir sind *alle* auf deiner Seite«, sagte ich. Ich stellte mich, Salty und Sam vor.

»Was wollt ihr?«, fragte er.

»Es ist ziemlich kompliziert«, erwiderte ich. »Gibt es irgendwo einen Ort, wo wir reden können?«

Die triefenden Jungen blieben, um mit ihren Freunden auf dem Schulhof zu spielen, der mit Steinen und verrosteten Dachblechen übersät war. Apollo, der uns gegenüber immer noch leicht misstrauisch war, brachte uns zum alten Lehrerzimmer. Dort standen ein paar Stühle, die eine gründliche Reinigung vertragen könnten, auf einem verbrannten Teppich. Vorsichtig setzte ich mich hin. In gewisser Weise war ich froh, dass es kein Dach gab, so konnte uns nichts auf den Kopf fallen.

Apollo starrte mich an, als könnte er seine Augen nicht von mir abwenden, aber nicht auf eine gute Art – eher wie jemand, der bei einem Autounfall gaffen muss.

»Was?«, musste ich fragen.

Als er bemerkte, dass er gestarrt hatte, zuckte er zusammen und schüttelte den Kopf. »Nichts!«

Ich presste verärgert die Lippen zusammen. »Da muss *irgendetwas* sein, sonst würdest du mich nicht so anstarren.«

»Du erinnerst mich nur«, begann er. »Du erinnerst mich nur … an jemanden.«

Ich war nicht überzeugt, beschloss aber, die Sache nicht weiter zu verfolgen. Es gab dringendere Probleme zu lösen.

»Wir können einander helfen«, sagte ich. »Eigentlich *müssen* wir einander helfen.«

»Nein, danke«, sagte er.

Ich öffnete meinen Mund und schloss ihn wieder.

»Nichts für ungut«, sagte er schnell. »Ich bin einfach raus aus dem Spiel. Im Ruhestand.«

Salty schnaubte. »Du bist ein Teenager, du kannst nicht in *Rente* gehen.«

»Ich bin siebenundzwanzig!«, erwiderte er. »Ich kann nichts dafür, dass ich ein jugendliches Gesicht habe.«

»Was?«, fragte ich.

Er sah mich an. »Was?«

Nilve SaltySnaps Magen knurrte wie ein Löwe in der Brunft.

»Ich verlange nicht, dass du für mich stiehlst«, sagte ich. »Ich brauche deine legendären Portal-Fähigkeiten, um in eine extrem gesicherte Taschenrealität zu gelangen. Dringend.«

»Tut mir leid, ich kann euch nicht helfen«, antwortete er. »Ich werde auf absehbare Zeit hier leben. Ich habe genug von Zauberern, Portalmagie und Taschenrealitäten.«

»Du verstehst das nicht«, sagte ich. »Es ist nicht für mich. Es ist kein Job. Es geht darum, das Leben von über hundert Mädchen zu retten, die von Vampiren entführt wurden.«

Er lachte, bis er bemerkte, dass sonst niemand amüsiert aussah. »Moment. Ihr meint das ernst?«

»Als Gegenleistung werde ich den Fluch brechen, der über deinem Kopf hängt.«

»Woher weißt du das?«, fragte er, und seine Haut wurde blass. »Du kannst ihn sehen?«

Ich schüttelte den Kopf. »Ferra hat mir davon erzählt.«

Er betrachtete mich mit neuem Interesse. »Du bist doch nicht etwa diese Hexe? Die *Fluchbrecherin*?«

»Die beste Fluchbrecherin im ganzen Reich«, prahlte Sam und verschränkte die Arme.

Apollos Gesicht wurde lebendiger. »Und du weißt, wie man einen Kill-Your-Darlings-Zauber bricht?«

»Das weiß ich«, sagte ich. »Wenn du mir sagen kannst, wer dich verflucht hat.«

Er nickte aufgeregt. »Das kann ich.«

»Könntest du mich zu ihr bringen?«, fragte ich.

Apollo schluckte. »Ist das der einzige Weg?«

»Nicht unbedingt«, antwortete ich. »Aber dazu kommen wir noch. Wirst du uns helfen?«

Er war kurz davor zuzustimmen, aber ich sah, wie er direkt vor unseren Augen in sich zusammensackte. »Ich würde«, sagte er. »Ich schwöre, ich würde es tun, aber da ist diese Sache, auf die ich aufpasse-«

»Wir wissen über den Marquis-Spiegel Bescheid«, sagte ich. »So haben wir dich gefunden.«

Der junge Mann schob seinen Stuhl zurück, wobei die Stahlbeine über den verbrannten Boden kratzten. »Ihr seid hier, um ihn zurückzuholen«, flüsterte er.

»Nein«, ich schüttelte den Kopf. »Das ist nicht, was hier passiert.«

»Sie haben euch geschickt, um ihn zu holen.« Er schien meine Worte nicht gehört zu haben.

»Apollo«, erwiderte ich. »Das ist nicht, was hier passiert. Madame

Copperfield ist damit einverstanden, dass du der Hüter des Gemäldes bist ... vorerst.«

»Vorerst?«, fragte er.

»Bis wir einen sichereren Ort finden«, sagte ich. »Aber solange du es beschützt, ist dein Leben in Gefahr, und das ist kein akzeptabler Zustand.«

Apollo verarbeitete immer noch die Implikationen. »Copperfield weiß von mir?«

»Glaubst du wirklich, es war ein Zufall, dass ausgerechnet *du* das Gemälde gestohlen hast?«, fragte Salty. »Ihr Menschen habt wirklich keine Ahnung, wie das Reich funktioniert, oder?«

»Wohl nicht«, sagte er, nahm seinen Hut ab und fuhr sich durchs Haar.

Was sollte ich sagen? Ich fühlte genauso. »Du warst in Kontakt mit Henry Holden«, sagte ich.

Apollo war überrascht. »Wie kannst du das wissen?«

»Das ist eine lange Geschichte«, sagte ich. »Henry und ich sind ... verbunden. Wir helfen einander.«

»Cool«, grinste er. »Eine übernatürliche Assistentin zu haben.«

Wenn er es so ausdrücken wollte, hatte er wohl recht. Ich hatte auch eine Kobold-Portalagentin, einen Werwolf-Bodyguard, einen Ork-Chauffeur und ein Grimalkin-Mädchen für alles.

»Henry sagte, du brauchst mich«, sagte ich. »Und Copperfield gab mir deine Koordinaten.«

Er starrte mich wieder an, blinzelte und versuchte zu verstehen.

Sam, der still gewesen war, seit wir an diesem seltsamen verlassenen Ort gelandet waren, übernahm die Kontrolle über das Gespräch.

»Die Sache ist die«, sagte er und lehnte sich vor. »Das alles scheint sehr kompliziert, aber ist es nicht. Nicht wirklich. Wir sollten hier sein, sollten dich finden und dir helfen. Aber zuerst brauchen wir *deine Hilfe*, um zu den Mädchen zu gelangen, denn ihre Zeit läuft ab.«

Apollo setzte seinen Hut wieder auf und seufzte. Er lehnte sich zurück, als hätte er sich damit abgefunden. »Okay.«

Ich tat einen schnellen Doppelblick. »Okay?«

Apollo nickte. »Ich bin dabei. Womit fangen wir an?«

»Mit einem Ort, an dem es Essen gibt«, sagte Salty. »Ich brauche einen Teller Tacos.«

KAPITEL 25

NICHT EINMAL EIN UNKRAUT

ASHA

Ich war begeistert, aber auch ein wenig skeptisch.

»Sind Sie sicher?«, fragte ich. »Es wird gefährlich werden.«

Apollo seufzte erneut. »Ich weiß«, sagte er. »Aber ich erkenne, wenn etwas unvermeidlich ist.«

»Wir haben es mit bösartigen Vampiren zu tun«, fuhr ich fort, »und einer skrupellosen Hoch-«

Ich spürte einen stechenden Schmerz in meinem Schienbein, und als ich zu Salty sah, wurde mir klar, dass sie mich getreten hatte, um mich zum Schweigen zu bringen. Ihre Augen quollen hervor. *Versuchst du, ihn abzuschrecken?*

Ich änderte meine Taktik. »Danke«, sagte ich. »Sie sind wirklich unsere einzige Hoffnung, diese Mädchen zu retten.«

Er zuckte mit den Schultern. »Wenn Henry Ihnen vertraut, tue ich das auch. Außerdem sagte Ferra, Sie seien brillant.«

»Das weiß ich nicht«, antwortete ich.

»Oh, sei nicht so bescheiden«, zischte Salty. »Das passt nicht zu dir. Und es ist nervig.«

»Gut.« Ich stand auf.

»Ich hole das Gemälde«, sagte Apollo.

»Wir kommen mit Ihnen.« Ich würde den Mann auf keinen Fall aus den Augen lassen, nachdem wir ihn endlich – und ziemlich wundersamerweise – gefunden hatten. Wir würden das Gemälde holen und zum Team zurückkehren, um unsere letzte Rettungsmission vorzubereiten. Ich spürte, wie die Vorfreude an meinem Inneren nagte. Wir waren so nah dran!

»Es ist nur ein kurzer Weg«, sagte Apollo, und wir folgten ihm vom postapokalyptischen Schulgelände hinunter zu dem, was einst die alte Hauptstraße gewesen sein mochte. Der heiße, saure Wind war zurück, und die Umgebung war so giftig, dass nicht einmal Unkraut hier wuchs.

»Sie wollten wirklich hier bleiben?«, fragte ich.

Apollo zuckte mit den Schultern. »Vorerst. Ich dachte, sie würden vermuten, dass ich an einen exotischen Ort gehe, also versuchte ich, das Gegenteil zu tun, um das Gemälde sicher aufzubewahren.«

»Also wissen Sie, wie wichtig der Spiegel ist«, wagte ich zu sagen.

Er nickte. »Ja. Virvaris und Blackloth haben es mir gesagt.«

»Das ist eine große Verantwortung«, sagte ich.

»Ja, nun, ich brauche die Karma-Punkte.«

Wir näherten uns einem verfallenen Haus mit Zeitungen über den zerbrochenen Fenstern. Es war das einzige Gebäude, das ich bisher gesehen hatte, das ein Dach hatte – oder zumindest größtenteils ein Dach. Die Wände waren fleckig und bröckelten, und eine Schicht Minenstaub bedeckte alles in Sichtweite.

»Trautes Heim, Glück allein«, scherzte Apollo und wich geschickt Glassplittern auf dem zerbrochenen Betonweg aus. »Willkommen in meiner bescheidenen Hütte. Es gibt sogar ein Bett und alles.«

Ich sah die Straße auf und ab, um sicherzustellen, dass uns niemand beobachtete, und sah nur Verfall und Vernachlässigung.

»Die kleinen Geisterchen haben mir dieses Haus überlassen«, sagte er. »Es ist das wärmste im Block. Und wenn es nicht warm genug ist, mache ich ein kleines Feuer. Das ist einer der wenigen Zaubertricks, die ich beherrsche.« Er stieß die Haustür auf, und ihre Scharniere beschwerten sich lautstark. Als wir zögerten einzutreten, sagte er: »Oh, keine Sorge. Es ist nicht so gruselig, wie es aussieht.«

Aber das war es.

Da war etwas. Nicht die Baufälligkeit, nicht der Geruch. Da war etwas anderes, das falsch war. Das letzte Mal, als ich mich so gefühlt hatte, hatte ich Recht gehabt, auf meinen Instinkt zu hören. Mildred Malachay, die verrückte Hexe, hatte ein Korsett aus blauem Dynamit getragen und war dabei gewesen, das Æterna-Lagerhaus in die Luft zu jagen.

Ich schüttelte den Kopf.

»Nein«, war das einzige Wort, das mir entkam. Ich streckte meine Arme aus und hinderte Sam und den Kobold daran, hineinzugehen.

Apollo winkte meine Bedenken ab. »Es ist sicher«, sagte er. »Ich schwöre.«

»Wer weiß von dem Ortungszauber auf dem Spiegel?«, dachte ich laut nach.

»Nur wir«, antwortete Sam. »Und die Direktorin. Und der Milliardär-Elf.«

»Können wir dem Elfen vertrauen?«, fragte ich.

»Nun, er hat den Spiegel jahrzehntelang bewacht, also würde ich sagen, ja.«

»Außerdem ist er ein Milliardär«, fügte Salty hinzu. »Also würde er sich wahrscheinlich nicht für Geld verkaufen.«

»Du weißt offensichtlich nicht, wie Milliardäre sind«, erwiderte ich. Ich habe ein T-Shirt mit der Aufschrift MACHT AUS MILLIARDÄREN KOMPOST. Ich habe es getragen, bis es fadenscheinig war, und ich gärtnere immer noch darin.

»Haryk Virvaris ist vertrauenswürdig«, sagte Apollo. »Ich habe zugesehen, wie er für diesen Spiegel fast tot geschlagen wurde. Er war bereit, dafür zu sterben.«

»Allen in unserem Team kann man vertrauen«, sagte ich.

»Sind Sie sich da hundertprozentig sicher?«, fragte er.

»Ja!«, antwortete ich genervt. Schließlich war *er* der berühmte Dieb.

»Nun«, sagte Salty. »Grimalkins sind notorisch gierig nach materiellem Reichtum. Wir haben gesehen, wie Chione für Geld das Leben anderer zerstört hat.«

»Nilve SaltySnap!«, schimpfte ich. »Chione hat sich rehabilitiert. Sie hat ihren Wert und ihre Loyalität immer wieder bewiesen. Sie würde uns niemals verraten.« Außerdem könnte ich dasselbe über den gierigen Ruf der Kobolde sagen.

Der Kobold spitzte ihre gummiartigen Lippen. »Wenn du meinst.«

»Wir haben keine Zeit zu streiten«, sagte ich. »Hier ist jemand, der uns Schaden zufügen will.«

Apollo runzelte die Stirn. »Ist sie immer so paranoid?«

Das schlechte Gefühl verstärkte sich. Ich trat unwillkürlich einen Schritt zurück. Wir konnten nicht hineingehen, aber wir konnten auch nicht ohne das Gemälde gehen.

»Schaut«, sagte Apollo. »Bleibt ihr hier draußen; ich hole den Spiegel.«

»Nein«, sagte ich, den Kopf schüttelnd. »Sie sind zu wichtig.«

»Sie auch«, sagte Apollo.

»Ich mache es«, bot Sam an.

Salty seufzte erleichtert. Als ich sie böse anschaute, zuckte sie mit den Schultern und sagte: »Ich bin zu klein dafür!«

Ich holte scharf Luft und sah Sam an. »Ich will nicht, dass du gehst.« Ich spürte die Gefahr, als wäre sie greifbar, wie riesige schwarze Kletten, die an meiner Haut klebten.

Armstrong drückte mich. »Ich werd schon klar kommen.«

»Ich habe hier keine Magie«, sagte ich. *Nicht einmal ein Unkraut.*

»Ihm wird *nichts passieren*«, versicherte Apollo. »Niemand weiß, dass ich hier bin.«

»Jemand weiß es«, erwiderte ich. Ich wusste es mit jedem funkelnden Molekül meines Körpers.

Sam nahm meine Schultern und sah mir in die Augen. »Wir brauchen den Spiegel«, sagte er. »Wir brauchen den Spiegel, sonst war alles umsonst.«

Ich konnte die Intensität meiner Gefühle nicht ertragen. Ich kniff die Augen zusammen und nickte. Er hatte Recht. Ich öffnete sie wieder und erwiderte seinen besorgten Blick. Wir würden nirgendwohin gehen ohne diesen verfluchten Spiegel.

Ich nehme den Pfeil, hatte er im Obsidianschloss gesagt. Aber was er nicht verstand, war, dass ich dieses Leben nicht ohne ihn leben wollte. Ich liebte ihn zu sehr. Er war ein Teil von mir. Ich blinzelte meine Tränen weg.

»Ich war mal Polizist, erinnerst du dich?«, scherzte er und berührte meine Wange.

Mein Instinkt schrie: *Geh nicht hinein!*

»Es ist in den Boden meiner Matratze eingenäht«, flüsterte der Taschendieb.

Sam bewegte sich auf das Haus zu.

»Nein!«, schrie ich und stolperte hinter ihm her. Ich würde nicht zulassen, dass er sich opfert. Nicht allein. Wir würden zusammen hineingehen.

»Menschen«, murmelte Salty, und ich war sicher, dass es von einem Augenrollen begleitet war.

Apollo sah besorgt aus und vielleicht verwirrt über die Vorstellung, dass er »wichtig« war.

Ich konnte spüren, dass Armstrong stark dafür war, dass ich draußen bliebe, aber er wusste, dass es keinen Sinn hatte zu streiten, sobald ich mich entschieden hatte. Außerdem standen unsere Chancen besser, wenn wir zu zweit waren.

Ich zog mein Messer aus der Scheide. Sam und ich nickten einander leicht zu und schlichen in das verfallene Gebäude. Es war dunkel drinnen, wenig Licht fiel durch die mit verblassten Sonderangeboten für gefrorene Hähnchenteile und Trampoline beklebten Fenster. Der Holzboden war in einem ebenso schlechten Zustand wie die Schulbühne, und wir mussten aufpassen, wohin wir unser Gewicht verlagerten. Sam wollte vorangehen, aber ich zeigte ihm mein Handgelenk, um ihn daran zu erinnern, dass ich Blacks Halsband mit dem Schutzamulett trug. Der Smog des Bösen, den ich draußen gespürt hatte, war drinnen dichter und erinnerte mich an den schwarzen Nebel, den ich in EverShade erlebt hatte, als ich Lilian Black zum ersten Mal getroffen hatte.

Du gehörst nicht hierher, hatte sie mich verhöhnt.

Ugh. Ich schüttelte mich, um den Mantel der Angst abzuwerfen, der sich an meinen Körper geheftet hatte. Mein Ring blitzte auf und bestätigte, was ich bereits wusste. Ich drängte mich vorwärts, den engen Flur entlang. Meine Augen begannen sich an das schwache Licht zu gewöhnen, und ich konnte das Schlafzimmer finden. Sam war mir so dicht auf den Fersen, dass ich ihn atmen hören konnte. Wir betraten leise den Raum, den Blick auf die Matratze gerichtet.

Sam half mir, sie umzudrehen, und ich fand schnell das Päckchen mit meinen Fingern und benutzte mein Messer, um es herauszuschneiden. Es war kleiner, als ich erwartet hatte. Wenn ein Artefakt eine so wichtige Rolle beim Schutz des Reiches vor der Dunkelheit spielt, erwartet man, dass es... etwas größer ist. Sam gab mir ein ermutigendes Nicken und wir drehten uns zum Gehen um.

Ich wusste die ganze Zeit, dass es nicht so einfach sein würde, also hatte ich erwartet, dass etwas schiefgehen würde. Was ich nicht erwartet hatte, war, dass das Böse, das ich spürte, ein Gesicht hatte, das ich selbst in der Dunkelheit erkannte.

KAPITEL 26
DAS MESSER DREHEN

ASHA

»Schön, euch beide hier zu sehen«, sagte Wilkinson. »Ich dachte, ich hätte euch beide erschossen.«

Ich hatte wirklich noch nie einen Menschen mehr gehasst. Ich sah ihn mit purer Abscheu an, wie er da in seinem schweren Zaubererumhang stand, während das Böse in Wellen von ihm ausstrahlte.

»Wann geben ihr Dusk Reapers endlich auf?«, fragte ich. »Ich bin es leid, euch fertigzumachen. Meine Bettpfosten haben kaum noch Platz für Kerben.«

Ich hatte mir die Bildsprache aus den Geschichten über Jacquelyn Denna Knight geliehen – es war wahrscheinlich erfunden, aber der Legende nach hatte sie einen eingekerbten Bettpfosten, nicht für ihre Liebhaber, sondern für die zahlreichen Vampire, die sie getötet hatte.

»Haben Sie sich entschieden, heute Ihre Uniform nicht zu tragen, Inspektor?«, fragte Sam. Ich konnte spüren, wie steif sein Körper war.

»Ach, das«, erwiderte der dunkle Zauberer. »Das Gehalt der Metro-Realm-Einheit war ein Witz im Vergleich zum Kopfgeld auf deine Hexe.« Er schaute mich mit einer Art Hunger an, dann wandte er sich wieder Sam zu. »Die Marke habe ich aber behalten. Ich mag sie. Kommt ganz praktisch.«

»Ich habe meine Marke nicht behalten«, sagte Sam. »Aber ich habe ein paar andere Dinge mitgenommen.«

»Wie die Waffe, die du aus dem Beweismittelraum gestohlen hast?«, fragte der Zauberer. »Die, von der du dachtest, wir würden es nicht bemerken.«

»Wie habt ihr uns gefunden?«, fragte ich.

Wilkinson lachte. »Oh, ich habe nicht nach *dir* gesucht. Du bist nur ein Bonus. Ein äußerst *großer* Bonus. Ich bin hier wegen des Gemäldes, und du bist die Kirsche obendrauf. Die sehr ... köstliche ... Kirsche.«

Er sprach das Wort »köstliche« auf eine so lüsterne Art aus, dass ich zusammenzuckte.

»Du bekommst das Gemälde nicht«, sagte Sam.

»Oh, aber ich werde es bekommen«, antwortete der Zauberer. »Denn dieser Spiegel ist der Schlüssel zum Imperium.«

»Das *Imperium?*«, spottete ich. »Wie großspurig. Und du wirst wohl der Kaiser sein, oder?«

»Jemand, der weitaus mächtiger ist als ich, wird herrschen. Schade, dass du nicht leben wirst, um es zu sehen«, sagte er. »Es wird ziemlich beeindruckend sein.«

»Deine Fantasie ist ziemlich beeindruckend«, stichelte ich. »Die dunklen Mächte werden niemals gewinnen.«

»Hexe«, höhnte er. »Die dunklen Mächte haben bereits gewonnen. Jetzt geht es nur noch darum, die richtige Herrschaft zu installieren, und *du* und dieser *Junge* kommen uns ständig in die Quere.«

Ich nahm an, er meinte Apollo, und ich sträubte mich. »Wenn du ihn auch nur anfasst, schwöre ich, dass ich dich töten werde.«

Wilkinson lachte wieder. Es ging mir auf die Nerven.

»Glaubst du, ich werde *irgendeinen* deiner kleinen Freunde überleben lassen?«, fragte er.

»Ich nehme an, das ist eine rhetorische Frage«, konterte ich.

Er sah für einen Moment nachdenklich aus. »Ich mag deinen Humor. Wir hätten Freunde sein können – weißt du, unter anderen Umständen.«

Jetzt war ich dran mit Spotten. »Du könntest nicht falscher liegen, selbst wenn du es versuchtest.«

Wilkinson streckte seine Hand aus und bedeutete uns, ihm das Gemälde zu übergeben, als wäre es so einfach. In Ferras Worten: Er musste seine Socken geraucht haben.

»Schau«, schnauzte er. »Ihr werdet sowieso sterben. Gebt es einfach her, und ich mache es schnell. Schmerzlos. Zwingt mich nicht, dich vor deinem ... Freund zu foltern.«

Sam trat einen Schritt vor.

»Ich bin überrascht, dass du noch immer mit dieser Hexe zusammen bist«, stichelte Wilkinson. »Da sie jetzt kaputt ist.«

Ich spürte einen stechenden Schmerz im Becken, wo er mich angeschossen hatte. Wo die Kugel mich für immer verletzt hatte.

»Sie ist nicht kaputt«, knurrte Sam.

»Wenn hier jemand kaputt ist, dann du«, sagte ich.

»Ach, du weißt, was ich meine, Armstrong«, drängte der Zauberer. »Du wolltest doch immer ein Familienmensch sein, oder? Du verschwendest deine Zeit mit ihr.«

Was ich nicht weiß, macht mich nicht heiß, sagte ich mir. *Was ich nicht weiß, macht mich nicht heiß.* Aber seine Worte schmerzten trotzdem, weil sie wahr waren.

Sam machte einen weiteren Schritt nach vorne, seine Finger ballten sich zu Fäusten.

»Und du«, spottete der Zauberer und richtete seine unwillkommene Aufmerksamkeit auf mich. »Es wird Zeit, dass du deinen menschlichen Schoßhund gehen lässt. Es ist nicht fair ihm gegenüber, oder? Ihn bei all deinen Eskapaden mitzuschleppen. Seine Karriere zu zerstören, ihn in Gefahr zu bringen, seine Tugend zu ruinieren. Er war blitzsauber, bevor du in sein Leben getreten bist.«

»Halt die Klappe«, sagte ich. Es war nicht die beste Antwort, aber ich hatte nichts anderes parat. Er wusste wirklich, wie man das Messer dreht. »Du verschwendest deinen Atem.«

»Die harte Wahrheit ist, dass ihr beide ohne einander besser dran wärt.«

»Was kümmert's dich?«, forderte ich. »Du planst sowieso, uns zu töten.«

Er schüttelte den Kopf. »Das habe ich nie gesagt. Auf Armstrongs Kopf ist kein Kopfgeld ausgesetzt. Außerdem, wenn ich ihn töte, habe ich kein Druckmittel mehr.«

Ich begann seinen Plan zu verstehen. Das Gemälde im Austausch für Sams Leben. Sein Fuß tippte ungeduldig auf den Boden.

»Ah«, rief er in gespielter Gratulation. »Jetzt hast du's kapiert.«

Er zog seine Waffe, um die Sache in Gang zu bringen, und richtete sie auf Sam. Wir hatten dieses Lied schon einmal gehört.

»Du sagst also, du wirst Sam töten, wenn ich dir das nicht gebe.«

Er tat so, als würde er darüber nachdenken. »Korrekt. Und du weißt, dass ich es ernst meine, nach dem, was letztes Mal passiert ist ... Ich glaube, du erinnerst dich, dass ich nicht gezögert habe, abzudrücken.«

Das stimmte. Er war kaltblütig wie sonst kaum jemand.

»Leg die Waffe hin«, sagte ich. »Und ich lege mein Messer hin. Wir regeln das auf die richtige Weise.«

»Und warum sollte ich dem zustimmen?«, fragte er. »Du bist diejenige, die ein Messer zu einer Schießerei mitgebracht hat.«

Ich neigte meinen Kopf, als hätte ich gerade etwas erkannt. »Du hast Angst vor meiner Magie.«

»Natürlich nicht«, schnauzte er, Ärger stand ihm ins Gesicht geschrieben. »Und ich weiß, was du versuchst. Es wird nicht funktionieren. Also hör auf, meine Zeit zu verschwenden, und lass uns mit dem Austausch beginnen.«

»Es ist nicht wirklich ein *Austausch*, wenn ich am Ende tot bin«, sagte ich.

»Aber dein Haustier bleibt am Leben, was du willst, oder?«

Wenn ich nur genug Magie hätte, um seine Waffe zu blockieren!

»Ihr habt genug unserer Zeit verschwendet«, sagte Wilkinson und drückte fester auf den Abzug.

»Unserer?«, fragte ich. »*Unserer* Zeit?«

»Ich zähle bis fünf, Hexe. Und wenn du mir diesen Spiegel nicht gibst, bist du schuld am Tod des edlen Detektivs.«

Bis fünf zählen? Was bin ich, ein Kleinkind?

»Eins«, sagte er und stellte sicher, dass er perfekt zielte. »Zwei. Und denk nicht daran, wie beim letzten Mal vor ihn zu springen. Drei.«

»Wenn ich dir den Spiegel gebe, bricht die Hölle los, weil du die Septics rauslassen wirst. Sie haben die Macht, jeden einzelnen Zivilisten und jedes Tier im Reich zu töten.«

In gewisser Weise war die Geisterstadt eine unheimliche Vorahnung dessen gewesen, wie das Reich aussehen würde, wenn die dunklen Mächte die Kontrolle übernehmen könnten. Geister und Staub und saurer Wind.

Ich beschloss, dass die Zeit für Geplänkel vorbei war. Ich bewegte mich so schnell ich konnte und verpasste der Waffe einen hohen Tritt. Ich landete schlecht und endete auf dem Boden, wobei ich mich umständlich verdrehte, um zu vermeiden, dass das Gemälde zerschellte. Der Tritt war nicht hart genug, und die Waffe blieb in Wilkinsons Hand. Er feuerte einen Schuss in die Wand. Der Lärm muss die anderen alarmiert haben, denn ich hörte eilige Schritte. Wilkinson zielte auf mich und drückte ab, und ich schaffte es gerade noch, rechtzeitig wegzurollen. Er knurrte frustriert und richtete den Lauf stattdessen auf Sam.

»Nein!«, schrie ich und biss ihm so fest in den Knöchel, dass ich ein Knirschen unter meinen Zähnen hörte.

Der Zauberer kreischte vor Schmerz und fiel um. Sam bewegte sich, um mir zu helfen. Die Waffe ging erneut los. Es klang lauter als die vorherigen Schüsse, und es gab keinen Querschläger. Sam fiel, und ich spürte die Erschütterungen, als sein Körper auf den Holzboden traf.

»Sam!«, rief ich. »Sam?«

Wilkinson richtete die Waffe auf mich. Wir lagen beide am Boden.

»Gib mir den Spiegel«, forderte er durch zusammengebissene Zähne.

»Niemals!«, schrie ich zurück. »Niemals, du Stück-«

Er feuerte wieder. Ich spürte einen Stich am Rand – mein Ohr? – aber der Lärm war schlimmer als der Schmerz. Er riss meinen Kopf zur Seite, verwirrte meinen Körper und mein Gehirn.

»Asha!«, rief Apollo von der Tür aus. Er erblickte Wilkinson mit glänzender Waffe und hob automatisch die Hände. Er keuchte, als er Sam sah.

»Ich hätte wissen müssen, dass du hier bist«, brummte der Zauberer.

Blut tropfte von meiner Ohrkuppe auf den Boden, während ich zu der Stelle kroch, wo Sam lag. »Sam? Sam!« Ich spürte die Waffe auf meinen Rücken gerichtet, aber das war mir egal. »Sam?« Es kam als Schluchzen heraus. Wilkinson hatte recht, ich hätte ihn niemals in das alles hineinziehen dürfen. Unberührte Menschen gehörten nicht zu solchen Missionen jenseits des Schleiers. Ich hatte einen Menschen, der ziemlich nah an der Perfektion war, genommen und ihn zerstört.

KAPITEL 27

TOD DURCH SAUNA

ASHA

Ich brüllte vor Wut und Verzweiflung. Warum gab es so viel Böses auf der Welt?

»Wilkinson«, sagte Apollo. »Was haben Sie getan?«

»Was ich schon vor Wochen hätte tun sollen«, knurrte der Zauberer. »Nur dieses Mal werde ich sicherstellen, dass sie auch tot bleiben.«

Als ich mich durch meine Tränen hindurch umdrehte, um ihn anzusehen, blickte ich in den Lauf seiner Pistole.

»Ich hasse dich«, presste ich hervor. »Ich hasse dich mit der Intensität von tausend Sonnen. Ich hasse alles an dir. Worauf wartest du? Erschieß mich! ERSCHIESS MICH!«

»Nein«, antwortete er emotionslos, als hätte ich ihm ein Sandwich angeboten.

»Nein?«, schrie ich.

»Jetzt, wo das Haustier tot ist, macht es mehr Sinn, dich am Leben zu halten.«

Ich schrie und stürzte mich auf ihn, tierisch und wild. Ich wollte ihm die Augen auskratzen, sein Gesicht aufreißen. Ich wollte ihn in Stücke reißen, so wie die Orks es mit ihren Sklavenmeistern getan hatten. Kurz bevor ich ihn erreichte, spürte ich Arme um mich, die mich zurückzogen. Ich wehrte mich gegen Apollo und versuchte, mich zu befreien.

»Asha«, sagte er. »Asha. Du darfst nicht sterben.«

»Das ist mir egal!«, schrie ich. »Ich will sterben.«

»Das kannst du nicht«, sagte Apollo. »Das kannst du nicht. Wenn du stirbst, stirbt das Reich mit dir.«

»Das ist mir egal«, schluchzte ich, als etwas von der wütenden Energie meinen Körper verließ.

»Dir ist es nicht egal«, sagte er und hielt mich weiter fest. »Denk an deine Freunde. Denk an die vermissten Mädchen.«

»Rette du sie«, weinte ich. »Ich habe genug.« Es gab zu viel Schmerz, ich konnte nicht mehr damit umgehen. Ich hatte früh gelernt, dass die Welt grausam ist. Ich hatte mein Leben damit verbracht, das Gleichgewicht im Reich wiederherzustellen, aber das Böse kam immer wieder. Egal, wie sehr wir es versuchten, was wir opferten, es kam einfach immer wieder, wie die Flut eines schwarzen Meeres. Man kann das Wasser nicht für immer zurückdrängen. Jeder Mensch hat seinen Bruchpunkt, und das war meiner.

Es wird Zeit, dass du deinen Haustier-Menschen loslässt, hatte Wilkinson gesagt. *Das ist nicht fair ihm gegenüber, oder? Ihn in all deine Abenteuer hineinzuziehen. Seine Karriere zu zerstören, ihn in Gefahr zu bringen, seine Tugend zu ruinieren. Er war blitzsauber, bevor du in sein Leben getreten bist.*

Was hatte ich getan? Was hatte ich getan?

Mein Herz schmerzte so heftig, dass ich schrie. Ich musste den Schmerz irgendwie entweichen lassen. Mein Körper sackte in Apollos Armen zusammen.

»Es ist okay«, sagte er sanft. »Es ist okay.«

»Es wird nie wieder okay sein«, schluchzte ich. Apollo verstand die Verbindung nicht, die Sam und ich hatten. Es war eine einmalige Bindung.

Er brachte seinen Mund näher an mein unbeschädigtes Ohr. »Reagier nicht«, flüsterte er so leise, dass ich nicht sicher war, ob ich richtig gehört hatte. Er drückte mich fester. »Sam lebt.«

Ich unterdrückte den überwältigenden Drang, zu Sam zu schauen, und weinte stattdessen nur noch heftiger; das war nicht schwer. Meine Gefühle waren immer noch überwältigend.

Sam lebt, sagte ich mir. *Sam lebt.* Wenn das stimmte, konnte ich weitermachen. Ich könnte kämpfen. Ich würde mit jeder Faser meines Wesens kämpfen.

»Ich frage dich zum letzten Mal, Hexe«, sagte Wilkinson. »Gib mir das Gemälde.«

Ich drehte mich um und sah Apollo direkt in die Augen. »Du hast Magie«, sagte ich zu ihm.

»Nicht viel, fürchte ich«, sagte er.

»Vertrau mir«, drängte ich. »Du hast mächtige Magie. Es gibt Dinge, die du noch nicht über dich weißt.«

»Hört auf mit dem Geflüster«, schnappte der Zauberer. »Gib es mir, oder ich hole es mir.«

»Ich vertraue dir«, murmelte Apollo. »Aber jetzt musst du mir vertrauen.«

Immer noch weinend nickte ich.

»Hey!«, brüllte Wilkinson. »Genug davon!«

»Einverstanden«, sagte Apollo und warf Wilkinson einen tödlichen Blick zu. »Genug ist genug. Und ich habe mehr als genug von

Ihnen.« Er streckte seine Hand aus und richtete sie auf den Boden. »*Ignem exquiris!*«

Ein Feuerball aus silbernen Flammen schmetterte auf den Boden und entzündete die alten, gesplitterten Dielen, was zu einem blassen, silbernen Feuer mitten im dachlosen Schlafzimmer führte. Der ätzende Wind blies und nährte das Feuer.

»Amateurhafte Tricks«, verspottete Wilkinson ihn. »Du könntest nie ein wahrer Zauberer sein, also blamier dich nicht, indem du es versuchst.«

Das Feuer wurde größer, heißer. Schweiß prickelte auf meiner Haut. Ich konnte riechen, wie das Holz brannte.

»Also das ist dein Plan?«, höhnte Wilkinson. »Tod durch Sauna?«

»So in etwa«, erwiderte Apollo.

Es war für Apollo ein Leichtes, mir das Gemälde abzunehmen. Ich bemerkte nicht einmal, dass der Taschendieb es hatte, bis ich sah, wie er es ins Feuer warf.

Ich keuchte auf und versuchte, in die Flammen zu springen, um es zu retten, aber Apollo hielt mich zurück, und Wilkinson war schneller als ich.

KAPITEL 28

FEURIGER STRUDEL

ASHA

Ich kämpfte, um mich zu befreien, aber Apollo war stärker, als er aussah. Wilkinsons Umhang fing Feuer, als er in den Flammen herumtastete. Rauch stieg von seiner brennenden Kleidung auf. Er schrie vor Frustration und Schmerz, dann triumphierend, als er endlich das Gemälde fand und es zum Himmel hob. Es stand in Flammen, und er auch.

»Du verstehst das nicht«, schrie ich Apollo an. »Wenn das Gemälde zerstört wird, implodiert das Reich.«

»*Du* verstehst es nicht, Asha«, sagte er, gelassen wie immer. »Das Gemälde wird zerstört, aber der Spiegel ist sicher.«

Wilkinson jaulte auf und versuchte, die Flammen abzuklopfen, aber es war zu spät. Er hätte das Gemälde opfern, sich fallen lassen und rollen können, aber seine Gier ließ ihn trotz der hungrigen Flammen, die ihn zu verschlingen suchten, daran festhalten. Die Hitze wurde schnell unerträglich und erinnerte mich an die große Halle im Obsidian-Schloss mit all ihren lodernden Kohlebecken, die den Leichnam warm genug hielten, um zu funktionieren. Apollo ließ mich langsam los, und ich taumelte von ihm weg. Wilkinsons

Wimmern verwandelte sich in Schreie, dann in Kreischen. So sehr ich den Mann auch hasste, ich konnte es nicht ertragen, ihn brennen zu sehen. Ich schaute zur Seite, aber das hinderte den Geruch nicht daran, mich zu erreichen, und ich fiel würgend und hustend zu Boden. Das Feuer raubte ihm bald die Stimme, und das Kreischen hörte auf. Mit meinem Kopf, abgewandt von der Hitze und dem Horror, hörte ich, wie sein Körper in den feurigen Strudel zusammenbrach.

Wir mussten aus dem Pulverfass raus. Meine Haut fühlte sich von der Hitze verbrannt an, aber als ich meine Wange berührte, fühlte sie sich gesund und warm an. Ich schnappte mir Wilkinsons Waffe und kroch unter dem Rauch zu Sams reglosem Körper. Er war bewusstlos, aber ich konnte kein Blut sehen. Ich hielt meine Hand über seinen Mund und spürte seinen Atem auf meiner Handfläche. Ein Schluchzen entfuhr meiner Kehle. Sam lebte. Apollo erschien neben mir, und wir begannen, Armstrongs schweren Körper aus dem Raum zu ziehen. Ich war verwirrt von dem, was passiert war, aber dankbar. Ich hätte es nicht alleine geschafft – jedenfalls nicht rechtzeitig.

Wir zogen Armstrong aus dem Raum und durch den schmalen Gang. Er würde wahrscheinlich mit Schnitten und Splittern aufwachen, weil wir ihn über den zerbrochenen Boden schleiften, aber wenigstens würde er aufwachen. Wir kamen ans Ende des Flurs und durch die Vordertür. Ihre quietschenden Scharniere schienen nicht mehr so laut. Wir schleppten ihn auf die Vorderstufen und in den Wüstenstaub, der einmal der Hof gewesen war.

Bevor ich mich fragen konnte, wo Salty war, sah ich sie auf uns zulaufen, mit einem Dutzend kleiner Geister in ihrem Gefolge. Es war wirklich ein Anblick. Sie starrte uns mit offenem Mund an und registrierte, dass wir trotz des brennenden Hauses hinter uns in Sicherheit waren. Der Kobold hörte auf zu rennen und seine Zunge hing aus seinem Mund wie bei einem durstigen Mops. Keuchend und schnaufend stützte sie ihre Hände auf die Knie. Die Geister rückten weiter vor, beobachteten das Feuer und machten »Oooh«

und »Aaah«, als die Balken nachgaben, zu Boden fielen und den Ofen fütterten. Ich hatte erwartet, Henry zu sehen, aber er war nicht da.

Salty kam herüber, mit geröteten Wangen und vor Schweiß extra schleimig. »Herr Polizist?«, fragte sie.

Ich blickte auf Sam hinunter und sah das Einschussloch in seinem Hemd. Ich hob den Baumwollstoff hoch und sah den Grund, warum es kein Blut gab. Die Kugel steckte gemütlich in seiner polizeilichen kugelsicheren Weste. Er hatte seine Lektion vom letzten Mal gelernt. Ich lachte; ich konnte nicht anders. Meine Erleichterung war so gewaltig. Das also hatte er gemeint, als er sagte, er hätte ein paar Sachen von seinem alten Job behalten.

Der Klang meines Lachens weckte ihn auf. Er verzog das Gesicht und hob seine Hand an seinen Hinterkopf, auf den er, wie ich vermutete, ziemlich hart gefallen war. Wieder zum Glück kein Blut. Er schaute mich an, die Augen gegen das Licht zusammengekniffen. »Wilkinson?«

»Möge er in Frieden ruhen«, sagte ich und bekreuzigte mich rückwärts.

»Ah, Gott sei Dank«, sagte er und ließ seinen Kopf zurückfallen, was weh getan haben muss, nach seinem weiteren Grimassieren zu urteilen. »Du bist unglaublich, weißt du das?«

»Ich war es nicht«, antwortete ich. »Apollo hat ernsthaftes *ignem* rausgehauen.«

»Apollo«, sagte Sam mit kratziger Stimme. »Danke.«

»Kein Problem, Bernadette«, sagte er.

»Ich dachte, du wärst tot«, sagte ich zu Sam, trotz des Kloßes, der immer noch in meinem Hals steckte.

»Ich dachte, wir wären alle tot«, antwortete er und hielt meine Hand. »Aber solange du lebst, wirst du mich nicht so leicht los.«

Mehr vom Haus stürzte ein, und die Geister pfiffen und klatschten. Salty hatte sich ihnen angeschlossen. Ich schätze, sie war es gewohnt, von Phantomen umgeben zu sein, angesichts ihres früheren Todes und Abenteuers in Oblivion.

Sam zog sich in eine sitzende Position hoch. »Das Gemälde?«

Oh Hades, dachte ich, während ich das einstürzende Haus betrachtete. *Apollo muss ernsthaft einiges erklären.*

KAPITEL 29

AUFGEREGTE GEISTER

ASHA

»Was?«, fragte Sam mit weit geöffneten Augen. »Das Gemälde ist da drin?« Er machte Anstalten aufzustehen, aber wir hielten ihn zurück. Das war auch gut so, denn seine Beine waren schwach, nach der Art zu urteilen, wie seine Knie nachgaben.

»Immer mit der Ruhe, Tiger«, sagte Apollo. »Ich werde alles erklären.«

»Bin schon gespannt«, stichelte ich.

Mehr herabstürzendes brennendes Holz, mehr Jubel und Feierlichkeiten von den aufgeregten Geistern.

»Lasst das Feuer ausbrennen«, sagte Apollo und ging weg. »Und dann kann ich es euch zeigen.«

»Wo gehst du hin?«, rief ich.

»Um uns etwas zu trinken zu holen«, antwortete er, und dagegen konnte ich nichts einwenden.

»Was wird er sagen?«, fragte Sam.

»Vielleicht, dass er das Gemälde mit einem anderen Paket vertauscht hat?« Es war die einzige Erklärung, die mir einfiel. »Vielleicht ist er unterwegs, um das echte zu holen.«

»Nö«, sagte Salty und ließ sich neben uns auf den feinen Sand plumpsen.

»Woher weißt du das?«, fragte ich.

Salty zuckte mit den Schultern. »Kobolde wissen Dinge.«

»Wie zum Beispiel?«, fragte Sam.

»Kobolde sind Experten im Lügen und Schleichen«, sagte sie stolz. »Wir haben eingebaute Lügendetektoren. Täuschungsradare. Soweit ich das beurteilen kann, war Apollo nicht unehrlich.«

»Du sagst also, dass Apollo das einzige magische Artefakt im Reich, das von Bedeutung ist, das Einzige, das die dunklen Mächte davon abhält, alles zu zerstören… genommen und *verbrannt* hat?«

»Jup«, sagte der Kobold. »Ich hoffe, er kommt bald zurück. Ich bin so durstig. Die Geister verstehen Konzepte wie Hunger und Durst nicht mehr.«

Wir saßen lange so da und beobachteten, wie das Haus brannte, bis kaum noch etwas übrig war. Ich gab Wilkinsons Pistole an Sam. Es war faszinierend, erst die wütenden Flammen, dann das Zusammenbrechen der Balken und schließlich die rauchenden Glutnester zu beobachten. Als das Haus verschwunden war, wurde es dunkel. Die Geister winkten und machten sich auf den Weg zurück zur Schule, und ich begann zu zittern. Sam zog mich zu sich, um mich warm zu halten.

»Tut mir leid, dass ich so lange gebraucht habe«, sagte Apollo. »Es ist nicht leicht, hier etwas zu trinken zu finden.« Er gab uns eine abgenutzte Flasche Wasser und eine mit Kaffee aromatisierte

Kondensmilch. Salty bekam eine grüne Dose – ein Cream-Soda-Energydrink – und Apollo hatte seines bereits ausgetrunken.

Wir dankten ihm und schluckten unsere abgelaufenen Getränke hinunter.

»Fertig?«, fragte er, und wir nickten. Ich fror und war erschöpft, emotional wie körperlich. Sam half mir auf.

Apollo hob sein Kinn in Richtung Armstrong. »Wie geht's der Beule?«

Sam runzelte die Stirn. *Non comprehendo.*

»Dein Kopf«, erklärte Apollo. »Ich vermute, du hast eine Gehirner-schütterung.«

»Wahrscheinlich«, sagte Sam. »Wird schon wieder.«

»Werd bloß nicht wieder ohnmächtig, bis wir hier raus sind«, sagte er. »Ich kann keine Nicht-Einwilligenden durch Portale bringen.«

Wir gingen zu den schwelenden Kohlen hinüber. *Es ist unglaublich, wie zerstörerisch Feuer sein kann,* dachte ich. *Hier stand mal ein Gebäude, und jetzt ist da nichts mehr.*

Apollo fand ein Brett, das von der Hitze verschont geblieben war. Es war schwarz und angesengt, aber größtenteils noch in einem Stück. Er warf es in Richtung des Ursprungs des Feuers und benutzte es als Steg, damit er seine Turnschuhe nicht schmolz. Mit einem Stock stocherte er in den Kohlen und der Asche herum und suchte nach den Überresten des Pakets.

»Hab's!«, rief er.

Ich war zu sehr damit beschäftigt, Wilkinsons geschwärzte Knochen anzustarren, um zu feiern. Ich riss meinen Blick von dem grausigen Anblick der ungeplanten Einäscherung des Zauberers los und schaute auf das, worauf Apollo zeigte. Alles, was ich sehen konnte, war mehr rauchende Asche. Er versuchte, es aufzuheben, aber es gab ein

Zischen, als er sich die Finger verbrannte. Er fluchte und schüttelte seine Hand, dann blies er darauf. Er zog seine Jacke aus und benutzte sie als Ofenhandschuh, um einen dunklen rechteckigen Gegenstand aufzuheben, der sehr nach einem zerstörten Gemälde aussah.

Verflucht, dachte ich. Es war zu einem Häufchen Asche verbrannt. Ich war sicher, dass die bösen Septic-Mitglieder jederzeit auftauchen und uns alle ins Jenseits und darüber hinaus befördern würden. Die Hoffnung schwand aus mir. Wir waren so nah dran gewesen, oder? Ich dachte daran zurück, wie optimistisch ich mich noch vor wenigen Stunden gefühlt hatte, wie die Dinge wirklich zu unseren Gunsten zu laufen schienen. Und jetzt stand ich mit meinem asche- und tränenverschmierten Gesicht da und sah zu, wie ein Taschendieb einen nutzlosen, verkohlten Schrott hochhielt, und fühlte mich, als wäre mein Leben vorbei.

»Kopf hoch, Rookie«, sagte Sam, was mich an Merlin denken ließ und daran, wie sehr ich ihn vermisste. Exzentrisch, großzügig und weise. Ich brauchte mehr Papa Schlumpf in meinem Leben.

»Asha!«, rief Apollo strahlend. »Es hat funktioniert!«

War dieser junge Mann wahnhaft? Er hätte genauso gut eine verbrannte Wandfliese hochhalten können, während er wie ein Verrückter grinste.

Was hast du getan?, dachte ich. Ich war mir nicht sicher, ob es an Apollo oder an mich selbst gerichtet war. So oder so, ich fühlte mich, als müsste ich wieder weinen, hatte aber nicht die Energie dazu. Sam griff nach meiner Hand, und wir warteten, während Apollo über das Brett zurück zu uns ging.

Er legte das schwarze Rechteck auf den Boden vor unseren Füßen und schaufelte den kalten, wüstenartigen Sand darauf, um den Gegenstand abzukühlen. Mit seiner versengten Jacke begann er, ihn abzuwischen.

»Als ich dich zum ersten Mal sah«, sinnierte Apollo, »wusste ich, dass du mir bekannt vorkamst, aber ich konnte nicht darauf kommen, woher. Was ziemlich dumm von mir ist, weil ich nicht gerade viel rauskomme. Zuerst befürchtete ich, dass du einer meiner früheren Kunden gewesen sein könntest. Noch mehr befürchtete ich, dass du ein früheres Opfer gewesen sein könntest.«

»Das wäre peinlich gewesen«, sagte Salty, die den letzten Schluck ihres Energydrinks hinunterstürzte und wie ein College-Neuling rülpste.

»Aber dann wurde mir klar, dass *du* das Mädchen auf dem Gemälde warst.«

»Äh«, sagte ich. *Was jetzt?*

»Ich weiß«, antwortete er mit einem leichten Kichern in seiner Stimme. »Das ist unmöglich, oder?«

»Ja«, stimmte ich zu.

»Immerhin«, fuhr er fort, »wurde es gemalt, als wir noch Babys waren.«

»Ja«, sagte ich wieder, nicht sehr hilfreich.

»Und jetzt kann ich es dir nicht einmal zeigen, weil das Gemälde nicht mehr existiert. Aber ich verspreche dir, du warst auf diesem Gemälde. Deine Augen –«

»Das Gemälde existiert nicht mehr«, wiederholte ich. Was war also all sein Grinsen und Winken? Warum sagte er, *es hätte funktioniert?*

»Die Sache ist die, wenn man so viel Zeit in der Bibliothek mit den verbotenen Büchern verbringt«, sagte Apollo und polierte immer noch das verglaste Rechteck, »nimmt man eine Menge Wissen auf, das man gar nicht bewusst registriert.«

»Wie zum Beispiel...?«, forderte ich ihn auf.

»*Wie zum Beispiel*«, sagte Apollo, sein dummes Lächeln über sein ganzes Gesicht verteilt, »wie man magische Artefakte aus verzauberten Gemälden entfernt.«

»Ich dachte, nur der Milliardärs-Elf wüsste, wie man das macht«, sagte Sam.

»Ich auch«, sagte Apollo. »Ich war überzeugt, dass Haryk Virvaris der einzige Realmer war, der das Geheimnis kannte, weil er derjenige war, der den Spiegel überhaupt erst in das Gemälde platziert hatte. Ich dachte, es wäre wie ein maßgeschneiderter Wortschlüssel oder ein komplizierter Zauber oder ein mathematisches Rätsel-Kombinationsschloss. Aber das war es nicht!« Seine Augen glitzerten und gaben ihm das Aussehen von jemandem, der nicht ganz bei Verstand war. »Weil Virvaris schlauer ist als das. Er wusste, dass der Spiegel verloren wäre, wenn ihm etwas zustoßen würde.«

»Aber...«, dachte Sam laut nach. »Warum wäre das schlecht? Wäre das nicht am sichersten?«

»Nein«, sagte Apollo. »All die Jahre, die die Septics darin gefangen waren, haben ihnen Zeit gegeben, zu planen, Strategien zu entwickeln und Intrigen zu schmieden. Ihre Magie zu üben und ihre Macht zu verstärken.«

»Ich verstehe immer noch nicht«, sagte ich.

»Verloren heißt verloren«, sagte Apollo. »Nicht für immer verschwunden. Wenn der Spiegel nur verlegt wird, kann er gefunden werden. Er kann in die falschen Hände geraten, und dadurch hätten die Septics die Chance, frei zu sein, aber diesmal sind sie berechnender und böser als je zuvor, denn das bewirkt das Eingesperrtsein mit dir.«

»Aber die falsche Person könnte den Spiegel nicht aus dem Gemälde befreien«, sagte Sam. »Ist das nicht ein überflüssiger Punkt?«

»Sie könnten es *nicht allein* tun. Aber sie könnten eine Person finden und foltern, die weiß, wie man ihn freisetzt.«

Ich begann zu verstehen, hatte aber immer noch so viele Fragen. »Du sagst also, dass der Zauber, den Virvaris absichtlich benutzte, einer war, der von jemand anderem rückgängig gemacht werden konnte.«

»Nicht nur jemand anderes«, sagte Apollo. »Nicht einfach jeder. Es musste *ich* sein.«

»Aber Virvaris hat diesen Zauber vor Jahrzehnten gewirkt, und er wusste nicht einmal, dass du existierst, bis vor ein paar Tagen... bis du das Gemälde gestohlen hast. Und außerdem, nichts für ungut, aber warum sollte er dir damit vertrauen, wenn du ein...«

»Ein Dieb bist«, sagte Salty, die offenbar keine Skrupel hatte, irgendjemanden zu beleidigen, nie.

»Ich verstehe immer noch nicht, warum du dachtest, es wäre eine gute Idee, den Spiegel aus dem Gemälde zu holen«, sagte Sam. »Er war sicherer, als er magisch weggesperrt war.«

»Weil es eine geladene Waffe ist«, sagte Apollo. »Es ist eine verzauberte geladene Waffe, die im Reich herumschwebt, bereit, auf jeden Mann, jede Frau und jedes Kind zu feuern.«

Ich verstand es endlich. »Wir müssen die Kugeln aus der Waffe nehmen«, flüsterte ich.

Wir dachten, dass wir die Septics eingesperrt halten müssten, um das Reich zu schützen, aber Apollo hatte Recht. Sie würden irgendwann einen Weg nach draußen finden. Der einzige Weg, diesen Krieg zu gewinnen, wie Stoker uns gerne erinnerte, war die Offensive zu ergreifen, nicht die Defensive. Die Konsequenzen waren erschreckend.

KAPITEL 30

DER SPIEGEL

ASHA

Als Saltys Magen erneut knurrte, beschlossen wir, die Geisterstadt zu verlassen und es uns in meinem Zuhause gemütlich zu machen, wo wir es wärmer und bequemer haben würden, während wir die Einzelheiten der Enthüllung und den weiteren Plan besprachen. Saltys Portalfähigkeiten waren ausgezeichnet, aber Apollo brachte es auf ein ganz anderes Level. Es gab kein Unbehagen, keinen überwältigenden Druck, keine seltsamen Kreaturen, die uns aus dem Abgrund beobachteten. Und es war alles in einem Augenblick vorbei.

»Das war wie Reisen in der Business-Class«, sagte ich und wurde mit einem bösen Blick von einer mürrischen Salty belohnt.

Abigail und Dusty warfen sich mir um den Hals und machten Kulleraugen bei Apollo. Ich schätze, er hatte wirklich ein nettes Gesicht. Ich stellte ihn allen vor.

»Du hast ihn gefunden, Asha«, sagte Dusty, mit Hoffnung und Bewunderung in ihrem Blick.

»Dafür können wir Haryk Virvaris danken«, antwortete ich. »Es war sein Aufspürzauber, der uns zur Geisterstadt geführt hat.«

»Was ist das unter deinem Arm?«, fragte Abigail, aber bevor Apollo die Chance hatte zu antworten, kam Savvy um die Ecke, und trug von allen Dingen eine *Schürze*.

»Gerade rechtzeitig!«, jubelte sie. Ich beäugte sie misstrauisch. Ich würde meinen Chalice-Scheck darauf verwetten, dass sie in ihrem ganzen Leben noch nie eine Schürze getragen hatte.

»Gerade rechtzeitig... wofür?«, fragte ich. Das Letzte, was ich brauchte, war eine Lebensmittelvergiftung, bevor ich aufbrach, um die Mädchen zu retten.

»Gerade rechtzeitig für die Essenslieferung.«

Meine Erleichterung muss sich auf meinem Gesicht gezeigt haben, denn Savvy schnippte mit einem Geschirrtuch nach mir. »Ich bin *nicht so schlecht* im Kochen«, sagte sie, und Abigail und ich brachen in schallendes Gelächter aus. Es tat gut.

»Savannah trägt eine Schürze, weil sie einige Tränke getestet hat«, erklärte Dusty freiwillig.

»Nicht in deinem Trankzimmer, mein Herzchen«, sagte Savannah schnell. »Nicht einmal ich bin so mutig.«

»Was für Tränke?«, fragte Apollo.

»Nur ein paar einfache, die uns hoffentlich im bevorstehenden Kampf helfen werden. *Invisibilis, impedio, curas vulnum.*«

Apollo neigte den Kopf. »Kannst du das noch einmal auf Deutsch sagen?«

»Apollo war nie offiziell in Copperfield«, erklärte ich Savvy.

»Unsichtbarkeit, Bewegung stoppen, Heiltrank«, erklärte sie und wandte sich wieder mir zu. »Die Mädchen sagten, du konntest nicht auf deine Magie zugreifen, während du sie gerettet hast, weil es nichts gab, woraus du schöpfen konntest.«

»Du bist eine Kräuterhexe?«, fragte Apollo und sah mich an.

»Wir sagen jetzt grüne Hexe«, zwitscherte Savvy. »Das ist politisch korrekter.«

»Du ziehst Kraft aus der Natur«, sagte er.

»Pflanzen und Bäume, genauer gesagt«, antwortete Dusty stolz. »Manchmal Erde, aber nur wenn sie gesund ist, und Pilze. Es muss allerdings lebendig sein. Sie kann sich nicht einfach eine Blume ins Haar stecken.«

»Du solltest ihren Garten sehen«, sagte Abigail. »Er ist wie ein unglaublicher, essbarer Dschungel.«

»Da, wo wir gerade herkommen, gab es kein grünes Blatt zu sehen«, sagte ich und inspizierte Savvys Arbeit. »Also werden diese sehr nützlich sein, falls das wieder passiert. Danke.«

»Ich werde so viele machen, wie du brauchst«, sagte sie. »Sag nur Bescheid.«

»Bekommen wir Muggels auch welche?«, fragte Armstrong.

Die Mädchen kicherten. Ich schenkte dem Ex-Detektiv ein trauriges Lächeln. Wir müssten später ein ernstes Gespräch führen, und ich freute mich nicht darauf. Ich holte tief Luft. »Lass uns Tee machen«, sagte ich. »Wir haben viel zu besprechen.«

»Der Tee kann warten!«, rief eine Stimme von der Haustür. Sie klang deutlich orkisch. Rick marschierte mit einem Dutzend weißer Plastiktüten herein.

»Rasiermuschelsuppe?«, scherzte ich.

»Asha!«, rief er. »Du lebst. Willkommen zu Hause. Erzähl uns alles.«

~

ÜBER EINEM UNGEWÖHNLICHEN Mischmasch aus chinesischem, indischem und japanischem Fast Food informierten wir die anderen darüber, was passiert war und was es bedeutete.

Dusty ließ ihre Stäbchen fallen. »Ihr habt den Spiegel *aus* dem Gemälde geholt?«

»Ich weiß«, sagte ich. »Ich dachte anfangs auch, dass es eine schreckliche Idee war. Aber es ist der einzige Weg, die Septiks für immer loszuwerden.«

»Je länger wir sie dort drin lassen«, fügte Apollo hinzu, »desto stärker werden sie.«

»Den Spiegel eingeschlossen zu lassen, verzögert nur das Unvermeidliche«, sagte Sam. »Eure Generation oder die eurer Kinder müsste sich damit auseinandersetzen. Am besten, man erstickt das Übel im Keim.«

»Erstickt das Übel im Keim«, kicherte Rick auf bittere Art. »Du lässt es klingen, als wäre es eine leichte Sache. Die Septiks zu töten. Darf ich dich daran erinnern, dass sie bei weitem die mächtigsten Zauberer im Reich sind?«

»Ich wollte nicht den Eindruck erwecken, dass es einfach ist«, sagte Sam.

»Können wir ihn sehen?«, fragte Abigail. »Den Spiegel?«

Apollo wischte sich mit der dünnen Papierserviette die Lippen ab und stand auf. »Es ist kein Spielzeug«, warnte er sie. »Ich muss euch nicht sagen, was passieren wird, wenn dieser Spiegel zerbricht.«

»Ich fasse ihn nicht an«, sagte Dusty. »Auf keinen Fall.«

Apollo ging zu meinem Bücherregal, wo er den Spiegel abgelegt hatte, als wir ankamen. Er nahm ihn vorsichtig auf und brachte ihn zum Tisch. Alle hörten auf zu essen, um hinzuschauen. Es war das erste Mal, dass ich ihn bei anständigem Licht sah. Ein intensives, überwältigendes Gefühl von Déjà-vu traf mich direkt zwischen die Augen, härter, als wäre ich vom Blitz getroffen worden.

»Heiliger Hex«, murmelte ich. Es klang wie ein Fluch.

»Asha?«, sagte Sam. »Du bist weiß wie ein Laken.«

»Was ist los?«, fragten Dusty und Abigail.

»Herr Polizist hat recht«, sagte Salty. »Du siehst aus wie einer dieser Geister.«

Meine Gedanken wirbelten durcheinander, unzusammenhängend und verwirrt.

Wie konnte das sein?

»Um Persephones willen«, sagte Savvy. »Sag uns, was los ist.«

»Das ist der Spiegel«, sagte ich.

»Rich-*tig*«, säuselte der Kobold und implizierte damit, ich hätte den IQ einer Kartoffel.

Ich schüttelte den Kopf, um ihn zu klären. »Das ist der Spiegel, den ich in der Hütte gesehen habe. Als ich ein Baby war.«

Sam sah besorgt aus. Salty sah aus, als hätte ich gerade in Zungen gesprochen, und Savvy stand auf. »Gut. Zeit für alle zu gehen. Asha muss sich ausruhen.«

Ich schüttelte wieder den Kopf. »Ich weiß, es klingt verrückt. Aber ich kenne diesen Spiegel. Ich war das Baby im Spiegel.« Mir wurde klar, dass ich es nur schlimmer machte, dass ich meine Freunde dazu brachte, sich Sorgen zu machen, dass ich endlich übergeschnappt war, wie Malachay.

»Gebt ihr eine Chance zu erklären«, drängte Sam.

Ich warf ihm einen dankbaren Blick zu. »Ich weiß, das klingt verrückt«, begann ich, in der Hoffnung, dass es sie davon abhalten würde zu denken, dass mir eine Pommes im Happy Meal fehlte. Ich kratzte an meiner Augenbraue und versuchte, die richtigen Worte zu finden. »Als ich diesen Pilz genommen habe. Den Purpurea. Er erlaubte mir, auf die spirituelle Welt zuzugreifen.« Ich hielt inne, um eine Weile nachzudenken, um meine Gedanken auf eine nicht-durchgeknallte Weise zu ordnen.

»Ja?«, drängte Rick.

»Ein Teil dieser seltsamen halluzinogenen Reise handelte von mir. Ich konnte, ich weiß nicht, in der Zeit zurückreisen? Nein, das ist nicht richtig. Ich konnte... *beobachten*, was mir als Baby passiert ist.«

Alle Augen waren auf mich gerichtet. Ich schob meinen Karton mit sojagetränkten Nudeln beiseite und berührte meine Schläfe, als ob es mir helfen würde zu denken. »Also, es war schwarz-weiß, alles war schwarz-weiß. Wie ein alter Film. Da war eine Hütte, im Schnee. Da war ein Baby.«

Ich beschloss, das traumatische Geburtserlebnis, das ich miterlebt hatte, wegzulassen – das noch frühere Ereignis, als ich sah, wie meine Mutter mich aus ihrem Bauch schnitt. Ich ließ auch den Wolf weg, der sich um mich gekümmert hatte, nachdem meine Mutter mich verlassen hatte.

»Ich sah dieses Baby, und mir wurde klar, dass ich in einen Spiegel schaute. Das Baby, das ich ansah, war *ich*.«

»Und du denkst, das ist derselbe Spiegel?«, fragte Apollo.

»Ich weiß, dass er es ist«, antwortete ich. »Er fühlt sich gleich an.«

»Du meinst, er sieht gleich aus?«, fragte Savvy.

»Das auch«, sagte ich. »Aber vor allem ist es ein Gefühl.«

»Was bedeutet das?«, fragte Rick. »Dieser Traum?«

Ich schüttelte den Kopf. »Es war kein Traum. Es war echt. Ich war dieses Baby.«

»Aus deinen persönlichen Unterlagen geht hervor, dass du im Wald ausgesetzt wurdest«, sagte Sam. »Das passt also.«

Mein Ring glänzte. Es war kein Blitz, wie er es tat, wenn ich in Gefahr war. Es war eher wie eine Bestätigung dessen, was ich sagte. »Diesen Ring«, fuhr ich fort und runzelte die Stirn über die neugefundene Erinnerung. »Ich habe ihn im Wald gefunden. Ich war älter – alt genug zum Laufen. Da war ein Paar. Sie sind vor mir weggelaufen.«

»Sie sind vor einem Kleinkind weggelaufen?«, fragte Dusty. »Sie hätten dir helfen sollen!«

Ich nahm einen Schluck Wasser. »Sie hatten Angst. Ich hatte Macht. Ich hatte die ganze Macht des Waldes. Es war alles, was ich kannte.«

Sam unterstützte mich auf eine Weise, wie es nur ein Mann mit Polizeierfahrung tun würde. »Wenn sie den Vorfall gemeldet haben, wird es eine Akte geben. Wir können es bestätigen.« Es war seine Art, mir zu sagen, dass er mir glaubte und dass wir beweisen könnten, dass das, was ich sagte, wahr war.

»Sie haben es gemeldet«, antwortete ich. »Ich habe es in meiner Akte in Copperfield gesehen. Deshalb wurde ich aus dem Wald geholt und in Pflegefamilien untergebracht.« Ich schaute auf den Tansanit-Ring herunter und dann zu Apollo. »Ich weiß immer noch nicht, was es bedeutet.«

Er brach den Augenkontakt nicht ab. Der Blick seiner verschiedenfarbigen Iris drang tief in meine ein. »Wir werden es herausfinden«, versprach er.

KAPITEL 31

FAST TOT

ASHA

Die einzige Person am Tisch, die ihr Abendessen aufessen konnte, war Salty. Keine Überraschung, nicht einmal als sie sich an den Resten aller anderen bediente. Es machte ihr nichts aus, Sushi mit Naan zu mischen und Currysoße mit süßsaurem Schweinefleisch. Ich war wirklich froh, dass ich in absehbarer Zeit keinen geschlossenen Raum mit ihr teilen musste.

Wir räumten den Tisch ab und Sam schaltete den Wasserkocher für Tee ein, obwohl ich für einen großen Whisky getötet hätte.

»Mein Kopf dreht sich«, sagte Savvy. »Können wir einen Moment damit verbringen, zusammenzufassen, was zum Teufel wir jetzt tun müssen?«

»Gute Idee«, antwortete ich und schob meinen Stuhl zurück, um mir etwas mehr Atemraum zu verschaffen – mehr Denkraum. »Apollo hat zugestimmt, uns nach Celestia zu portieren, wo wir Lilian Black vernichten, die Mädchen holen und sie zurückportieren werden.«

»Das ist wirklich nett von dir«, sagte die rehäugige Dusty und blickte zu dem Schleichdieb auf. Ich konnte den Beginn einer sehr großen Schwärmerei spüren.

Apollo zuckte mit den Schultern. »Denk nicht zu viel von mir. Im Gegenzug hat Asha versprochen, meinen Fluch zu brechen.«

»Du siehst gar nicht verflucht aus«, sagte Abigail mit ebenso liebevollen Augen.

Oh Mann.

Apollo wandte sich wieder zu mir. »Wer ist diese Lilian Black?«

»Eine der bösartigsten Vampirinnen, die ich je getroffen habe«, antwortete ich. »Vom Smaragde-Clan. Sie ist diejenige, die die Mädchen entführt hat. Ich nehme an, sie hat ein Auge auf die Führungsposition geworfen, jetzt wo Sirilla Voltane nur noch Asche ist.«

»Sie haben kürzlich ihre Anführerin verloren«, sagte Rick zu Apollo mit einem Augenzwinkern in meine Richtung.

Apollo bemerkte es. »Ich nehme nicht an, dass das etwas mit dir zu tun hatte?«

»Es war Teamarbeit«, sagte ich. »Sie war sowieso schon fast tot.«

Er sah aus, als wollte er mehr Fragen stellen, aber ich drängte vorwärts.

»Die Mädchen nach Hause bringen, Black vernichten«, wiederholte ich. »Danach können wir uns damit beschäftigen, die Hohe Hexe zu finden.«

»Die wen?«, fragte Apollo.

»Die Hohe Hexe«, wiederholte ich. »Die böse Macht hinter den Blutfarmen.«

Apollos Stirn runzelte sich. »Ich dachte, das wäre Lilian Black.«

»Lilian Black ist ein Vampir«, erinnerte ich ihn. »Versteh mich nicht falsch, sie ist so bösartig wie sie nur kommen, aber im großen Ganzen ist sie nur ein Bauer.«

»Verstanden«, sagte er. »Erst Lilian Black, dann die wichtige Hexe.«

Alle nickten.

»Warte«, sagte Apollo. »Woher wisst ihr, dass eine Hexe hinter all dem steckt?«

»Das ist eine lange Geschichte«, sagte ich, weil ich mit der Planung unserer Strategie fortfahren wollte.

»Ich gebe dir die Kurzfassung«, sagte Rick. »Als wir zur Smaragde-Festung kamen, war Sirilla Voltane eine Fleischpuppe. Sie war wie eine Leiche an Marionettenfäden. Es ist eine einzigartige Art von Zauber, zu dem nur mächtige Hexen fähig sind.«

»Verstanden«, sagte Apollo und schauderte.

»Was ist los?«, fragte ich.

»Nichts«, antwortete er. »Ich habe nur meinen gerechten Anteil an mächtigen Hexen kennengelernt. Genug für ein ganzes Leben.«

»Dein Fluch?«, fragte Abigail.

Ich sah echten Schmerz in seinen Augen. »Ja«, antwortete er.

»Mach dir keine Sorgen mehr deswegen«, sagte Dusty. »Asha ist die beste Fluchbrecherin im Reich.«

Apollo lächelte. »So höre ich immer wieder.«

»Sobald wir uns um den Blutsauger gekümmert haben, kümmern wir uns um die Septics.«

»Ich fühle mich schon erschöpft, wenn ich nur daran denke, was alles getan werden muss«, sagte Salty mit einem kaum verborgenem Gähnen. Ihre Hand lag auf ihrem überfüllten Bauch, und ihre Augen fielen zu.

»Tut mir leid, Nilve«, sagte ich. »Es gibt keine Zeit zum Ausruhen, nicht bis die Mädchen in Sicherheit sind ... Nilve?«

Sie antwortete nicht. Als ich genauer hinsah, stellte ich fest, dass sie bereits schlief.

»Gib ihr zehn Minuten«, sagte Sam. »Ein Powernap wird ihr gut tun. Wir können noch eine Tasse Tee trinken und dann aufbrechen.«

Ich atmete aus. Der Kloß in meinem Hals war zurück, und meine Augen brannten.

»Leute«, sagte ich zum Team. »Während ihr euch bereit macht zu gehen, werden Sam und ich kurz draußen reden.«

Armstrong versuchte nicht, seine Überraschung zu verbergen. »Warum? Was ist los?« Sein subtiles Lächeln ließ mich mich noch schlechter fühlen. Er murmelte: »Versteh mich nicht falsch, ich würde nie eine Gelegenheit ablehnen, mit dir allein zu sein.«

»Können wir draußen reden?«, fragte ich, so sanft wie ich konnte. Obwohl ich zu Hause und in Sicherheit war, raste mein Herz, und ich hatte das Gefühl, keine Luft zu bekommen. Dies würde eine der schwierigsten Sachen sein, die ich je tun musste.

KAPITEL 32

HERBER VERFALL

ASHA

» **D**u machst mich nervös«, murmelte Armstrong, nahm meine Hand und küsste sie. Ich zog sie weg. Wir saßen draußen im Dschungel auf der Bank unter dem Maulbeerbaum. Ich konnte den herben Verfall der gefallenen Beeren riechen. Ich wusste, dass dieser besondere Duft mir von nun an für immer Herzeleid bereiten würde.

»Habe ich etwas getan?«, fragte er. »Etwas gesagt... das dich verletzt hat?«

Ich versuchte zu atmen, versuchte die Tränen zurückzuhalten, aber es war unmöglich.

»Asha!«, rief er beunruhigt. »Was ist los? Was auch immer es ist, ich kann helfen. Wir werden das durchstehen.«

Mit verknoteten Magen zwang ich mich, den ärgerlichen Tränenstrom zu stoppen. Ich hatte das Gefühl, tagelang, wochenlang, jahrelang weinen zu können.

Ich spürte, dass er mich vor Frustration am liebsten geschüttelt hätte. »Sag es mir!«

»Wilkinson hatte recht«, sagte ich, und frische Tränen brachen hervor.

»Was?« Wut und Verwirrung schmirgelte in seiner Stimme. »Wovon redest du?«

»Wir wissen beide, dass es stimmt«, weinte ich. »Wilkinson hat es nur in Worte gefasst.«

Er schüttelte den Kopf. »Nein.«

»Sam«, rief ich. Mein geliebter Sam. »Ich würde das nicht tun, wenn ich dich nicht lieben würde.« Ich nahm den Ring ab, den er mir bei dieser wunderbaren Zeremonie in Ferras Garten gegeben hatte.

»Nein«, wiederholte er. »Du denkst nicht klar. Du hast so viel durchgemacht. Du brauchst etwas Zeit, um—«

»Ich denke sehr klar«, sagte ich. »Zum ersten Mal, seit ich dich kennengelernt habe. Ich hätte nie eine Beziehung mit dir anfangen sollen. Es war dumm und falsch, und es tut mir leid.«

Der Kloß in meinem Hals war eine glühende Kohle.

»Wie kannst du das *sagen*?«, fragte er durch zusammengebissene Zähne. »Asha! Wir sind füreinander bestimmt. Wir waren schon immer füreinander bestimmt.« Er nahm wieder meine Hand, und diesmal widerstand ich nicht. Er legte sie auf seine Brust. »Ich weiß, dass du es fühlst.«

Ich schluchzte und schüttelte den Kopf. »Es ist nicht richtig«, sagte ich. »Es ist nicht richtig, dich so in Gefahr zu bringen, wie ich es getan habe. Ich liebe dich zu sehr.« Ich kniff die Kiefer zusammen und versuchte, meine Emotionen in den Griff zu bekommen.

»Denkst du, mir ist richtig oder falsch wichtig?«

»Natürlich!«, rief ich. »Das war es schon immer. Das ist einer der Gründe, warum ich dich liebe! Weil du so *gut* bist.«

»Aber du hast mir beigebracht, dass es nicht so schwarz-weiß ist.«

»Das ist ja das Problem«, sagte ich. »Sieh, was ich dir angetan habe. Wilkinson hatte recht.«

Seine Wut flammte auf, und er ließ meine Hand los. »Du glaubst, du bist so mächtig? Dass du den moralischen Kompass eines Mannes brechen kannst?«

»Es geht nicht um Macht«, flüsterte ich. »Es geht um Liebe.«

»Es geht um Liebe? Deshalb beendest du unsere Beziehung? Ist das, was du willst?«

Ein weiteres Schluchzen stieg in meiner schmerzenden Kehle auf. »Es geht nicht darum, *was ich will*«, jammerte ich. »Es geht darum, was *richtig* ist.«

Ich rettete das Leben dieses Mannes. Das Leben meiner Liebe. Es war das Richtige, auch wenn mein ganzer Körper das Gegenteil behauptete.

»Nein«, sagte er. »Ich lasse nicht zu, dass du das tust. Du machst einen Fehler.«

Ich schüttelte den Kopf. »Der größte Fehler wäre, dich in den Kampf zu führen und dich für immer zu verlieren.«

Sein Blick war so intensiv wie nie zuvor. »Asha. Was du nicht verstehst, ist, dass ich kein Leben ohne dich führen will. Ich würde lieber an deiner Seite kämpfend sterben, als in einer Welt ohne dich zu leben.«

Ich lachte schluchzend und wischte mir die Augen. »Du machst es mir nicht leicht.«

»Gut«, sagte er und zog mich näher, presste mich an seinen starken Körper. »Spürst du das? Spürst du mich?« Er drehte mein Gesicht hoch, um in seine Augen zu blicken. »Das sind wir, Asha. Verbunden und unzerbrechlich. Fühlst du das?«

Gegen mein besseres Urteil nickte ich. Mein Gesicht begann sich zu einer hässlichen Grimasse zu verziehen, aber Sam brachte seinen

Mund auf meinen und küsste mich so zärtlich, dass meine Tränen versiegten. Nach einer Weile musste ich mich lösen, um zu atmen. Er presste meinen Körper immer noch an seinen, als ob er dachte, dass es für immer wäre, wenn er losließe.

»Du wurdest verlassen«, sagte Sam, und seine Worte ließen mein Herz noch mehr schmerzen. »Du hast es damals nicht verdient, und du verdienst es jetzt nicht.« Er steckte seinen Ring zurück an meinen Finger. *»Ich werde dich nie verlassen. Verstehst du das?«*

Ich nickte, weinte still, mit schmerzender Kehle, sein Hemd nass von meinen Tränen.

KAPITEL 33

MIT STERNENSTAUB ÜBERSÄT

ASHA

»Hey, ihr Turteltäubchen!«, rief Rick. »Lasst uns endlich aufbrechen!«

Sam ließ mich endlich los, aber nicht, bevor er mir noch einmal in die Augen sah, um sicherzustellen, dass ich seine Botschaft laut und deutlich verstanden hatte. Wir nickten einander zu, und er half mir auf. Keine Ahnung, woher er wusste, dass meine Knie weich wie Pudding waren. Wir hielten Händchen, während wir durch den Dschungel und auf die Terrasse liefen. Als ich den Rest des Teams bereit zum Aufbruch sah und an die Celestia-Mädchen dachte, bekam ich meine Stärke zurück – obwohl ich mich immer noch zittrig fühlte und meine Gefühle Achterbahn fuhren.

Zauberstab, Messer, Halsband, Tränke. Ich war bereit – oder zumindest so bereit, wie ich es je sein würde.

»Hey, Schleimi«, sagte ich zu Salty. »Zeit, aufzustehen und zu glänzen.«

Ihre Augen öffneten sich mitten im Schnarchen. »Wa?«

»Komm schon«, sagte ich. »Wir machen uns auf den Weg, um diesen Vampir ein für alle Mal zu erledigen.«

Ein silbriger Speichelfaden riss, als sie sich kerzengerade aufsetzte. »Vampir?«

»Gebt ihr einen Moment, um sich zu orientieren«, sagte ich zu den anderen. »Sie hat wahrscheinlich von Waffeln geträumt.«

»Sind alle anderen bereit?«

»Jawohl, gnädige Frau«, sagte Apollo.

Savvy hob den alten Bogen und den Köcher, die sie in der Garage gefunden hatte.

»Ich trage meine Glückssocken«, sagte Sam, und ich lächelte ihn an.

»Wir sind bereit«, sagten die Mädchen im Chor.

»Wir hatten diese Unterhaltung bereits«, erklärte ich ihnen. »Ihr bleibt hier, Punkt.«

Dusty sah mich flehend an. »Aber Asha, wir kennen das Taschenreich. Wir können helfen.«

»Außerdem«, sagte Abigail, »wirst du so viele Hände wie möglich brauchen. Es gibt dort so viele Wächter.«

»Die Leere weiß, wie sehr ich euren Mut bewundere«, sagte ich. »Aber ihr bleibt hier.«

Sie wussten, dass es sinnlos war, weiter zu streiten, aber beide richteten ihre vorwurfsvollen Blicke auf mich.

Salty, jetzt vollständig wach, sprang vom Küchentresenstuhl und sah bereit für Action aus.

»Mir ist gerade etwas eingefallen«, sagte Sam, und wir alle sahen ihn an. »Woher wusste Wilkinson, wo wir waren? Eine alte verlassene Bergbaustadt wäre niemandes erste Vermutung gewesen. Woher wusste er genau, wo wir waren?«

»Die Ortungskoordinaten«, sagte ich. »Es ist die einzige Möglich-keit, wie er es wissen konnte.«

Sam nickte. »Wer sonst hatte diese Information?«

»Niemand«, erwiderte ich. »Niemand außer der Direktorin und Haryk.«

»Madame Copperfield würde uns niemals verraten«, sagte Savvy.

»Virvaris auch nicht«, sagte Apollo. »Ich habe gesehen, wie er gefol-tert wurde, um Informationen preiszugeben, aber er hat kein Wort gesagt.«

Sam sah mich misstrauisch an. »Was?«, fragte ich. Dann bemerkte ich, dass er mein Handy anstarrte.

Ich ließ es klappernd auf die Arbeitsplatte fallen, als hätte ich mich daran verbrannt.

Innerhalb einer Minute hatte Apollo das Handy auseinandergenom-men, und Sam hatte die Spionagesoftware identifiziert.

»Dieses miese Wiesel«, sagte ich. Wie war Wilkinson an mein Handy gekommen?

Apollo entfernte die fremden Teile und setzte das Handy wieder zusammen, aber ich war mir nicht sicher, ob ich es überhaupt noch haben wollte. Ich beschloss, es zu Hause zu lassen.

»Was, wenn sie die Mädchen verlegt haben?«, fragte Savvy.

»Das spielt keine Rolle«, sagte ich und zeigte ihr das Halsband, das ich um mein Handgelenk gewickelt hatte. »Der Portalschlüssel wird uns zu Lilian Black bringen.« Ich hätte alles darauf verwettet, dass sie die Mädchen bei sich haben würde, wo auch immer sie war.

Wir stellten uns alle im Kreis auf.

»Bist du sicher, dass du dazu bereit bist?«, fragte ich meine beste Freundin. Sie hatte seit einem Jahrzehnt keine Magie mehr gewirkt.

Ich sah brennende Entschlossenheit in ihren Augen und wusste, was das bedeutete. Sie hätte sich aus den verschiedenen Kämpfen herausgehalten, wenn sie nicht ihre Tochter entführt hätten. Aber nachdem sie Abigail geschnappt hatten, waren die Handschuhe ausgezogen. Savvy würde es zu ihrer persönlichen Mission machen, Griffin zu finden und zu erledigen, und jeden anderen, der eine Rolle bei der Entführung der vermissten Mädchen gespielt hatte. Gemeinsam würden wir dafür sorgen, dass so etwas nie wieder passieren würde.

Apollo nickte mir zu, und ich streckte meinen Arm aus. Er berührte das Halsband und wir verschwanden sofort. Es war das bizarrste Gefühl, als hätte jemand eine Rolle unsichtbarer Farbe über mich gestrichen. Mein Haus verschwand und ich flog durch den mit Sternenstaub übersäten Leerenraum.

Wir landeten so sanft, dass Salty Apollo böse anstarrte, zweifellos fragend, wie er das geschafft hatte. Ich hätte vorschlagen können, dass er ihr Unterricht gibt, wusste aber, dass sie dann noch mehr schmollen würde.

So faltenlos die Reise auch gewesen war, Apollo war blass. »Ich habe noch nie solche Sicherheitsmaßnahmen bei einem Taschenreich gesehen«, sagte er. »Es war, als würde man versuchen, durch magischen Stacheldraht mit Stolperdrähten überall zu kommen. Es gab einen Moment, in dem ich dachte, wir würden es nicht schaffen.«

»Gut gemacht«, sagte ich. »Und danke.«

Wie erwartet waren wir in einem weißen Raum. Es sah aus wie Celestia und fühlte sich auch so an. Ich zeigte Apollo den Daumen nach oben.

Als Dusty und Abigail im Raum auftauchten, durchfuhr mich ein Blitz der Wut.

»Apollo! Mädchen!«, flüsterte ich grimmig. »Ich habe ausdrücklich-«

Er hob abwehrend die Hände. »Das war nicht ich! Sie müssen in den Kreis getreten sein.«

Ich runzelte die Stirn, erst zu ihm, dann zu den Mädchen. »Das ist *nicht* in Ordnung.«

»Sei nicht böse auf uns«, flehte Abigail. »Du brauchst uns hier. Wir werden es dir beweisen.«

Dusty nickte. »Wir kennen diesen Ort. Wir kennen Miss Black.«

Ich funkelte sie an, mein Mund eine dünne, harte Linie. »Dusty, wenn du mir jemals wieder so den Gehorsam verweigerst, wirst du nicht länger meine Schülerin sein. Verstehst du das?«

Sie zuckte zurück. »Ja, Asha.«

Die heutige Jugend! Ich warf Savvy einen Blick zu, in der Erwartung, dass sie genauso wütend sein würde wie ich, aber sie neigte nur den Kopf und argumentierte stumm: *In ihrem Alter hätten wir dasselbe getan.* Natürlich hatte sie recht, aber ich genoss nicht das Gefühl, so viele Menschen, die mir am Herzen lagen, in dieser Art von Situation zu haben. Ich habe Mütter sagen hören, dass es sich anfühlt, als würde ein Teil deines Herzens einfach herumlaufen, sobald du ein Kind hast – ungeschützt, verwundbar und bloßgelegt. Genau so fühlte es sich an, die Mädchen und das Team zu haben – ich sorgte mich zutiefst um jeden Einzelnen von ihnen. Sie waren gleichzeitig meine Schwäche und meine Stärke.

»Das ist der Krankenhausflügel«, sagte Dusty. »Ich bringe euch zu den Mädchen.«

KAPITEL 34
AUF GEHT'S

ASHA

»**E**rledigt jeden Vampir, den ihr seht«, sagte ich ihnen, »außer Lilian Black. Wir brauchen sie lebend.« Erst wenn alle Wächter und Vampire erledigt wären, könnten wir die Mädchen sicher nach Hause teleportieren. Wieder wünschte ich mir, Jax wäre hier. Niemand brachte Vampire so zu Asche wie dieser Zauberer. Ich gab Dusty ein Zeichen, den Weg zu führen, und wir folgten ihr. Wieder in diesem weißen Korridor zu sein, fühlte sich an, als wäre seit meinem letzten Besuch überhaupt keine Zeit vergangen. Ich hätte genauso gut diese weißen Baumwollpyjamas tragen können.

»Was ist das für ein Ort?«, fragte Apollo. »Ich bekomme ein seltsames Gefühl von diesem Gebäude.«

»Ich auch«, antwortete ich. Ich konnte praktisch das Blut riechen, das sie hier abzapften. »Warte, bis du das Gelände siehst.«

Ich folgte Dusty, fühlte mich nervös, aber mutig. Der Moment, auf den ich gewartet hatte, war endlich da.

185

Apollo schüttelte den Kopf, als wolle er etwas abschütteln.

»Alles in Ordnung?«, fragte ich.

»Ja«, antwortete er. »Es ist nur dieser Ort. Mein Instinkt sagt mir, dass ich fliehen soll.«

»Verständlich. Ich hoffe, wir bleiben nicht lange.«

Gerade als ich zu denken begann, wir wären wieder in einem dieser Escher-Zauber gefangen, öffnete sich der Gang zu einem großen Raum mit einer prächtigen Treppe.

»Hier ist es«, flüsterte Abigail. »Die Mädchen werden unten in den Treppen sein – in verschiedenen Räumen und draußen auf dem Gelände.«

Wir machten unsere Waffen bereit.

»Wo sind die Wächter?«, fragte Apollo.

»Überall verteilt, kaum sichtbar.«

Wir bewegten uns weiter, während wir flüsterten, die prächtige Treppe hinunter, die mit reichem Weinrot und Gold ausgelegt war. Als wir auf dem Treppenabsatz ankamen, war der Empfangsbereich leer. Es waren keine Wächter hinter dem Empfangstresen, und keine Celestia-Schwester war zu sehen. Dusty, Abi und ich runzelten einander die Stirn.

»Wo sind alle?«, fragte ich mit leiser Stimme.

Die Mädchen schüttelten den Kopf.

Ich schaute in ein paar Räume – den Bastelraum, die Nähstube, das Kunstatelier. Alle leer. Wir gingen nach draußen auf den perfekten smaragdgrünen Rasen. Niemand.

»Sie haben uns erwartet«, sagte Sam.

»Wir sind zu spät«, sagte eine bestürzte Savvy. »Sie haben sie weggebracht.«

Ich war anderer Meinung. »Ich glaube nicht, dass Lilian Black das Risiko eingehen würde, sie woanders hinzuschicken. Sie wird bei ihnen bleiben. Sie sind ihr goldenes Ticket.«

»Aber sie wussten, dass wir zurückkommen würden«, sagte Savvy. »Und sie wissen, dass das Lagerhaus zerstört wurde. Sie haben irgendeinen Plan zur Schadensbegrenzung ausgeheckt.«

»Ja«, antwortete ich, aber ich glaubte immer noch, dass Black bei den Mädchen sein würde, und der Choker-Portalschlüssel hatte uns dorthin gebracht, wo sie war. »Wir müssen sie nur finden.«

Ich wünschte, Stoker wäre hier, überzeugt davon, dass er den Vampir hätte erschnüffeln können.

»Aber wo versteckt man hundert Mädchen?«, fragte Rick und kratzte sich am Kopf.

»Im Speisesaal?«, schlug ich vor. Sie könnten sich dort mit Zugang zu Nahrung tagelang verstecken.

»Speisesaal, Halle oder irgendwo draußen«, sagte Abigail. »Der Garten erstreckt sich über Kilometer.«

»Wir teilen uns auf und suchen. Wenn ihr die Mädchen findet, schickt ein Leuchtsignal hoch.« Sobald ich das gesagt hatte, erinnerte ich mich daran, dass nicht jeder in der Gruppe über die magischen Kräfte verfügte, um das zu tun. »Oder zieht euch einfach zurück und findet uns.«

Sie nickten und machten sich auf den Weg. Savvy und Abigail gingen in das Gebäude in Richtung des Speisesaals. Rick und Apollo gingen nach draußen. Sam, Dusty und ich machten uns auf den Weg zur Halle. Trotz meiner Bedenken, die Mädchen bei uns zu haben, kam es uns jetzt zugute. Ich hatte nicht einmal gewusst, dass es eine Halle gab.

Wir bewegten uns schnell entlang der Westseite des Gebäudes, vorbei an allerlei Sportgeräten und den Ställen, die nach Heu und Pferden rochen. Schließlich tauchte ein separates Gebäude auf. Es war strahlend weiß und wunderschön. Es sah aus wie eine Kirche, abgesehen von dem markanten Celestia-Symbol, das in die Fassade geprägt war. Ich erwischte mich dabei, wie ich mir wünschte, dass die verrückte Hexe Malachay mit ihrem blauen Dynamit hier wäre.

Ich nahm diesen Gedanken sofort zurück, als ich durch eines der Fenster spähte. Es sah drinnen wie ein Flüchtlingslager aus, mit dünnen Matratzen auf dem Boden und Gruppen von Mädchen, die in verschiedenen Clustern zusammengeduckt waren. Wächter säumten die Wände und Türen. Sogar die sedierten Mädchen waren da, und ich war gleichzeitig erleichtert und besorgt zu sehen, dass Mercury eine von ihnen war.

Sam und ich sahen uns mit großen Augen an.

Ich atmete etwas Energie aus dem üppigen Garten ein und schickte ein lautloses Leuchtsignal nach oben. Savvy und Abigail würden es nicht sehen können, aber die anderen würden es. Nach dem plötzlichen Lärm in der Ferne zu urteilen, nahm ich an, dass auch einige patrouillierende Ork-Wachen es gesehen hatten.

»Auf geht's«, sagte ich, mit mehr Mut, als ich fühlte.

Wir umrundeten die Halle, bereit, uns mit den Xarlugs auseinanderzusetzen, wenn sie ankämen, und fanden eine kleine, ordentliche Betonbank, hinter der wir uns verstecken konnten. Schon bald kamen die schwerfälligen Orks an – vorerst nur ein Paar. Sams Atmung war lauter als sonst. Er schaute auf Wilkinsons Pistole, als würde er den Mut sammeln, sie zu benutzen. Ich nahm meinen Zauberstab heraus und nickte ihm zu, und er nickte zurück. Wir standen auf und begannen beide gleichzeitig zu feuern, im Bonnie-und-Clyde-Stil, Sam mit Kugeln, ich mit Blitzen. Sams Zielgenauigkeit war perfekt, und beide fielen innerhalb einer Sekunde, meine Blitze tanzten über ihre Körper. Die Waffe hatte einen Schalldämpfer, aber die Schüsse klangen trotzdem laut. Wir wussten nicht, ob die Wächter sie gehört hatten. Dusty spähte durch eines der kleinen Fenster und gab uns den Daumen hoch. Drei weitere Xarlugs kamen angerannt, und ich erledigte zwei mit Elektroschocks durch meinen

Zauberstab, während Sam den anderen erschoss. Ich hatte gemischte Gefühle, als ich Sam töten sah. Es ging gegen seine Natur, aber man hätte es nie gemerkt, weil er so gut darin war. Der Sam, den ich kannte, war kein Killer, und doch war sein Ziel medaillenwürdig.

Wir hatten nicht viel Zeit, bevor die Wächter die ziemlich großen uniformierten Leichen bemerkten, die auf ihrem perfekten Rasen verstreut lagen. Sam sammelte ihre Schusswaffen ein und warf sie hinter die Bank, hinter der wir Deckung gesucht hatten.

Wir warteten eine Weile, und es kamen keine weiteren Orks, aber auch keines unserer Teammitglieder.

»Da sind sieben Vampire, die ich sehen kann«, flüsterte Dusty. »Also vielleicht doppelt so viele.«

Ich nickte. »Kannst du Black sehen?«

»Nein.«

Wir brauchten Verstärkung, wenn wir planten, mehr als ein Dutzend Vampire zu erledigen. Ich war auch vorsichtig wegen Kollateralschäden.

»Keine Waffen in der Nähe der Mädchen, okay?«, sagte ich.

Sam zögerte und steckte seine Waffe in das Holster. Ich wusste, was er dachte – wie sollten wir den Kampf ohne Feuerkraft gewinnen?

Die Haare in meinem Nacken stellten sich auf, als ob Henry hinter mir stehen würde. Als ich nachsah, war niemand da.

»Spürt ihr das?«, fragte ich.

Weder Dusty noch Sam taten es, aber mein Geisterradar schlug aus. Es gab definitiv irgendeine spirituelle Energie um uns herum. Wäre da nicht meine Erfahrung mit Henry gewesen, hätte ich vielleicht Angst gehabt, aber er hatte mich gelehrt, dass Geister wie Menschen waren – gut und böse, und meistens ein bisschen von beidem.

»Miss Black!«, flüsterte Dusty. Wir spähten in die Halle und sahen sie in all ihrer gotischen viktorianischen Pracht. Sie stand vorne und sprach zu den Mädchen, aber wir konnten nicht hören, was sie sagte. Die Mädchen sahen ihr aufmerksam zu und nickten. Ich konnte an ihren schlaffen Kiefern erkennen, dass sie sie alle gleichzeitig hypnotisierte.

»Soll ich die anderen holen?«, fragte Dusty. Es war eine gute Idee, aber ich wollte nicht, dass sie allein ging. Sam las die Besorgnis in meinen Augen. »Ich kann mit ihr gehen«, bot er an.

Ich schaute noch einmal durch das Fenster. Black hypnotisierte immer noch ihre Schützlinge.

»Okay«, sagte ich. Was ich sagen wollte, war: *Ich will nicht allein hier sein!* Aber da ich meine große-Mädchen-Höschen anhatte, ließ ich sie gehen. Ich beobachtete ihren Rücken, als sie in das Hauptgebäude gingen, um Savvy und Abigail zu finden, während ich praktisch das Ticken der Uhr hören konnte, bevor jemand mich oder die Leichen auf dem Rasen bemerkte und die Hölle losbrechen würde. Tick-Tock. Ich beobachtete, wie Lilian Black zu den Mädchen sprach, jedes einzelne von ihnen aus ihrem früheren Leben gestohlen und einer Gehirnwäsche unterzogen, um glückliche Gefangene zu sein. Das Stockholm-Syndrom hatte nichts gegen Shadow Snow. Mein Ring flackerte.

Mercury war immer noch bewusstlos, zusammen mit zehn weiteren komatösen Mädchen. Mit Bedauern bemerkte ich, dass Frankie auch eines dieser Mädchen war, und ich war mir sicher, dass sie dort war, weil sie zu viele Fragen gestellt hatte. Ich erkannte ein paar andere Mädchen in Blacks Publikum von meinem kurzen Aufenthalt in Celestia. Sie blickten den Vampir mit nichts als Akzeptanz in ihren Augen an. Ich erschauderte.

Ich spürte einen kühlen Atem in meinem Nacken. Ich drehte mich auf dem Absatz um und erwartete Henry zu sehen, aber er war es nicht. Es war keinerlei Geist. Es war ein junges blondes Mädchen in

ihrer makellosen Celestia-Uniform. Sie trug einen Gänseblümchen-
kranz auf dem Kopf. Als sie mich anlächelte, wusste ich, dass ich in
Gefahr war, spürte es bis in meine Knochen, aber es war zu spät. Alle
Gedanken kamen zu spät, denn sie hatte mich bereits erstochen.

KAPITEL 35
EIN BRENNENDER, SCHARFER SCHMERZ

ASHA

Ich spürte, wie das Messer direkt unter meinem Rippenkasten eindrang, ein brennender, scharfer Schmerz, aber ich glaubte es erst, als ich hinuntersah und das Blut auf ihrer Klinge entdeckte.

Noch immer lächelnd versuchte sie es erneut, doch diesmal packte ich ihr Handgelenk und schlug ihren Arm gegen das Gebäude, sodass sie die Klinge fallen ließ. Wir schrien beide vor Schmerz auf. Ich brachte sie mit einem Judo-Griff zu Boden und kniete auf ihrem Rücken, was sie erneut aufschreien ließ.

»Impedio«, sagte ich und richtete den Zauber auf ihren Mund, damit sie nicht um Hilfe rufen konnte. Auch der Rest ihres Körpers war gelähmt. Ich spürte eine weitere Präsenz hinter mir und erschrak, doch es war nur Sam. Er übernahm, zog einen Kabelbinder aus seiner Tasche und fesselte ihre Handgelenke damit. Er sah zufrieden aus, bis er die blutige Klinge im Gras bemerkte und den unversehrten Körper des Mädchens musterte, bevor sein Blick zu mir wanderte. Ich hielt die Wunde, aus der Blut zwischen meinen Fingern sickerte.

»Es ist nicht tief«, sagte ich. Das hoffte ich zumindest.

Ich hörte ein Knurren in seiner Kehle. »Hätte dich nie allein lassen sollen.« Er schob mein Shirt nach oben und begutachtete die Messerwunde. Der Schock hielt den Schmerz noch in Schach.

»Es blutet stark«, sagte er. Er hob das Messer vom Gras auf und schnitt einen Stoffstreifen vom Kleid des Mädchens ab. Er wickelte ihn so fest um meinen Oberkörper, dass ich kaum atmen konnte, bis ich lernte, trotz des Drucks zu atmen. Es stellte sich heraus, dass das falsche Yoga, das wir in Starfall praktiziert hatten, doch zu etwas nütze war.

Sam blickte wieder auf das Mädchen hinab. »Ich verstehe das nicht.«

»Das ist Black«, sagte ich. »Die Mädchen stehen unter ihrer Kontrolle. Sie betäubt und hypnotisiert sie. Sie tun alles, was sie sagt.«

Die Konsequenzen trafen uns beide hart, und wir erstarrten, während wir verarbeiteten, wie dies unsere Strategie verändern würde. Wir dachten, wir würden gegen ein Dutzend Wächter-Vampire und etwa die gleiche Anzahl Xarlugs antreten, aber jetzt umfasste ihre Armee hundert Mädchen, die darauf programmiert waren, uns zu töten – wohl wissend, dass wir unter keinen Umständen den Unschuldigen schaden würden.

Mein Kiefer spannte sich vor Wut an. Black war so gerissen, so böse, so verdammt clever und schien uns immer einen Schritt voraus zu sein. Meine Wunde begann ernsthaft zu brennen, und ich hoffte, dass meine übliche schnelle Heilung der Situation gewachsen sein würde.

»Wo ist Dusty? Wir müssen die anderen warnen.«

»Wir haben Savannah und Abigail gefunden«, antwortete er. »Die drei sind losgezogen, um Apollo und Rick zu suchen.«

Ich sah etwas – jemanden – in Weiß hinter Sam. »Hinter dir.«

Er wirbelte herum und sah sie. Eine Celestia-Schwester, die neben einem toten Xarlug-Wächter am Boden stand. Sie hatte seine Waffe nicht gefunden, und so gab sie auf und kam direkt auf uns zu.

»Tu ihr nicht weh«, sagte ich, obwohl ich wusste, dass es unnötig war.

Diese hier lächelte nicht. Sie hatte die Klinge in Sams Hand entdeckt und stürzte sich darauf.

Ich rammte meinen Zauberstab in ihren Rücken. *»Fiat fulgar!«*

Ihr schlanker Körper zitterte unter dem Ansturm von Elektrizität, und sie fiel bewusstlos zu Boden. Ich fühlte mich schlecht, aber nicht allzu sehr. Ich sah Sam an. »Hoffentlich hast du viele Kabelbinder mitgebracht.«

Wir beschlossen, dass es Priorität hatte, die anderen zu warnen – wer wusste schon, wie viele dieser Stepford-Schülerinnen auf dem Schulgelände umherstreiften? Kleine trojanische Pferde in ihren hübschen weißen Kleidern mit Gänseblümchen im Haar.

Sie sind nicht der Feind, erinnerte ich mich selbst trotz des Schmerzes, der von der Messerwunde ausstrahlte, während wir von der Halle weg und in die Gärten eilten, um den Rest des Teams zu suchen. Ich machte mir Sorgen, dass das Gelände so weitläufig war, dass wir sie nicht rechtzeitig finden würden, aber binnen weniger Minuten entdeckten wir sie in einem Wäldchen, alle auf uns zukommend. Sie schienen unverletzt, was mich erleichterte. Salty schwitzte – es musste schwer sein, mit Menschen Schritt zu halten, deren Beine viermal so lang waren wie die eigenen.

»Was ist passiert?«, fragte Savvy entsetzt, als sie meinen modischen Druckverband sah.

»Eine der Schwestern«, sagte ich und meine Hand wanderte zu dem Schnitt. »Mir geht's gut.«

Dusty keuchte. »Eine der *Schwestern*? Das ergibt keinen Sinn.«

»Doch, tut es«, sagte Abigail und wurde blass. »Miss Black kontrolliert sie.«

Rick runzelte die Stirn. »Aber der Fleischpuppen-Zauber steht nur Hexen zur Verfügung.«

»Es ist nicht dieser Zauber«, sagte ich. »Als ich unter dem Deckmantel eines jungen Mädchens hier war, sah ich, wie Celestia sie chemisch und magisch indoktriniert. Black ist ein mächtiger Vampir, und ihre Hypnosefähigkeiten sind stark. Sie stehen alle vollkommen unter ihrer Kontrolle.«

Abigail war besonders aufgebracht. »Dann können wir nicht gewinnen«, murmelte sie. »Nicht mit ihnen allen gegen uns.«

»Wir finden einen Weg«, versicherte ich ihr. Ich hatte Sam, ich hatte mein Team, und ich hatte meine Magie. »Der schwierige Teil wird sein, die Mädchen zu überwältigen, ohne ihnen zu schaden.« Wir würden sie auch bei Bewusstsein brauchen, damit sie in die Heimreise einwilligen konnten. Es würde nicht einfach werden, aber die letzten Wochen meines Lebens hatten mich alle zu diesem Moment geführt, und ich würde jede Einzelne von ihnen in Sicherheit bringen oder bei dem Versuch sterben.

Sam verteilte einige seiner Kabelbinder, und wir überprüften alle unsere Waffen, während wir unseren Mut zusammennahmen.

»Sie sind alle in der Halle«, sagte ich. »Oder zumindest die meisten von ihnen. Sie werden bald bemerken, dass die Wachen ausgeschaltet sind und dass zwei Mädchen fehlen.«

»Also, was tun wir?«, fragte Dusty.

Ich wünschte, ich hätte die Antwort. Unser Plan, die Wächter und Vampire auszuschalten und von dankbaren Mädchen begrüßt zu werden, die verzweifelt nach Hause wollten, war Geschichte. »Wir müssen improvisieren«, sagte ich. »Rick, bitte beschütze Dusty und Abi. Bleib unbedingt bei ihnen.«

Er salutierte mir zu. »Ja, Boss.« Die Mädchen sahen trotz ihrer Tapferkeit erleichtert aus.

Sam und Savannah wandten sich zu mir um für Anweisungen, aber ich hatte keine. »Ich schätze, wir müssen zurück zur Halle und dann einfach sehen, was passiert.«

Ich zerbrach mir den Kopf auf der Suche nach einer brillanten Strategie, um alle in der Halle magisch außer Gefecht zu setzen, wie eine Art Chloroform-Gasbomben-Zauber. Leider hatte unser Zaubertränkemeister in Copperfield das nicht behandelt. Der Schlafzauber würde nicht funktionieren; es kostete zu viel Magie, eine Person unter Kontrolle zu halten, geschweige denn hundert. Obwohl ...

»Der Krankenflügel«, sagte ich zu Dusty. »Du weißt, wo der ist, oder?«

»Natürlich«, erwiderte sie.

»Geh und such nach allem, was wir nutzen können, um sie zu überwältigen. Chloroform, Beruhigungsmittel, irgendwas.«

Die Mädchen nickten beide, und Dusty wirkte froh, etwas zu tun zu haben.

»Wir treffen uns alle wieder bei der Halle«, sagte ich. »Versucht, unbemerkt zu bleiben. Nutzt euren Unsichtbarkeitszauber, wenn es sein muss, aber versucht, nicht zu viel Magie anzuwenden. Wir werden sie brauchen.«

Sie eilten davon und ließen Sam, Savvy und mich zurück, um zur Halle zurückzukehren.

»Was denkst du, was Blacks Plan ist?«, fragte Sam. »Sie einfach alle dort drin zu behalten?«

Es war eine Geiselnahme, nur dass die Geiseln alle darauf programmiert waren, dich zu töten, wenn du sie befreist. Ehrlich gesagt, sah ich keinen Weg, wie wir das gewinnen konnten, aber das war bei solchen Missionen oft der Fall. Ich erinnerte mich daran, wie ich im

SubRealm im Käfig eingesperrt war, und wie aussichtslos diese Situation erschien, aber Rick und ich hatten überlebt. Dies würde genauso sein. Dies musste genauso sein.

»Woher wussten sie, dass wir kommen?«, fragte Apollo, der sehr still gewesen war. »Dieses Reich ist so gesichert – es war praktisch unmöglich, einzudringen.«

Salty warf Apollo wieder diesen neidischen Blick zu, wobei ihre natürlich grüne Haut den Effekt noch verstärkte. »Aber du bist so gut im Portalen, dass es für dich ein Kinderspiel war, oder?«

Er zuckte mit den Schultern. »Tut mir leid.«

»Sie wussten es, weil sie Smaragdes sind. Wir haben ihre Festung zerstört und ihre Fabrik. Wir sollten uns nichts vormachen. Sie wissen, wer wir sind, und sie brauchen uns tot, wenn sie hoffen wollen, ihr Geschäft fortzuführen und an die Macht aufzusteigen.«

Ich stimmte zu. Warum sonst wäre sie so besessen von Æterna? Wer das Geld kontrolliert, kontrolliert das Reich.

»Dieser Vampir wird besonders darauf aus sein, uns zu töten«, sagte Apollo. »Gut zu wissen.«

Wenn sie uns töten könnten, würden ihre Probleme verschwinden. Wie aufs Stichwort erschien in der Ferne eine Gruppe von drei Mädchen in Weiß, ihre Augen auf uns gerichtet.

KAPITEL 36
ANTIPSYCHOTISCHE VIELFALT

ASHA

Sie waren aus der Halle gekommen, nach ihrer Richtung zu urteilen. Würde Black so lange Mädchen zu uns schicken, bis wir in einer Sackgasse landeten? Ich dachte, sie wären ihr zu wertvoll, um sie zu opfern, aber ich verstand auch, dass Narzissten alles tun würden, um sich selbst zu schützen. Natürlich würde sie so viele wie möglich retten, weil sie sie brauchte. Aber wenn die meisten sterben würden, nun ja, niemand war so gut darin, frisches Kanonenfutter zu beschaffen wie sie.

Die Mädchen marschierten wie Roboter auf uns zu – ohne Ausdruck, ohne Ahnung, wer sie waren oder was sie gleich tun würden – gehirngewaschene Soldaten, bereit, auf Kommando zu töten. Sie hatten schwarze Riemen über ihren Schultern. Angst ließ meinen Magen brennen und meinen Kopf summen. Ich hörte Salty wimmern, also streckte ich die Hand aus und berührte ihre Schulter.

Alles wird gut, sagte ich ihr durch meine Haut.

Ich brauchte Magie, die sie vorübergehend außer Gefecht setzen würde, ohne ihnen zu schaden. Leichter gesagt als gezaubert. Ich hoffte, dass meine Hexenintuition mit etwas aufkommen würde, aber bevor ich die Antwort hatte, schwangen die Mädchen ihre geliehenen AK-47 nach vorne. Sie hatten das Waffenlager in der Halle gefunden und nutzten sie gegen uns. Ich zog meinen Zauberstab. Sie hoben die automatischen Gewehre und zielten.

»*Arma ignifera volas!*« rief ich und fuhr mit meinem Zauberstab in einer dramatischen Aufwärtsbewegung durch die Luft. Die Gewehre flogen gehorsam in die Luft über den Mädchen, die verwirrt dastanden. Sie hatten wahrscheinlich noch nie einen Levitationszauber gesehen, geschweige denn eine Truppe, die aus einer Hexe, einer Goblin, einem mürrischen Ex-Detektiv und einer Taschendiebstahl-Expertin à la Peaky Blinders bestand. Das brachte ihre Hypnose wahrscheinlich durcheinander. Die Gewehre blieben in der Luft, zuckten, als wüssten sie nicht, was sie als nächstes tun sollten.

»*Contendis!*« rief ich, und sie bogen sich in unsere Richtung. Ich manövrierte sie geschickt in die Hände meiner verblüfften Teamkollegen. Salty sah besonders bizarr aus, und ich war sicher, dass ich mich lange an dieses Bild erinnern würde, wie sie mit großen Augen dastand, mit einer automatischen Waffe, die so lang war wie sie groß, perfekt auf ihrem Schmerbauch ruhend.

Unbewaffnet wirkten die Mädchen weit weniger gefährlich, aber sie kamen immer noch näher.

»Savvy«, sagte ich. »Ich kann zwei nehmen. *Impedio.* Nimmst du die andere?«

»Ich bin so eingerostet«, sagte sie, stimmte aber zu. Wir streckten unsere Hände aus und sammelten etwas Magie in letzter Minute, dann riefen wir gemeinsam: »*Impedio!*«

Ein kühler blauer Strom floss aus uns heraus und in die Mädchen hinein, sodass sie in ihren Spuren erstarrten.

»Schnell, Sam, ich kann es nicht halten«, sagte Savvy.

Armstrong fesselte die Handgelenke und Knöchel der Mädchen in Rekordzeit, und wir ließen unsere Zauber los. Eine der Schwestern versuchte, ihn zu beißen, aber er wich ihrem Kiefer aus. Er war kein Neuling darin, Leute zu fesseln.

»Das schien einfach genug«, witzelte Apollo. Ich konnte die Nervosität in seiner Stimme hören.

»Wir brauchen einen anderen Weg«, sagte ich und hoffte, dass Rick und die Mädchen bald zurück sein würden, mit Geschenken der antipsychotischen Art. »Hier gibt es viel Magie, aus der man schöpfen kann, aber nicht genug für hundert Mädchen.«

Wir holten alle gemeinsam Luft und drängten weiter Richtung der Halle. Der Garten ließ unsere Mission völlig surreal erscheinen – Mengen von Blumen, die so schön in der Brise wippten, als wäre es ein gewöhnlicher Tag im Sonnenschein.

»Wir lassen sie einfach so liegen?« fragte Apollo.

»Vorerst«, antwortete ich. »Es sei denn, du hast eine bessere Idee?«

»Ich könnte versuchen, mit ihnen zu reden«, schlug er vor. »Ich verstehe menschliche Psychologie. Das hat mich zu einem guten Taschendieb gemacht.«

»Wir reden hier nicht von Geldbörsen und Uhren, Apollo«, sagte ich. »Sie wurden unterzogen-«

Natürlich!

»Was?« fragte Savvy. »Du hast eine Idee. Ich kann es sehen.«

Ich blinzelte sie an. Ja, ich hatte eine Idee. »Apollo. Nimm eine der Uhren der Mädchen.«

»Häh?« Er legte den Kopf schräg. »Sie sind gefesselt, Asha. Das ist kaum eine Herausforderung.«

Ich muss ihn angestarrt haben, denn er tat schnell, worum ich ihn gebeten hatte, und brachte die Celestia-Uhr, die meines Wissens jede Schwester tragen musste. Ich drehte sie in meinen Händen und untersuchte sie, während die anderen um mich herumschwirrten und sich fragten, ob ich den Verstand verloren hatte.

»Sie müssen alle eine tragen«, sagte ich. »Das ist Teil der Kontrolle. Ich weiß nur nicht, was oder wie.«

»Spyware, wie auf deinem Handy?« fragte Sam. »Oder Tracking-Software.«

»Oder beides und mehr«, antwortete ich. Ich steckte sie in meine Tasche, bis ich mehr wusste.

Wir erreichten die Halle ohne weitere Probleme. Ich nahm die Uhr immer wieder heraus und betrachtete sie, versuchte zu verstehen, was es damit auf sich hatte. Ich wünschte, Ferra wäre bei uns. Sie würde sie aufknacken und mir genau sagen, wozu sie fähig war und wie ich sie zu meinem Vorteil nutzen könnte.

KAPITEL 37

SCHLAFENDER NEBEL

ASHA

Rick, Dusty und Abigail warteten hinter einer hohen Hecke auf uns und sahen zuversichtlich aus. Dusty hob den Daumen. Sie hatten etwas gefunden. Ich machte Greifbewegungen mit den Händen, um zu zeigen, wie froh ich über die medizinische Verstärkung war.

Rick betrachtete unterdessen die neuen AK-47s und pfiff leise. »Nette Accessoires.«

Dusty war außer Atem. Sie strich sich die Haare aus dem Gesicht; sie waren feucht vor Schweiß. »Keine Beruhigungsmittel, aber wir haben ein paar Betäubungsmittel.« Sie zeigte mir eine Tasche mit bereits gefüllten Spritzen mit aufgesetzten Nadeln.

»Hervorragende Arbeit«, sagte ich.

»Das ist noch nicht alles«, zwitscherte Abigail, die eine weitere Tasche hielt. »Wir haben auch Narkosemittel gefunden. Und zwar *jede Menge* Narkosemittel.« Ich spähte hinein wie ein Kind, das in den Sack des Weihnachtsmannes schaut. *Oh ja. Das ist genau das, was ich brauche.* Mindestens ein Dutzend große Flaschen mit medizinisch garantiertem Schlaf klimperten fröhlich in der Tasche. Diese magische Chloroformwolke wurde zu einer realistischeren Option.

»Ihr Mädels seid genial, wirklich.«

Mit weit aufgerissenen Augen lächelten mich beide an, nervös vor Angst und Unsicherheit.

Wir verteilten die Spritzen an das Team. Ich nahm das Narkosemittel von Abigail und bewegte mich mit Rick näher zur Halle, den ich bat, die Türen zu blockieren. Ich schaute durch eines der kleinen, quadratischen Fenster und sah die Schwestern alle stramm stehen, Lilian Black zugewandt. Sie musste wissen, dass wir angekommen waren, denn die vorherige entspannte Atmosphäre war verschwunden, und die Schwestern erinnerten mich jetzt an die alten Fotos von blonden, blauäugigen Kindern in Nazi-Deutschland – der sogenannten arischen Rasse. Nicht weil sie alle hellhäutig waren; es war der Ausdruck in ihren Gesichtern, als wären sie gezüchtet worden, um Befehlen zu folgen.

Ich erschauderte und bekreuzigte mich rückwärts. *Bitte, Mutter Erde*, dachte ich. *Beschütze diese Mädchen und beschütze mein Team.*

Ich löste den Stoffstreifen, den Sam um mich gebunden hatte, um die Blutung zu stoppen. Er hatte, zusammen mit meiner schnellen Heilung, gut gewirkt. Es gab noch einen dumpfen Schmerz, aber der Schnitt hatte bereits eine Kruste gebildet. Ich fand eine Stelle auf dem Stoff, die nicht karminrot gefärbt war, und band sie mir um den Kopf, um Mund und Nase zu bedecken.

»Warum siehst du aus wie ein verwirrtes Karate Kid?«, fragte Salty leise. Ich hatte nicht bemerkt, dass sie hinter mir stand. Ich wirbelte herum.

Sie beschirmte ihre Augen. »Wow«, flüsterte sie. »Ich nehme das zurück. Du siehst verdammt krass aus. Mit dir würde ich mich nicht anlegen.«

Ich spähte wieder durch das Fenster. Rick gab mir vom Fenster auf der gegenüberliegenden Seite der Halle einen Daumen hoch, um zu signalisieren, dass er erfolgreich gewesen war. Ich nickte zurück.

»Die Maske ist für das Gas«, sagte ich zu Salty.

»Welches Gas?«, fragte sie.

Mit einer Flasche Narkosemittel in meiner linken Hand zerschlug ich das Fenster mit dem Griff meines Dolches und warf die Flasche wie eine Tränengaskartusche in die Halle.

Die Wächterinnen zuckten bei dem Geräusch zusammen und drehten sich alle um, um zum zerbrochenen Fenster zu schauen, und dem glitzernden Glasscherben auf dem polierten Holzboden.

»*Nebulum!*« beschwor ich und verengte meine Aufmerksamkeit, um mich ganz auf die durchsichtige Flüssigkeit auf dem Boden der Halle zu konzentrieren. Ich sah, wie sie funkelte und aufstieg – eine schwebende silbrige Pfütze –, bevor sie sich in Dampf auflöste. Ich verschwendete keine Sekunde und warf die nächste hinein, dann die nächste, *nebulum, nebulum, nebulum*, bis jede einzelne Flasche Narkosemittel zerstäubt war, um einen schlafenden Nebel zu erzeugen – einen potenten, schlaffördernden Dunst. Ich beobachtete, wie das erste Mädchen umkippte. Ihre Schwestern sahen nur für einen Moment besorgt aus, bevor sie selbst in Ohnmacht fielen. Die Wächterinnen begannen umherzueilen und Befehle zu rufen. Eine kam zur zerbrochenen Scheibe und versuchte, mich hindurchzugreifen. Ich packte ihren Arm und schlitzte ihn an der gezackten Kante entlang, schnitt ihn bis auf den Knochen auf. Sie kreischte und zog sich zurück, was noch mehr Schaden verursachte. Ich konnte nicht anders, als wegzusehen. Es war grauenerregend, aber sie war ein mörderischer Vampir und hatte für das, was sie getan hatte, etwas Schmerz verdient. Ihr Leiden nährte meine Magie – wie Schmerz es manchmal tat –, und ich bekam eine Ahnung davon, warum böse Hexen und dunkle Zauberer taten, was sie taten, denn dieser Machtschub war so berauschend und aufregend, dass ich mir vorstellen konnte, wie sie davon abhängig werden konnten.

Nachdem die kreischende Vampirin auf die bewusstlosen Mädchen zu ihren Füßen zurückgefallen war und sie mit ihrem Blut besprenkelt hatte, konnte ich wieder den Rest der Halle sehen. Die meisten Mädchen schliefen und erinnerten mich wieder an das Märchen von Schneewittchen. Die umgekehrte Geschichte spielte sich vor uns ab: Statt eines guten Schneewittchens, das von einer bösen Hexe in den Schlaf versetzt wurde, hatten wir Schatten-Schneewittchen, das von einer guten Hexe in den Schlaf versetzt werden musste – und es würde keinen Prinzen geben, der sie retten würde.

Seltsame, alberne Gedanken, wenn so viele Leben auf dem Spiel standen, aber vielleicht gab es eine verborgene Bedeutung, die ich noch nicht erfasst hatte.

Die Vampirwächterinnen und Celestia-Schwestern, die noch bei Bewusstsein waren, sahen, was der Dampf bewirkte, und bewegten sich von ihm weg, konnten aber dank meines Lieblingsorcs, der den Ausgang versiegelt hatte, nicht aus der Halle entkommen. Sie gerieten in Panik, dachten vielleicht, das Gas sei tödlich, und begannen, mit aller Kraft gegen die Tür zu schlagen. Eine der Vampire schnappte sich einen Kerzenständer und begann, alle Fenster einzuschlagen, um den Nebel entweichen zu lassen, erlag aber dem Narkosemittel und schmolz zu Boden, bevor sie ihre Arbeit beenden konnte.

In all dem Chaos konnte ich Lilian Black nicht entdecken. Unter dem Dunst war der Boden eine surreale Landschaft aus regungslosen, weiß gekleideten Körpern, einige mit Blut bespritzt, und der gelegentlichen schwarz gekleideten Wächterin, aber ich konnte Lilian nicht unter ihnen ausmachen. Sie war auch nicht eine der verbliebenen Seelen, die versuchten, die Tür einzuschlagen. Ich wusste, dass sie nicht aus der Halle hatte entkommen können, also machte es mich nervös. Versteckte sie sich, bereit zuzuschlagen, sobald wir unsere Wachsamkeit sinken ließen?

»Los!« schrie ich. »Los, los, los!«

Ich hörte mein Team meine Worte wiederholen. Die Tür öffnete sich und die Wächterinnen liefen direkt in Rick hinein. Apollo, Dusty und Abigail schnappten sich jeweils ein Mädchen, die verwirrt, schwach und leicht zu überwältigen waren. Savvy stand mit ihrem Bogen und Pfeilen bereit und machte kurzen Prozess mit den fünf Vampiren, die zu fliehen versuchten. Die gesegneten Holzpfeile, wie speerförmige Pflöcke, verwandelten sie alle in Feuerbälle, und es gab plötzlich eine Hitze und einen Wirbel aus Asche, der sich wie Schnee auf unseren Schultern niederließ.

KAPITEL 38

VAMPIR-FEUERWERK

ASHA

Wir kümmerten uns um die Nachzügler, fesselten die Handgelenke der restlichen Mädchen, die aus der Halle entkommen waren, und schickten die Vampirwächter ins Jenseits. Dennoch gab es keine Spur von Lilian Black. War sie irgendwie entkommen? Vampire waren mächtig, aber soweit ich wusste, konnten sie nicht durch Wände gehen.

»Wir müssen Black finden«, erklärte ich und betrat das Gebäude, vorsichtig darauf bedacht, nicht über irgendwelche Leichen zu stolpern. Ich blickte zur Bühne, wo die Blutspenderinnen geschlafen hatten, aber alle Betten waren jetzt leer. Das ergab keinen Sinn.

In meinem Augenwinkel sah ich einen weiteren Feuerball, und ich beobachtete, wie Savvy sich durch die Halle bahnte, Vampire identifizierte und gnadenlos Pfeile in ihre Rücken schoss. Es war schwer zu denken mit all den vampirischen Feuerwerken, die in dem geschlossenen Raum explodierten. Zersplittertes Glas, befleckte Tuniken, Rauch und Blut. Ich freute mich auf frische Luft, aber zuerst musste ich den Vampir finden, der so viele Unschuldige entführt hatte.

Ich bekam wieder dieses Gefühl, diesen Schauer, und die Haare in meinem Nacken stellten sich auf. Ich wünschte, das Phantom würde sich zeigen. Dies war nicht die Zeit, um schüchtern zu sein.

»Henry?«, fragte ich. »Henry? Bist du hier?«

Die Geister in der Geisterstadt der Bergwerkshalde hatten gesagt, dass Henry in wichtigen Angelegenheiten unterwegs sei. Ich konnte mir nichts Wichtigeres vorstellen, als sich mit der Frau zu befassen, die sein Leben gestohlen und das seiner Schwester zerstört hatte. Wenn er hier wäre, könnte er mir wieder helfen, genau wie er es getan hatte, als ich in der Blutfarm gefangen war.

»Henry?«, rief ich. Ich spürte, wie etwas Kaltes meinen Arm berührte und zuckte zusammen. »Bist du das?«

Es war so viel Lärm in dem Raum, dass ich seine Antwort nicht hätte hören können, selbst wenn er geantwortet hätte. Das Kalte berührte mich erneut, diesmal drängender. Es war eine Hand. Ich nickte, und sie begann mich zu führen. Sie zog mich auf die Bühne, wo Black vorher gestanden hatte. Es war dunkler und ruhiger im hinteren Teil der Plattform. Kälter. Ich sah einen Hauch des Phantoms, einen Splitter Grau, und meinen eigenen weißen Atemhauch. Es war nicht Henry.

»Wer bist du?«, flüsterte ich.

»Das ist nicht wichtig«, kam die Antwort. Die Stimme war jung, weiblich. Ein Opfer von Celestia.

»Maxine?«, riet ich. »Deine Mutter hat die Æterna-Fabrik in deinem Namen in die Luft gejagt.«

»Wer, glaubst du, hat sie dorthin geführt?«, antwortete der Geist. »Henry hat mir geholfen. Er bringt mir Dinge bei. Wie man durch die Wand kommuniziert. Wie man schlechte Dinge geschehen lassen kann. Du musst wütend genug sein.«

»Ich bin wütend genug«, erwiderte ich. »Ich will, dass Lilian Black schlimme Dinge passieren.«

»Lilian Black ist nur ein Bauer«, flüsterte Maxine.

Das hielt mich nicht davon ab, sie töten zu wollen.

»Du musst sie am Leben erhalten«, sagte Maxine, als hätte sie meine Gedanken gelesen. »Celestia ist ihre Erfindung und Schöpfung. Wenn die Erschafferin eines Taschenreichs stirbt, stirbt das Reich mit ihr. Alle Schwestern werden verloren sein.«

»Ich weiß«, sagte ich. »Aber sie muss für das bezahlen, was sie getan hat.«

»Das wird sie«, versicherte Maxine. »Die Leere weiß es. Das wird sie.«

»Die Halle ist gesichert«, rief Rick in meine allgemeine Richtung. »Wir werden die anderen Mädchen holen und sie hierher bringen.«

Ich nickte, und mein Team verschwand nach draußen. Ich kannte ihn gut genug – er würde sich ein Mädchen über jede Schulter werfen und ein weiteres in seinen Armen tragen. Sie würden alle in kürzester Zeit wieder zusammen sein. Als ich zu der Stelle zurückblickte, wo das Phantom gewesen war, bekam ich einen Schock. An ihrer Stelle stand Mercury, ihre zuvor glänzende braune Haut jetzt grau und leblos.

»Mercury! Ich bin so froh, dass es dir gut geht.« Ich fühlte mich, als wollte ich sie umarmen, aber ihre Energie war das genaue Gegenteil von einladend. Tote Augen starrten zurück. »Mercury«, sagte ich. »Ich bin's, Asha.«

»Ich weiß, wer du bist«, sagte sie durch aufgesprungene und trockene Lippen.

»Dir geht es nicht gut«, wagte ich zu sagen. »Ich sehe, dass du nicht du selbst bist.«

Ich bemerkte ein Aufblitzen von Metall und wusste, bevor ich nach unten schaute, dass sie ein Messer hatte, genau wie das, mit dem die andere Schwester mich erstochen hatte. Meine Wunde schmerzte in banger Vorahnung.

»Tu es«, kam eine unheimliche Stimme aus den Schatten.

Mercury hielt ihre stumpfen Augen auf mich gerichtet, aber sie gehorchte nicht.

»Töte sie!«, befahl Black, die ich nicht sehen konnte.

»Mercury«, sagte ich vorsichtig. »Marielle vermisst dich. Ms. Hammond will, dass du nach Woodhaven zurückkommst.«

Sie blinzelte zum ersten Mal.

»Du musst nicht tun, was der Vampir dir sagt. Du hast einen starken Geist, eine unabhängige Seele. Du bist stärker als sie.«

»Halt den Mund, *Hexe*«, höhnte Black.

»Zaleria ist jetzt sicher zu Hause bei ihren Eltern. Sie ist zu Hause und in Sicherheit, wegen dir.«

»Zaleria«, wiederholte das Mädchen wie in Trance.

»Zaleria Chalice«, sagte ich. »Du hast ihr Leben gerettet. Sie haben mir genug Geld gegeben, um dich und Marielle zur Uni zu schicken und euch eine eigene Wohnung zu ermöglichen, wie du es wolltest.«

»Hör nicht auf sie«, schnurrte Black. »Sie hat dich zurückgelassen, erinnerst du dich? Sie haben dich alle zurückgelassen.«

Mercurys Stirn runzelte sich, und die Klinge glitzerte. Es stimmte. Wir hatten sie zurückgelassen, auch wenn es ihre Entscheidung gewesen war. Und ihre Zeit seitdem war offensichtlich nicht einfach gewesen.

Ich setzte noch einen drauf. »Zaleria hat dir gesagt, dass du ein Schicksal hast, erinnerst du dich? Dies ist dein Moment.«

»Dies ist mein Moment«, wiederholte sie.

»Mercury!«, schnappte der Vampir. »Du wirst mir gehorchen, und nur mir allein! Töte diese Hexe!«

»Schicksal«, beharrte ich.

Mercury begann zu stöhnen, und ich wusste nicht, was ich tun sollte.

»Mercury!«, schrie der Vampir.

Das Stöhnen wurde lauter. Sie kämpfte gegen die Hypnose, rang darum, ihre Selbstbestimmung wiederzuerlangen.

Lilian Black trat endlich aus den Schatten. Ihre Präsenz schien die ganze Bühne einzunehmen. Mächtiger als je zuvor, strahlte sie vor Vitalität, und ihre Haut leuchtete. Es war nicht nur ihr Körper, der stärker und verjüngt wirkte; sie hatte eine Aura dunkler Macht. Ihr gotisches viktorianisches Kleid sah aus, als wäre es für ein dramatisches Debüt auf einem Laufsteg neu designt worden. Engere Taille, bauschige Schultern, Schicht um Schicht schwarzer Satin und Spitze.

»Hast du dich an der Ware bedient?«, fragte ich sie. »Ich würde an deiner Stelle dieses Elixier reduzieren. Nicht gut für deine geistige Gesundheit.«

Sie zischte mich an und zeigte ihre hellweißen Fangzähne.

»Schau dich um«, sagte ich. »Du hast verloren.«

»Ich *verliere* nicht«, erwiderte sie.

»Mein Team wird dir nicht wehtun«, sagte ich. »Du wirst mit uns zurückkommen.«

Black lachte. »Solche Naivität«, säuselte sie. »Du verstehst den großen Plan wirklich überhaupt nicht, oder?«

»Ich weiß, dass du Æterna mit Jungfrauenblut für ihr Elixier versorgt hast. Ich weiß, dass das Elixier ihnen Milliarden einbringt, aber vor allem, dass es Wesen wie dich am Leben hält, so lange wie es dauern wird, das Reich zu zerstören. Dass es die Macht des Bösen verstärkt, während es gute Menschen verzweifeln lässt, wenn du ihre Zukunft entführst.« Ich erinnerte mich an Maxines Worte. »Und ich weiß, dass du nur ein Bauer bist.«

Der Vampir zischte erneut und trat einen Schritt näher. Ich konnte Blut in ihrem Atem riechen, und es brachte mich fast zum Würgen. Sie schlug mir so schnell und so hart auf die Wange, dass ich zu Boden wirbelte und mich gerade noch rechtzeitig abfing, bevor ich mit dem Gesicht auf dem Boden aufschlug. Mercury bewegte sich nicht.

»Unverschämte Hexe«, spuckte sie. »Ich werde dich lehren, wer wirklich über das Reich herrscht.«

Lilian Black war in ihren Handlungen normalerweise so damenhaft, dass ich nicht erwartete, dass sie auf mich steigen würde. Ich war überrascht von einem Hagel aus Ohrfeigen und Schlägen, während ihre scharfen Knie und Ellbogen mich festhielten. Ich wehrte mich, hatte aber vergessen, wie stark Vampire waren. Es fühlte sich an, als gäbe es zehn von ihr, während ihre Gliedmaßen bei den Schlägen verschwammen. Genauso abrupt, wie es begonnen hatte, hörte es auf. Black keuchte und verlor ihren Griff an mir. Ich rang ihren reglosen Körper von mir herunter und sah das Messer in ihrem Rücken.

»Oh nein«, sagte ich. »Oh nein, nein, nein.«

Mercurys vorher ausdrucksloser Gesichtsausdruck wurde besorgt und verwirrt. Sie sah auf ihre Hände hinunter, vielleicht suchte sie nach Blut. Vielleicht fragte sie sich, was sie gerade getan hatte.

Mit einem Knurren stieß ich Black weg, kniete neben ihr nieder und untersuchte das Messer, das knapp unter ihrem Schulterblatt steckte. Es war ein kleines Messer, aber die gesamte Klinge war eingebettet. Ich legte mein Ohr an den Mund des Vampirs und hörte das mühsame Einziehen von Atem.

»Kollabierte Lunge«, vermutete ich.

Ich bekam eine Gänsehaut. Maxine war eindeutig nicht glücklich.

Ich atmete tief ein, um meine Magie zu sammeln, und bald fühlten sich meine Hände warm an. Ich legte eine auf den Rücken des Vampirs und die andere auf den Dolch, wobei ich ihn langsam herauszog, während ich sprach.

»Curas vulnum. Curas vulnum. Curas vulnum.«

Ihre Atmung klang schlimmer als je zuvor.

»Was habe ich getan?«, fragte Mercury.

»Denk nicht darüber nach«, sagte ich. »Du standest unter ihrer Kontrolle und hast dagegen gekämpft. Es ist nicht deine Schuld.«

Die Halle begann zu beben, schlimmer, als würde ein Erdbeben durch den Boden rumpeln. Ein Riss erschien in der weißen Wand. Ich fluchte. Ein Holzbalken landete mit einem Knall auf der Bühne, nur ein kleines Stück von der Stelle entfernt, wo wir standen. Die betäubten Mädchen, die immer noch überall in der Halle lagen, hätten keine Chance, zu überleben, wenn das Gebäude einstürzte. Ein weiterer großer Riss schlängelte sich bis zur Decke hoch.

KAPITEL 39

DIE UNRUHESTIFTER

ASHA

»Curas vulnum!«, schrie ich. Black lag regungslos da.

Ich erinnerte mich an die zusätzlichen Tränke, die ich hatte, und wühlte schnell in meiner Tasche.

Unsichtbarkeit.

Ablenkung.

Schutz.

»Ah!«, rief ich aus, als ich das Etikett des Heiltranks sah. Ich zog den Stöpsel mit den Zähnen heraus und begann, einen dünnen Rinnsal über die klaffende Wunde zu gießen. Er blubberte und zischte wie Wasserstoffperoxid, und der fleischige, rauchige Geruch war schrecklich. Die Vampirin stöhnte vor Schmerz und schlug um sich, um die Quelle der Qualen zu stoppen. Die Ironie entging mir nicht, dass ich einen kostbaren Heiltrank für meine ärgste Feindin verwendete.

Mercury schaute mit Angst und Verwirrung zu.

»Wenn sie Schmerzen hat, bedeutet das, dass sie lebt«, sagte ich. Ich sah auf die zitternden Wände. »Wir müssen die Mädchen hier rausholen.«

Aber es waren so viele von ihnen und nur zwei von uns. Ich bräuchte zwanzig Ricks, um die Halle rechtzeitig zu räumen, aber ich hatte nur einen, und er war nicht hier.

»Wir können sie aufwecken«, sagte Mercury.

Ich schüttelte den Kopf. »Wie?«

»Miss Black hat eine Fernbedienung«, sagte sie. Ihr Gesicht begann besser auszusehen – die Mattigkeit war verschwunden und ihre Augen waren hell.

»Eine was?« Ich war sicher, dass ich mich verhört hatte. Dann erinnerte ich mich an die Fernbedienung, die der Xarlug-Wächter für die Sklaven im Æterna-Lager benutzt hatte.

Ich erinnerte mich an die Uhr, die Apollo auf meine Bitte hin dem Mädchen abgenommen hatte. »Die Uhren?«, fragte ich.

Mercury nickte und kniete sich auf der anderen Seite von Black nieder. Sie benutzte das blutige Messer, um Blacks Mieder aufzuschneiden und ihr Korsett freizulegen, das speziell dafür entworfen worden war, ein kleines Tablet zu halten. Mercury tippte ein paar Mal auf den Bildschirm, nahm Blacks schlaffe Hand, um ihren Fingerabdruck zum Entsperren der Oberfläche zu verwenden, und öffnete dann gewaltsam ein Auge für den Iris-Scan. Es piepte zur Bestätigung.

»Wir müssen mit diesem Ding vorsichtig sein«, sagte Mercury. »Es hat einen Totmannschalter.«

Eiseskälte lief meinen Rücken hinunter. »Einen was?«, fragte ich, obwohl ich wusste, was ein Totmannschalter war.

»Ich habe gehört, wie sie mit der Krankenschwester darüber gesprochen hat, als ich auf der Blutfarm vorgab, sediert zu sein. Sie sagte, wie verführerisch es manchmal sei, einfach den Schalter bei einigen der Mädchen umzulegen – den Unruhestifterinnen – und Schwester Vena lachte nur. Man kann eine Einzelne auswählen oder alle.«

Ich schluckte. »Was kann es noch?«

»Hauptsächlich medizinische Sachen. Temperatur, Herzfrequenz, Schlafqualität, Glukosewert, BMI. Andere Werte und Tests. So weiß Dr. Bianca, was sie in unsere Nahrungsergänzungsmittel geben muss. Es hat natürlich auch einen Peilsender. Und eine Taser-funktion.«

»Wie funktioniert der Kill-Schalter?«

»Ich bin mir nicht hundertprozentig sicher. Irgendetwas über einen Kurzschluss des Herzens. Eine kleine, aber tödliche Detonation.«

»Okay«, ich schaute auf die regungslosen Körper. »Hoffentlich wird ein kleiner Schock sie aufwecken.«

Wir verzogen das Gesicht. Ich wollte den Mädchen offensichtlich nicht wehtun, aber wir mussten von hier verschwinden, bevor Black von ihrer Stange fiel. Es sah nicht gut für sie aus, aber zumindest hatte der Boden aufgehört zu beben.

Rick erschien an der Tür und sah uns über dem Vampir knien. »Alles okay bei euch?«

»Fragwürdig«, sagte ich. »Wir müssen die Mädchen bei Bewusst-sein und aus der Halle raus bekommen.«

»Aber du sagtest, du wolltest sie – «

»Black ist schwer verletzt. Wenn sie stirbt, sterben wir alle mit ihr.«

Er schaute auf die Risse in den weißen Wänden, den Holzbalken, der auf die Bühne gefallen war, und nickte. »Ja, Ma'am. Wir haben etwa ein Dutzend Mädchen draußen.«

Ich nickte, und Mercury aktivierte die Taser-Funktion. Es bat sie um Bestätigung, und sie tippte auf Ja. Wir hielten beide den Atem an, als sie den letzten Knopf drückte. Im Bruchteil einer Sekunde erklang ein gemeinsamer Funke – hundert von ihnen gleichzeitig – und die Körper der Mädchen bogen sich, als wären sie von einem Defibrillator getroffen worden. Es folgte Keuchen und Stöhnen.

»Du musst ihnen sagen, dass sie nach draußen gehen sollen«, sagte ich zu Mercury. »Sie kennen mich nicht. Sie werden dir mehr vertrauen. Apollo wartet draußen, um uns alle nach Hause zu bringen.«

Mercury gab mir das Tablet und stand auf. »Schwestern«, rief sie. »Schwestern, dieser Bereich wird bald zerstört.«

Die armen Mädchen. Blass, schläfrig, verwirrt. Einige weinten. Aber sie achteten auf Mercury, die sie mit trüben Augen anschauten.

»Wir müssen aus dieser Halle raus.« Sie deutete auf die beschädigten Wände. »Und auf den Rasen draußen. Da ist ein Mann, der uns an einen sicheren Ort bringen wird.«

»Was ist mit Miss Black passiert?«, fragte eine der Schwestern.

»Sie ist verletzt«, sagte Mercury und wich der eigentlichen Frage aus. »Aber wir helfen ihr.«

Ein neues Beben rumpelte unter unseren Füßen, und die Mädchen schrien auf. Das Timing war gut und unterstützte, was Mercury sagte. Sie begannen aufzustehen und einander hochzuhelfen. Die Decke knurrte, und bald schien der graue Himmel durch den Riss im Dach.

»Schnell«, rief Mercury. »Wir haben nicht mehr viel Zeit!«

Rick, Savvy, Salty, Abigail und Dusty eilten herbei, um den Mädchen zu helfen, rechtzeitig hinauszukommen. Ich konnte nicht zusehen, aus Angst, das Gebäude könnte auf sie stürzen. Sie schafften es schnell, die Schwestern aus der Todesfalle zu führen.

»Lilian«, sagte ich zu der erschlafften Vampirin. »Wir müssen dich hier rausbringen.«

Sie reagierte nicht. Ich überprüfte ihre Wunde – sie sah besser aus, und das schreckliche nasse Lungengeräusch war verschwunden. Der Heiltrank hatte definitiv einen Unterschied gemacht. Mercury trat vor, um mir zu helfen, den Vampir vom Boden zu heben. Sie war leichter als sie aussah, oder vielleicht ließ das Adrenalin in meinem Körper es nur so anfühlen. Als ich aufblickte, sah ich, dass fast alle Schwestern die Halle verlassen hatten. Ein Mädchen blieb bewusstlos am Boden liegen.

»Frankie«, keuchten wir einstimmig, mit Sorge in den Augen. Ich befürchtete, sie sei tot, aber ich sah, dass sie keine Uhr trug.

»Geh und hilf ihr«, sagte ich. »Ich kümmere mich um Black.«

Gerade, als ich das sagte, knickten die Knie des Vampirs ein, und sie fühlte sich schwerer an.

»Sicher?«, fragte Mercury.

Ich nickte. »Geh!«

Ein neuer Riss in der Decke, und die Westwand stürzte ein. Schutt krachte herunter und zerstörte alles, was darunter auf dem Boden lag.

Knapp vorbei.

Mercury konnte Frankie nicht aufwecken. Sie versuchte, ihren bewegungslosen Körper zu ziehen, hatte aber Schwierigkeiten. Beide wären tot, wenn sie nicht sofort rausgingen. Ich balancierte Black unsicher und schaute auf den Bildschirm des Tablets des Vampirs.

Ich rief Mercury zu, die Uhr zu fangen, die ich zu ihr warf, und sie tat es, Gott sei Dank. Sie drückte die Rückseite des Zifferblatts gegen Frankies Handgelenk, und ich schickte einen magischen Impuls hindurch. Ihr Körper wölbte sich wie die anderen, und sie stöhnte. Mercury schüttelte Frankie an den Schultern und sprach mit ihr, und schließlich humpelten sie aus der Halle.

Ich atmete erleichtert aus, obwohl meine Probleme noch nicht vorbei waren. Als ich mich umdrehte, um Blacks Gesicht anzusehen, um ihre Reaktionsfähigkeit einzuschätzen, spürte ich einen stechenden Schmerz in meinem Bauch, wo Wilkinson mich verletzt hatte. Ich verstand erst, als Lilian Black mich anlächelte. Ich krümmte mich und riss uns beide zu Boden.

Der Schmerz war unglaublich, als hätte sie ihre Hand in eine tiefe offene Wunde gestoßen und meine Eingeweide verdreht.

Ich schrie und schlug sie. Ich wusste nicht, was ich sonst tun sollte. Sie zischte mich an und ließ mich los. Ich packte ihren Kopf und schlug ihn auf den Bühnenboden, in der Hoffnung, sie bewusstlos zu schlagen, aber es verlangsamte sie nur. Wieder der schrillende Schmerz in meinem Bauch. Ich ließ das Tablet fallen, und Black stürzte sich darauf.

»Nein!«, rief ich. Ich kletterte auf sie und versuchte, ihr das Tablet zu entreißen.

Ein scharfer Ellbogen krachte in meine Brust, dann in mein Gesicht, als sie versuchte, mich abzuschütteln. Ich stieß nach dem Tablet, aber sie bewegte es außer Reichweite, sobald ich es berührte.

»Gib es mir!«, forderte ich.

»Über meine Leiche«, antwortete sie, wohl wissend, dass ich sie nicht töten würde.

Ich brüllte und griff danach, drückte Black nieder und schlug auf die Hand, die das Tablet umklammerte.

»Du nimmst sie nicht weg!«, schrie sie.

»*Du* bist diejenige, die sie weggenommen hat«, sagte ich. »Ich bringe sie zurück.«

Sie hatte den Bildschirm auf dem kollektiven Kill-Schalter geöffnet.

»Das würdest du nicht tun«, sagte ich.

Trotz des Schmerzes, des Blutes und der Angst, die uns umwirbelte, schien die Vampirin amüsiert. »Denkst du, ich *interessiere* mich für sie? Sie sind ein Mittel zum Zweck. Glaubst du, ein Bauer denkt zweimal darüber nach, eine Kuh für Geld zu töten? Sie sind *Futter*. Mehr nicht.«

»Du widerst mich an«, keuchte ich und griff nach dem Tablet, aber ich griff eine Sekunde zu spät. Lilian Black hatte den Kill-Schalter bereits aktiviert. Auf dem Bildschirm blinkte ein rotes Licht, und als ich das Wort »Aktiviert« las, gab es draußen Geschrei und eine Explosion.

KAPITEL 40

MONOCHROME DYSTOPIE

ASHA

Ich fühlte mich, als würde ich sterben. Alles war verloren. Wie, wie, *wie* konnte ich so nah dran gewesen sein, sie zu retten, und dann direkt vor der Ziellinie scheitern? Trauer überwältigte mich, aber ich war zu geschockt, um zu weinen.

»Arme Hexe«, schmollte der Vampir. »So nah dran.«

»Ich hätte dich sterben lassen sollen«, knurrte ich.

»Dafür ist es zu spät«, erwiderte sie.

Ein weiteres Erdbeben erschütterte uns, und die Rückwand der Halle zerfiel.

»Asha!«, rief Savvy von der Tür. »Draußen fällt alles auseinander; wir müssen los!«

Lilian Black griff in ihre Korsett-Tasche und zog ein kleines Fläschchen hervor. Ich erkannte es sofort. Ich hatte Recht – sie hatte von der Ware getrunken. Sie kippte es in ihren Mund und schluckte, und schien sofort stärker zu sein, aber das Gebäude bebte weiter. Vielleicht ließ sich ihr Taschenreich nicht von der lebensverlängernden Wirkung grausamer und illegaler Elixiere täuschen.

»Ich hätte dich in dem Moment töten sollen, als du auf meinem Radar erschienen bist«, sagte Black.

»Das Gefühl ist gegenseitig«, antwortete ich. Ich entriss ihr das Tablet, obwohl es zu wenig und zu spät war.

»Verdammter Mordecai«, spuckte sie aus.

Mordecai? Ein weiterer Adrenalinschub, wie eine Treibstoffeinspritzung in mein Blut. »Was?«

»Nichts.«

»Du hast Mordecai gesagt. Verdammter Mordecai.«

»Er hat uns befohlen, dich nicht zu töten. Spezielle Anweisungen.«

Mordecai hatte sich geweigert, mir zu sagen, für wen er arbeitete. »Spezielle Anweisungen von wem?«, fragte ich.

»Geht dich einen feuchten Dreck an.«

»Sag es mir!«, schrie ich.

»Verhex dich doch selbst«, erwiderte sie, und ich musste jede Unze Selbstbeherrschung aufbringen, um ihr nicht ins Reißzahngesicht zu schlagen.

»Raus hier«, flüsterte das Phantom in mein Ohr. »Sofort raus.«

»Wozu?«, antwortete ich. Ich hatte das Reich in spektakulärem Ausmaß im Stich gelassen.

Der Vampir runzelte die Stirn. »Was?«

»Ich habe nicht mit dir geredet«, fauchte ich.

Sie warf mir einen unangenehmen Blick zu. Der größte Teil der Decke stürzte ein und krachte mit gewaltiger Wucht herunter. Von draußen hörte ich Schreie. Die anderen mussten gedacht haben, dass sie auf mich gefallen war, aber die Bühne blieb relativ unbeschädigt.

»Du sprichst mit Geistern«, sagte Black wie aus heiterem Himmel.

Ich antwortete nicht. Sie sah wieder schwächer aus, und ich dachte, dass sie nicht lange leben würde, egal ob sie Seren wie Tequila auf einer Studentenparty herunterkippte. Besonders nicht, wenn ich das verhindern könnte. Maxine hatte Recht, ich musste hier raus. Ich entfernte mich langsam von Black.

»Du sprichst mit Henry«, sagte sie.

Das ließ mich innehalten. »Was weißt du über Henry?«

Ich hatte angenommen, sie würde keinen der Namen der Kinder kennen, Jahre nachdem sie sie entführt hatte.

»Henry sucht mich heim«, sagte der Vampir. »Du hast ihn zu mir geführt. Er kann mich nicht töten, also wird er mich stattdessen heimsuchen, bis ich sterbe.«

»Nun«, erwiderte ich. »Heute ist sein Glückstag.«

Der Vampir sah mich mit einer Mischung aus Unsicherheit und Furcht an. Sie folgte meinem Blick hinter sie, wo Savvy wie die Göttin Artemis stand, einen Pfeil auf dem Bogen gespannt und auf Blacks Herz gerichtet. Trotz der ganzen Aufregung und des Chaos war ich noch nie so froh gewesen, meine beste Freundin zu sehen.

»Raus hier«, flüsterte Maxine. »*Sofort.*«

Ich schleppte mich vom Boden hoch, immer noch vor Schmerzen. »Wir müssen raus«, sagte ich zu Savvy und humpelte zu ihr.

Sie nickte und bewegte sich rückwärts neben mir, Augen und Pfeil auf den Vampir gerichtet. Die Stufen, die von der Bühne hinunterführten, waren mit Trümmern bedeckt, also bahnte ich mir einen Weg hindurch, während Savvy mich deckte. Balken und Ziegel fielen herab und zerschmetterten den ohnehin schon bebenden Boden. Mein Verstand war so chaotisch wie das einstürzende Gebäude.

Einen Meter vor der Tür hörte ich ein reißendes Geräusch von oben, dem einzigen verbliebenen Teil der Decke. Als ich aufschaute, wusste ich, dass es zu spät war. Es würde meinen Schädel zu Staub zermalmen. Gerade als ich mich mit meinem Schicksal abgefunden hatte, stieß mich eine unsichtbare Kraft von hinten mit Wucht nach vorne. Meine Füße berührten kaum den Boden, als ich nach vorne flog, während der schwere Holzbalken hinter mir auf den Boden krachte.

Danke, Maxine, dachte ich. *Ich konnte dich nicht retten, aber du hast mich gerettet.*

Savvy eilte zu mir und zog mich an meinem Umhang hoch. Wieder fühlte ich mich, als würde ich fliegen, bis sie mich unzeremoniell auf dem Rasen draußen absetzte.

Ein Sturm zog auf. Ich nahm an, dass es das erste Mal war, dass Celestia kein perfektes Wetter hatte. In meiner kurzen Zeit dort war es nie zu heiß oder zu kalt gewesen, und der Himmel war immer blau. Jetzt näherten sich bedrohliche Sturmwolken rasend schnell – so schnell, dass es wie Drachenrauch aussah – und unmöglich helles Blitzlicht durchbohrte den Himmel. Die Kombination aus dem Grauen in meiner Brust und den Schmerzen in meinem Bauch, die Zerstörung um uns herum und die aufgewühlten Wolken ließen es apokalyptisch wirken. Um dieses Gefühl noch zu verstärken, reichte ein riesiges Lagerfeuer zum dunkler werdenden Himmel hinauf. Ich versuchte, mir einen Reim auf das Feuer zu machen, meine Gedanken waren wirr. Ich wandte meinen Blick vom Boden ab, weil ich die toten Mädchen nicht sehen wollte, aber als ich aufschaute, sah ich mein Team, das mich anstrahlte, und ich verstand nicht warum. Ja, Savvy und Maxine hatten mich rechtzeitig aus der Halle geholt, aber –

Ich sah sie. Die Celestia-Schwestern, alle in einer Menge aus schmutzigen weißen Tuniken wie ein Chor, der in einer Kriegszone festsaß. Sie waren verängstigt und weinten, aber sie waren am Leben. Die Explosion, das Lagerfeuer. Später würde ich erfahren, dass Apollo auf Bitten von Abigail und Dusty den Mädchen schnell ihre Uhren abgenommen und sie auf einen Haufen geworfen hatte. Black hatte den Todesschalter genau in dem Moment aktiviert, als die letzte Uhr kunstvoll vom Handgelenk des letzten Mädchens genommen wurde.

Sie leben, sagte ich mir. *Sie leben.* Mein Grauen verflog, besonders als ich sah, dass alle meine Freunde da und unverletzt waren. Vorher hatte ich ihr Grinsen nicht verstanden, aber jetzt hatte ich selbst eines. Apollo hatte den Portalzauber begonnen, sobald er gesehen hatte, wie Savvy und ich aus dem, was von der Halle übrig war, entkamen, und als ich sie erreichte, gingen die Mädchen bereits durch das schimmernde Tor. Ich spürte einen kalten, schleimigen Fisch in meiner Handfläche und zuckte zusammen, aber das war unnötig. Es war Nilve SaltySnap, die meine Hand hielt. Der Rasen war schwarz, als wäre er durch Frost abgestorben, und die Bäume und Pflanzen waren dunkel und skelettartig. Eine monochrome Dystopie, abgesehen von den warmen Farbtönen des Lagerfeuers und der wirbelnden blauen Magie des Portals.

Die Mädchen waren alle durch, also war es Zeit für den Rest von uns zu gehen. Savvy hatte dem Team immer noch den Rücken zuge- wandt, den Pfeil auf die Trümmer gerichtet, die Lilian Blacks Körper einschlossen. Ich drehte mich um, um auf die zerstörte Bühne zu schauen, gerade rechtzeitig, um zu sehen, wie der Vampir aufstand. Die Zerstörung der Pflanzen hatte meine Magie geschwächt, sodass der Heilzauber, den ich bei ihr angewendet hatte, gebrochen war. Ich wusste, dass sie noch im Sterben lag, weil das Taschenreich weiter um uns herum zerbröckelte. Das Schulgebäude lag in Trüm- mern, und die wenigen Teile, die noch standen, stürzten gerade herunter, als wir sie betrachteten.

Alle waren durch das Portal, außer Apollo, Savvy und ich.

»Komm schon«, sagte ich zu Savannah, aber es war, als würde sie mich nicht hören. Sie war völlig fixiert auf den Vampir, der gerade aus den Trümmern aufgetaucht war. Den Vampir, der die Mädchen entführt hatte. Eine einsame Gestalt – immer noch elegant, gegen alle Wahrscheinlichkeit – mit Asche und Rauch, der um sie wirbelte.

»Savvy«, sagte ich und berührte ihren Arm, damit sie mir zuhörte. »Zeit zu gehen.«

»Ja«, murmelte sie. »Zeit zu gehen.«

Sie ging zum Lagerfeuer, wo die als Waffen eingesetzten Uhren brannten, funkelten und knallten, und zündete die Spitze ihres Pfeils an. Ruhig und stark nahm sie erneut Lilian Black ins Visier und ließ den brennenden Pfeil los. Er segelte durch die rauchgeschwängerte Luft und traf den Vampir in die Brust. Ihre Augen quollen hervor; ihr Mund öffnete sich zu einem Brüllen, als sie von einem sofortigen Inferno verschlungen wurde. Apollo packte Savvy und mich, brach unsere Fixierung auf das tödliche Feuer, und wir drei fielen in das schrumpfende Tor und wirbelten davon, während das Taschenreich hinter uns zerbröckelte.

KAPITEL 41
EINE VERFLUCHTE ZUNDERBÜCHSE

ASHA

Es war eine harte Landung, aber niemand schien sich daran zu stören. Wir alle lagen wie Puppen im Gras und spürten den festen Boden unter uns. Wir waren in Sicherheit. Das Gefühl der Erleichterung und reinen Freude ließ die Luft klar erscheinen – oder vielleicht konnten wir alle zum ersten Mal seit Stunden richtig atmen. Nachdem Schatteneis endlich in welche Hölle auch immer sie gehörte verbannt war und keine Uhren oder bewusstseinskontrollierenden »Nahrungsergänzungsmittel« mehr die Schwestern manipulierten, war ihre Trance gebrochen, und sie waren desorientiert und verwirrt.

Ich setzte mich auf. Der Schmerz war verschwunden. »Wo sind wir?«, fragte ich Apollo. Meine Stimme war heiser vom Schreien und der Rauchvergiftung.

»Erkennst du es nicht?«

Ich blinzelte und sah mich um. Natürlich. Es war das Hockeyfeld des Copperfield-Instituts.

»Ich wusste nicht, wo ich sonst hundert Mädchen unterbringen sollte«, sagte er und lächelte.

Ich blickte in seine verschiedenfarbigen Augen. »Weißt du, ich war mir nicht sicher, was ich von dir halten sollte«, sagte ich. »Aber die Direktorin hatte recht. Du bist gut.«

»Die Direktorin?«, fragte er. »Ich glaube, du bist verwirrt. Vielleicht hast du dir den Kopf gestoßen. Die Direktorin kennt mich nicht.«

Ich lächelte ihn an und konnte nur sagen: »Das denkst du.«

Ich spürte Sams Hände auf meinen Schultern und drehte mich zu ihm um. Wir umarmten uns lange, dann sah er mich mit glänzenden Augen an. »Du hast es geschafft.«

Ich nickte und blinzelte meine Tränen zurück. »Wir haben es geschafft«, sagte ich, und wir umarmten uns erneut.

Mein Ritualmesser leistete gute Dienste beim Durchschneiden der Kabelbinder. Die Mädchen dankten mir und rieben sich die Handgelenke, wo der Kunststoff ihre Haut wundgescheuert hatte. Dusty und Abigail waren losgelaufen, um Madame Copperfield zu holen, und als ich sie in ihrem dicken, langen Rock auf uns zukommen sah, ihr platinbeschlagener Gehstock glitzerte in der Sonne, konnte ich nicht anders, als mich getröstet zu fühlen, wie eine Tochter, die ihre Mutter nach langer Trennung wiedersieht.

»Nun«, sagte Copperfield etwas atemlos, als sie uns erreicht hatte. »Ich sehe, Ihre Mission war erfolgreich.«

»Es war knapp«, erwiderte ich. »Aber wir haben es geschafft.«

Die Direktorin nickte und wirkte außerordentlich zufrieden. »Ich wusste, dass Sie es schaffen würden.«

»Ich nicht«, sagte ich und lachte. »Es stand wirklich auf Messers Schneide.«

»Und Sie, junger Mann?«, wandte sie sich an den Taschendieb.

»Ich, äh–«

»Wir hätten es ohne Apollo nicht geschafft«, antwortete ich. »Er konnte durch all den magischen Stacheldraht und die Stolperdrähte auf dem Weg hinein kommen. Und niemand, den ich kenne, hätte so viele Menschen hinausportalen können.«

»Ausgezeichnete Arbeit, ihr alle.« Obwohl sie keinen Anteil an der Mission für sich beanspruchte, konnte ich den Stolz in ihrem Gesicht über den Erfolg ihrer Absolventin sehen. »Ich habe den Kapitän der Skorpione über die Rettung informiert. Sie hat jemanden, der die Eltern anruft, um sie einzuweihen, und schickt verschiedene Teams, um die Mädchen zu untersuchen.«

»Ärzte?«, fragte ich.

»Ja. Und Psychologen, die auf Deprogrammierung spezialisiert sind.«

»Deprogrammierung?«, fragte Dusty, die sich zu uns gesellt hatte.

»Im Grunde geht es darum, Aussteigern aus einem Kult zu helfen«, sagte ich. »Die Schäden der Indoktrination zu heilen.«

»Wurden sie körperlich verletzt?«, fragte Copperfield mit leiser Stimme.

»Nicht dass ich wüsste«, sagte ich. »Die Smaragdes haben darauf geachtet, ihr Futter gut zu behandeln.«

Sie nickte, wobei sich ein grimmiger Ausdruck auf ihrem Gesicht ausbreitete.

Die Matroninnen kamen mit großen Taschen an und begannen, Pavillons auf dem Feld aufzubauen. Sam, Rick und Apollo halfen ihnen, während die geretteten Mädchen leise miteinander plauderten. Eine halbe Stunde später wimmelte es auf dem Feld vor Aktivität. Krankenwagen, Polizeiwagen, mysteriöse schwarze SUVs. Sirenen und Blinklichter. Sanitäter, die umherrannten, Eltern, die vor Erleichterung und Verwunderung schrien, dass ihre Töchter zu Hause und am Leben waren.

Während wir auf dem Feld saßen, um uns auszuruhen und zu verschnaufen, und über die vergangenen Ereignisse nachdachten, musste ich an *Die verschwundenen Töchter von Evaron* denken. Ich erzählte Sam die Geschichte.

Er schauderte. »Märchen jenseits des Schleiers sind gruseliger als unsere«, sagte er. »Das ist ein besonders brutales.«

»Copperfield erwähnte diese Geschichte, nachdem sie mir das Buch geliehen hatte«, sagte ich. »Die Direktorin meinte, wir sollten nicht überrascht sein, wenn eine böse Hexe hinter den Entführungen steckt, weil das ein jahrhundertealter Topos ist. Natürlich hat sie recht.«

Sam pflückte einen Grashalm und kaute darauf. »Ich spüre ein 'Aber'.«

»Aber die Menschen verstehen die Moral von Geschichten falsch, weißt du. Na ja, nicht falsch, aber jeder hat seine eigene Interpretation der Geschichte. Sie denken, die einzige Bösewichtin ist die Hexe, aber das stimmt nicht hundertprozentig.«

»Erzähl weiter.«

»*Hans und die Bohnenranke* zum Beispiel. Die Leser werden dazu gebracht zu glauben, dass der große, stampfende Riese der Bösewicht ist, aber tatsächlich ist es Hans, der ihm bei mehreren Gelegenheiten etwas stiehlt, obwohl er mehr Gold hat, als er ausgeben kann, und ihn tötet und sein Zuhause zerstört. Nur weil der Riese gerne einen Reim über Knochen und Brot aufsagt, macht ihn das nicht zum Bösewicht.«

Sam nickte. »Ich mochte diese Geschichte nie.«

»Das Dorf Evaron vertrieb die Hexe aus dem einzigen Zuhause, das sie je hatte, und machte ihr das Leben mit ihren Heugabeln und brennenden Fackeln weiterhin zur Hölle. Sie musste ihre Tage in völliger Isolation in einem dunklen Wald verbringen, um der Leere willen! Sie war wohlwollend, bis sie zum Bösen getrieben wurde.«

»Also völlig verständlich, dass sie einige ihrer Kinder aß.«

»Ich sage nicht, dass es in Ordnung ist, wenn Hexen Kinder essen. Außerdem gab es keinen Beweis dafür, dass sie sie tatsächlich getötet hat.«

»Ihre Knochen wurden in ihrer Hütte gefunden.«

»Wilde Waldhexen dekorieren ihre Hütten mit Tierknochen und anderen Gegenständen, die mit Energie aufgeladen sind. Meistens zum Schutz. Ich sage nicht, dass sie die Kinder nicht gegessen hat – ich sage nur, es wurde nicht bewiesen. Sie ist die Bösewichtin der Geschichte, aber es gibt einen größeren Bösewicht.«

»Ich höre zu.«

»In meinen Augen sind die wahren Bösewichte die Väter der Mädchen. Sie ließen sich von der Angst übermannen. Sie ketteten ihre Kinder an, zum Hexenfluch nochmal. Die Mädchen waren so verzweifelt nach Freiheit, aber ihre Bitten wurden ignoriert.«

»Es war aber, um ihr Leben zu retten.«

»Auf Kosten ihrer Freiheit? Das war kein Deal, den die Mädchen eingehen wollten. Ihre Selbstbestimmung wurde ihnen genommen, ihre Wahl, und es war ihr eigenes Blut, das es tat. Es war die Angst, die die Probleme verursachte. Angst ließ die Dorfbewohner die Hexe vertreiben und ihre eigenen Töchter einsperren.«

»Und all das wegen einer Bauerngeschichte, die erzählt wurde, um Kinder zu erschrecken, damit sie sich benehmen und nicht allein in den Wald gehen.«

»Nicht in meinem Fall«, sagte ich. »Während andere Eltern versuchten, ihre Kinder aus dem Wald fernzuhalten, haben meine mich buchstäblich dort zurückgelassen.«

»Du bist aber ziemlich gut geraten.«

»Danke.« *Schätze ich.*

»Und du hast noch alle deine Finger.«

Er meinte es als Scherz, aber ich hatte Hexen mit einem halben kleinen Finger gesehen. Es war eine ständige Erinnerung an Freiheit für die Nachkommen der Töchter von Evaron.

Wir holten ein paar Flaschen Wasser und tranken sie in großen Schlucken.

Sam rieb meinen unteren Rücken. »Schau dir all diese erleichterten Eltern an. Fühlt es sich gut an?«

»Ja«, antwortete ich und lehnte mich an ihn. »Danke, dass du mit uns gekommen bist.«

»Ich habe dir gesagt, dass du mich nicht so leicht loswirst.« Er zwinkerte mir zu und zog mich näher. »Was hältst du davon, etwas zu essen zu holen und zu duschen?«

»Tolle Idee«, zwitscherte Salty. »Ich bin am Verhungern.«

Ich kicherte. »Du hast immer Hunger.«

»Heute habe ich Extra-Hunger«, sagte sie.

»Unsere Mission ist noch nicht vorbei«, erinnerte ich sie. Wir mussten immer noch verhindern, dass das Reich im Chaos versinkt. Aber zuerst ein langes, heißes Bad. Essen. Kaffee.

Savvy und Abigail waren auch bereit, nach Hause zu gehen.

»Bist du stolz auf deine clevere Tochter?«, fragte ich Savvy.

Wenn Dusty und Abi Apollo nicht gebeten hätten, den Mädchen die Uhren abzunehmen, wären sie alle tot.

»Nicht so stolz, wie ich auf meine Mutter bin«, antwortete Abigail. »Hast du sie *gesehen*?«

Ich nickte und lächelte meine beste Freundin an. »Ich dachte, du wärst eingerostet mit diesem Bogen und Pfeil.«

»Ich hab's immer noch drauf!«, prahlte Savvy mit einem Augenzwinkern. »Wahres Talent verkümmert nicht.«

Sie hatte ganz allein mindestens ein Dutzend Vampirwächter in der Halle zu Asche verwandelt, ganz zu schweigen davon, dass sie Black im genau richtigen Moment den Gnadenstoß versetzte.

Ich ging über das Feld, um mich von Kapitän Morgan zu verabschieden.

»Du kleines Juwel, du«, schwärmte sie und küsste mich auf die Wange. »Als Copperfield mich anrief, dachte ich, es wäre ein Scherz. Unmöglich, dass du alle Mädchen gerettet hast.«

»Nun, es ist schön zu wissen, dass du an mich geglaubt hast«, sagte ich sarkastisch.

»Diese Mädchen zurückzubringen war ein Wunschtraum, und das wussten alle. Nur du warst verrückt genug zu glauben, dass du Erfolg haben könntest.«

»Wow. Du bist heute voller Komplimente«, sagte ich monoton.

Sie lachte und umarmte mich. Kapitän Morgan war keine, die gerne umarmte.

»Was passiert da draußen?«, fragte ich und deutete auf die Stadt jenseits des Feldes.

»Es ist eine verfluchte Zunderbüchse, die am Rande eines Abgrunds sitzt«, antwortete der Kapitän. »Wölfe, Orks, Vampire, alle bewaffnet und zum Angriff bereit.«

»Irgendwas von Shagar?«, fragte ich.

»Nein. Aber vor dem Or'Capone hängt eine neue Xarlug-Flagge.«

»Verdammt«, fluchte ich. Ich hatte gehofft, sie wäre zur Vernunft gekommen, besonders nachdem sie von der Smaragde-Versklavung ihres Volkes in der Fabrik gehört hatte. »Ich hatte wirklich gehofft, sie für die letzte Schlacht auf unserer Seite zu haben.«

»Ich auch«, sagte Morgan. »Das Reich mag glauben, dass es keine Orks braucht, aber das Gegenteil ist der Fall. Orks können den Krieg gewinnen. Schade, dass sie nicht auf unserer Seite sind.«

KAPITEL 42

IMAGINÄRE VÖGEL

ASHA

Morgan organisierte den Transport für uns, und schon bald hatten wir unsere eigene Blaulichtkolonne aus diesen dunklen, glänzenden SUVs, die in Richtung meines Hauses rasten. Drei schwarze Katzen begrüßten uns an der Tür, und ich dachte, ich hätte Halluzinationen, bis die geschmeidigste Katze sich auf ihre Hinterpfoten stellte und sich in Chione verwandelte.

»Wo zum Teufel warst du?«, fragte sie. »Circe und Odysseus haben kein Trockenfutter mehr.«

»Ich habe genug dagelassen«, widersprach ich und zeigte sogar auf die halbleere Schüssel.

»Katzen mögen *volle* Schüsseln«, entgegnete Chione.

»Entschuldigung«, sagte ich zu allen dreien und öffnete eine Dose Thunfisch, um ihre Vergebung zu erbitten. Ich ließ die Lake ablaufen und schüttelte den stinkenden, zerfaserten Fisch in zwei neue saubere Schüsseln. Als Salty anfing zu sabbern, öffnete ich auch für sie eine Dose und ein Glas vegane Mayonnaise, die sie misstrauisch beschnupperte und mit Vorsicht behandelte.

»Ich bestelle Essen«, sagte Sam und nahm sein Handy heraus. Nach einem Moment hörte ich, wie er mit Ferra plauderte, und er versprach, das Essen selbst abzuholen und ihr »alles« zu erzählen.

Apollo vermied den gleichgültigen Blick der Katzen. Chione erzählte mir, dass Rap immer noch krank sei. Trotz der fröhlichen Atmosphäre sank mein Herz.

»Macht es euch bequem«, sagte ich zu allen und informierte die Grimalkin über unsere Fortschritte.

»Also, lass mich das klarstellen«, sagte sie und sah zum ersten Mal, seit ich sie kannte, beeindruckt aus. »Du hast Wilkinson *und* Lilian Black getötet?«

»Technisch gesehen hat Apollo den Zauberer getötet, und Savannah hat Black zu Asche verwandelt. Aber ja. Sie sind erledigt. Zwei weg, eine bleibt noch – und zumindest wissen wir jetzt, wo wir sie finden können.«

»Wo?«, fragte Salty und versprühte dabei Fischflocken auf der Küchentheke.

»Æterna«, antwortete ich.

Apollo spuckte seinen Kaffee aus, was Savvy amüsiert schnauben ließ.

Chione verdrehte die Augen. »Etwas melodramatisch, oder?«

Seine Augen glichen denen eines nervösen Guppys. »Æterna?«

»Was?«, fragte ich. »Was weißt du?«

»Æterna, wie in ... der Megakonzern, dem das Kaffee- und Synthetikblutgeschäft gehört?«

»Ich denke schon?«, antwortete ich. »Ich weiß nicht viel über die

Beteiligungen von großen Unternehmen. Aber wie viele Æternas kann es schon geben?«

»Hau mich um«, sagte er.

»Willst du uns verraten, warum du so emotional bist?«, fragte Chione. Ich konnte erkennen, dass sie den Taschendieb irritierend fand. Sie war zu cool für ihn.

Apollo lächelte, verzog das Gesicht, dann lächelte er wieder. »Also, hier ist das Lustige«, begann er. »Wisst ihr, wie ihr diesen Fluch von mir brechen wollt?«

»Ja-a-a?«, dehnte ich.

»Es sieht so aus, als würdest du zwei Fliegen mit einer Klappe schlagen.«

Chione bekam einen hungrigen Blick in die Augen. Ich hätte ihr auch etwas Thunfisch geben sollen.

Zwei Erbsen mit einer Gabel, korrigierte ich ihn still. Es gab genug Gewalt und Brutalität in der Welt, ohne imaginäre Vögel mit imaginären Steinen zu töten.

»Du sagst, die Hohe Hexe ... die Besitzerin von Æterna, ist diejenige, die dich verflucht hat?«

Ich fand es schwer zu glauben, aber ich konnte nicht sagen, warum. Vielleicht dachte ich, der junge Mann-Junge Apollo wäre nicht wichtig genug, um die Aufmerksamkeit der mächtigsten Hexe im Reich auf sich zu ziehen, aber ich erinnerte mich daran, was die Direktorin gesagt hatte – dass er so wichtig war, dass sie ihn nicht in die Schule lassen konnten. Er musste im Dunkeln gehalten und unter den nicht-magischen Leuten versteckt werden.

Ich holte tief Luft, was Apollo noch nervöser aussehen ließ. Es war Zeit für ein richtiges Gespräch. Savvy reichte mir eine Tasse Kaffee. Ich dankte ihr und wandte mich an Apollo. »Gut, dass du sitzt.«

Er fuhr sich nervös durch die Haare. »Wenn du versuchst, mich zu beruhigen, machst du keinen sehr guten Job.«

Sam räusperte sich. »Okay, ihr alle. Ich fahre zum Cog, um das Essen abzuholen. Wer kommt mit?«

Niemand antwortete.

»Ich formuliere das anders«, sagte Armstrong. »Alle außer Asha und Apollo, steigt jetzt ins Auto.«

Ich warf ihm einen dankbaren Blick zu, und er zwinkerte mir zu. Nach einigem Stöhnen und Stühlerücken waren Apollo und ich allein.

Seine Turnschuhe trommelten einen Rhythmus auf den Boden, während er mich besorgt ansah. »Warum habe ich das Gefühl, dass du mir sehr schlechte Nachrichten mitteilen wirst?«

»Es ist gut und schlecht«, antwortete ich. »Was weißt du über deine Eltern?«

Er lachte bitter. »Lustig, dass du die erwähnst.«

Ich umklammerte meine Tasse, dankbar für die tröstliche Wärme der Keramik, und wartete darauf, dass er fortfuhr.

»Das letzte Mal, als ich zu Hause war ... wussten sie nicht, dass ich da war, weil ich durch ein Portal hereingekommen bin. Bevor ich meine Anwesenheit ankündigen konnte, hörte ich sie streiten.«

Ich nickte ihm zu, damit er weitersprach.

»Meine Eltern streiten nie«, sagte er. »Das war also seltsam, und ich habe aufgepasst ... und gehört, worüber sie sich stritten.« Er hörte auf, mit den Füßen zu klopfen, und die Stille war ohrenbetäubend. »Meine Mutter wollte mir die Wahrheit sagen, aber mein Vater meinte, das wäre nicht das Richtige. Dass sie dem Rat versprochen hatten, es geheim zu halten. Mom sagte, ich hätte es verdient zu wissen.«

Obwohl ich die Antwort kannte, stellte ich die Frage. »Was zu wissen?«

Mein Herz schlug für ihn. Ich konnte sehen, dass ihn dieses Wissen tief verletzt hatte. »Dass sie nicht meine echten Eltern waren.«

»Das tut mir leid«, sagte ich. »Das muss sehr schwer zu hören gewesen sein.«

Wie er wurde auch ich von wohlmeinenden Ersatzeltern geleitet, aber ich hatte immer gewusst, dass Ferra, Soleil und Copperfield nicht meine echten Eltern waren. Er musste sich verraten gefühlt haben, als er die Wahrheit erfuhr.

»Sei nicht zu hart zu ihnen«, sagte ich. »Sie haben sich freiwillig gemeldet, dich zu adoptieren und zu beschützen. Sie sind die Guten.«

»Aber so eine Lüge zu leben ... Wie kann ich ihnen jemals wieder vertrauen?«

»Sie hatten keine Wahl«, antwortete ich. »Es war der einzige Weg, dich zu schützen.«

Seine Stirn runzelte sich. »Vor was?«

»Vor *wem*«, entgegnete ich.

Ich erzählte Apollo, was Madame Copperfield mir erzählt hatte. Er saß mit offenem Mund da, erstaunt zu hören, dass seine Eltern talentierte Magier waren, die ihr Leben bei der Verteidigung des Reiches gegen die Septics während der Sternenlosen Zeit verloren hatten, und dass er sein Leben den Menschen verdankte, die ihn großgezogen hatten, weil sie ihn anonym und sicher gehalten hatten.

»Bis jetzt«, schloss ich. Denn es war klar, dass sobald die Hohe Hexe wüsste, wer Apollo wirklich war, wäre er Frischfleisch. »Erzähl mir von Æterna.«

Während ich uns eine weitere Runde Kaffee zubereitete, erzählte er mir, wie Ms. M, die Besitzerin des äußerst erfolgreichen Unternehmens, ihn angeheuert hatte, um das Matahandi-Buch über Elixiere zu stehlen, und von ihrem Wutanfall, als er sich geweigert hatte, den stumpfen Bleistift zurückzugeben, den er mir zeigte.

»Es ist ein Portalschlüssel«, sagte er. »Zur verbotenen Bücherei in Blackloths Gedächtnispalast.«

Ich verstand endlich den toten Vogel in der Bibliothek und die Ratte. RIP.

»Sie wusste, dass ich Tiere liebe«, sagte er traurig, »also hat sie mir genau das genommen.«

»Wie praktisch für uns«, erwiderte ich herzlich und drückte seinen Arm, »dass die Hohe Hexe diejenige war, die dich verflucht hat.«

»Ja.« Er setzte sich aufrecht hin, als ob er sich entschlossen hätte, gute Laune zu haben. »Praktisch, in der Tat.«

Ich holte den Marquis-Spiegel heraus, und wir starrten ihn eine Weile an.

»Woher wusstest du, wie man ihn aus dem Gemälde holt?«, fragte ich.

»Ich habe dir gesagt, ich habe viel Zeit in dieser Bibliothek verbracht«, sagte er.

»Aber wie hast du es tatsächlich *gemacht*?«

Apollos Wangen röteten sich, und er zuckte mit den Schultern. »Glück, schätze ich.«

Ich betrachtete ihn eine Weile und versuchte, ihn zu durchschauen. »Du magst ein guter Dieb sein, Apollo, aber du bist ein schrecklicher Lügner.«

KAPITEL 43

SILBERNE FUNKEN IN IHRER HAUT

ASHA

»Also gut«, sagte er und räusperte sich. »Es gab da diese Theorie in einem der Bücher-«

»Eine Theorie«, sagte ich und spürte, wie auch meine Wangen erröteten, allerdings aus anderen Gründen. »Du hast das Reich auf eine *Theorie* gesetzt?«

»Wir hatten nicht wirklich eine Wahl, erinnerst du dich?«

Das stimmte. Plötzlich fühlte ich mich erschöpft und wünschte mir sehnlichst, wir hätten nicht den ganzen Gin in den Abfluss geschüttet.

Apollo musste meinen Gesichtsausdruck bemerkt haben, denn er erklärte schnell: »Also dieses Buch. Es besagte, dass wenn jemand...« Er verstummte.

Mittlerweile ungeduldig, war ich etwas schnippisch. »Ja?«

»Ich weiß nicht, wie ich es erklären soll, weil ich offensichtlich kein reines Herz habe.«

»Moment mal, was? Reines Herz?«

245

Sein Gesicht war röter denn je. »Ich weiß, oder? Eigentlich unmöglich, angesichts meiner... wechselhaften Vergangenheit.«

»Nicht unmöglich«, sagte ich, als mir die Erkenntnis dämmerte.

Er sah mich fragend an.

»Es spielt keine Rolle, was du getan hast.«

»Ich verstehe nicht.«

»Nichts kann deine Reinheit rückgängig machen.«

»Jetzt verstehe ich *wirklich* nicht mehr.«

Puritas antedecit. Reinheit über alles. Nur dass Lilian Black es völlig falsch verstanden hatte. Die »Reinheit« der Mädchen, die sie ausbluten ließ, führte nicht zu besseren Seren. Aber die Reinheit der Person, die Ms. Ms Elixir-Imperium ein Ende setzen würde, war wichtig, weil sie unverletzlich und unumkehrbar war. Diese Art von Reinheit kam nicht von den Taten eines Menschen, sondern von dem Geschenk, das er erbte, als seine Magier-Eltern ihr Leben opferten, um das Reich zu retten. Apollos leibliche Eltern hatten ihm ein für alle Mal ein reines Herz garantiert, und jetzt erhielt er die Chance, diesem gerecht zu werden und das Erbe fortzuführen, das sie ihm hinterlassen hatten.

»Woher wusstest du das?«, fragte ich. »Wie hast du herausgefunden, dass du ein reines Herz hast?«

»Das Buch sagte, wenn du silbernes Feuer erzeugen kannst...« Er verstummte wieder. »Und der Zauber, den Virvaris auf das Gemälde gelegt hat, verlangte aus diesem Grund silbernes Feuer. Er benutzte uralte Magie, um sicherzustellen, dass keine böse Person – oder auch nur eine moralisch zwielichtige Person – es entfernen könnte. Ich zitiere, wenn auch nicht wörtlich: *Nur eine Person mit silbernen Funken in ihrer Haut kann von sich behaupten, wahrhaft ohne Sünde zu sein.*«

»Shadow Snow dachte, sie könnte die Reinheit der unschuldigen Mädchen nutzen, um den Seren Wirksamkeit zu verleihen, aber sie lag falsch. Sie wusste nicht, was wahre Reinheit ist. Aber du hast sie.«

Apollo schüttelte den Kopf. »Ich habe es nicht verdient.«

»Es geht nicht darum, was du verdient hast«, entgegnete ich. »Es ist das, was dir deine Eltern gegeben haben.«

Seine Brust schwoll an, seine Nasenflügel bebten. »Ich werde sie stolz machen. Also, du weißt, was ich meine. Ich werde dem gerecht werden.«

»Und ich werde dir dabei helfen«, sagte ich.

Apollo und Asha.

Der Verfluchte und die Fluchbrecherin.

Der mit dem reinen Herzen und die, die Herzen verdirbt.

Wir hörten das Auto vorfahren.

»Wir werden essen und uns ausruhen«, sagte ich und stand auf. »Und morgen werden wir das Reich retten.«

Ich hoffte, dass ich genug Kaffee im Haus hatte.

KAPITEL 44

WEIT ENTFERNT VON PERFEKT

ASHA

Sam und die anderen kamen mit einem wahrhaftigen Festmahl an, wie es nur Ferra liefern konnte. Ein ganzes gebratenes Hähnchen für Nilve, verschiedene Bratenfleisch, Kartoffeln und Gemüse für die anderen, mit einer wirklich köstlichen Soße, und die schönste, tröstlichste vegane Lasagne, die ich je gegessen hatte. Der größte, grünste, knackigste Salat mit einer frischen Kräuter- und Pfeffervinaigrette schnitt durch die Cremigkeit der Pasta, und ich nahm drei Portionen davon, während Sam anerkennend zusah. Es sah aus wie zu viel Essen, aber Rick und Salty staubten mühelos alle Reste ab. Ich würde nie verstehen, wie Kobolde es schafften, ihr eigenes Körpergewicht in Kohlenhydraten zu essen, aber es war eine Eigenschaft, die ich bewunderte. Meine Zwergen-Feenpatin hatte sogar eine nagelneue Armbrust für Savvy, eine Notiz für mich und eine Tüte Gewürzkekse mitgebracht.

Liebe Anfängerin,

Ich wusste, dass du diese Mädchen retten kannst, und das hast du geschafft!

Ich war noch nie stolzer.

249

Ferra

Die einfache Notiz machte mich lächerlich emotional. Ich würde diese achtzehn Worte für immer in Erinnerung behalten. Es war das Nächste, was ich je daran herankam, einen Elternteil stolz gemacht zu haben. Natürlich war meine unmittelbare Reaktion zu sagen, dass es nicht nur ich war und dass ich es ohne mein Team nicht hätte schaffen können – was hundertprozentig stimmte – aber etwas in ihrer Notiz brachte mich dazu, einen Moment über die Rolle nachzudenken, die *ich* gespielt hatte, und eine ungewöhnliche Wärme blühte in meiner Brust auf.

So fühlt es sich also an, dachte ich, *eine Mutter stolz zu machen.*

Es bedeutete mir alles. Ich schaute mit tränenden Augen zu Abigail und Dusty hinüber und versprach mir selbst, sicherzustellen, dass sie immer wussten, wie sehr ich sie liebte und wie stolz ich war.

Während die anderen Nachtisch aßen – einen wunderbaren Cobbler aus selbst angebauten Pfirsichen mit Vanilleeiscreme –, ging ich nach draußen in meinen Dschungelgarten, um mich mit Jemima hinzusetzen. Ich setzte mich auf das feuchte Gras mit einer Schüssel Salatblätter, die ich für sie zum Picken aufgehoben hatte. Nachdem sie satt war, setzte ich sie wie eine Katze auf meinen Schoß, streichelte sie und fragte mich, wie es dem armen Rap wohl ging. Ich erzählte Jemima, dass ich ihr ein paar neue Freunde besorgen würde, sobald der Krieg vorbei wäre. Vielleicht ein paar Küken – ich liebte es, mich um die kleinen Piepser zu kümmern, und es wäre gut, nach all dem Tod und der Zerstörung, die wir gesehen hatten, ein paar frische Junge im Haus zu haben. Ich würde nie meine eigenen biologischen Kinder haben können, aber das hieß nicht, dass ich keine Babies der pelzigen und gefiederten Art haben könnte. Und natürlich gab es Dusty, den ich in Gedanken bereits adoptiert hatte. Ich brauchte keine Rechtspapiere, ich wollte einfach nur die Mutter für Dusty sein, die wir beide nie gehabt hatten.

Sam schlenderte in den Garten, nachdem ich schon eine Weile dort gewesen war, sein Gesicht beleuchtet von den Lichterketten. Er hatte zwei Gläser mit aromatischem Whisky und reichte mir eins. Er legte einen Finger an die Lippen – eine Andeutung, Savvy nicht zu erzählen, dass er eine Flasche von irgendetwas Besonderem gerettet und gut versteckt hatte. Jemima, das Huhn, beschloss, dass drei eine Menge waren, also hüpfte sie von meinem Schoß und ging in den Stall, um sich hinzusetzen. Sam setzte sich neben mich, reichte mir ein Glas und stieß mit mir an.

»Als ob ich dich noch mehr lieben könnte«, sagte ich. »Hör auf, so verdammt perfekt zu sein.«

Armstrong kicherte. »Ich bin weit entfernt von perfekt.«

»Er lügt!«, sagte ich zum Himmel. »Zumindest lügt er.«

»In diesem Fall bin ich nicht perfekt«, folgerte er, worauf ich keine schlagfertige oder anderweitige Antwort hatte. »Wie fühlst du dich?«

»Müde«, antwortete ich. »Dreckig. Dankbar.«

»Genauso«, sagte er. »Ich habe dir ein Bad eingelassen. Ich wollte ein paar Kerzen anzünden, aber ich wusste nicht, welche ich verwenden sollte. Ich wollte nicht versehentlich einen Zauber wirken.«

Ich lachte. »Wolltest dich nicht in einen Frosch verwandeln?«

»Oder Schlimmeres.«

Ich nickte. Es gab sicher Schlimmeres im Leben, als in einen Amphibien verwandelt zu werden.

Sam lachte nicht.

»Was ist los?«, fragte ich.

»Nichts. Ich wollte dir nur sagen, wie stolz ich auf dich bin, aber ich weiß nicht, wie ich es sagen soll, ohne herablassend zu klingen.«

»Danke«, sagte ich. »Und danke, dass du nicht gegangen bist, als ich dich darum gebeten habe.«

Wir verbrachten einen ruhigen Moment damit, unseren Whisky zu trinken.

»Du bist eine erstaunliche Frau, Asha Viridian Rook.«

Ich lachte, aber Sam blieb ernst. Er nahm meine Hand und berührte den Ring, den er mir gegeben hatte, bevor er meine Handfläche küsste.

»Lass uns in dieses Bad steigen«, sagte er. »Und dann nehme ich dich mit ins Bett.«

KAPITEL 45
VERSPRECHEN DES TROSTES

ASHA

Ich wachte glücklich auf. Ja, ich hatte auch Angst, war nervös und hatte blaue Flecken, aber ich konnte nicht anders, als gute Laune zu haben. Das Abendessen am Vorabend war wunderbar gewesen, und die Qualitätszeit mit Sam hatte meinen Körper und meine Psyche auf eine Weise geheilt und wiederhergestellt, von der ich nicht wusste, dass sie möglich war. Wenn es meine letzte Nacht auf dieser Erde gewesen wäre, dann war sie gut verbracht worden.

Wir hatten tief geschlafen und wir hatten einen Plan. Ich war bereit dafür.

Ich ließ Sam ausschlafen, während ich mich nach unten stahl, um Tee zu kochen. Dusty und Abigail schliefen noch tief und fest auf den Sofas im Wohnzimmer. Rick, immer der Beschützer, hatte sich eine Matratze auf dem Boden in der Nähe ausgesucht. Salty war vom Ohrensessel gerutscht und lag halb auf, halb neben ihm, und schnarchte wie eine verrostete Kettensäge. Ich hörte Bewegung hinter Savvys geschlossener Tür, nahm an, dass sie wach war, und holte zwei Tassen aus dem Schrank, während der Wasserkocher brodelte. Ich gähnte und betrachtete die Küche. Die Jungs hatten aufgeräumt, aber es gab immer noch Spuren ihres Abendessens im Raum verteilt – ein Stapel unbenutzter Papierservietten, Salz- und Pfeffermühlen auf der Arbeitsplatte und durchweichte Pappkartons, die den Mülleimer füllten. Ich hatte so lange allein gelebt, dass ich es immer noch seltsam fand, so viele Menschen in meinem Haus zu haben. Ich liebte es, allein in meinen eigenen vier Wänden zu sein, aber ich musste mir eingestehen, dass es ein wirklich gutes Gefühl war, Freunde um mich zu haben. Ich war einsam aufgewachsen, also ergab das wohl Sinn.

Als der Tee fertig war, brachte ich ihn zum Gästezimmer, in dem Savvy übernachtet hatte, und klopfte leise. »Bist du wach da drinnen?«

Die Bewegung im Raum hörte auf.

»Savvy? Alles in Ordnung bei dir?«, fragte ich.

»Äh... ja«, antwortete sie. »Alles okay!« Sie öffnete die Tür nicht.

Es war eine seltsame Antwort, aber wer war ich, darüber zu urteilen? »Ich stelle dir hier Tee hin«, sagte ich.

»Danke«, sagte sie. Erst als ich ein gedämpftes Kichern hörte, wurde mir klar, dass sie nicht allein da drin war. Anscheinend war ich nicht die Einzige, die letzte Nacht etwas Heilarbeit bekommen hatte.

Ich ging hinaus in meinen Dschungel, sagte Jemima und den Enten guten Morgen, versuchte, nicht auf den Erdhügel mit seinem gesegneten Stein zu schauen, und setzte mich mit meinem Tee auf die Bank. Ich holte mein Handy heraus – jetzt ohne Spionagesoftware – um die Flut an Nachrichten zu überprüfen, die ich erhalten hatte. Als ich mich noch an meine verschwommene Sicht gewöhnte, hatte ich die Schriftgröße erhöht, um leichter lesen zu können, aber ich stellte fest, dass ich sie jetzt problemlos verkleinern konnte. Es schien, als würden das magische Monokel und ich uns aneinander gewöhnen. Es war so eine Erleichterung, wieder sehen zu können, besonders, wenn ich dachte, ich würde für immer blind sein.

Der Tee war warm und tröstlich in der kühlen Morgenbrise. Ich blickte zu den Blättern über mir hinauf und beobachtete ihr Flüstern. Ich atmete ihre Frische ein, ihre grüne Energie, ihr Versprechen des Trostes in einer chaotischen Welt. In Japan nennt man das »Waldbaden« – vielleicht nahm ich also ein Dschungelbad zum Soundtrack der flatternden Blätter und dem gelegentlichen Quaken der Pekingenten. Hören, Sehen, Gesundheit, Fruchtbarkeit, Beweglichkeit, Magie, Liebe … all die Dinge, die wir als selbstverständlich ansehen, bis sie uns genommen werden.

»Danke, Leere«, flüsterte ich. »Für deine vielen Segnungen.«

Es mag Zufall gewesen sein, aber die Brise frischte für einen Moment auf, als ob sie antworten würde. Ich beobachtete das gesprenkelte Licht auf dem Boden, das sich bewegte – Mutter Naturs Discolichter – und fühlte mich vollkommen getragen von der Erde und ihrem Schutz und ihren Gaben. Ich gab mich dem heilsamen Glücksgefühl hin, das durch meinen Körper strömte, so anders als die Magie, an die ich gewöhnt war, die am stärksten war, wenn ich wütend oder ängstlich war. Ich schloss meine Augen und versuchte, mir das Gefühl einzuprägen. Ich würde es später brauchen.

Nachdem ich mich mit den Blättern, der Brise, dem Boden und dem Sonnenlicht verbunden hatte, fühlte ich mich auf eine neue Weise gestärkt. Die Mission, die vor mir lag, obwohl höchstwahrscheinlich tödlich, erschien mir weniger unmöglich. Ich hatte großartige Leute, ich hatte meine Magie und die Leere stand hinter mir. Jemima gluckste zustimmend. Oder vielleicht war sie einfach nur begeistert, eine Brombeere zu finden, die von den Discolichtern enthüllt wurde.

Als ich meine Aufmerksamkeit wieder auf das Handy richtete, sah ich zuerst eine Nachricht von Merlin.

Rookie! Tut mir leid, dass ich nicht vorbeigeschaut habe. Man hört, du hast die Hölle durchgemacht. Ich bin gerade bei der Arbeit eingespannt, aber ich werde so schnell wie möglich vorbeikommen. Ich vergesse die heiße Schokolade für den Zauberlehrling nicht! Wenn du mich brauchst, lasse ich meine Vorlesungen sausen und komme sofort vorbei. Lass es mich wissen!

Der onkelhafte Mykologe war definitiv einer der Segen dieser Erde.

Ich antwortete *Danke Papa Schlumpf* und fügte ein Pilz- und ein Herz-Emoji hinzu. Er kam online und begann zu tippen.

Nur um sicherzugehen, dass du dein Amulett noch hast?

Zuerst dachte ich, er meinte Lilian Blacks Schutzamulett, aber er meinte meinen Cyanidzahn – das Fläschchen mit Pilzgift, das ich an meiner Halskette trug. Mein Ausweg, wenn die Dinge zu schlimm wurden. Er hatte es für mich hergestellt: die Essenz des Grünen Knollenblätterpilzes.

Habe ich, tippte ich. *Danke.*

Er gab mir einen Emoji-Daumen hoch. *Pass auf dich auf, Rookie. Bis bald.*

Als Nächstes kam eine Nachricht von Captain Morgan. *Alle Mädchen, die du nach Hause gebracht hast, wurden mit ihren wahnsinnig dankbaren Eltern und Betreuern wiedervereint. Sie werden alle eine intensive Therapie und Deprogrammierung durchlaufen. Du hast GUTE Arbeit geleistet.*

Deshalb zahlst du mir ja auch das große Geld, antwortete ich, was so eine Art Insider-Witz zwischen uns war, weil das Freelance-Honorar, das mir von den Skorpionen gezahlt wurde, ein Witz war. Aber dann erinnerte ich mich, dass mir von den Kelchen tatsächlich große Summen gezahlt wurden, also war der Witz weniger lustig.

Komm vorbei, wenn du kannst, um deine Geschenke von den Eltern abzuholen, bevor mein Heuschnupfen mich umbringt.

Was jetzt? antwortete ich.

Ich habe ihnen natürlich nicht deine Privatadresse gegeben, aber sie bestanden darauf, dir Dinge zu kaufen. Mein Büro sieht aus wie ein Blumenladen.

Oh! Ich hatte wirklich keine Geschenke erwartet.

Ich habe vielleicht ein paar Schokoladenschachteln gegessen, fuhr sie fort. *Weil du Veganerin bist. Ich habe dir einen Gefallen getan. Quali-tätsware.*

Iss so viele, wie du willst, tippte ich. *Und bitte verteile den Rest an dein Personal.*

Willst du nichts davon? Die Lieferketten sind wegen der Konflikte unzu-verlässig. Es könnte bald einen Mangel an Wein und Schokolade geben. Hier ist ein wahrer Berg an Leckereien, einschließlich eines guten Gins.

Ich erinnerte mich, wie Sam meinen Gin in die Spüle gegossen hatte, um Savvy zu schützen. *Behalte eine Flasche für uns. Wir werden sie zusammen trinken, wenn der Krieg vorbei ist.*

Bis dahin könnte es ein gut gereifter Gin sein, antwortete sie.

Gut. Dann passt er zu unseren gut gereiften Geistern.

Abgemacht, versprach sie.

Der Rest der Nachrichten war eine bizarre Mischung aus Dank, guten Wünschen, Regierungswarnungen, zu Hause zu bleiben, und ein wenig Spam. Ich nahm meinen letzten Schluck Tee, steckte das Gerät weg und stand auf, bereit, den Tag zu beginnen.

KAPITEL 46

POLLEN UND PARFÜM

Ich konnte den Kaffee riechen, bevor ich die Küche betrat.

Sam sah zu mir auf, sein Gesicht noch vom Schlaf gezeichnet. »Ich mache Kaffee«, sagte er unnötigerweise.

Ich küsste ihn und wünschte mir insgeheim, wir wären noch im Bett. »Ich könnte dich nicht mehr lieben, selbst wenn ich es versuchte.«

»Versuch's härter«, sagte er grinsend.

Der Duft des Kaffees schien den Winterschlaf der anderen zu durchbrechen, und sie taumelten in die Küche auf der Suche nach ihrem Anteil. Apollo schlenderte mit der Tasse herein, die ich für Savvy zurückgelassen hatte, und ich zwinkerte ihm wissend zu. Er errötete und vermied Blickkontakt.

Wir versammelten uns um die Kücheninsel, hockten auf Barhockern und lehnten uns an Wände. Mir fiel auf, dass immer noch einige Glassplitter von Garrets Angriff auf dem Boden glitzerten.

»Also, Boss«, sagte Rick. »Was ist der Plan?«

»Wir gehen los, um den Zauberer zu töten«, warf Salty ein. »Ich meine, die Hexe. Die Hohe Hexe.«

»Richtig«, antwortete ich. »Apollo sagt, sie nennt sich Ms. M.«

»Ms. M klingt wie eine Milchshake-Marke aus dem Skippy-Laden«, sagte der Kobold, und Apollo stimmte zu.

Welche Geschmacksrichtung wäre sie wohl, fragte ich mich. Fieser Holunder? Vanilli-Villaini? Killer-Kiwi? Oder verbrecherischer Fruchtpunch – die Sorte, die immer vorrätig ist, aber die niemand will.

»Wo wohnt diese Hexe?«, fragte Sam.

Apollo zuckte mit den Schultern. »Ich habe sie nur bei der Arbeit gesehen.«

»Wo sie auch sein wird«, vermutete ich. »Sie ist eine Milliardärin, die das größte Unternehmen des Landes leitet. Sie lebt wahrscheinlich in ihrem Büro.«

»Das größte Unternehmen des Landes?«, fragte Sam. »Und wie planen wir, dort reinzukommen? Die Sicherheitsmaßnahmen werden wasserdicht sein.«

»Zum Glück habe ich ein paar Freunde, die sich mit Sicherheitsprotokollen auskennen«, antwortete ich mit einem Grinsen. »Sie werden uns dort treffen.«

»Wo?«, fragte Rick. »Wo arbeitet diese Ms. M? Ich nehme an, es wird ein mit Fallen gespicktes altes Schloss in irgendeinem dunklen, schwer zu findenden Taschenreich sein?«

»Nö«, erwiderte Apollo fröhlich. »Es ist hier im Reich. Eine fünfzehnminütige Fahrt.«

Sam runzelte die Stirn. »Sag das noch mal?«

»Sandton«, antwortete ich.

Sam machte eine Doppeltake. »Sandton? Bist du sicher?«

Sandton ist die reichste Quadratmeile Afrikas. Es ist bekannt für seine ständigen Bauarbeiten, tiefen Taschen, Bling, Luxuslimousinen und Diamanten – nicht für bösartige Hexen, die illegale Elixiere brauen.

Versteckt in aller Öffentlichkeit.

»Apollo war in ihrem Wolkenkratzer«, sagte ich.

»Im Penthouse«, fügte er hinzu.

»Du hast die Hohe Hexe *getroffen*«, sagte Rick. »Und du hieltest es nicht für nötig, es uns zu erwähnen, sobald wir uns kennenlernten?«

»Ich wusste es nicht«, antwortete Apollo. »Ich wusste nicht, dass sie die Hohe Hexe war. Ich wusste nichts von Celestia. Ich dachte, Ms. M wäre nur eine gewöhnliche, moralisch verdorbene Milliardärshexe.«

»Verständlich«, sagte ich.

»Ist es das?«, fragte Apollo mit einer Grimasse. »Ich meine, ich habe aus erster Hand gesehen, wie grausam sie war. Ich hätte vermuten sollen, dass ich nicht der einzige Empfänger ihrer Brutalität war. Aber ich konnte sie nicht beim Rat melden wegen meiner Beteiligung am Diebstahl des Matahandi-Buches.«

»Wie hast du sie gefunden?«, fragte Sam.

Apollo zuckte mit den Schultern. »Ich habe sie nicht gefunden. Sie hat mich durch meinen ... Geschäftspartner gefunden.«

Ich prustete los. Skippy einen Geschäftspartner zu nennen, war, als würde man die hochhackige Lady gegenüber seine PR-Managerin nennen. Er warf mir einen Blick zu, und ich musste mir auf die Lippen beißen, um nicht zu lachen.

»Also, weiß sie es?«, fragte Salty. »Dass du, du weißt schon, wichtig bist?«

»Ich bezweifle es«, überlegte ich. »Sonst hätte sie ihn getötet, anstatt ihn zu verfluchen.«

Wir schenkten mehr Kaffee ein.

»Lass mich das klarstellen«, sagte Savvy, deren Haare noch zerzauster waren als sonst. »Wir wollen einfach direkt in das Versteck der gefährlichsten Person im Reich spazieren?«

Alle sahen sie an, nickten und murmelten zustimmend.

»Ja.«

»Genau.«

»Hört sich richtig an.«

Savvy warf mir einen unbeeindruckten Blick zu. »Du weißt, dass das nicht funktionieren wird, oder? Sie wird bis zu den Augenbrauen in Sicherheitsmaßnahmen stecken. Und nicht irgendwelche Sicherheitsmaßnahmen – Milliardärs-Magitech-Sicherheit.«

»Ich weiß«, antwortete ich. »Aber schau, was bei Charybdis passiert ist, bei Obsidian Castle, in der Geisterstadt. Jedes Mal, wenn wir losgezogen sind, dachten wir, es wäre ein aussichtsloser Kampf, und jedes Mal haben wir gewonnen. Manchmal muss man einfach dem Void vertrauen.«

»Dem Void vertrauen?«, prustete sie. »Dem gleichen Void, der meine Tochter genommen hat?«

»Das Void hat deine Tochter nicht genommen«, sagte ich sanft. »Ein Vampir tat es.«

Sie verschränkte die Arme und starrte mich hart an.

»Oder vielleicht«, wagte ich, »wenn du dem Void nicht vertrauen kannst, könntest du mir vertrauen?«

Savvy ließ die Arme sinken. »Oh, Asha, natürlich vertraue ich dir.«

»Gut«, antwortete ich. »Ich möchte, dass du hier bei den Mädchen bleibst, während wir uns um die Hohe Hexe kümmern.«

»Nein«, sagte sie. »Nein. Auf keinen Fall.«

»Ich muss sicher sein, dass sie in Sicherheit sind«, sagte ich.

»Dann heuern wir verdammt nochmal einen Babysitter an«, schnappte sie. »Denn ich komme mit dir. Ich kämpfe an deiner Seite.«

Apollo war offensichtlich auf Savvys Seite. »Du hast sie mit Pfeil und Bogen gesehen.«

Das hatte ich. Und sie war unglaublich. Aber ich brauchte meine beste Freundin in Sicherheit. Ein gutes Team machte mich stärker, aber Menschen zu haben, die ich zu sehr liebte, wäre eine Schwäche auf dem Schlachtfeld. Oder im Penthouse, oder wo auch immer wir auf die Hohe Hexe treffen würden.

»Tut mir leid, Asha, aber es ist nicht deine Entscheidung«, sagte Savannah.

»Es *ist* Ashas Entscheidung«, sagte Rick. »Sie ist unsere Anführerin.«

»Und es ist mein Körper«, entgegnete Savvy. »Und *ich* entscheide, was ich damit mache.«

Ricks Mundwinkel senkten sich, während er nickte. *Einverstanden*, schien er zu sagen.

»Portalen wir rein?«, fragte Salty.

Apollo schüttelte den Kopf. »Leider nicht. Nach dem letzten Mal hat Ms. M mich ausgesperrt.«

Der Kobold setzte sich kerzengerade auf. »Ausgesperrt?«

»Meine Tor-Magie blockiert«, erklärte er. »Sie wollte nicht, dass ich zum Æterna-Gelände zurückkehre.«

»Was ist mit Salty?«, fragte Sam. »Sie ist großartig in Tor-Magie.«

Nilve warf ihm einen Blick reiner Bewunderung zu.

»Wir müssen ihre Portal-Energie aufsparen«, sagte ich. »Falls wir in Bedrängnis geraten und fliehen müssen.«

»Aber Apollo könnte das tun«, sagte Rick und wurde mit traurigem Schweigen empfangen. Nach seinem Gesichtsausdruck zu urteilen, glaube ich, er erkannte, dass niemand garantieren konnte, dass alle diese Mission überleben würden, und daher war es zu riskant, sich nur auf eine Person zu verlassen, die uns herausholen könnte.

Mein Handy vibrierte. In der Annahme, es könnte wichtig sein, schaute ich auf die neueste Nachricht. Es war eine Sprachnachricht von Captain Morgan. Ich entschuldigte mich, um sie anzuhören.

»Ich habe alles im Büro verschenkt«, sagte sie. »Jedes Blumenarrangement, jeden Teddybär, jede Schokolade, jede Weinflasche. Habe den ganzen Ort aufgeräumt. Ich ging mit dem Kobold einen Kaffee trinken. Ich kam zurück zu meinem Büro und ... du ahnst es! Es ist wieder voll! Ich habe null Schreibtischfläche und eine Nase, die nicht aufhört zu laufen. Das Büro ist buchstäblich überfüllt mit Blumen. Es ist wie eine hübsche Version des kleinen Ladens der Schrecken, aber anstatt mich fressen zu wollen, will es mich mit Farbe ersticken. Und Pollen, und Parfüm. Schick Hilfe.«

Ich beschloss, später zu antworten. Vielleicht könnte sie alles an ein Krankenhaus spenden und auf dem Weg nach draußen eine Packung Antihistaminika mitnehmen.

Ich steckte mein Handy in meine Tasche zu meinen anderen Geräten, magischen und anderweitigen.

»Okay, Team«, sagte ich. »Es ist Zeit.«

KAPITEL 47

HOFFENTLICH TRÄGT JEDER SEINE GLÜCKSUNTERHOSE

ASHA

Die Türklingel läutete, und ich rannte zum Fußgängertor, um zu sehen, wer da war. Ich konnte Rauch in der Luft riechen. Ich hatte gehofft, dass es Chione mit guten Neuigkeiten über Rap sein würde, aber als ich sah, wer es war, war ich nicht enttäuscht.

»Merlin!«, sagte ich und umarmte ihn. »Wir haben das Team drinnen versammelt; möchtest du reinkommen?«

»Ich bin auf dem Weg woanders hin«, sagte er. »Aber ich wollte dir etwas geben.«

Merlin rückte seine runde Brille zurecht und schaute auf seine Autoschlüssel. Er drehte den Stahlring herum und nahm den Anhänger ab – einen niedlichen Fliegenpilz-Schlüsselanhänger – und legte ihn in meine Hand. Er schaute mir ohne zu blinzeln in die Augen. »Benutze ihn«, sagte er. »Wann immer du mich brauchst, egal wofür, kannst du mich damit rufen. Verstehst du?«

Ich nickte. Ich schätzte die Geste, aber es gab keine Möglichkeit, dass ich Papa Schlumpf in die Schlacht bringen würde.

»Rookie«, sagte er mit strenger Stimme. »Es ist nicht ein *falls* du mich brauchst, es ist ein *wann*. Ich werde bereit sein und warten.« Er tippte an seinen Pilzlederhut. »Oh, und ich komme später zurück, um mich um die Mädchen zu kümmern, wenn du willst.«

»Danke«, sagte ich durch den Kloß in meinem Hals. »Für das hier und dafür, dass du immer für mich da bist.«

Dafür, dass du mein Ersatzvater bist.

»Du hast deinen Grünen Knollenblätterpilz dabei«, überprüfte er und schaute auf das Fläschchen um meinen Hals. »Gut. Ich bringe das Gegengift mit, wenn du mich rufst – nur für den Fall.«

Ich nickte. Er umfasste meine Hände und wir atmeten gemeinsam tief ein. Wir umarmten uns noch einmal, und er sprang in sein kleines Auto und hupte fröhlich, als er davonfuhr.

Das Team begann, aus dem Haus zu strömen. Ich steckte den Fliegenpilz-Schlüsselanhänger in dieselbe Manteltasche wie den Verräter-Untergangs-Samen. Savvy hielt ihre neue Armbrust fest, und Apollo hatte den Marquis-Spiegel in seinem Rucksack.

Rick ließ seine Autoschlüssel in seiner Hand klimpern. »Es sieht nicht gerade schön da draußen aus. Nur zur Warnung.«

»Wie schlimm ist es?«, fragte Apollo.

»Gestern war es schlimm. Heute wird es schlimmer sein.«

»Das ist nicht sehr hilfreich«, erwiderte er.

»Willst du Details?«, fragte Rick. »Erinnert ihr euch an den Hammerskin-Putsch?«

Wir alle nickten.

»Es ist so ziemlich dasselbe wie damals. Panzer und Lastwagen, die über die Autobahnen rollen, Soldaten mit automatischen Waffen an jeder Ecke. Die Bomben sind am schlimmsten. Sie kommen aus dem Nichts.«

»Bomben!«, sagte Salty. »Wer beschießt uns?«

»Xarlugs. Sie sind aggressiver als je zuvor. Es ist, als hätten sie Anweisungen bekommen, jeden Teil des Reiches zu zerstören.«

»Nur weil der Smaragde-Clan es befohlen hat«, sagte ich. »Sobald wir die Hochhexe ausschalten, wird der Rest des Systems zusammenbrechen.«

»Und das wissen sie«, sagte Savvy. »Also werden sie uns nicht in ihre Nähe lassen.«

Ich nickte. »Ich habe nie gesagt, dass es einfach sein würde.«

Wir stiegen in den Monster-Truck. Ich zwinkerte dem Weihrauch rauchenden Hanuman zu.

»Hat jeder alles?«, fragte ich, irgendwie hoffend, dass wir auf jemanden warten müssten, der zurück ins Haus geht. Ich war nervöser, als ich dachte. »Hoffentlich trägt jeder seine Glücksunterhose.«

Meine Straße sah noch nicht wie eine Kriegszone aus, aber nach den Hubschraubern zu urteilen, die über uns flogen, war ich mir sicher, dass die Stadt in schlechtem Zustand war. In der Ferne war Rauch zu sehen.

Rick schaltete das Radio ein.

»... die Regierung warnt die Bürger, wenn möglich zu Hause zu bleiben und nicht in Panik zu geraten. Wenn Sie rausgehen, kaufen Sie bitte nicht mehr als nötig. Denken Sie an Ihre Mitbürger.«

»*Ja*, das wird nicht funktionieren«, sagte Salty. »Sie werden bald mit der Plünderung anfangen.«

Der Nachrichtensprecher fuhr fort. »... Es gibt Berichte über Brandstiftung und Plünderungen ...«

»Ha«, krähte der Kobold. »Menschen sind so vorhersehbar.«

»Und Kobolde nicht?«, fragte Rick.

»Das habe ich nie behauptet«, antwortete Nilve.

»Krieg bringt das Schlimmste in jedem zum Vorschein«, sagte ich.

»Nicht in jedem«, sagte Sam und hielt meine Hand.

Die Viertel in der Nähe meines Hauses waren unheimlich still, aber als wir uns Sandton näherten, wurde es geschäftig, und es lag ein manisches Gefühl in der Luft. Die Menschen warteten darauf, dass etwas Großes passieren würde. Wir konnten bis auf drei Blocks an das Æterna-Gebäude herankommen, bevor wir im Stau steckten. Rick parkte auf einem Gehweg und wir stiegen aus. Wir schlängelten uns durch die hupenden Autos und Minibustaxis. Straßenverkäufer, offenbar nicht abgeschreckt durch die Kriegsdrohung, schlichen sich immer noch an Autos heran, um Handyladegeräte, kalte Getränke und Neonspielzeug für Kinder zu verkaufen. Radfahrer in Lycra sausten immer noch vorbei. Ich schüttelte den Kopf. *Was für ein seltsames Gefühl, in solchen Zeiten am Leben zu sein.*

Ein lauter Knall erschütterte den Boden. Wir alle riefen aus und bedeckten unsere Ohren. Rick hatte Recht mit den Bomben. Als der Asphalt aufhörte zu zittern, sahen wir uns fassungslos an.

»Hey«, rief ein glatzköpfiger Ork in schwarzer Uniform. »Ihr solltet nicht hier sein.«

Es war nicht das erste Mal, dass ich diesen Satz gehört hatte, und ich bin mir ziemlich sicher, dass es nicht das letzte Mal sein würde.

»Ja, Offizier«, sagte ich und hielt meinen Blick gesenkt. Auch Apollo vermied Augenkontakt. Wir gingen zurück, nur um den Block zu umrunden und es erneut zu versuchen. Diesmal kamen wir am ersten Xarlug-Agenten vorbei und am zweiten, aber bald wurde klar, dass der Wolkenkratzer an der Basis von einer fünf Orks tiefen Armee umgeben war. Als wir nach oben schauten, sahen wir eine zusätzliche Gruppe von Wachen auf einem Vorsprung. Vampire.

»Das war zu erwarten«, sagte ich, mehr zu mir selbst als zu jemand anderem.

Die schwarzgekleidete Skinhead-Fraktion bedrohte die Menschen mit ihren AK-47 und versuchte, den Verkehr aufzulösen. Wir bewegten uns um das Gebäude, versuchten zusammenzubleiben und außer Sicht zu bleiben. Ich war besorgt, als ich nicht finden konnte, wonach ich suchte, aber bald erschien es. Ein brandneuer Lieferwagen, rot lackiert und mit dem Platelet-Logo versehen.

»Da ist er«, sagte ich dem Team. Wir huschten hinüber. Ich klopfte an die Rückseite des Wagens und hörte, wie er sich entriegelte. Rick öffnete die Doppeltüren des Fahrzeugs, und wir kletterten hinein.

»Hallo, Halfpint«, sagte ich. »Vielen Dank, dass du uns heute hilfst.«

Der Zwerg lächelte. »Kein Problem, Asha.«

Der getönte Bildschirm, der uns vom Fahrer trennte, wurde transparent, und ich sah, dass Agreement fuhr. »Wie geht's, A.G.?«

Sie nickte knapp und rollte den Bildschirm herunter. Ich stellte mein Team vor, und alle begrüßten einander.

»Nach meinen Berechnungen«, sagte Agreement knapp, »werden wir für den nächsten halben Kilometer bis zum Eingang im Schneckentempo fahren. Es sollte etwa dreizehn Minuten dauern.«

»Perfekt«, antwortete Halfpint. »Das gibt uns genau die richtige Zeit, um uns vorzubereiten.« Er rieb sich die Hände.

»Was hast du dabei?«, fragte ich, als er eine große Sporttasche unter der Bank, auf der er saß, hervorzog.

Der Zwerg grinste und öffnete den Reißverschluss.

»Es beginnt, sich sehr nach Weihnachten anzufühlen«, sang Salty.

Er nahm eine Xarlug-Uniform für Rick heraus, komplett mit automatischem Waffenzubehör, und rote Overalls für den Rest von uns. Savvy beklagte, dass ihre keinen Bund hatte, und Salty, dass ihre zu groß war, aber auf eine scherzhaft-ironische Art und Weise, sodass der Zwerg nicht beleidigt zu sein schien. Ich wollte nicht ohne meinen Umhang hineingehen, also machte ich ihn unsichtbar und trug ihn über meinem Overall.

Eine weitere Explosion in der Nähe erschütterte den Van. Salty fluchte im Kobold-Fachjargon, was eine besondere Art von Talent war und ihr bewundernde Blicke von uns allen einbrachte.

»Nun«, sagte Halfpint. »Darf ich dein Monokel sehen? Ich bin schon ganz gespannt darauf.«

»Es geht nicht ab«, sagte ich. »Es ist verschmolzen, sobald ich es aufgesetzt habe.«

»Unglaublich«, sagte er und musterte mich. »Nun, ich denke, ich kann es machen, während es befestigt ist.«

»Was machen?«, fragte Sam, sofort beschützend.

»Nur ein schnelles Upgrade«, versicherte ich ihm. »Nichts Großes.«

Ich rutschte näher an den Zwerg heran. Halfpint hatte seinen Miniatur-Werkzeugkasten bereits geöffnet. Er nahm etwas heraus, das wie eine Lidschatten-Muschelschale aussah, und öffnete sie, wobei eine Kontaktlinse zum Vorschein kam. Mit einer winzigen Pinzette hob er die Linse auf und führte sie an mein Monokel.

Wir alle riefen aus, als der Van nach vorne ruckte und er sie fast fallen ließ.

»Entschuldigung«, rief Agreement von vorne.

»Zahnradspalter«, fluchte der Zwerg leise. Er stabilisierte sich und versuchte es erneut. Diesmal, sobald er die Linse nahe brachte, schnappte sie wie ein Magnet auf mein Augenglas. Ich keuchte, aber es tat nicht weh.

»Alles in Ordnung?«, fragte er.

»Ja«, antwortete ich. »Ich war nur überrascht.«

»Fühlt es sich irgendwie anders an?«

Ich blinzelte und schaute mich um. »Noch nicht.«

Er nickte. »Gut.«

Halfpint verteilte Kontaktlinsen an den Rest des Teams.

»Warum bekommen wir Linsen?«, fragte Apollo.

»Biometrische Sicherheit«, sagte Agreement. »Ihr bekommt auch passende Fingerabdrücke.«

Wir zogen die 3D-gedruckten Daumenabdrücke von den Karten ab, die wir bekamen, und klebten sie auf unsere Daumenpolster.

Halfpint musterte uns alle mit zufriedener Billigung. »Glücklicherweise ist die Einstellungspolitik von Æterna fortschrittlich. Sie haben eine Mehr-Spezies-Quote zu erfüllen – ein faires Verhältnis von Orks, Kobolden und Zwergen – also solltet ihr nicht zu sehr auffallen.«

Wir erreichten den Liefereingang pünktlich nach Zeitplan, und Agreement nutzte ihre eigenen falschen Biometricdaten, um durch die Schranke zu kommen. Sie ließen uns am Aufzug raus und wünschten uns Glück.

»Ich bin so dankbar«, sagte ich zu Halfpint und Agreement. »Ich stehe in eurer Schuld.«

»Unsinn«, erwiderte Halfpint. »Das ist der aufregendste Tag, den ich seit langem hatte!«

KAPITEL 48

LEVEL 66

ASHA

»Wir sind drin«, murmelte Salty, als hätte sie nicht damit gerechnet, dass der Plan überhaupt funktionieren würde.

»Ich habe dir ja gesagt, dass ich clevere Freunde habe«, erwiderte ich und stieß sie leicht an.

Es war ein surrealer Moment, in dem düsteren Depot zu stehen, alle außer Rick in Rot gekleidet. Es erinnerte mich an die herzlosen »roten Ameisen«, die die Polizei einsetzte, um Hütten in informellen Siedlungen abzureißen. Ich hoffte, dass wir diese gesamte Firma dem Erdboden gleichmachen würden.

Das Entladedepot war vollgestopft mit Kisten, und ich konnte die Kaffeebohnen riechen, die für das Platelet-Café im Erdgeschoss bestimmt waren, von dem Apollo uns erzählt hatte. Die biometrische Sicherung am Aufzugsknopf erkannte meinen Silikon-Daumenabdruck, und schon öffnete sich die Tür mit einem Ping. Wir planten, das Restaurant zu umgehen und mit dem Aufzug so hoch zu fahren, wie er uns bringen würde.

Ich betrachtete mich im Spiegel des Serviceaufzugs während wir nach oben fuhren und bemerkte, wie ich mich in den letzten Wochen verändert hatte. Ich war muskulöser und hatte mehr Narben. Eine graue Strähne hob sich in meinem Haar ab. Natürlich war das Monokel die offensichtlichste Veränderung. Am Anfang mochte ich es nicht, es im Spiegel zu sehen – es erinnerte mich an das, was ich verloren hatte –, aber ich gewöhnte mich langsam daran. Ohne es würde ich für immer in Dunkelheit sein und könnte meine Pflicht gegenüber dem Reich nicht erfüllen. Ich sah es jetzt nicht mehr als Auslöser für die Erinnerung an mein Trauma, sondern als magisches Artefakt, für das ich dankbar sein konnte. Zusammen mit Halfpints Upgrade wurde das Okular zu einem zusätzlichen Werkzeug, um die Hohe Hexe aufzuspüren.

Unser Aufzug zitterte, und ich war nicht sicher, ob es eine weitere Explosion draußen war oder nur ein wackliger Lift.

Niemand sprach. Die Tür klingelte erneut, und wir traten auf Ebene sechsundsechzig hinaus.

Der Arbeitsbereich war verlassen. Open-Space-Büros zeigten leere Stühle und halb ausgetrunkene Kaffeetassen. Es war klar, dass sie nicht einfach einen freien Tag hatten – sie waren evakuiert worden.

»Wir haben schon vermutet, dass sie wusste, dass wir kommen«, sagte ich. »Was wir nicht wissen, ist, welche Art von Fallen sie gestellt hat.«

»Woher wissen wir überhaupt, ob sie hier ist?«, fragte Salty. »Wenn ich sie wäre, würde ich auf irgendeiner tropischen Insel sein und nicht in einem Wolkenkratzer mitten in einem Bürgerkrieg festsitzen.«

»Ich auch«, antwortete ich. »Das ist der Unterschied zwischen Leuten wie uns und Leuten wie ihr.«

Die Goblin sah verwirrt aus. »Sie mag keine Kokosnüsse und Rum?«

»Sie mag Macht und Reichtum mehr. Außerdem weiß ich, dass sie hier ist. Ich kann es nicht erklären, aber ich kann es … spüren.« Vielleicht strahlte sie eine Art böse Energie aus, wie Strahlung.

Die Serviceaufzüge gingen nur bis zur Etage sechsundsechzig. »In welcher Etage ist das Penthouse?«

Apollo zuckte mit den Schultern. »Ich erinnere mich nicht. Ich war etwas benommen von dem zur Schau gestellten Reichtum und dem schieren Ausmaß des Gebäudes. Denk dran, ich wusste nicht, worauf ich mich einließ, als ich ankam.«

»Verständlich«, sagte Rick, der unruhig aussah. »Sollen wir den Hauptaufzug riskieren oder die Treppe nehmen?«

»Die Treppe ist wahrscheinlich sicherer«, antwortete ich und sah, wie Salty in sich zusammensackte.

»Ihr vergesst, dass Goblinbeine kurz sind«, jammerte sie. »Ich kann all diese Treppen nicht hochsteigen. Ich werde sterben!«

»Komm schon«, sagte Rick, bot ihr eine Hand an, und innerhalb von Sekunden saß Salty auf seinen Schultern, als wären sie auf einem Konzert der Grateful Undead. Savvy benutzte ihre Kontaktlinse und ihren Silikon-Fingerabdruck, um die Tür zum Notausgang zu öffnen, und zeigte uns den Daumen hoch.

»Woher kennst du diese Sicherheitsleute eigentlich?«, fragte sie mich. »Die Frau und den Zwerg?«

»Das ist eine lange Geschichte«, sagte ich. »Ich erzähle es dir beim nächsten Herumtollen.«

Wir schafften vier Stockwerke, bevor wir uns ausruhen mussten. Nach den nächsten drei endete die Treppe.

»Sie wurde zugemauert«, sagte Sam und untersuchte die Wand mit seinen Fingern.

Ich seufzte. Meine Beine brannten. »Natürlich wurde sie das.«

Wir nickten alle grimmig. Rick schwang Salty von seinen Schultern, was sie nicht besonders glücklich zu machen schien. Es war Zeit, uns dem Höllenszenario zu stellen, das die Hohe Hexe für uns geplant hatte. Wir hatten keine Ahnung, was uns auf der anderen Seite der Tür auf Ebene dreiundsiebzig erwartete. Savvy legte ihre Hand auf den Griff, bereit, ihn aufzudrücken.

»Warte«, sagte ich ihr. Ich konzentrierte mich auf die Tür, und nichts geschah. Ich erkannte meinen Fehler und versuchte, mich auf das zu konzentrieren, was hinter der Tür war. »*Monstras*«, flüsterte ich. *Enthülle.* Meine Sicht färbte sich cyanblau und dann blau, als hätte ich einen TikTok-Filter heruntergeladen. Ich versuchte, durch die Farbe hindurchzublinzeln, um besser zu sehen, aber die Tür wurde halbtransparent und ermöglichte es mir, sowohl durch den kalten Farbton als auch durch die Tür zu sehen. Ich war begeistert von meiner neu entdeckten Röntgensicht, aber nicht von dem, was ich dahinter sah.

Adrenalin durchflutete meinen bereits angespannten Körper. »Heilige Hekate.«

KAPITEL 49

BLAST CHAK GA GRUM

ASHA

»Was ist es?«, fragte Sam.

Als ich nicht sofort antwortete, meldete sich Salty zu Wort. »Ich vermute, das sind keine guten Neuigkeiten.«

Ich stieß kraftvoll die Luft aus und schüttelte den Kopf.

»Es ist eine ganze verhexte Armee«, sagte ich. »Von der schlimmsten Sorte.« Hinter der Tür standen nicht weniger als fünfzig schwer bewaffnete Glatzköpfige Soldaten. Wir waren zu fünft.

»Rick«, sagte ich. Er drehte sich zu mir und wartete auf Anweisungen. Ich nahm meinen Zauberstab heraus. »Verzeih mir.«

Ich richtete ihn auf seine Haare. »*Caput capillus rumpis.*« Zerstören.

Der Ork stand stoisch da, während seine Haare ausfielen und zu Staub wurden, bevor sie den Boden berührten. Salty nieste.

»Sie werden nachwachsen«, sagte ich und hoffte, dass es stimmte. Orks hatten bekanntermaßen scheußliche Haare, aber Rick pflegte seine gut und hatte die besten Ork-Locken, die ich je gesehen hatte. Wenn es ihn störte, ließ er es sich nicht anmerken. Er sammelte sich und ging vorsichtig durch die Tür, um sich der Armee auf der anderen Seite anzuschließen. Mein blauer Filter verblasste.

»Was nun?«, flüsterte Savvy.

»Ich weiß nicht«, antwortete ich. »Wir improvisieren, bis wir sie finden.«

»Das ist nicht gerade der beste Plan, den wir je hatten«, meinte Salty.

Fünf Minuten später war Rick zurück und außerordentlich fröhlich. »Also, sie haben den Befehl bekommen, erst zu schießen und dann Fragen zu stellen.«

»Gut zu wissen«, witzelte Sam.

Ich verengte meine Augen und sah Rick an. »Warum grinst du dann so?«

»Weil sie nicht echt sind.«

»Was soll das heißen?«, fragte Savvy.

»Es ist ein Zaubertrick«, sagte er. »Schau dir das an.«

Ohne uns mehr zu erzählen, riss er die Tür wieder auf und marschierte hindurch, wodurch wir schutzlos zurückblieben. Hatte er mit seinen Haaren auch seinen Verstand verloren?

Wir standen erstarrt zurück. Die schiere Feuerkraft in den Händen der Xarlugs reichte aus, um eine Kleinstadt auszulöschen.

»Kommt schon«, rief Rick und winkte uns zu folgen. »Es ist nur eine Illusion.« Als wir uns immer noch nicht bewegten, wiederholte er: »Es ist nicht echt.«

»Die Waffen sehen für mich verdammt echt aus«, murmelte der Kobold.

Rick lachte über unsere Zurückhaltung. »Okay, ich werde es euch beweisen.«

Alarmiert schüttelte ich den Kopf. »Nein!«

»Oh Na-zi-s«, gurrte Rick. »Ihr seid so hässlich, dass eure Mütter euch ein Schweinekotelett um den Hals binden mussten, damit die Hunde mit euch spielen!«

Ich machte mich auf einen Angriff gefasst.

Die Xarlug-Soldaten ignorierten Rick jedoch und machten weiter mit ihrem Plaudern, Rauchen und Kartenspielen.

»Xarlugs!«, sagte Rick, nun mutiger. »Ihr seid so hässlich, dass eure Mütter das Licht ausmachen mussten, um euch zu stillen!«

Salty prustete.

»Okay«, sagte ich, immer noch nervös. »Du hast deinen Punkt gemacht.«

Wir reihten uns durch den Eingang zu Rick. Von Soldaten umgeben zu sein, war nervenaufreibend, selbst wenn es nur eine Illusion war.

»Werdet nicht zu übermütig«, sagte Savvy. »Das sieht mir eher nach einer Projektion als nach einer Beschwörung aus.«

Wir alle schauten sie fragend an.

»Die Details«, sagte sie und zeigte auf eine Zigarettenschachtel, deren Design so präzise war, dass es hundertprozentig echt aussah. Sie deutete auf einen offenen Schnürsenkel eines Stiefels und das Kinn eines Orks mit einem kleinen Rasierschnitt. »Sie sind zu realistisch. Es würde Monate dauern, so viele Männer auf diesem Niveau zu beschwören, und eine enorme Menge an Magie.«

»Du meinst also, sie *sind* echt«, antwortete ich. »Sie sind nur nicht auf dieser Etage. Ihr Bild wird hierher projiziert.«

Sie nickte und inspizierte weiterhin die Szene. »Es ist viel einfacher und effizienter, das zu projizieren, was bereits existiert.«

»Schweinekotelett«, kicherte Salty. »Gut gemacht.«

»Warum sollte Ms. M das tun?«, fragte Sam. »Warum stellt sie nicht einfach die echten Soldaten hier auf?«

»Sie versucht, uns Angst einzujagen«, sagte ich. »Sie versucht, uns davon abzuhalten, weiter vorzudringen.«

»Fast wie eine Warnung«, fügte Rick hinzu. »In 3D-Technicolor.«

»Na ja, es funktioniert«, sagte Savvy. »Wenn uns das da oben erwartet, sind wir tot.«

»Nicht unbedingt«, erwiderte ich mit mehr Optimismus, als ich fühlte. Ich wandte mich an Rick und sagte: »Wir haben schon mal mehr als hundert Orks ausgeschaltet, oder?«

»Richtig«, sagte er. »Aber das beinhaltete eine Phönixfeder-Bombe, die den Charybdis-Hafen und die Hälfte des SubRealms zerstört hat. Hast du irgendwelche Sprengkörper dabei?«

Ich klopfte meine Umhangtaschen ab, während ich mein Gehirn nach einer Idee durchforstete. »Nein.«

»Warum hast du das über erst schießen und dann Fragen stellen gesagt?«, fragte Savvy. »Wenn du nicht mit ihnen gesprochen hast?«

»Es ist auf ihren AK-47s eingraviert«, sagte er und zeigte uns den unbeholfen geätzten Slogan. Ich nahm an, es war in Pidgin-Orkisch. »*Blast chak ga grum*«, las er vor. »Direkt übersetzt heißt das: ‚Blaste, dann frage'.«

»Charmant«, erwiderte sie.

»Wir könnten das zu unserem Vorteil nutzen«, sagte ich. »Wenn das die Armee ist, der wir gegenüberstehen werden, kann jede Information, die wir jetzt sammeln können, uns helfen. Es sind etwa fünfzig oder sechzig von ihnen, richtig, und wir sind zu sechst. Wenn also jeder von uns etwa zehn Soldaten ausschalten kann, sind wir fein raus.«

»Zehn?!«, rief Salty mit hoher Stimme. »Hast du gesehen, wie groß sie sind?« Sie ging zu einem Ork, um ihren Punkt zu verdeutlichen. In ihrer vollen Größe reichte sie bis zum schwarzen Dienstgürtel des Orks.

»Einige von uns werden mehr übernehmen können als andere«, räumte ich ein. »Tu einfach dein Bestes.«

»Mein Bestes? *Blast chak ga grum!* Ich bin ein wandelnder toter Kobold! Ich wünschte, ich könnte mich immer noch unsichtbar machen.«

»Kannst du«, sagte ich und richtete meinen Zauberstab auf sie.

Sie hob ihre Hände, als ob sie Angst hätte, es würde wehtun. »Au!«, schrie sie, bevor ich überhaupt den Zauber ausgesprochen hatte.

»*Invisibilis factus*«, sprach ich, und sie schimmerte wie Wasser und verschwand größtenteils. »Moment. Ich kann immer noch einen Hauch von dir sehen.«

»Wir nicht«, sagte Savvy. »Es muss an deiner schicken neuen Linse liegen.«

»Oh, gut«, entgegnete ich und richtete meinen Blick zurück auf den Kobold. »Das bedeutet, ich kann dich im Auge behalten.«

»Ich werde so viel Chaos anrichten, wie ich kann«, versprach Salty.

»Was können wir sonst noch erfahren?«, fragte Sam und betrachtete ein besonders großes Xarlug-Exemplar genau. »Vermutlich haben sie Munition in ihren Rucksäcken. Eine Handfeuerwaffe in ihren Holstern. Da ist etwas Kleines in ihren Hemdtaschen, oben rechts. Sie scheinen es alle zu haben.«

Ich gesellte mich zu ihm, um nachzusehen. Da war tatsächlich etwas, eine sehr leichte Wölbung im Stoff, aber was es war, konnte niemand sagen. »Ich nehme an, wir werden es bald herausfinden.«

KAPITEL 50

ELEKTROZAUBERSTAB

ASHA

Wir hatten keine andere Wahl, als den Aufzug zu nehmen. Wir stritten zuerst darüber, dass es eine schreckliche Idee sei und wir genauso gut die Firmensprechanlage benutzen könnten, um unsere Anwesenheit anzukündigen, aber niemand hatte einen besseren Plan. Wir diskutierten erneut, welches Stockwerk wir wählen sollten. Wir wogen ab, was besser wäre – gegen Feinde Stockwerk für Stockwerk zu kämpfen oder direkt ins Penthouse auf Ebene achtzig zu fahren und zu riskieren, dass sie alle gleichzeitig auf uns zukommen würden. Wir entschieden, dass Stockwerk für Stockwerk unsere Überlebenschancen verbessern würde.

Die nächsten drei Ebenen waren leer. Ebene siebenundsiebzig war es nicht.

Sobald sich die Türen öffneten, wussten wir, dass wir in großen Schwierigkeiten steckten. Das Ping-Geräusch, das der Aufzug machte, half unserer Sache nicht. Sobald der Xarlug-Trupp uns sah, nahmen sie Haltung an und eröffneten das Feuer.

Glücklicherweise war dies nicht mein erstes Rodeo. Magisches Muskelgedächtnis aus unserem Kampf bei Charybdis setzte ein.

»*Clipeum glaciei!*« rief ich, und eine Eiswand sprang auf, um uns vor den Kugeln zu schützen. Ich tat es schnell genug, dass nur ein Schuss durchgekommen war, bevor der Schutzschild errichtet war. Er verfehlte gerade so Savvy und bohrte sich in die Metalltür über ihrem Kopf. Entsetzt und wütend wurde meine Magie stärker. Die Eiswand wurde dicker und blieb trotz der auf sie einprasselnden Kugeln stabil. Als ich die Kraft des Frosts spürte, wusste ich, dass ich mehr davon hatte. Ich schlug mit meinem Zauberstab wie Gandalf auf der Brücke auf den Boden und verwandelte die Fliesen darunter in Eis. »*Glaciem exquiris!*«

Die Xarlugs begannen auf der neuen Eisbahn unter ihren Füßen zu rutschen und zu schlittern. Obwohl sie die Bodenhaftung verloren, feuerten die Orks weiter, was zu ein paar selbst verursachten Verlusten auf ihrer Seite des Sofort-Winterwunderlands führte.

»*Ventum exquiris nix blizzard!*« rief ich.

Schnee und eisiger Wind pumpten durch den Raum und froren die Hände und Gesichter der Orks ein. Ich wusste, dass Orks die Kälte hassten. Viele ließen ihre Waffen fallen, aber diejenigen, die noch Finger hatten, die fähig waren, Abzüge zu betätigen, taten es. Ich drückte härter, erzeugte mehr Schnee, mehr Wind, mehr Eis, bis meine eigenen Finger blau wurden und ich wusste, dass ich aufhören musste, oder sie durch Erfrierungen verlieren würde. Ich gab Savvy das Zeichen, indem ich zu ihrer Armbrust nickte, und sie machte sich daran, die Orks auszuschalten, die noch schießen konnten, wobei sie das Ende der Eiswand nach jedem Schuss als Deckung nutzte. Rick begann, die zitternden Orks niederzumähen, und als ihm die Munition ausging, nahm er einen frostigen Ersatz und machte weiter. Salty, ermutigt durch Savvy und Rick, flitzte um die Wand herum, nahm ihr eigenes automatisches Gewehr auf und mischte sich ins Getümmel, wobei sie ihre Schuhe wie Schlittschuhe benutzte und wie ein Profi glitt. Ihre Erfahrung als Rollderby-Skaterin zahlte sich aus. Es war ein merkwürdiger Anblick – eine AK-47, die in Kniehöhe durch die Luft glitt und auf jeden schoss, der sie finster anblickte.

Unsere Unterkühlung-Wand hielt trotz des Kugelregens stand. Ich schaute um die Ecke und sah, wie eine Waffe von einem am Boden liegenden Ork angehoben wurde. Sie war auf Rick gerichtet.

»*Fiat fulgur!*« schrie ich, und ein intensiver Strom lief durch meinen Arm und in den Zauberstab, verwandelte sich in einen Blitz, der den verwundeten Ork durchbohrte, wo er lag. Er ließ die Waffe fallen.

Ich tauchte schnell wieder hinter die Wand und entging knapp einer Vergeltungskugel. Da ich meinen elektrischen Zauberstab mit meiner gefrorenen Hand nicht mehr halten konnte, schrie ich auf und ließ ihn fallen. Sam hob ihn für mich auf und steckte ihn in meine Tasche, nahm dann meine Hand und blies warme Luft hinein, während ich vor Schmerz das Gesicht verzog.

»Dir geht's gut«, sagte er. Es war eine Zusicherung, keine Frage. Ich nickte.

Der Sturm ließ nach und der Schnee hörte auf. Als der letzte Schnee-staub fiel, stotterte das Feuer zu einem Halt. Wir hörten ein donner-artiges Krachen.

»Zurück!« rief ich. Wir zogen uns gerade noch rechtzeitig zurück, um der auf uns fallenden Wand zu entkommen, und landeten auf unseren Rücken und Ellbogen. Die massive Eisplatte zersplitterte, als sie auf den Boden traf. Einer von Savvys Bolzen löste sich und traf die Lampe über uns, überschüttete uns mit dünnem Glas und goldenen Funken.

»Das ist ein praktischer Trick«, sagte Sam.

»Fast das ganze Team mit einer riesigen Eisplatte zu töten?« scherzte ich. »Meine Talente sind zahlreich.«

Wir halfen einander vom Boden auf. »Das sind sie«, erwiderte er.

Immer noch nervös, untersuchten wir vorsichtig den Raum. Rick und Salty standen zwischen den toten Körpern, einem Meer von bereiften schwarzen Uniformen. Ich näherte mich dem mir am nächsten liegenden Leichnam und öffnete seine obere Tasche. Darin befand sich ein Fläschchen, das ich sofort erkannte. Ein Blitz von Wut ließ mich es auf den Boden schmettern wollen. Verflucht seien die Smaragdes und verflucht sei die hohe Hexe. Wir waren nicht nur von diesen Wilden in der Überzahl, sie hatten auch noch einen unfairen Vorteil.

»Was ist das?« fragte Savvy, während sie ihre Armbrust auf ihren Rücken klippte, ihre Wangen rot vor Anstrengung.

»Das Æternal-Elixier«, antwortete ich. »Sie haben ihre Armee aufgeladen.«

Meine Hand brannte noch immer von der Erfrierung und dem elektrischen Strom, aber als ich meine Finger beugte, schien meine Hand noch zu funktionieren. Ich würde für den nächsten Angriff auf meine linke Hand umsteigen.

Das Adrenalin pumpte noch immer, ich war bereit, zur nächsten Ebene vorzudringen.

»Es ist wie ein Computerspiel«, sagte Salty. »Hoffentlich warten oben Edelsteine und Goldmünzen auf uns.«

»Eher Vampire und schwarze Magie«, sagte ich. Und eine bald tote Milliardärshexe.

»Gute Arbeit, Team«, sagte Rick und wischte sich etwas Blutspritzer vom Hals.

Wir waren gerade dabei, in den Aufzug zu steigen, als wir über uns Stiefel donnern hörten. Es wurde lauter. Sie marschierten die Treppe herunter, ob abgeschirmt oder nicht. Eine Bombe explodierte in der Nähe und ließ die Fenster erzittern. Eine Axt kam durch die Wand.

»Versteckt euch!« sagte ich zu allen außer Salty. Rick, immer noch in Xarlug-Uniform, legte sich einfach hin und spielte tot. Savvy, Sam, Apollo und ich versteckten uns hinter einer Metallbox.

Der Anführer der neuen Welle von Xarlug-Soldaten war der größte Ork, den ich je gesehen hatte. Ich spürte, wie mein Mund aufklappte; mein Herz raste. Er muss aufgrund seines Körperbaus ausgewählt worden sein, dachte ich zuerst, aber die anderen stürmten herein und sie waren auch nicht kleiner. Savvy und ich sahen uns mit weit aufgerissenen Augen an. Dieses Platoon hatte offensichtlich das Elixier länger genommen als die erste Gruppe.

»Käse, Maria und Josef«, flüsterte Apollo. Ich stimmte zu. Ich konnte mein Blut pochen fühlen. Funken über meine ganze Haut. Meine Kraft drückte durch meine Adern.

»Sie sind hier«, sagte der Anführer, und die anderen Wilden spuckten Schleim auf den Boden. Ihre grausamen kleinen Augen durchsuchten den riesigen Raum. »Findet sie. Boss Lady will die Hexe und den Magier lebend. Ihr könnt die anderen töten.«

Die Soldaten grunzten zurück, nicht glücklich mit ihren Anweisungen. Sie wollten uns alle töten.

Warum? fragte ich mich. *Warum würde sie Apollo und mich lebend wollen? Wäre es nicht sinnvoller, uns hinzurichten, bevor wir zusätzlichen Schaden anrichten?* Irgendetwas passte nicht zusammen.

»Sechs Leute, Muroth«, sagte einer der Soldaten. »Sechs Leute haben das getan?« Er stieß mit der Stahlspitze seines Stiefels gegen einen toten Körper.

»Keine gewöhnlichen Leute«, höhnte Muroth. »Mächtige Leute.«

»Nicht so mächtig wie wir«, prahlte der Soldat und eröffnete das Feuer auf die toten Körper, die den Boden vor ihnen bedeckten. Ich bin mir nicht sicher, was er damit beweisen wollte. Auf Leichen zu schießen – besonders Leichen von Männern deines Teams – war nicht der mutigste Zug, den ich je gesehen hatte. Aus dem Augenwinkel sah ich, wie Rick zusammenzuckte. Ich umklammerte meinen Zauberstab, bereit, ihn zu verteidigen, wenn sie es bemerkten, aber sie taten es nicht. Ich hörte Apollo erleichtert ausatmen.

»Findet sie«, knurrte Muroth. »Durchsucht jede Ecke.«

KAPITEL 51

EIN STOLPERN, EIN NIESEN

ASHA

Die riesigen Ork-Kameraden marschierten herein und begannen, nach uns zu suchen. Es waren ungefähr vierzig von ihnen, soweit ich erkennen konnte. Weniger als die vorherige Gruppe, aber so viel größer und bösartiger aussehend.

Vierzig, sagte ich mir. *Wir können mit vierzig fertig werden. Selbst mit meiner verletzten Hand.*

Aber es kamen mehr hereingestampft, und noch mehr, bis der gesamte Boden mit widerlichen, fettigen Orks gefüllt war, die Tische umwarfen und Pappkartons zerschmetterten. Ich ging unsere Fluchtmöglichkeiten durch – hierzubleiben und gegen diese Monster zu kämpfen, würde unser eigenes Todesurteil bedeuten.

Ich könnte das Team vernebeln – uns in Dampf verwandeln und wir könnten zum nächsten Stockwerk aufsteigen. Oder alle unsichtbar machen und durch die zerstörte Wand des Notausgangs schleichen. Beides würde eine beträchtliche Menge Magie erfordern, was mir weniger für die finale Konfrontation lassen würde. Andererseits, wenn wir das hier nicht überleben würden, gäbe es keine Konfrontation. Ich riskierte einen Blick zu Rick, der immer noch den Toten spielte. Ich konnte hören, wie die Orks näher kamen, wie sie schnüffelten und grunzten und spuckten. Ihr Atem klang verschleimt und mühsam, und ich fragte mich, ob ihre Lungen nicht in der Lage waren, genug Sauerstoff für die unnatürlich großen Körper zu erzeugen, die sie entwickelt hatten.

Ich könnte sie alle für ein paar Minuten einfrieren, aber das würde meine gesamte Kraft aufbrauchen. Ich könnte die Decke zum Einsturz bringen, aber das würde auch unser Leben gefährden. Letztendlich entschied ich, dass vorübergehende Unsichtbarkeit der richtige Weg war. Obwohl es viel Energie erforderte, war es im Vergleich zu den Alternativen ein wirtschaftlicher Zauber, und ich müsste ihn nicht lange halten.

Ich zog die Aufmerksamkeit des Teams auf mich – außer Rick, der uns nicht sehen konnte, und Nilve, die bereits unsichtbar war – und zeigte auf die Treppe.

»Hoch«, formte ich mit den Lippen. »Die Treppe hoch.«

Sie nickten. Ich musste ihnen sagen, wohin sie gehen sollten, denn sobald wir alle unsichtbar waren, würden wir einander nicht mehr sehen können.

Ich sprach die Beschwörung und spürte die vertraute Wärme der *invisibilis factus*-Magie. Ich sah, wie die anderen durchsichtig wurden. Ich konnte immer noch Schimmer von ihnen sehen, aber ein Paar normaler Augen würde dazu nicht in der Lage sein. Wir bewegten uns langsam, wissend, dass ein Fehltritt uns verraten würde. Ein Stolpern, ein Niesen, und wir wären von Blei durchsiebt. Ich wusste, ihre Befehle waren, Apollo und mich am Leben zu halten, aber Orks sind nicht die schärfsten Stifte im Mäppchen. Außerdem hatten sie »*Blast chak ga grum*« in ihr Waffenmetall und in ihre kleineren-als-durchschnittlichen Gehirne eingraviert.

Wir trippelten über den Boden und achteten darauf, nicht auf die kalten Körper zu treten.

»Salty«, flüsterte ich. Es war das leiseste Flüstern in der Geschichte des Flüsterns. Ich stand nahe bei ihr, aber sie hörte mich nicht. Ich versuchte es noch einmal. »Salty.« Ihr Gesicht wandte sich mir zu, obwohl sie mich nicht sehen konnte. »Hoch«, flüsterte ich. »Treppe.«

Verunsichert nickte sie und begann sich in die richtige Richtung zu bewegen. Ich atmete so leise wie möglich aus, dann machte ich mich auf den Weg zu Rick, der noch nicht bemerkt hatte, dass er durchsichtig war. Ich gab ihm die gleiche Nachricht, und er stand sehr langsam auf, wusste aber nicht, wie er durch das Gewirr von Körpern zu seinen riesigen Füßen kommen sollte, ohne seine Position zu verraten. Ich müsste die Orks ablenken.

Ich schaute in die entfernteste Ecke des Raumes und richtete meinen Zauberstab darauf. Alles, was wir brauchten, war eine kleine Explosion dort, und wir könnten zur Treppe sprinten. Ich richtete meine Aufmerksamkeit auf den leeren Stuhl dort und flüsterte »*Rumpis.*« Ich gab nicht zu viel Energie hinein, ich wollte nur eine kleine Ablenkung, aber der Stuhl hatte andere Ideen. Er verhielt sich, als hätte ich ihn in Nitroglyzerin getränkt, bevor ich ein Streichholz an seine Beine hielt. Ein ohrenbetäubender Knall hallte durch den Raum, und die Orks brüllten überrascht, bedeckten ihre Gesichter, um sie vor fliegenden Trümmern und Feuer zu schützen. Der Lärm und der Rauch erwiesen sich als perfekte Tarnung, und wir konnten aufhören zu tippeln und zum Notausgang sprinten, wobei wir den Orks auswichen, die in die entgegengesetzte Richtung stürzten.

Die Treppen hinauf flogen wir in einem chaotischen Gedränge unsichtbarer Gliedmaßen, und ich ließ den Zauber fallen, um eine mögliche Kollision zu vermeiden. Schnell zählte ich die Köpfe, um zu sehen, ob wir alle herausgekommen waren. Das waren wir. Wir waren den Ungeheuern entkommen, aber ich hatte keinen Zweifel daran, dass sie uns dicht auf den Fersen sein würden, sobald sie bemerkten, dass wir nicht mehr auf ihrer Etage waren. Wir hatten den Vorteil, aber nur für ein schmales Zeitfenster, und wir mussten das Beste daraus machen.

»Wie viel weiter?«, fragte ich Apollo, während meine Lungen protestierten.

Er schüttelte den Kopf. »Ich weiß es nicht. Ich glaube, wir sind in der Nähe des Gipfels.«

Jetzt, da wir über den Orks waren, mussten wir sie abschotten, um sie daran zu hindern, uns zu folgen. Ich wusste nur nicht wie.

»Wir könnten es fluten«, sagte Sam. »Du könntest einen Tsunami da runter schicken.«

»Das würde das Gebäude destabilisieren«, antwortete Rick, der Salty wieder auf seinem Rücken hatte. Wir wollten nicht, dass der Wolkenkratzer einstürzte – zumindest nicht, solange wir noch darin waren.

»Wie wäre es, sie mit etwas außer Gefecht zu setzen«, schlug Savvy vor. »Ein Schlaftrank in der Klimaanlage?«

»Wir haben nicht genug«, antwortete ich.

Apollo seufzte. »Na ja, dann müssen wir sie eben zum Gipfel schlagen.«

Wir verzogen alle das Gesicht. Das Letzte, was wir wollten, war die Bedrohung durch ein Platoon von Nazi-Orks im Nacken, während wir uns mit der bösartigsten Hexe des Reiches beschäftigten.

Ich schüttelte den Kopf, mehr zu mir selbst als zu allem anderen. Es musste *etwas* geben, das wir tun konnten, um sie vom Aufsteigen abzuhalten.

»Lasst uns weiterklettern«, sagte ich und hoffte, dass sich irgend-eine Art von Lösung präsentieren würde, bevor wir den Gipfel erreichten. Nicht der best-durchdachte Plan, aber der einzige, den ich hatte.

»Warte«, zischte Sam und packte mein Handgelenk mit solcher Dringlichkeit, dass ich fast aufgeschrien hätte. Ich sah ihn nach einer Erklärung an, aber seine Augen waren auf die Treppe über uns gerichtet. Wir waren still, Ohren gespitzt, Mägen verknotet. Ich hörte nichts, aber ich vertraute Sam. Sein Gehör wäre sicherlich besser als meines, angesichts der Explosionen, die meine Trommelfelle in den letzten Wochen ertragen hatten. Er bestätigte seinen Verdacht mit einem Finger nach oben und einem ängstlichen Nicken.

Ich hörte es. Armeestiefel auf Metallstufen. Zu viele, um zu beurteilen, wie groß die Truppe war.

Verflixt!

Wir drehten uns um, um die Treppe hinunter zu stürzen, aber sobald wir das taten, sahen wir die Orks, die auf der Plattform unter uns auf uns warteten, scharfe graue Zähne starrten uns an, als wären sie Haie und wir ihr Mittagessen.

KAPITEL 52
ORK-SOCKE

Wir beschlossen stillschweigend, es lieber mit dem Feind über uns zu versuchen, da er weiter entfernt schien. Wir drehten uns wieder um und begannen, die Treppe hinaufzustürmen, aber sobald wir dieses Stockwerk erreichten, sahen wir die Stiefel über uns und wussten, dass es keinen Ausweg gab. Wir nutzten die Lücke, die uns das Zwischengeschoss bot, froh, vom Treppenhaus wegzukommen, aber das änderte nichts an der Tatsache, dass wir wirklich gefangen waren. Ich hatte meinen Zauberstab gezückt, Savvy ihre Armbrust und die anderen ihre geliehenen automatischen Sturmgewehre. Wir waren kampfbereit, aber wir alle wussten, dass es keinen Sinn hatte. Wir würden im Kampf getötet werden, selbst wenn ihre Befehle lauteten, uns am Leben zu halten.

Ich steckte meinen Zauberstab weg und hob die Hände zur Kapitulation. Wenn wir uns ergaben, würden wir – wahrscheinlich – am Leben bleiben. Wir würden trotzdem zur Hohen Hexe gelangen, nur zu ihren Bedingungen statt zu unseren. Die anderen legten ebenfalls ihre Waffen nieder, und Savvy klippte ihre Armbrust auf ihren

Rücken. Apollo war blasser, als ich ihn je gesehen hatte, wahrscheinlich besorgt wegen des Spiegels, den sie finden würden, wenn sie seinen Rucksack nahmen.

Das erste Dutzend kam an und schrie uns an, still zu stehen. Muroth folgte kurz darauf, stolzierte herein und sah außerordentlich zufrieden aus, uns gefangen zu haben. Seine schiere Größe jagte mir Panik ein. Ich bemerkte, dass ich zitterte. Er nickte dem Ork neben ihm zu, der einen Beutel hielt. Er hatte einen Silberblick und einen schrecklichen Haarschnitt, und ich konnte ihn von meinem Standpunkt aus riechen. Ich wünschte mir, dass das Trauma, das ich durchgemacht hatte, lieber meinen Geruchssinn als mein Gehör geschwächt hätte. Als sich der ölige Vokuhila-Träger uns näherte, musste ich durch den Mund atmen, um nicht zu würgen. Er öffnete seinen Beutel voller Tricks, und ich zuckte zusammen, ohne zu wissen, was ich erwarten sollte, aber sicher, dass es schrecklich sein würde. Er zog ein Paar High-Tech-Fußfesseln heraus – die, die sie benutzt hatten, um ihre Ork-Brüder in der Fabrik zu versklaven.

»Du hast *keine Scham*«, spuckte ich Muroth an. »Diese an deiner eigenen Art zu benutzen und jetzt an uns. Du bist verabscheuungswürdig.«

Er stolzierte zu mir und neigte seinen Kopf, als wäre ich ein ungewöhnliches Wesen, das er genauer betrachten wollte. Bevor ich wusste, was passiert war, hörte und spürte ich die bösartigste Ohrfeige, die ich je erlebt hatte. Sie war so hart, dass ich unfreiwillig zu Boden pirouettierte. Mit einer erneut auf Sterne reduzierten Sicht fürchtete ich, er hätte mein Monokel zerbrochen, aber als ich es berührte, war es glücklicherweise noch in einem Stück. Wärme ergoss sich aus meinem Ohr und meiner Nase. Ich konnte es nicht sehen, aber ich wusste, dass es Blut war. Ich hörte die anderen rangeln; vielleicht hatte Sam versucht, mich zu verteidigen. Sie wurden schnell von der ersten Reihe der Armee überwältigt, und als ich endlich über die Galaxie in meiner Vision hinaussehen konnte, sah ich, dass wir alle mit den Fußfesseln ausgestattet worden waren, die ich so verabscheute. Ich wusste, bevor ich auf meine

Knöchel schaute, dass meine angezogen waren, weil die Magie von meiner Haut verschwunden war.

Muroth ragte über mir auf und genoss meinen Schock und meine Schmerzen. »Nur weil unsere Befehle lauten, euch nicht zu töten, heißt das nicht, dass wir nicht ein bisschen Spaß haben können.«

Ein Soldat mit einem vernarbten Gesicht brauchte keine weitere Ermutigung und trat Savvy in die Rippen. Sie schrie vor Schmerz auf und krümmte sich, um sich vor weiteren Schlägen zu schützen. Normalerweise würde meine Magie in Hochtouren geraten, wenn ich sah, wie jemand, den ich liebte, verletzt wurde, aber die Fesseln schnitten mich völlig davon ab.

»Dafür wirst du bezahlen«, knurrte ich.

Narbengesicht lachte, dann richtete er seinen Blick auf Salty.

»Untersteh dich«, warnte ich ihn.

Er kicherte. Ein fetter Tyrann auf dem Schulhof.

»Ich warne dich«, sagte ich durch zusammengebissene Zähne, während Salty vor Angst wimmerte. »Wenn du einen von uns auch nur noch einmal anrührst, werde ich Rache über dich bringen.«

Narbengesicht tat verwirrt. »Wie willst du das anstellen?«, fragte er mit gespielter Neugier. »Deine Magie ist weg.«

Mein Kiefer war so fest zusammengepresst, dass ich dachte, der Knochen könnte brechen.

»Außerdem ist sie nur ein Kobold«, sagte er. »Warum kümmert es dich, was mit ihr passiert?«

Die offensichtliche Antwort war, *weil sie meine Freundin ist,* aber ich wollte ihnen keinen weiteren Grund geben, ihr wehzutun. Ich könnte das umgekehrte Psychologie-Spiel spielen und lügen. *Mach, was du willst,* könnte ich sagen. *Sie ist mir egal.* Aber ich wusste, dass sie mir nicht glauben würden, und wenn wir diese Prüfung über-leben würden, würde Salty mir nie verzeihen. Ich beschloss, den

Mund zu halten und ihn stattdessen nur trotzig anzustarren, in der Hoffnung, dass mein Blick und mein Racheversprechen ihn davon abhalten würden, ihr wehzutun. Ich lag falsch.

Er nahm ihre Hand. Ich zuckte zusammen und schloss die Augen. »Nein!«, schrie ich. »Lass sie in Ruhe!«

Rick, Savvy und Apollo schrien alle den sadistischen Soldaten an. »Hör auf!« »Lass sie!«

Ich öffnete meine Augen nur, um nackte Angst in ihren zu sehen, dann kam ein übelkeitserregendes Knacken, als der Ork das Handgelenk des Kobolds brach. Salty heulte vor Schmerz und Schock, ihre Hand hing schlaff von ihrem Handgelenk herab.

Ich verlor völlig die Kontrolle. Ich vergaß unsere Mission, die Entführungen, die versklavten Orks, den Smaragde-Clan, die Hohe Hexe. Ich vergaß alle und alles außer diesem widerlichen Exemplar mit seinem entstellten Gesicht, der gerade meine loyale Freundin gefoltert hatte. Ich konnte Nilve jammern hören, aber es klang weit weg. In meinem Körper und in meinem Kopf raste eine Wut, die ich nicht kontrollieren konnte. Ich schrie, als ich mich auf ihn stürzte. Er war mehr als doppelt so groß wie ich, aber die wütende Kraft meines Sprungs warf ihn zu Boden. Auf seiner Brust sitzend, schlug ich ihm so hart ins Gesicht, dass ich meine Knöchel brechen hörte. Das war mir egal. Ich nutzte den neuen stechenden Schmerz, um meinen Angriff anzufeuern, und schlug immer wieder zu. Es waren Hände an mir, kräftige Ork-Arme, die mich von dem Grobian hoben und in die Luft, wo ich trat und schlug und schrie.

»Immer mit der Ruhe, Zwerg«, kam die Stimme des Orks mit dem schlechten Haarschnitt.

»Verhext sollst du sein«, fluchte ich. »Verhext sollst du sein und all deine Nachkommen. Möge deine Blutlinie auf ewig verflucht sein.«

Orks waren von Natur aus abergläubisch, und er ließ mich fallen, als hätte ich ihn verbrannt. Meine Knöchel schmerzten, als sie auf die Fliesen trafen.

»Nimm das zurück«, forderte er mit flammenden Augen.

»Ein Fluch auf dich!«, zischte ich.

»Mach dir keine Sorgen wegen ihr«, sagte Muroth. »Ihre Magie ist weg.«

»Und verflucht seist auch du«, spuckte ich und blickte mit reinem Hass zu dem führenden Ork auf. »Mögen deine Töchter blind geboren werden und deine Söhne ohne Hoden.«

Der Anführer sah etwas weniger selbstzufrieden aus als zuvor. »Halt den Mund«, sagte er.

»Ich habe noch viel mehr im Arsenal«, erwiderte ich. »Verletze noch einmal einen von uns, und du wirst meinen Zorn in den Augen deines ungeborenen Babys finden.«

»Wir sollten sie töten, bevor sie noch mehr Schaden anrichtet«, sagte Schielender und umklammerte sein Gewehr.

»Knebelt sie«, befahl Muroth.

Ein dickes, stinkendes Stück Stoff – eine Ork-Socke? – wurde zu einem Ball geformt und in meinen Mund gezwängt. Ich würgte. Ich hörte das knisternde Geräusch von Klebeband, das von der Rolle gezogen wurde, und spürte raue, ungeschickte Hände, die es um meinen Hinterkopf und über meinen Mund wickelten. Es dauerte eine Weile, bis ich mich daran gewöhnt hatte, ausschließlich durch die Nasenlöcher zu atmen, aber bald beruhigte ich mich genug, um es bequem zu tun. Ich spürte immer noch die kochende Wut, aber äußerlich sorgte ich dafür, ruhig zu erscheinen.

»Achtung!«, rief ein Soldat von hinten, wo die Treppe war. Die Männer reagierten schnell, indem sie gerade standen mit den Armen an den Seiten und ihre Stiefel in die richtige Position rückten. Ich streckte meinen Rücken durch und versuchte zu sehen, wer da kam, aber ich konnte nicht an der Xarlug-Armee vorbei sehen, bis diese sich für den scheinbar wichtigen Neuankömmling zu teilen begann. Die Schwadron teilte sich ordentlich in der Mitte, wie das

Rote Meer, und in der Mitte kam der Armeegeneral hereingestolziert, die Epauletten leuchteten hell gegen den schwarzen Stoff der Uniform. Ich musste ein paar Mal blinzeln, um sicherzugehen, dass ich richtig sah.

»Rührt euch«, sagte der General, und die Männer entspannten ihre Haltung, bewegten sich aber nicht und sprachen nicht. Sugar Shagar sah zufrieden aus, aber ihr Gesicht war hart. Die Uniform eines Armeekommandanten stand ihr zweifellos gut.

KAPITEL 53

KÖNIGIN HITLER

ASHA

»Ich sehe, Sie waren erfolgreich bei Ihrem Einsatz«, sagte eine zufriedene Sugar Shagar. »Ich bin äußerst erfreut.« Ich hätte sie mit offenem Mund angestarrt, wenn mein Mund nicht mit Klebeband zugeklebt gewesen wäre.

»Ja, General Shagar«, antwortete Muroth. »Lebend, wie Sie befohlen haben.«

»Ausgezeichnete Arbeit«, sagte sie. »Ihre Kompanie wird einen großzügigen Bonus erhalten.«

»Vielen Dank, General«, erwiderte er, ohne seine zusammengekniffenen Augen von meinen zu nehmen, wahrscheinlich fragte er sich, ob mein Fluch gewirkt hatte.

Ich riss meinen Blick von ihm los und beobachtete, wie die Ork-Patin die Soldaten in ihrer Nähe inspizierte. Ich konnte nicht glauben, dass sie so tief sinken würde. Eigentlich konnte ich es doch glauben, denn sie hatte es mir bei unserer letzten Begegnung mit eigenen Worten gesagt, und ich war praktisch vor Wut explodiert, aber das hier war viel schlimmer. Es war ein schrecklicher Verrat, nicht nur an mir, sondern am gesamten Reich. Es war kein Geheimnis, dass die Xarlug-Armee das Reich plattmachen wollte. Die Xarlugs waren diejenigen, die ihr Volk versklavt hatten. Die Xarlugs hatten ihre Bürger buchstäblich zu rosa Tierfutter zermahlen, und trotzdem stand sie hier und kommandierte sie herum wie eine verdammte Königin Hitler.

»Konnten Sie meinen zweiten Befehl befolgen?«, fragte sie.

»Ja, General Shagar«, wiederholte er. »Jedes einzelne Xarlug-Mitglied im Reich ist im Gebäude.«

Manche in besserer Verfassung als andere, dachte ich und erinnerte mich an die gefrorenen Leichen unten.

»Bringt sie herein«, befahl sie. »Ich will, dass jeder Mann hier Zeuge wird.«

Mir lief das Blut kalt über den Rücken. Eine Hinrichtung war eine Sache; eine Hinrichtung als öffentliches Spektakel war viel schlimmer.

Er nickte, nahm das Walkie-Talkie von seinem Gürtel und gab den Befehl. Bald hatte sich die Anzahl der Orks im Raum verdreifacht, und noch mehr strömten herein. Es mussten fünfhundert Soldaten dort drinnen gewesen sein, und es lag große Aufregung in der Luft. Die Kombination aus so vielen Orks in einem geschlossenen Raum und der Tatsache, dass ich nur durch die Nase atmen konnte, war wirklich zum Kotzen. Es war eine neuartige Form der Folter.

Nicht kotzen, sagte ich mir. *Bloß. Nicht. Kotzen.* Das Letzte, was ich wollte, war in meinem eigenen Erbrochenen zu ertrinken.

Überall, wo ich hinschaute, gab es hämische Grinsen und selbstgefällige Gesichtsausdrücke, und das machte mich nur noch übler. Sam fing meinen Blick auf und hob die Augenbrauen, fragte, ob es mir gut ginge. Ich nickte. Ich wünschte, das Klebeband würde abgehen, damit ich Shagar verfluchen könnte. Ich kann nicht glauben, dass ich ihrem Baby dieses flauschige Affenspielzeug gekauft habe. Ich wollte es zurück.

»Sie sind alle hier, General«, meldete Muroth.

Sugar nickte. Sie schnippte mit den Fingern in Richtung einer Plattform an der Wand, und zwei Männer hoben sie schnell auf und brachten sie zu ihr, halfen ihr auf das Podium, damit jeder sie sprechen sehen konnte. Die Armee verstummte und stand stramm. Sugar richtete sich auf und hob ihr Kinn.

»Kameraden«, begann sie. »Rührt euch.«

Ein kollektives Seufzen ging durch die Reihen, als die Orks sich entspannten.

»Dies ist keine Zeit für Formalitäten«, verkündete sie und hob ihre geballte Faust in die Luft. »Dies ist eine Zeit, um unseren Sieg zu feiern!«

Ein freudiges Gebrüll brach aus, und die Bestien schlugen sich auf die Brust und klopften sich gegenseitig auf den Rücken. Sugar wartete, bis sie sich ein wenig beruhigt hatten, und fuhr fort. »Von Anfang an«, sagte sie. »Von *Anfang* an war das Einzige, woran ich dachte, der Aufstieg der Ork-Rasse.«

Mehr Jubel und Gejohle, Stampfen und Klatschen.

»Man hat mir gesagt«, sagte sie und deutete auf mich, »man hat mir gesagt, dass die Xarlugs böse seien. Dass die Xarlugs sich nicht um die Ork-Rasse kümmern würden. Dass die Xarlugs fallen würden.«

Buhen und Zischen erhob sich bei diesen Gefühlen und bei mir.

»Aber ich wusste«, fuhr sie fort. »Ich *wusste*, dass die Xarlugs etwas anderes waren. Etwas Wesentliches für die Bewegung. Etwas *Unverzichtbares* für die Bewegung. Nein... die Xarlugs *sind* die Bewegung.«

Wieder Jubel und auf die Brust klopfen. *Nicht kotzen*, erinnerte ich mich selbst.

»Ohne die Xarlugs sind wir Orks nichts. Wir Orks sind am unteren Ende der Nahrungskette. Wir waren es immer! *Wir würden es immer sein*, wenn nicht *euer* Mut, *eure* Stärke und *eure* Kraft wäre.«

Jedes zweite Wort wurde durch Applaus und Gejohle unterstrichen.

»Und vergessen wir nicht den Clan, der uns beim Aufstieg geholfen hat. Sirilla Voltane, möge sie in Frieden ruhen, und die Smaragde-Vampire, die uns vom Beginn dieses Aufstands an geführt haben, die die Bewegung finanziert haben, die uns gut bezahlt haben und die uns und unsere Familien weiterhin unterstützen werden, bis wir den Status erhalten, den wir verdienen. Der Smaragde-Clan, der uns Gesundheit, Langlebigkeit, schnelle Heilung, Ausdauer und zusätzliche Stärke gegeben hat. Der Smaragde-Clan, dem wir unsere Feinde ausliefern werden.« Sie deutete auf uns und lächelte. Gebrüll, Klatschen, Pfeifen von den Männern, während mir die Säure hochstieg. Ihr kollektiver Mundgeruch kam wirklich direkt aus dem Hades. Anscheinend löste das Æternal-Elixier kein Mundgeruchsproblem.

»Diese Terroristen auszuliefern ist ein großer Sieg. Sobald sie erledigt sind, werden die Dinge für uns einfacher. Wir *werden* aufsteigen. Und wir werden jeden einzelnen töten, der uns im Weg steht. Wenn wir dieses Gebäude verlassen, werden wir die Straßen rot färben mit dem Blut unserer Feinde!«

Die Orks brüllten und lärmten, als hätte ihre Lieblingsfußballmannschaft den Weltcup gewonnen. Der Boden vibrierte unter mir von ihrem Stiefelstampfen.

Die Ork-Mafiapatin ließ sie eine Weile heulen und pfeifen, dann wartete sie auf Ruhe.

»Kameraden, lasst uns feiern! Lasst uns auf unseren Sieg trinken!« Sugar schaute sich um, als ob jemand ihr ein Champagnerglas reichen würde, und als niemand das tat, lächelte sie und öffnete ihre Hemdtasche und nahm das Fläschchen heraus, das dort war. Sie öffnete die kleine Flasche mit einem Knacken und hielt sie in die Luft. »Sieg!«

Die Xarlug-Soldaten folgten ihrem Beispiel, nahmen ihre Elixiere aus ihren Taschen, öffneten sie und skandierten: »*Sieg! Sieg! Sieg!*« und »*Töten! Töten! Töten!*«

Sugar trank das Serum und zerschmetterte die leere Flasche auf dem Boden, als wäre dies eine griechische Hochzeit statt einer Nazi-Versammlung.

Sieg! Sieg! Sieg!

Winzige Explosionen ertönten, als die Fläschchen beim Aufprall zerbrachen und Glassplitter über den ganzen Boden verteilten, die unter den schweren Stiefeln der Orks knirschten. Das Jubeln war so laut, dass ich kaum denken konnte. Alles, was ich wusste, war, dass ich die Xarlugs mehr hasste als je zuvor, und vor allem hasste ich es, General Sugar Shagar verflucht zu haben.

Ich knurrte sie an, verzweifelt darauf aus, meinen Knebel abzureißen, die Fußfesseln in Stücke zu schlagen und den mächtigsten, verheerendsten Zauber auf sie zu schleudern, den ich in ihrer schicken schwarzen Kommandantenuniform aufbringen konnte. Sie würde uns nicht den Vampiren ausliefern. Ich würde sie töten, und es genießen, bevor sie die Chance dazu hätte.

Als Nächstes gab es Musik, und die Soldaten begannen zu summen, zu singen und zu tanzen. Ich war mir nicht sicher, ob ich das ertragen könnte. Ich schloss die Augen, um ihre Schadenfreude auszublenden. Mörder, alle zusammen. Ich wünschte, sie wären tot.

Ich hatte Shagar noch nie so blutrünstig gesehen, und es machte mich krank. Ich hasste sie, ich hasste sie, ich hasste sie. Ich saß da mit meinem Knebel, kochend vor Wut... als eine Art Intuition übernahm. Ein heller, wunderschöner Gedanke drängte sich in mein Bewusstsein.

Sugar Shagar tötete ihren ersten Ehemann mit Gift.

Sugar Shagar tötete ihren zweiten Ehemann und seine gesamte Hochzeitsgesellschaft mit Gift.

Ich wollte meine Hoffnungen nicht zu hoch schrauben, aber war es möglich, dass sie es wieder tun würde? Ich beobachtete sie jetzt mit anderen Augen, beobachtete, wie sie posierte und die Truppen aufhetzte, sodass das Letzte, woran sie dachten, war, zu hinterfragen, was tatsächlich in den Flaschen war. Als alle feierten und ihre Fläschchen zerschmetterten, bewegte sie sich sehr langsam auf uns zu, zusammen mit dem Wächter, der während ihrer Rede an ihrer Seite gewesen war, und flüsterte ihm etwas zu. Er nickte und zog uns alle grob vom Boden hoch. Ihre kleinen Augen musterten ihre Soldaten erwartungsvoll, als würde sie für eine Bombenexplosion herunterzählen. Fünf, vier, drei, zwei, eins...

KAPITEL 54

GLÄNZEND NEUER VERDACHT

ASHA

Es begann mit ein paar Zuckungen im Gesicht. Ich hätte sie nicht bemerkt, wäre da nicht mein glänzend neuer Verdacht gewesen, aber es wurde mit jeder verstreichenden Sekunde offensichtlicher. Ein Soldat begann zu grimassieren; ein anderer schlug sich auf die Brust, als wolle er Sodbrennen bekämpfen. Zu meiner großen Freude umklammerte Muroth sein Herz, die hässlichen Augen traten hervor. Der Jubel verpuffte und verwandelte sich schnell in Stöhnen und panisches Keuchen. Ein Ork schäumte blau aus dem Mund und fiel in Ohnmacht, wobei er die Leute um ihn herum zu Boden riss.

Indigo Violent, dachte ich. Ein Meisterstreich.

Immer mehr fielen. Einige wurden ohnmächtig, andere wurden von Schmerzen zu Boden gezogen. Blut strömte aus Muroths Nase, aber er weigerte sich, in die Knie zu gehen. Verwirrt und wütend sah er mich an und fragte sich, wie ich das geschafft hatte.

»Dreckige Hexe«, stammelte er, während ihm jetzt Blut über das Kinn lief und seine Zähne rosa färbte.

Er war desorientiert, aber er hatte immer noch seine AK-47. Er zielte auf mich, und ich spürte, wie meine Magie durch mich hindurchströmte. Nun war ich es, die verwirrt war, bis ich nach unten schaute und sah, dass Shagars Wache unsere Fußfesseln entfernt hatte.

Ich blickte wieder zu Muroth auf, der seinen Finger am Abzug hatte und durch seinen Schmerz hindurch lächelte, glücklich darüber, dass er mich jetzt töten durfte. Ich strotzte vor Kraft und fühlte mich, als könnte ich Blitze in jeden einzelnen von ihnen schicken, aber ich hielt mich rechtzeitig zurück. Ich musste immer noch so viel wie möglich bewahren, um die letzte Schlacht zu gewinnen. Sie starben bereits, ich musste nur geduldig sein – und nicht erschossen werden. Muroth zielte.

»*Nebulum*«, sagte ich. Kein Schreien, keine Spezialeffekte, kein Angeben. Nur ein sanfter Verdampfungszauber. Als der Ork den Abzug betätigte, implodierte das Gewehr zu lautem schwarzem Rauch. Er runzelte die Stirn und fluchte, während er versuchte, den Dampf zu fangen. Als seine Waffe in seinen Händen verschwand, fiel er nach vorne, brach in Stufen zusammen und schlug sich schließlich den Kopf an. Es erinnerte mich an die Fahrt im Krankenwagen mit dem Heiler-Magier, der Sams und mein Leben gerettet hatte. Den Tod betrügen, hatte er es genannt.

Da hast du es, Sensenmann, dachte ich. *Wir zahlen zurück, was wir dir schulden, mit Zinsen.*

Während ich Muroths Ende so aufmerksam verfolgte, waren die meisten der Xarlug-Soldaten bereits gestorben. Es gab noch Gezappel und Gestöhne, aber niemand stand mehr aufrecht.

Shagar schlich sich zu unserem Team, und ihre Wache riss meinen Klebeband-Knebel ab. »Was habe ich dir gesagt, Hexe?«

Ich antwortete nicht. Es war mir egal, was sie mir gesagt hatte. Ich war sprachlos vor Entsetzen – und, wenn ich ehrlich sein sollte,

auch vor Bewunderung – angesichts ihrer effizienten Massen-
mordkünste.

»Ich habe dir gesagt, dass du von innen heraus mehr Schaden
anrichten kannst.«

Apollo tippte an seinen Hut. »Hat die Ork-Mafia-Patentante gerade
Thomas Shelby zitiert?«

»Ich weiß nicht, wer Thomas Shelby ist«, sagte Sugar, »aber ich
mag, wie er klingt.«

Ich starrte den furchterregenden Ork an. »Du hättest mir deinen
Plan verraten können.«

Sie grinste. »Du wirst bald aus deiner Naivität herauswachsen«,
sagte sie.

»Was soll das heißen?«

»Du bist zu vertrauensselig, Hexe. Du hast keine Ahnung, wie viele
Feinde du hast.«

»Mein Team ist loyal«, erwiderte ich. Mein Team hatte mehr Inte-
grität in ihren kleinen Fingern als sie in ihrem ganzen übergroßen
Körper.

»Du wirst noch vor Ende dieses Tages verraten werden«, verkündete sie.

»Wie?«, fragte ich. »Von wem?«

»Wenn ich das wüsste, würden sie nicht mehr atmen«, antwortete
Shagar.

»Warum hast du das getan?«, fragte ich und sah mich um, wo die toten
Körper das gesamte Zwischengeschoss bedeckten. »Mit der Hilfe der
Smaragdes hättest du aufsteigen können, genau wie du gesagt hast.«

»Nein«, sagte sie und schüttelte den Kopf. »Ich glaube nicht an die
Versprechen von Vampiren.«

»Verständlich«, sagte Salty. Sugar schaute auf den Kobold hinunter, als würde sie sie zum ersten Mal sehen. Mit weit aufgerissenen Augen trat Salty einen Schritt zurück und hielt immer noch ihre gebrochene Hand.

»Aber deine eigenen Männer zu töten«, sagte ich und versuchte, das Massaker zu verarbeiten. Nicht dass ich nicht außerordentlich dankbar gewesen wäre, ich wollte es nur verstehen.

Der Ork grunzte. »Das sind nicht meine Männer. Diese Wilden haben meine Männer versklavt, sie zu Tode gearbeitet, ihre Körper gebrandmarkt und sie für Profit getötet. Es war an der Zeit, ihrer Barbarei ein für alle Mal ein Ende zu setzen. Ich will eine bessere Zukunft für mein Baby. Eine sicherere, wohlhabendere Zukunft. Unter der Herrschaft von Smaragde und Xarlug würde das Reich zerstört werden.«

Die meisten der Smaragdes waren vernichtet, und jetzt waren alle Xarlugs tot, aber wir hatten noch viele Feinde, mit denen wir fertig werden mussten. »Es gibt immer noch große Gefahr«, sagte ich.

»Sehen wir zu, was wir dagegen tun können.« Sugar schaute zur Decke hinauf, die einige Einschusslöcher aufwies. Sie riss eine automatische Schnellfeuerwaffe aus dem Körper zu ihren Füßen. »Bereit für das Penthouse?«

Ich atmete kräftig aus und versuchte, mein Nervensystem zurückzusetzen. So viele riesige Männer zu haben, die mich töten wollten, war nicht gut für meine PTBS. Wenn ich in diesem Tempo weitermachte und überlebte, würde ein Großteil meines Chalice-Schecks für meine Therapiesitzungen mit Dr. Gilbert draufgehen. Savvy hob die Fußfesseln auf, die zu unseren Füßen lagen, und steckte sie in Apollos Rucksack. Vielleicht würden sie uns noch nützlich sein.

»Alles okay?«, fragte Sam.

Ich nickte. »Das war heftig.«

»Wir machen gute Fortschritte«, sagte er.

Ich stimmte zu. Die Xarlugs waren tot, und wir konnten in die nächste Ebene aufsteigen. Spiel läuft.

Sugars Wache reichte uns ein paar Flaschen Wasser. Wir betrachteten die Flaschen alle misstrauisch, was sie zum Schnauben brachte und dazu, mir auf den Rücken zu klopfen. Kurz gesagt, wir lehnten ab, obwohl wir vor Durst verdursteten, was Sugar nur wieder zum Lachen brachte.

»Also, Hexe«, sagte sie, als sie sich von ihrem plötzlichen Anfall von Heiterkeit erholt hatte. »Was erwartet uns da oben?«

»Die Hohe Hexe«, antwortete ich. »Und ihre Anhänger.«

»Davon sind aber nicht mehr viele übrig«, sagte Sugar. »Ich wurde über deine Mission nach Celestia informiert. Du hast dort ordentlich Schaden angerichtet.«

»Das Taschenreich existiert nicht mehr«, sagte ich. »Und Lilian Black ist tot.«

»Hervorragend. Und du hast zufällig die Æterna-Fabrik auf dem Heimweg in die Luft gejagt?«

»Dafür kann ich mir nicht die Lorbeeren nehmen, aber ja, das Lager und die Fabrik sind weg.«

»Du hast meine Männer aus diesem Gefängnis befreit«, sagte sie. »Ich bin dankbar.«

»Sie haben sich eigentlich selbst gerettet«, sagte ich. »Es gab einen Aufstand. Sie sind sicher weggekommen, aber ich weiß nicht, wo sie sind.«

»Ich sage dir, wo sie sind. Kennst du diese riesigen Lastwagen, mit denen sie abgehauen sind?«

Ich nickte.

»Sie evakuieren die Stadt. Wir erwarten heute Abend Feuerwerk in Sandton. Nicht die lustige Art.«

»Gut«, antwortete ich. Niemand wusste, wie groß die Kollateralschäden sein würden, also war es das Beste, die Unschuldigen aus der Kriegszone zu holen. Es gab bereits all diese Bomben, die explodierten. »Danke dafür.«

Sie winkte ab. »Es geht nicht nur darum, Menschenleben zu retten. Es geht darum, unsere Glaubwürdigkeit wiederherzustellen. Wir Orks brauchen das Vertrauen der Realmers wieder, wenn wir eine erfolgreiche Rasse sein wollen.«

Natürlich. Shagar tat es nicht aus Herzensgüte. Sie spielte immer das lange Spiel.

»Also ist es Ms. M und wer auch immer ihr noch hörig ist«, sagte Savvy. »Und sie weiß, dass wir kommen, um sie zu holen.«

»Wer bist du?«, fragte Shagar.

»Das ist Savvy«, antwortete ich. »Und Nilve SaltySnap, Rick, Sam und Apollo.«

Sie nickten alle und lächelten schwach, offensichtlich nervös im Umgang mit dem Ork – und das aus gutem Grund.

»Wo sind die anderen?«, fragte Sugar.

Ich blinzelte sie an. »Hm?«

»Die anderen«, sagte sie. »Der Rest deines Teams.«

»Chione kümmert sich um Rap. Er ist wirklich krank. Und die Mädchen sind zu Hause. Das ist zu gefährlich für sie. Stoker ist bei dem Palefang-Rudel. Sie durchstreifen die Stadt und erledigen Vampire.«

»Also ... ihr seid nur zu fünft?«

»Sechs«, sagte Salty und verschränkte die Arme. »Nur weil ich vertikal herausgefordert bin, heißt das nicht, dass du mich nicht mitzählen musst.«

Der Ork ignorierte sie. »Willst du mir sagen, dass diese zusammengewürfelte Gruppe von Außenseitern deine einzige Hoffnung ist, das Reich zu retten?«

»Wir sind keine Außenseiter«, protestierte Rick, aber sein Tonfall war nicht überzeugend.

Sugar seufzte. »Jedes Mal, wenn ich anfange zu denken, dass du schlau bist, Hexe, tust du etwas, das mich vom Gegenteil überzeugt.«

»Ich tue mein Bestes«, sagte ich etwas defensiv.

Die Ork-Mafia-Patentante schnüffelte. »Gib dir mehr Mühe.«

KAPITEL 55

WIE TÖTET MAN EINEN TOTEN MANN?

ASHA

Ich wandte mich zu Nilve, der immer noch schmollte. »Du bist ein wichtiger Teil des Teams.«

Der Goblin schmollte weiter, wirkte aber etwas weniger verärgert.

»Letzte Worte, bevor wir nach oben gehen?«, fragte ich.

»Eine letzte Mahlzeit wäre schön«, sagte Salty. »Weißt du, wie bei Todeskandidaten.«

»Was würdest du wählen?«, fragte Rick.

»Ferras Brathähnchen«, antwortete sie. »Keine Frage.«

»Ha«, sagte er. »Ich auch.«

»Filetsteak mit Pilzsoße und eine Ofenkartoffel, die vor Butter trieft«, sagte Savvy.

Apollo sah Savvy an, als hätte er sich gerade in sie verliebt.

»Asha würde wahrscheinlich eine Karotte oder so wählen«, scherzte Salty, und ich tat so, als wäre ich verärgert, obwohl ich es nicht war.

»Wir werden ein Festmahl haben«, versprach ich ihnen. »Ein riesiges Festessen zur Feier unseres Sieges.«

»Solange Sugar nur nicht in die Nähe der Küche kommt«, sagte Sam, und ich musste mich fast verschlucken, um mein Lachen zu unterdrücken. Ich glaubte nicht, dass irgendjemand Sugars Kochkünsten auf lange Zeit vertrauen würde.

»Abgemacht«, sagte ich. Ein Schluck Wasser wäre jetzt wirklich gut gewesen.

Ich hörte etwas und bat das Team, still zu sein. Wir alle strengten uns an, zu hören.

Da waren mehr Stiefel zu hören – dutzende. Ich verstand nicht. Angst ließ mein Blut gefrieren.

»Das sind alle Xarlug-Männer«, sagte ich zu Sugar. »Richtig?«

»Richtig«, sagte sie, Sorge zeichnete Falten auf ihre Stirn.

»Was ist das dann für ein *Geräusch*?«, fragte Savvy.

Nein, nein, nein, nein, dachte ich. *Nicht noch eine Runde, bitte!*

»Das ist unmöglich«, sagte Sugar. »Ich habe ihre Leichen mit eigenen Augen gesehen.«

»Glaubst du, es sind die Orks von unten?«, fragte ich. »Die, die wir *getötet* haben?«

»Es gibt keine anderen Xarlugs mehr im Reich«, antwortete sie. »Sie sind es.«

»Das ist unmöglich«, sagte ich.

»Nichts ist unmöglich, Hexe. Besonders mit diesem Elixier in ihren Adern.« Sie drückte ihre Waffe an ihre Brust. »Macht euch bereit für den Kampf.«

»Auf keinen Fall«, sagte Savvy. »Wir müssen fliehen.«

»Wohin?«, fragte Sugar fordernd. »Direkt in die Arme der Hohen Hexe? Wir werden umzingelt sein.« Ich sah selten Angst in den Augen von Orks, aber ihre glühten vor Furcht. Ich vermutete, dass sie angesichts des Gemetzels um uns herum besonders hart für ihre verräterischen Handlungen bestraft werden würde.

»Wir sollten besser ein Portal öffnen«, sagte ich. Vergiss das Sparen von Portal-Energie, jetzt ging es um Leben und Tod. Die Stiefel waren bereits auf den Treppen direkt vor der Tür, schweres Gummi ließ die Metallstufen vibrieren.

»Nein«, sagte Sugar. »Ich muss ihnen gegenübertreten.«

»Du bist verrückt«, sagte ich. »Du wirst sterben.«

»Wenn ich im Versuch, die Xarlugs zu besiegen, sterbe, dann wird es ehrenvoll sein.«

»Bitte tu das nicht«, flehte ich. »Was ist mit Baby Jackie?«

Sugar knurrte, als wäre sie ein verwundetes Tier und ich hätte eine empfindliche Stelle berührt.

Ich drehte mich zu Salty und Apollo, beide sichtlich zitternd. »Ein Portal, bitte!«

Apollo schüttelte den Kopf. Er schaute an mir vorbei. »Es ist zu spät«, sagte er. Seine Augen weiteten sich. Jedes Mitglied meines Teams sah so verängstigt aus, dass ich Angst hatte, mich umzudrehen. Als ich es tat, hielt ich einen Schrei zurück.

Es waren die Orks, die wir auf der Ebene darunter getötet hatten. Sie hatten immer noch ihre Schusswunden, aber ihr Blut war fast trocken. Einige hatten Savvys Pfeile in der Brust. Sie schlurften auf uns zu, ihre Augen milchig, ihr Gang unbeholfen.

»Heilige Hekate«, murmelte ich. Was war in diesem Elixier? Es war eindeutig nicht vergleichbar mit den berühmten – und berüchtigt überteuerten – Vitalitätsshakes der Sybil-Zwillinge. Es war viel, viel mächtiger.

Sugar zielte mit ihrer Waffe und eröffnete das Feuer, und der Rest des Teams folgte ihrem Beispiel, aber wir lernten schnell, dass das Pumpen von Blei in die Zombies nichts brachte außer Munition zu verschwenden. Sie trotteten weiter auf uns zu. Das Einzige, was sie verlangsamte, waren die Körper ihrer Kameraden, die auf dem Boden lagen. Sie schienen nichts sehen zu können außer uns, wie Automaten mit Gesichtserkennung. In ihren Augen lag Gleichgültigkeit, aber ich wusste, dass sie, wenn sie uns in die Finger bekämen, alles andere als gleichgültig sein würden. Ich wusste, sie würden uns in Stücke reißen.

Ich trat vor, den Zauberstab ausgestreckt. »*Impedio!*«, rief ich.

Der Zauber stoppte die weißäugigen Leichen in der ersten Reihe, aber die Magie reichte nicht bis nach hinten, wo weitere heranschlurften. Sie wurden ungeduldig mit ihren eingefrorenen Kameraden und drängten nach vorne, was zu einer Welle toter Körper führte. Aus Angst, zerquetscht zu werden, wichen wir zurück. Savvy sprach ihre eigene *Impedio*-Beschwörung, ihre Magie unterstützte meine, und wir konnten die nächste Welle aufhalten, aber eine weitere Gruppe drängte durch die Tür und pflügte durch die erstarrten Körper, um zu uns zu gelangen. Savvy begann zu schwanken; es waren zu viele große Körper, um sie zurückzuhalten, und nur zwei von uns. Es verbrauchte zu viel Magie. Wir mussten aufhören, aber das hieß, in Stücke gerissen zu werden.

»Asha«, keuchte Savannah. »Ich kann es nicht mehr halten.«

Ich stöhnte zustimmend. Ich konnte es auch nicht mehr.

Sugar feuerte immer noch in die Menge, obwohl sie wusste, dass es keinen Sinn hatte. Vielleicht fühlte es sich besser an als einfach dazustehen und auf den Tod zu warten. Meine Kraft ließ nach, und ich schrie auf. So sollte ich meine Magie nicht verbrauchen. Verdammt seien sie. Verdammt seien die Xarlugs und doppelt verdammt sei die Hohe Hexe für ihr potentes Elixier.

»Argh!«, jaulte Savvy und brach zusammen. Apollo fing sie gerade noch rechtzeitig auf.

Ohne Savvys unterstützende Kraft brach mein Zauber zusammen. Ich fluchte und schüttelte meine Hand. Ein schleichendes Gefühl der Furcht sagte mir, dass ich zu viel verbraucht hatte und dafür bezahlen würde, wenn ich es am meisten brauchte.

Die uniformierten Zombies waren nur noch wenige Meter entfernt, und ich konnte keinen Ausweg erkennen.

Ein neues Krachen erreichte unsere Ohren. Glas zerbrach, Scheiben zersplitterten überall, als ob der Raum explodiert wäre und alle Fenster mitgenommen hätte. Aber es hatte keine Explosion gegeben, und das Glas fiel nach innen. Etwas schlug sich *hinein*. Eine Abrissbirne? Nein. Kreaturen! Tiere flogen herein und griffen unsere Feinde an. Aber keine gewöhnlichen Kreaturen.

Wölfe.

Es war so schockierend und surreal, dass wir einen Moment brauchten, um zu verstehen, was geschah. Der Arm eines Krans war durch eines der zerbrochenen Fenster sichtbar. Es waren riesige, schöne Kreaturen mit kraftvollen Kiefern und langen Gliedmaßen. Wir schauten mit Alarm und Erleichterung zu, wie die Tiere Streifen von den Orks rissen, auf Knochen kauten und Luftröhren herausrissen. Die Zombies liefen nicht weg oder schrien – sie marschierten einfach weiter wie die hirnlosen Fleischsäcke, die sie waren.

Ein Ork kam mir zu nahe. Ich wich an die Wand zurück und hoffte, dass er das Interesse verlieren würde, aber das tat er nicht. Je näher er schlurfte, desto mehr drückte ich mich gegen die Wand. Er war so nah, dass ich seinen fauligen Atem riechen konnte. Bevor ich mich verteidigen konnte, rammte ein riesiger Wolf den Ork von der Seite und er ging hart zu Boden. Der Wolf, ein wunderschönes, rostfarbenes Tier, verlor keine Zeit damit, dem Ork ein Ende zu bereiten. Riesige Krallen durchschnitten die Kehle des Orks mit einer einzigen schneidenden Bewegung. Der Zombie gurgelte und brach zusammen. Bevor er den Körper verließ, blickte der Werwolf zu mir auf und wir sahen uns in die Augen. Ich kannte diese Augen. Stoker. Er ging schnell zu seinem nächsten Opfer über, einem Ork, der Apollo zu nahe kam, sprang auf ihn und ging direkt an seine Kehle. Blut spritzte auf die Fliesen und auf Apollos Turnschuhe, der den Augenkontakt mit den Wölfen vermied. Innerhalb von Momenten nach dem Eintreffen unserer Verteidiger war das Xarlug-Kontingent tot – wieder einmal. Ein Dutzend oder so Wölfe liefen um die Körper herum, schnüffelten nach Anzeichen von Leben und löschten es schnell aus. Ich beobachtete ihre eleganten Körper, Muskeln, die sich unter üppigem Fell bewegten, Ohren noch gespitzt, bereit zum Angriff. Ich machte mir Sorgen, dass das Blut auf ihren Pelzen ihr eigenes war, aber nach der Art, wie sie die Orks zerfleischt hatten, war dem nicht so.

Kieron Palefang hatte gesagt, ich röche wie ein Wolfsjunges, und nach meinem *purpurea*-Trip wusste ich warum. Das Treffen mit dem Alpha-Werwolf hatte meine Überzeugung gefestigt, dass sie kluge und edle Kreaturen waren, nicht die blutrünstigen Zerstörer, als die Soleil sie ansah. Aus dem Zirkel exkommuniziert zu werden, obwohl emotional schwierig, war das richtige Ergebnis. Ich hatte geglaubt, dass wir den Krieg nicht ohne den Palefang-Rudel an unserer Seite gewinnen würden, und der Anblick der Masse von Körpern auf dem Boden bestätigte jetzt diese Überzeugung. Ich verdankte Wölfen mein Leben. Zuerst dem Wolf, der mein Überleben als Baby im Wald sicherte, und jetzt dem Rudel, das uns zu Hilfe gekommen war.

Ein schwarzer Wolf näherte sich mir, schlank und schön. Trotz seiner mächtigen, blutroten Kiefer streckte ich instinktiv meine Hand aus, um ihn zu streicheln. Sobald ich sein Fell berührte, verwandelte er sich in seine menschliche Gestalt. Fell verschwand unter Haut, Krallen zogen sich zurück, Reißzähne schrumpften zu Schneidezähnen. Ich erkannte sein hübsches Gesicht, bevor die Verwandlung abgeschlossen war.

»Kieron«, sagte ich und drückte, was jetzt seine Schulter war. »Danke.«

KAPITEL 56

WOLFSGEIST

ASHA

Der Rest des Rudels verwandelte sich in ihre menschlichen Versionen und eilte auf etwas – jemanden – am Boden zu. Ich reckte den Hals, um zu sehen, wer es war, und erkannte sofort das rostfarbene Fell.

Nein! Ich rannte auf Stoker zu und stolperte in meiner Eile zweimal über die Gliedmaßen der Toten. *Nein, nein, nein.* Er war noch in seiner Wolfsgestalt und verlor schnell Blut.

»Stoker!«, rief ich aus.

Seine Augenlider waren halb geschlossen, und ich konnte sehen, dass es ihn Mühe kostete, sie offen zu halten. Als er mich sah, lächelte er. »Asha«, flüsterte er.

Eine der anderen drückte ihre Hand auf seinen Hals, um die Blutung zu stoppen.

»Was ist passiert?«, fragte ich, wohl wissend, dass es eine sinnlose Frage war. Es spielte keine Rolle, was passiert war. Stoker lag im Sterben.

»Xarlug hat ihn erwischt«, sagte sie. Ich betrachtete sie genauer und erinnerte mich an ihr Gesicht von dem Treffen in den Höhlen. Sie war jetzt genauso schön wie damals.

»Bronx«, sagte ich. Es kam wie ein Klagelaut heraus.

Ihr fester Griff um Stokers Hals tat wenig, um den Blutfluss zu stoppen. Ich spürte, wie Panik in mir aufstieg. Stoker durfte nicht sterben. Ich würde es nicht zulassen.

»Nimm deine Hand auf drei weg«, sagte ich. Sie zögerte, aber als ich meinen Zauberstab hervorholte, verstand sie. Stokers Augen fielen zu, und meine Angst um sein Leben machte die Magie für mich mühelos verfügbar.

»*Ignem exquiris*«, rezitierte ich. Die Spitze meines Zauberstabs leuchtete mit Feuer auf, und ohne ihn vor dem Schmerz zu warnen, kauterisierte ich das Einschussloch. Stoker zuckte nicht zusammen, was Verzweiflung in mir auslöste. Der Geruch von versengtem Fell und brennendem Fleisch ließ uns alle nach Luft schnappen.

»Stoker«, sagte ich und schüttelte ihn. »Stoker!« Aber er reagierte nicht.

Ich ließ meinen Zauberstab fallen und legte meine Hände auf ihn. »*Curas vulnum, curas vulnum*«, rezitierte ich, ohne mich um meine Magiereserven zu kümmern, ohne mich um irgendetwas anderes zu kümmern als darum, das Leben meines Freundes zu retten. Aber egal, wie viel Heilenergie ich in ihn kanalisierte, er blieb bewusstlos.

Bronx legte ihr Ohr an seinen Mund. »Er atmet nicht«, sagte sie.

Die Blutlache wurde immer größer. *Verdammt!* Wir drehten ihn um und sahen eine weitere Wunde auf seinem Rücken. Ich kauterisierte auch diese, aber ich konnte nichts gegen die innere Blutung tun.

»Stoker, bitte«, flehte ich ihn an. »Wir brauchen dich.« Was ich eigentlich meinte, war *wir lieben dich*, aber Worte ergeben in solch verzweifelten Situationen nicht immer Sinn. Mein Team hatte sich hinter mir versammelt.

Bronx versuchte erneut, seinen Atem zu finden, und scheiterte wieder. Ihre Mundwinkel zogen sich nach unten, als sie mit vor Trauer nassen, mit Kajal umrandeten Augen den Kopf schüttelte.

»*Curas vulnum*«, sagte ich noch einmal, obwohl ich wusste, dass es sinnlos war, aber ich wusste nicht, was ich sonst tun sollte. Ein Schluchzen blieb in meiner schmerzenden Kehle stecken. Ich tastete wieder nach meinem Zauberstab und hielt ihn an seine Brust. »*Fiat fulgur*«, schrie ich. Ein Elektroschock ließ seinen Oberkörper hochschnellen. Es änderte nichts an seinem Zustand. Ich schickte zwei weitere Runden defibrillierender Schocks an sein Herz, aber er blieb leblos. Ich wollte es erneut versuchen, aber Bronx legte ihre Hand auf meinen Rücken und drückte meinen Zauberstab sanft nach unten.

»Es ist vorbei«, sagte sie. »Lass ihn jetzt ruhen.«

Ich schüttelte den Kopf, überwältigt von einem Strom von Tränen. »Ich kann ihn retten«, weinte ich. Ich musste es nur härter versuchen. Mehr Magie, mehr Anstrengung. Ich würde ihn nicht sterben lassen. »Ich kann ihn retten«, wiederholte ich.

»Nein, Asha«, sagte Bronx. »Du kannst nicht. Stoker ist fort.«

»Nein«, jammerte ich. »Wir können ihn nicht sterben lassen.«

»Er ist bereits tot«, antwortete sie, die Augen feucht vor Tränen.

Immer noch den Kopf schüttelnd, betrachtete ich sein Wolfsgesicht. Es wirkte friedlich. Da war kein Schmerz. Schluchzer donnerten aus mir heraus. Auf meinen Knien kauerte ich nach vorne und legte mein Gesicht auf seine Brust.

»Oh, Stoker«, weinte ich. Das war nicht fair. Er war so ein wunderbares Wesen; er war ein Freund und eine Bereicherung gewesen. Ich hatte eine Rückblende glücklicherer Zeiten – wie wir mit Rick im Monster-Truck fuhren und Stoker es genoss, seinen Kopf aus dem Fenster zu strecken. »Er hätte es nicht verdient, so zu sterben.«

»Genau so hätte er sterben wollen«, sagte Bronx. »Er war der edelste Wolf, den ich kannte. Zu sterben im Kampf, um seine Freunde und das Reich zu retten...« Ihre Stimme versagte, als sie aufschluchzte.

Das Rudel stand in einem Kreis um uns herum und heulte, ihre Stimmen peitschten durch mich hindurch. Sie versuchten, ihren Kummer durch Heulen und Bellen auszustoßen, und ihre Stimmen verstärkten meinen Herzschmerz. Bronx und ich weinten eine Weile zusammen, meine Brust leer und schmerzend vor Verlust. Als die Wölfe ihre Trauer beendet hatten, trat Palefang einen Schritt vor.

»Wir müssen uns bewegen«, knurrte er. »Bevor sie entkommt.«

Aber wie konnten wir? Wie konnten wir weitermachen, wenn wir wussten, dass Stoker nicht mehr da war?

Der Alpha-Wolf zog mich wie eine Stoffpuppe hoch. »Du musst jetzt deinen Wolfsgeist beschwören, kleines Junges«, sagte er. »Was geschehen ist, ist geschehen. Wir müssen vorwärts gehen. Das hätte Stoker gewollt.«

Ich nickte, mein Mund noch immer von Trauer nach unten gezogen. Ich wusste, dass er Recht hatte; ich wusste nur nicht, ob ich die Kraft hatte, weiterzumachen.

»Lass seinen Tod nicht umsonst sein«, knirschte Bronx. »Lass uns das zu Ende bringen.«

»Wir müssen die Leichen verbrennen«, sagte Savvy, und Palefang nickte.

Wir mussten verhindern, dass die Xarlugs wieder zum Leben erwachten. Man konnte nicht wissen, wie viele Leben sie mit dem Elixier in ihrem Blut hatten.

»Nicht Stoker«, sagte ich. »Er verdient Besseres.«

Auf keinen Fall würde ich zulassen, dass Stoker hier an diesem bösen Ort, umgeben von den Leichen neonazistischer Schläger, verbrennt.

Kieron sah besorgt aus. »Einverstanden, aber wir haben keine Möglichkeit, ihn zu bewegen. Wir brauchen jedes Rudelmitglied hier, wenn wir eine Chance haben wollen.«

»Ich nehme ihn mit«, bot Salty an. »Ich bringe ihn an einen friedlichen Ort, bis dieser Kampf vorbei ist.«

Sie hielt ihren Arm, und ich erinnerte mich, dass der Ork ihr Handgelenk gebrochen hatte. Das gab mir eine Idee. Ich öffnete meine Jeans und schnitt mit meinem Ritualmesser ein Stück Stoff von meiner Glücksunterhose ab – den Schlafshorts, die mir der Heilmagier vom Krankenwagen gegeben hatte – und reichte es dem Kobold.

»Benutze das als Portalschlüssel«, sagte ich. »Es wird dich zu einem Magier bringen, der dein Handgelenk heilen wird. Er wird dir mit Stokers Körper helfen.«

Stokers *Körper*. Ich biss die Zähne zusammen, um weitere Tränen zu unterdrücken.

Der Kobold nickte und nahm den Stoff von mir. Wir gaben ihr etwas Platz, als sie sich neben Stoker hockte und ihn so gut wie möglich festhielt. Salty murmelte ihren Torspruch, und ein ovales goldenes Licht öffnete sich auf dem Boden unter ihnen. Sie warf mir einen letzten wehmütigen Blick zu, und sie fielen durch den Boden, das Portal schloss sich schnell hinter ihnen.

Ich seufzte und spürte Sams Arme um mich. »Es tut mir so leid«, sagte er, die Stimme rau vor Emotion.

Ich schluckte und nickte, vergrub mein Gesicht an seiner Brust.

»Ich kümmere mich um das Feuer«, sagte Savvy. Ihre Wimperntusche war verschmiert, ihre Lippen eine feste Linie. Rick vermied meinen Blick. Er war Stoker am nächsten gestanden, und ich konnte sehen, dass er noch nicht bereit war, den Verlust zu verarbeiten. Wir brauchten klare Köpfe für das, was als Nächstes passieren würde.

Wenn wir überlebten, würden wir angemessen trauern. Die Orks waren ein stoisches Volk; wir hatten viel von ihnen zu lernen.

»Zeit zu gehen, Hexe«, sagte Sugar hinter mir. Ich nickte. Wir versammelten uns alle, bevor wir wieder die Treppe hinaufstiegen – Treppen, die ich mittlerweile hasste –, während Savvy Kraft aus der Leere für ihren Zauber schöpfte. Ihr Atem ging schwer und tief, als sie die Magie durch sich fließen ließ.

Ich hörte, wie sie vor sich hin murmelte, eine längere Beschwörung, als ich verwendet hätte. Ihre Magie war schon immer ausgefeilter als meine. Sie baute zu einem Crescendo auf und streckte ihre Arme aus.

»*Incinerare!*«, befahl sie.

Blaue Flammen ergossen sich wie Wasser aus ihren Händen. Als sie den Boden erreichten, wirkten sie wie eine Ozeanwelle aus Feuer, die über die Körper rollte und ein *Wumm*-Geräusch erzeugte, als jede Leiche in Brand geriet. Wir spürten die plötzliche Hitze in unseren Gesichtern. Sie brannten schnell, als wären ihre Uniformen in Benzin getränkt worden – aber Benzin hätte besser gerochen. Die zerbrochenen Fenster ließen genügend Sauerstoff durch, um das Feuer zu nähren, und bald war die gesamte Zwischenebene in reinigende Flammen gehüllt.

Während wir zuvor die Treppe hinaufgerannt waren, schleppten wir uns jetzt. Unsere Körper waren müde, unsere Herzen schwer. Ein Teil von mir fühlte, als hätte die Hohe Hexe bereits gewonnen.

KAPITEL 57

TÄUSCHUNG ODER FALLEN

ASHA

»Fühlt sich sonst noch jemand, als würde er in eine Hinrichtungskammer gehen?«, fragte Apollo. Niemand antwortete, aber man konnte es auf allen Gesichtern ablesen.

»Nein«, sagte ich, trotz der reinen Furcht, die ich bei jedem Schritt spürte. »Wir werden nicht zulassen, dass sie uns besiegt. Wir werden nicht zulassen, dass das Reich bösen Mächten zum Opfer fällt.« Ja, wir waren in großer Gefahr, das konnte ich in jeder Faser meines Körpers spüren, aber ich fühlte auch einen kleinen Schimmer Hoffnung. Wir waren ein standhaftes Team mit verschiedenen Talenten, und wir würden alles tun, um die Hohehexe zu vernichten. »Wir werden nicht zulassen, dass Stokers Tod umsonst war.«

Ich spürte einen Wechsel der Emotionen, von besiegt zu entschlossen, und wir beschleunigten unser Tempo.

Nicht genau zu wissen, was uns erwartete, war nervenaufreibend, aber eines war in meinem Kopf gewiss: Die Hohehexe würde auf uns warten. Sie hatte so viel Geld und Mühe investiert, um mich durch das Dusk-Reaper-Netzwerk zu töten, aber war nie erfolgreich gewesen. Indem ich zum Penthouse ging, bot ich mich ihr praktisch an, und dies würde ihre Chance sein, mich endgültig zu beseitigen. Ich akzeptierte die Tatsache, dass ich mein Leben verlieren könnte, aber wenn es bedeutete, dem Reich das Gleichgewicht zurückzugeben, würde es das wert sein. Es war so lange meine Lebensmission gewesen, dass es ein Teil von mir war – nein, mehr als das; es war mein Kern. Mein Grund zu leben und eines Tages – vielleicht heute – würde es mein Grund zum Sterben sein.

Ich war eine unwahrscheinliche Attentäterin, wie Sam gerne betonte. Ich genoss das Töten nie, aber diese eine Liquidierung freute ich mich durchzuführen. Die Realmers verdienten es, in Frieden zu leben. Ork-Familien verdienten es nicht, in der Angst zu leben, ihre Ehemänner und Väter durch Organdiebstahl und Versklavung zu verlieren. Menschen verdienten es, ohne die ständige Furcht zu leben, dass Vampire ihre Töchter schnappen würden. Und Lämmer wie Dusty und Abigail, Valeria und Maple, Frankie und Mercury verdienten es, in einer Welt zu leben, in der sie nicht um ihre Unschuld oder ihr Leben fürchten mussten.

Diese Gedanken stählten und stärkten mich. Sie hämmerten auf meine Angst ein. Mit Stokers Geist hinter uns erreichten wir die oberste Etage des Wolkenkratzers und betraten das Penthouse.

Es war leer.

Natürlich war es das – oder schien es zumindest zu sein. Ms. M wollte mich vielleicht in ihrer Höhle haben, aber sie würde nicht die sitzende Ente spielen. Sicherlich gab es irgendeine Art von Täuschung: List oder Fallen. Ein großes Fenster war offen gelassen worden, und die durchziehende Brise wehte Papiere von ihrem Schreibtisch und ließ die Blätter des Straußes schwarzer Blüten auf ihrem Bürotisch flattern. In dem zugigen Raum zu stehen, mit der ganzen Stadt zu meinen Füßen, war ein mächtiges Gefühl. Ich konnte mir vorstellen, wenn ich so reich und mächtig wie die Hohehexe wäre, würde es sich anfühlen, als wäre ich die Königin der Welt. So sah sie sich wahrscheinlich selbst.

Elf Werwölfe, Sugar Shagar und ihr Wächter und wir fünf standen in der geräumigen Wohnung mit offenem Grundriss und warteten darauf, dass etwas passierte. Das Rudel schnüffelte in der Luft, versuchte ihren Geruch zu verfolgen, aber es war schwierig wegen des von unten aufsteigenden Rauchs, der uns daran erinnerte, dass wir nicht viel Zeit hatten, um mit Ms. M fertig zu werden und das Gebäude zu verlassen, bevor das Ganze in Flammen aufging. Ich versuchte, mein Monokel zu fokussieren, um die Röntgensicht zu erreichen, die ich zuvor benutzt hatte. Der cyanfarbene Filter kehrte zurück, und ich blinzelte ein paar Mal, um mich daran zu gewöhnen. Ich begann mit dem Büro und scannte die Küche, den Wohnbereich und das Schlafzimmer, sah aber niemanden. Zweifel begannen an mir zu nagen. Würde die Hohehexe wirklich hier bleiben, wenn sie wüsste, dass wir auf dem Weg waren? Paranoia setzte ein. Was, wenn sie uns hierher gelockt hatte, damit sie ihre bösen Taten irgendwo anders verrichten konnte, ohne dass wir uns einmischen? Was, wenn sie gerade eine brandneue Celestia aufbaute, an einem Ort, den wir nie finden würden? Der Knoten in meinem Magen wurde enger. Was, wenn sie in diesem Moment Dusty oder Abigail verletzte? Ich hoffte, Merlin war bei ihnen. Ich bemerkte, dass ich wieder zitterte und fragte mich, ob ich für einen völligen Narren gehalten worden war.

In meiner Verzweiflung blickte ich zur Decke und sah einen Schatten. Ich packte Sams Arm und zeigte nach oben. Mehr Schatten.

»Siehst du das?«, fragte ich.

»Was?«, antwortete er und beantwortete damit meine Frage.

Ich sah durch die Decke. Sie war auf dem Dach, und sie war nicht allein.

Ich blinzelte zurück zu meiner normalen Sicht.

»Palefang. Shagar. Sie ist da oben.«

Wir alle schauten nach oben, als ob wir sehen könnten, was auf dem Dach war.

»Woher weißt du das?«, fragte Kieron.

»Sie sieht Dinge«, sagte Rick und zeichnete einen Kreis über einem seiner Augen, um das Monokel zu veranschaulichen.

Palefangs großzügige Augenbrauen schossen nach oben, und er sah beeindruckt aus, aber nur für einen Moment. »Wie kommen wir da hoch?«

Ich wusste es nicht.

Kieron bedeutete dem Rudel, einen Zugang zum Dach zu finden. Es fühlte sich seltsam an, auf einem Dach Krieg zu führen. Mein Dachgarten zu Hause war mein Glücksort: Pflanzen, Sitzsäcke, Lichterketten, Sterne. Es war ein Ort, an dem ich Yoga, Tai Chi und Meditation praktizierte. Ein Ort, an den ich ein Buch und eine Flasche Wein mitnahm, und manchmal einen Liebhaber. Auf einem Dach zu töten oder getötet zu werden, wäre definitiv eine Veränderung.

KAPITEL 58
RASIERWASSER UND BLUT

ASHA

Das Palefang-Rudel verteilte sich und suchte, die Luft schnuppernd, nach einem Weg zum Dach. Als sie keinen fanden, vermutete ich, dass es einen Trick geben musste. Ich zerbrach mir den Kopf.

»Savvy«, sagte ich. »Welche Art von Magie würde eine Hexe benutzen, um dort hinaufzukommen? Mit ihren Vampir-Handlangern?«

Sie schüttelte den Kopf. »Mir fällt spontan nichts ein. Ich denke weiter nach.«

»Irgendeine Art Geheimklappe?«, überlegte Sam laut und untersuchte die Decke. »Mit einer Leiter, die man herunterziehen kann?«

»Könnte sein«, antwortete ich, aber bei unserer Suche fanden wir keinerlei Hinweise darauf. Ich wusste, dass sie mächtig war, aber würde sie jedes Mal Magie benutzen, wenn sie dort hinauf wollte? Oder ging sie nie nach oben und war nur dort, um den Vorteil zu haben, höher als wir zu sein, wie Soldaten auf einem Hügel oder in einer Burg?

Der Geruch des Rauchs war noch immer schwach, wurde aber stärker. Wir mussten das schnell erledigen.

»Sie ist nicht allein«, sagte ich zu den anderen. »Ich bin ziemlich sicher, dass die restlichen Clanmitglieder da oben bei ihr sind.«

»Wie viele?«, fragte Apollo.

»Ich weiß nicht. Ich habe nur Schatten gesehen. Nicht mehr als zehn?«

Er nickte. Ich konnte nicht umhin zu bemerken, dass immer noch Blut auf seinen Turnschuhen klebte.

»Geht's dir gut?«, fragte ich ihn. Das letzte Mal, als er hier war, war es das traumatischste Ereignis in seinem Leben – an das er sich erinnern konnte.

»Ja«, antwortete er. »Besser als gut. Ich freue mich darauf, dem ein Ende zu setzen.«

Er hatte über ein Jahr lang im Schatten des Fluchs der Hohen Hexe gelebt und wertvolle Freunde dadurch verloren. Die Leere weiß, wie sehr ich es liebe, Flüche zu brechen, und Apollos »Töte-deine-Liebsten«-Fluch zu zerschmettern, wäre der befriedigendste überhaupt.

Frustriert darüber, dass wir keinen Weg nach oben hatten, begannen wir alle, das riesige Penthouse zu durchsuchen. Es erwies sich als viel größer, als es zunächst erschien, mit Gängen, die zu einem privaten Theater, einer herrlichen Bibliothek – wo ich sicher das Matahandi-Buch finden würde, wenn ich danach suchen würde – und mehr als einem Schlafzimmer führten, was mich fragen ließ, wer hier übernachten würde. Ich konnte mir nicht vorstellen, dass M viele Freunde hatte, aber vielleicht lag ich falsch. Immerhin neigten Milliardäre dazu, Mitläufer anzuziehen. Nachdem ich in der Bibliothek geschaut hatte – ziemlich neidisch, gebe ich zu – fand ich einen weiteren schmalen Gang, dem ich vorsichtig folgte. Weil die Wände blendend weiß waren, erinnerte es mich an den Krankenhausflügel in Celestia, was mich erschaudern ließ. Ich stellte mir vor, wie Lilian Black hier übernachtete und die beiden über die ersten Pläne zur Herstellung des Elixiers plauderten. Wie sie am besten jungfräuliche Opfer entführen und sie in einem mesmerisierten Zustand glücklich und gesund halten könnten, bevor sie ihnen ihre Lebensenergie stahlen.

Ich warf einen Blick auf mein Handgelenk, um sicherzustellen, dass ich Blacks Schutzamulett noch hatte. Wie poetisch wäre es, wenn es am Ende mein Leben retten würde.

Ich fand nichts Interessantes in dem minimalistischen, stilvollen Penthouse-Apartment, also drehte ich um. Aus diesem Winkel konnte ich eine vertikale Linie an der Gangwand sehen, die ich auf meinem Weg hinein nicht gesehen hatte. Ich untersuchte sie und legte dabei meine Handfläche auf die Wand. Ich hörte, wie sich ein Mechanismus entriegelte, und die Geheimtür glitt lautlos auf.

Der riesige Raum, der sich offenbarte, stand in starkem Kontrast zum Rest des frischen und hellen Apartments. Die Wände waren schwarz gestrichen, die rußfarbenen Möbel verschwanden vor dem dunklen Hintergrund. Das einzige Licht kam von einem großen schwarzen Kronleuchter, der an einer Kette von der Decke glitzerte. Ein Kingsize-Bett war mit schwarzem Satin bezogen, mit einer anthrazit- und metallgrauen Bettdecke, die ordentlich am Ende gefaltet lag. Die Kissen passten dazu. Es gab keine Kunst, keine gemütlichen Akzente, keine Seele, und die Luft war dezent mit Rasierwasser und einem Hauch von Blut parfümiert. Ich schnupperte und versuchte, den Duft zu erkennen. Ich kannte ihn. Ich kannte die Person, die hier wohnte. Ein Schatten fiel über den luxuriösen schwarzen Teppich, und ich drehte mich um, um zu sehen, wer es war.

Ich keuchte, als ich sah, dass mein Ausgang blockiert war. Meine Hand flog automatisch zu meiner Brust, wo mein Herz hämmerte.

»Asha«, begrüßte er mich, beide Hände am Türrahmen, um zu signalisieren, dass er mir den Weg versperren würde, wenn ich versuchte, an ihm vorbeizukommen.

»Mordecai«, erwiderte ich. »Hab dich lange nicht gesehen. Ich dachte, du hättest aufgehört, mich zu stalken.«

Er reagierte nicht. Er sah furchtbar aus – er hatte immer blass ausgesehen, was zum Territorium gehörte, wenn man untot war – aber jetzt wirkte er erschöpft, sogar kummervoll.

»Du brauchst Urlaub«, sagte ich. »Wohin fahren Vampire in den Urlaub?«, fragte ich mich. »Ich nehme an, ihr strömt nicht zu den sonnigen Stränden wie die meisten Leute. Irgendwo Dunkles und Regnerisches scheint mehr euer Stil zu sein.«

»Ist das ein Witz für dich?«, fragte er mit echtem Schmerz im Gesicht.

»Natürlich ist das kein verhexter Witz für mich«, sagte ich durch zusammengebissene Zähne. »Ich habe gerade einen Freund verloren wegen Leuten wie dir«, zischte ich. »Ich hasse dich und alle deiner Art.«

In seinen Augen lag noch mehr Schmerz, aber ich verstand nicht warum. Wir hatten vor langer Zeit vereinbart, dass wir uns hassten, dass wir nicht in der Nähe des anderen sein wollten. Warum jetzt das lange Gesicht?

Er massierte seine Schläfe, als würde ich ihm Kopfschmerzen bereiten. »Asha. Wie oft habe ich dir gesagt, du sollst dich von diesem Fall fernhalten?«

»Deine Arroganz ist wirklich bemerkenswert«, antwortete ich, während Wut Blut durch meine Adern pumpte. »Du denkst, du kannst den Leuten einfach sagen, was sie tun sollen, und sie werden es tun? Nun, ich bin nicht eine dieser Personen. Ich lege mich nicht einfach hin und lasse deinesgleichen über mich hinwegrollen. Ich lasse mich nicht von dir oder jemandem deines Clans einschüchtern und missbrauchen. Je eher du aufhörst, mir zu sagen, was ich tun soll, desto besser für uns beide.«

»Es geht nicht um Arroganz oder Überrollen«, sagte er. »Es geht darum, was das Beste für dich und deine Freunde ist.«

»Oh, bitte!«, schrie ich. »Du willst wirklich, dass ich glaube, dass du unser Bestes im Sinn hast?« Ich lachte auf hässliche Weise, aufgebracht und verbittert.

Der Vampir wurde genervt. Er erhob seine Stimme. »Asha, ich habe nichts anderes getan, als dich zu beschützen!«

Ich konnte nicht glauben, was er da sagte. Dachte er wirklich, ich würde das glauben?

»Wie oft habe ich dich aus einer gefährlichen Situation herausgeholt?«, forderte er.

Okay, da hatte er einen Punkt. Er hatte stundenlang meinen Sarg aus der Erde gegraben, als ich lebendig begraben worden war. Er hatte mich vor Sirilla Voltane gerettet, indem er mir eine spontane Bogenschießstunde auf Schloss Obsidian gegeben hatte. Er hatte mir gesagt, welchen Pfeil ich benutzen sollte, um Voltanes Herrschaft zu beenden. Dann waren da noch die unzähligen Warnungen, mich aus gefährlichen Situationen herauszuhalten... die ich konsequent ignoriert hatte.

»Du hast mir in der Vergangenheit geholfen, das werde ich nicht leugnen«, sagte ich. »Aber du bist immer noch der Feind.«

»Du verursachst mir pochende Kopfschmerzen«, bemerkte er, als wäre es meine Schuld, dass ich im Æterna-Gebäude war.

»Ach, Schade«, sagte ich. »Der arme mörderische Vampir hat eine Migräne. Soll ich dir Paracetamol holen? Oder bevorzugst du vielleicht die schwarze Magie des illegalen Elixiers, das du mitproduzierst?«

»So ist das nicht«, sagte er.

Ich lachte wieder, ein schreckliches Grölen des Unglaubens – und der Empörung, dass er wirklich dachte, ich würde das glauben.

Mein Kiefer war so angespannt, dass ich ihn bewusst lockern musste, um wieder sprechen zu können. »Du *wohnst* buchstäblich mit ihr zusammen«, sagte ich. »Du *wohnst* mit der Hohen Hexe zusammen, die unermessliches Leid über die Menschen des Reichs gebracht hat.«

Er war uncharakteristisch still, also fuhr ich fort. »Es ist lustig«, sagte ich, obwohl ich es überhaupt nicht lustig fand. »Es ist lustig, dass ich dachte, du wärst besser als der Rest. Besser als die Smaragdes, die uns töten wollten, besser als die Dämmerungsschnitter, vor denen du mich so gerne gewarnt hast. Aber du bist es nicht. Du bist schlimmer als sie, weil sie wenigstens ehrlich waren mit ihren Absichten, während du von Anfang an hinterhältig und manipulativ warst.«

Wir standen einen Moment schweigend da. Ich hätte weitermachen können, aber ich wollte, dass er sich erklärte. Als klar wurde, dass er das nicht vorhatte, höhnte ich: »Ich habe Schimmer von Güte in dir gesehen, Mordecai. Ich sah einen Hauch von etwas Gutem an dir, aber ich lag falsch. Denn jetzt sehe ich, dass du die ganze Zeit der wahre Feind warst.«

Mordecai schüttelte den Kopf. »Nein.«

»Nein?«, rief ich aus.

Besorgt drehte er den Kopf, um den Gang hinunterzuschauen. »Dämpf deine Stimme.«

Ich hatte das Gefühl, ich würde implodieren. »Meine Stimme DÄMPFEN? Ist das dein Ernst? Du ZERSTÖRST das Reich, und du machst dir Sorgen, dass ich zu *laut spreche*?«

Nadelstiche von Magie trafen mich überall auf meiner Haut. Kribbeln ließ mich mit den Fingern wackeln, um es loszuwerden.

Mordecai gestikulierte, ich solle mich beruhigen. Dieser Mann wusste nichts darüber, wie man mit einer wütenden Frau umgeht.

Ich wollte nichts mehr, als ihm in sein hochnäsiges Gesicht zu schlagen.

»Ich bin nicht dein Feind«, murmelte er.

»Nun, verzeih mir, wenn ich deine Lügen nicht schlucke. Ich hatte genug von deinem Geschwätz. Jetzt muss ich zu meinen Freunden zurück. Sie werden anfangen, sich Sorgen zu machen. Ich wäre dir dankbar, wenn du aus dem Weg gehen würdest.«

»Ich lasse dich gehen«, sagte er.

»Deine Güte überwältigt mich, wirklich«, spottete ich.

»Ich lasse dich gehen, sobald du etwas verstehst. Ich wurde beauftragt, über dich zu wachen.«

»Das ist ein alter Hut, Vampir«, erwiderte ich. »Ich weiß, dass jemand dich dafür bezahlt hat, sicherzustellen, dass ich nicht zu nahe daran komme, die vermissten Töchter zu finden. Um sicherzustellen, dass ich nicht herausfinde, wer für die Morde an den pazifistischen Orks und den Aufstieg der Xarlug-Nation verantwortlich war. Ich wusste nicht, wer es war, aber jetzt ist die Antwort offensichtlich.«

»Sie wollte, dass du dich fernhältst, damit sie dich in Sicherheit halten konnte. Damit ich dich in Sicherheit halten konnte.«

»Wirklich«, sagte ich. Es war keine Frage.

»Ja. Wirklich. Ms. M sagte, ich müsste alles in meiner Macht Stehende tun, um dich zu beschützen.«

Ich versuchte, die Überraschung nicht auf meinem Gesicht zu zeigen. »In dem Fall seid ihr alle völlig wahnhaft. Die einzigen Leute, vor denen ich Schutz brauche, sind du und die Hohe Hexe.«

»Ich verstehe, dass es schwer zu verstehen ist, ohne alle Fakten.«

»Dann erzähl mir die 'Fakten'. Ich kann es kaum erwarten, sie zu hören.«

Mordecai seufzte und rieb sich das Gesicht. »Du weißt, dass ich es dir nicht sagen kann.«

Meine Frustration war so intensiv, dass ich dachte, mein Kopf würde explodieren. Ich musste aus diesem schwarzen Raum raus, bevor mein Gehirn Kunst an die Wand malte. Ich griff nach meinem Zauberstab. »Geh jetzt aus dem Weg, Vampir, oder ich muss dich selbst bewegen.«

»Du erinnerst dich nur an die jüngsten Ereignisse, als ich dein Leben gerettet habe -«

Ich wollte darüber die Augen verdrehen, aber das wäre unaufrichtig gewesen. So ungern ich es auch zugab, er hatte mein Leben mehr als einmal gerettet.

»Aber ich bin schon viel länger da«, sagte er. »Ich habe mich dir nur vorgestellt, weil ich dich warnen musste, dich von Æterna fernzuhalten.« Er presste die Lippen zusammen. *Nicht dass du zugehört hättest*, konnte ich ihn in Gedanken sagen hören. »Aber ich habe dich immer beobachtet.«

KAPITEL 59

REGENBOGEN-CHEERIOS

ASHA

»**G**erade als ich dachte, du könntest nicht noch unheimlicher werden«, sagte ich.

»Ich war bei dir, als der Dämmerungsschnitter deinen Kopf aufgeschlagen hat. Ich habe den Krankenwagen gerufen. Ich war bei dir im Operationssaal und auf der Intensivstation. Schon vor diesem Angriff war ich für dich da, wenn du mich brauchtest, auch wenn du nicht wusstest, dass ich da war.«

»Beweis es«, forderte ich ihn heraus.

»Als du sechs warst, hast du fast ein freiliegendes Stromkabel in einem dieser schrecklichen Pflegeheime berührt, in denen du warst.«

Ich verzog ungläubig das Gesicht ... aber da war ein Hauch einer Erinnerung. »Der Blitz hat den Sicherungskasten getroffen«, sagte ich langsam. »Das Haus wurde dunkel.«

Mordecai nickte. »Es regnete noch, als du nach draußen gingst, um nachzusehen.«

Der Kasten war vom Blitz gespalten worden. Er rauchte und sprühte Funken.

»Ich war allein zu Hause«, sagte ich. Diese bestimmten Pflegeeltern waren nicht oft da gewesen. »Sie hätten mir die Schuld für alles gegeben, was im Haus schief lief. Also dachte ich, ich sollte es besser reparieren.«

Ich hatte meine Hand ausgestreckt, um das Hauptkabel wieder anzuschließen, aber kurz bevor ich es berührte, wurde ich in die Rosenbüsche zurückgeschleudert.

»Die Dornen haben dich zerrissen. Aber zumindest hast du überlebt.«

»Ich habe immer noch die Narben«, sagte ich.

»Ich weiß.«

Wir schwiegen wieder. Es war viel zu verarbeiten. Ich fühlte mich ihm gegenüber etwas weniger mordlustig. »Wie oft hast du mein Leben gerettet?«

Er zuckte mit den Schultern. »Ich habe aufgehört zu zählen. Du warst ein furchtloses Kind. Der Fluch meines Lebens.«

»Der Wald?«, fragte ich. »Die Hütte?«

»Ja«, sagte er, jetzt mit einer Sanftheit in seiner Stimme, die ich noch nie zuvor gehört hatte.

»Warst du derjenige, der mich dort am Leben erhalten hat?«

»Es war eine Gemeinschaftsarbeit«, antwortete er. »Orion blieb bei dir. Ich besuchte dich, wenn ich konnte. Ich brachte Vorräte mit. Orion hat dich nur mit dem gefüttert, was er im Wald jagen konnte.«

Diese Erinnerung schmeckte nach warmem, rohem Fleisch.

»Ich brachte Obst mit. Kekse. Müsli. Ich habe es mit Gemüse versucht, aber das mochtest du nicht. Dein Favorit waren Regenbogen-Cheerios. Du hast damit gespielt. Ich habe dir einen Katzenfutterspender gekauft.«

Ich schaute ihn ungläubig an. »Ich habe Cheerios aus einem Katzenfutterspender gegessen.«

»Genial, ich weiß.«

Ich blinzelte ihn nur an.

»Was?«, sagte er. »Wölfe können keine Müslipackungen öffnen.«

Jetzt drohte mein Kopf zu schmerzen. *Wölfe können keine Müslipackungen öffnen.* »Ich weiß nicht mal, was ich mit dieser Information anfangen soll.«

»Du musst nichts damit anfangen«, antwortete er. »Du musst nur glauben, dass ich – dass ich *schon immer* dein Bestes im Sinn hatte. Auch wenn es dir offenbar schwerfällt, das zu glauben.«

»Orion«, sagte ich. »Wer war er? Warum hat ein Wolf auf mich aufgepasst?«

»Weil eine Hütte auf Stelzen in einem Wald nicht die sicherste Umgebung für ein Baby ist.«

»Du weichst der Frage aus.«

»Er hat auf dich aufgepasst, weil deine Mutter es nicht konnte.«

»Nicht konnte?«, fragte ich. »Oder nicht wollte?«

Mordecai stieß einen leidgeprüften Seufzer aus und kniff sich in den Nasenrücken.

»Ich habe gesehen, wie sie mich zur Welt gebracht hat«, sagte ich. »In einer Vision. Sie lag im Sterben. Allein und verzweifelt in dieser vom Nichts verdammten Hütte. Schreiend, weil ich feststeckte und sie wusste, dass sie sterben würde. Sie nahm ein Messer.« Ich tätschelte mein eigenes Ritualmesser. »Sie nahm ein Messer und schnitt mich aus sich heraus und nähte sich danach wieder zu. Sie nannte mich einen Fluch.«

»Du bist kein Fluch«, sagte er, wieder mit dieser Sanftheit in seiner Stimme.

»Ich fühlte mich wie ein Fluch, als ich aufwuchs.« Warum erzählte ich diesem Vampir meine verwundbarsten Gedanken? »Niemand wollte mich haben.«

»Du warst zu besonders, Asha«, sagte er. »Sie wussten nicht, wie sie mit dir umgehen sollten.«

»Warum wurde ich nicht sofort nach Copperfield gebracht? Das hättest du für mich tun können. Ich hätte ein anderes Leben gehabt. Ein besseres Leben. Ich musste meine Kindheit damit verbringen, von einem schrecklichen Ort zum nächsten geschoben zu werden, immer anders, immer abgelehnt. Immer wieder verlassen.«

»Copperfield wäre zu offensichtlich gewesen«, sagte er. »Du wärst in Gefahr gewesen.«

Hatte ich eine ähnliche Kindheitssituation wie Apollo? »Was für eine Gefahr?«

Mordecai neigte seinen Kopf zu mir. »Das spielt keine Rolle mehr.«

»Es spielt keine *Rolle*?«, fragte ich. »Du meinst, es spielt für *dich* keine Rolle. Ich muss es wissen. Und wenn du es mir nicht sagst, werde ich es auf andere Weise herausfinden.«

Ich hörte Schritte, die sich näherten. Der Vampir trat schnell in sein Zimmer, und die Tür glitt zu.

»Ich flehe dich an, Asha«, sagte er. »*Ich flehe dich an*, nach Hause zu gehen und diesen Ort zu verlassen. Hier gibt es nur Tod und Herzeleid.«

»Und dann?«, forderte ich. »Ich verlasse diesen Ort, um nach Hause zu gehen ... aber es gibt kein Zuhause, weil du und deine widerliche Firma die Stadt zerstört haben, alles niedergerissen haben, was im Reich gut ist.«

»So muss es sein«, sagte er.

»Warum?«, forderte ich. »Weil ihr das Land plattmachen müsst, damit nichts mehr übrig bleibt und ihr alle Macht haben könnt?«

»Hier sind größere Kräfte im Spiel.«

»Warum redest du immer mit mir, als wäre ich ein Kind? Natürlich gibt es größere Kräfte. Deshalb sind wir hier. Um sie zu stoppen!«

»Du kannst sie nicht stoppen!«, schrie er. »Sie sind zu mächtig für dich. Asha, bitte, ich versuche dir zu helfen. Ich habe immer versucht, dir zu helfen.«

»Warum? Weil du dafür bezahlt wirst? Vielleicht ist es Zeit für dich, dir einen anderen Job zu suchen.«

»Am Anfang tat ich es für das Geld. Ich tat es aus Loyalität zur Sache.«

Die Sache.

»Aber wir haben eine Bindung aufgebaut. Wir haben fast sofort eine Bindung aufgebaut.«

»Als du mich mit Katzenfutter gefüttert hast?«

Er ignorierte den Seitenhieb. »Du warst das ... wunderbarste Kind.«

Ich dachte, ich könnte mich verhört haben.

»Selbst als winziges Baby hattest du diese Augen ... Diese fesselnden grünen Augen, genau wie die deiner Mutter. So wach und klug. Und wie sie leuchteten, wenn ich dich besuchte. Es war ... liebenswert. Als Kleinkind warst du einfach so messerscharf. Und liebevoll. Ich wollte keine Bindung eingehen, aber du hast mir keine Wahl gelassen.«

»Du willst mir doch nicht erzählen, dass du mein Vater bist, oder?«

»Nein«, schnappte er. »Nein! Ich war zu deinem Schutz da, *gegen* deinen Vater.«

Mein Gehirn fühlte sich an, als hätte es einen Kurzschluss, zischte und rauchte wie dieser Sicherungskasten, als ich sechs war. Ich wollte mehr Fragen stellen, aber meine Worte funktionierten nicht. Bevor ich einen anständigen Satz formulieren konnte, gab es einen Krach, und Rick stand in der Tür, nachdem er gerade seine Schulter als Rammbock benutzt hatte.

Er sah uns an und versuchte, sich an das schwache Licht im Raum zu gewöhnen. »Hat er dir wehgetan?«, verlangte er zu wissen, während er sich zu seiner vollen Größe aufrichtete, als er sich Mordecai näherte.

»Nein«, antwortete ich mit Dringlichkeit in der Stimme. »Er hat mich beschützt.«

Der Vampir warf mir einen dankbaren Blick zu. Nicht, weil ich den wütenden Ork möglicherweise davon abgehalten hatte, ihn zu zerquetschen, sondern weil ich endlich akzeptiert hatte, dass er immer mein Bestes im Sinn hatte, auch wenn es mir schwerfiel, das zuzugeben.

Einige der anderen hörten den Lärm und kamen angerannt.

»Was ist los?«, fragte Sam. »Wir haben dich überall gesucht.«

»Tut mir leid«, sagte ich. »Mordecai hat mir gerade Informationen gegeben. Ich wollte euch gerade suchen gehen-«

Palefang erschien, zusammen mit Bronx. »Vampir«, sagte er. »Tötet ihn!«

KAPITEL 60

TRITT IN DAS FEUER

ASHA

»Nein!«, schrie ich. »Töte ihn nicht.«

Kieron reagierte, als hätte ich ihm eine Ohrfeige verpasst. »Asha«, sagte er. »Er ist ein *Vampir*. Er ist der Feind.«

»Ich weiß, dass es so aussieht«, erwiderte ich.

»*So aussieht?*«, höhnte Bronx. »Schau dir die Innenseite seines Umhangs an. Er ist nicht nur ein Blutsauger, sondern der Schlimmste der Schlimmen.«

»Smaragde«, zischte Kieron. »Unser Rudel wird nicht ruhen, bis jedes einzelne Mitglied des Smaragde-Clans zu Asche geworden ist.« Seine Zähne waren scharf und bedrohlich. Er war bereit, Mordecais Kehle zu zerreißen.

»Warte«, sagte ich. »Er hat Informationen.«

»Wir brauchen keine *Informationen*«, entgegnete Bronx mit entblößten Wolfsfängen. »Wir haben alle Erkenntnisse, die wir brauchen.«

»Er weiß, wer meine Eltern waren!« In meiner Stimme lag Verzweiflung.

»Lass die Vergangenheit, wo sie hingehört«, antwortete Kieron. »Wir haben keine Zeit dafür. Das Penthouse wird schon heiß.«

Ich konnte es spüren. Ich dachte, es wäre mein emotionaler Zustand, der mich erhitzte, aber der Raum war wirklich warm.

»Nicht, wer deine Eltern *waren*«, sagte Mordecai. »Wer deine Eltern *sind*.«

Ich schüttelte den Kopf. *Nein.* Ich hatte meine Hoffnung, eine Mutter zu haben, der Leere übergeben. Es war der Preis für das Überleben von Alyndras Angriff gewesen. Selbst wenn meine Mutter noch am Leben wäre, wäre sie nicht mehr meine Mutter. Mein Hals schmerzte erneut. Wir mussten gehen.

»Wir nehmen ihn mit«, sagte ich. »Er wird uns zur Hohen Hexe führen.«

»Meinetwegen«, knurrte der Alpha-Werwolf und wandte sich zum Gehen.

Ich stieß einen langen, stummen Seufzer der Erleichterung aus. Auf seine eigene Art war Mordecai immer für mich da gewesen. Er war die einzige Konstante in meinem Leben, als alle anderen mich verlassen hatten. Wenn nichts anderes, dann verdiente er mein Verständnis und meine Dankbarkeit.

Als Kieron und Bronx aus dem dunklen Raum schlichen, nahm ein anderer meiner Freunde ihren Platz ein. Es war Savvy, und sie hielt ihre Armbrust auf Mordecai gerichtet.

»Savvy«, sagte ich mit scharfem Atemzug. Das Kribbeln war zurück. Es war überall in meinem Körper. Meine Magie kämpfte darum, herauszukommen. »Leg deine Waffe nieder.«

»Nein«, erwiderte sie scharf, ohne mich auch nur anzusehen.

»Savvy, bitte.« Ich schaute Sam mit weit aufgerissenen Augen um Hilfe an.

»Savvy«, sagte Armstrong mit ruhiger Stimme. »Leg sie nieder, und wir reden.«

Sie nahm ihre Augen nicht vom Vampir. »Ich lege sie nieder, sobald ich einen Bolzen in sein Herz geschossen habe.«

Mordecai sah sie mit traurigen Augen an. »Hallo, Savannah.«

»Moment, was?«, fragte ich. »Woher wusste er—«

Oh.

»Hallo, Griffin.« In ihrer Stimme lag eine Kälte, die ich noch nie zuvor gehört hatte. »Ich hatte gehofft, dich wiederzusehen.«

Der Raum wurde noch wärmer. Schweißperlen rannen mir den Nacken hinunter.

»Savannah«, sagte der Vampir vorsichtig. »Ich kann es erklären.«

»Ich will keine Erklärung«, entgegnete sie. »Ich will Rache.«

Ich hob meine Hände, damit sie mich ansah. »Savvy, bitte, da steckt mehr dahinter, als wir wissen.«

»Das ist mir egal«, murmelte sie, und ich sah, wie sich die Sehnen in ihrem Arm anspannten, als sie den Griff umfasste und mehr Druck auf den Abzug ausübte. »Ich weiß genug. Ich weiß, dass dieser Vampir sich in mein Leben geschlichen hat, mich ausgenutzt und meine Tochter genommen hat.«

»Das hätte ich nicht tun sollen«, sagte er.

»Richtig«, höhnte Savvy.

»Warum die aufwendige List?«, fragte ich. »Und warum Savvy und Abigail? Du sagtest, du wolltest nicht, dass ich den Fall der verschwundenen Töchter verfolge, also warum meine beste Freundin verstricken? Mein Patenkind?«

»Ich wollte das nicht tun«, sagte Griffin. »Ich habe ihnen gesagt, dass es eine schlechte Idee ist. Aber sie wollten jemanden von innen. Jemanden, der Informationen über Entwicklungen zurückgibt.«

»Aber ihr wusstet bereits alles«, sagte ich. »Du hast die Spyware in mein Handy getan.«

Er sah einen Moment lang verwirrt aus. »Nein, hab ich nicht.«

»Einer von euch Deppen hat es getan«, erwiderte ich.

»Nein, Asha«, beharrte er. »Ich hätte davon gewusst.«

Es hatte keinen Sinn, jetzt über die Spyware zu lügen, also glaubte ich ihm größtenteils. »Gut«, räumte ich ein, »aber warum dann Abigail nehmen?«

»Lilian bestand darauf. Sie sagte, Abigail sei etwas Besonderes... aber ich glaube, es hatte mehr mit Bosheit zu tun. Sie wusste von dir, wusste, dass du ihr auf der Spur warst. Sie war ein bösartiges Wesen.«

Sam unterbrach. »Das Feuer«, drängte er und beobachtete, wie der Rauch sichtbar wurde. »Es kommt.«

»Warum funktioniert die Sprinkleranlage nicht?«, fragte ich Mordecai.

»Sie war zu empfindlich«, antwortete er. »Hat ständig die Teppiche ruiniert, wenn Ms. M irgendeine Art mächtiger Magie ausübte. Wir haben sie abgeschaltet.«

»Kannst du sie wieder einschalten?«, fragte ich.

Mordecai schüttelte den Kopf. »Wüsste nicht wie. Wir haben Leute für so was.«

Natürlich haben sie die.

»Wir müssen los«, sagte Sam erneut, mit etwas mehr Dringlichkeit als zuvor.

»Ich treffe euch draußen«, versprach Savvy düster, den Finger noch immer am Abzug, die kalten Augen weiterhin auf den Vampir gerichtet, der ihre Tochter gestohlen hatte.

Ich versuchte es ein letztes Mal. »Savvy, bitte. Wir sind besser als das. Besser als *sie*.«

»Sprich für dich selbst«, erwiderte sie und drückte ab.

»Nein!«, schrie ich, stürzte mich in einem Rugby-Tackle auf sie und brachte sie zu Boden, aber es war zu spät. Frisch geölt von Ferra, funktionierte der Armbrustmechanismus ohne Widerstand. Es gab ein schnelles Zischen und ein dumpfes Geräusch, als der Bolzen tief in Mordecais Brust eindrang. Seine Augen flogen vor Schock weit auf.

»Nein!«, schrie ich erneut. »Mordecai!«

Ich warf Savvy einen entsetzten Blick zu. Wie konnte sie das tun? *Wie konnte sie nur?*

Mordecai stieß einen schmerzerfüllten Laut aus und schaute auf seine Brust hinab. Ich wollte wütend auf Savvy sein, wollte ihr diese Armbrust aus den Händen schlagen, aber tief im Inneren wusste ich, dass das, was zwischen ihr und Griffin passiert war, zwischen ihnen lag. So sehr ich es auch wollte, es lag nicht an mir, Frieden zu stiften. Er hatte Savvy von ihrer besten Seite gekannt: freundlich, großzügig, schlau, verletzlich und leicht zu lieben. Kurz gesagt, niemand, von dem man erwarten würde, einen Pfeil in dein Herz zu schießen. Durch das, was er ihr angetan hatte, hatte er unwiderruflich etwas in ihr verändert, hatte einen weichen, biegsamen Teil in kalten, harten Feuerstein verwandelt. Der Vampir umschloss den Schaft, der aus seiner Brust ragte, und zog ihn mit einem Schrei des Schmerzes und Unglaubens heraus.

Er hatte ihr Kind genommen. Mein Patenkind. Trotz meiner Gefühle für Mordecai wusste ich, dass es unverzeihlich war. Mein Zorn gegen meine beste Freundin verflog. Ich vergewisserte mich, dass es ihr gut ging, und sprang dann auf, um Mordecai zu heilen, aber es war zu spät. Die Armbrustbolzen, liebevoll aus Eiche gefertigt und zur Perfektion geschliffen, waren die ultimativen Vampirkiller. Ein stromlinienförmiger Holzpflock. Es gelang ihm, den Schaft zu entfernen, aber seine Brust war eine glühende Kohle. Er fiel auf die Knie, und ich gesellte mich zu ihm. In Sekunden würde er zu Asche werden.

»Danke«, sagte ich zu ihm. »Für alles, was du für mich getan hast.«

Er blickte mich mit etwas an, das schmerzlicher Zuneigung nahe kam, dann zu Sam. »Beschütze sie«, flüsterte er. »Sie ist in großer... Gefahr.«

Sam nickte.

»Wie kommen wir aufs Dach?«, fragte ich ihn.

Er seufzte seinen letzten Seufzer, ein sich vergrößerndes Loch brannte in seiner Brust. »Feuer«, murmelte er.

Das Feuer in seiner Brust? Das Feuer unten? Ich verstand nicht. Ich sah zu, wie er jede letzte Spur seiner Energie in seine nächsten Worte legte.

»Tritt in das Feuer«, sagte er, und seine Augen schlossen sich, sein Gesicht erschlaffte.

Bevor er zusammenbrach, umarmte ich ihn so fest ich konnte und hoffte, dass er meine Arme um sich spürte, als er starb. Griffin Mordecai zerfiel in meiner Umarmung und verschwand, als er zu Asche wurde.

KAPITEL 61
FELL & REISSZÄHNE

ASHA

Ich wollte weinen, aber dafür war keine Zeit. Irrationalerweise sammelte ich eine Handvoll der warmen Asche auf und steckte sie in meine Tasche. Sam half mir auf die Beine und versuchte, Savvy zu helfen, aber sie reagierte nicht.

»Savvy«, drängte ich. »Wir müssen uns bewegen.«

Sie blieb einfach da, das Gesicht auf dem Boden. Rick schob mich sanft beiseite und hob Savvy hoch. Er trug sie wie ein schlafendes Kind in seinen Armen, und wir verließen den Raum.

Zurück im offenen Bereich des Penthauses sah die Lage düster aus. Die Werwölfe, verängstigt vom Rauch und unsicher, wie sie aufs Dach gelangen sollten, kletterten die Wände hoch. In der Mitte des Raumes stand der riesige, moderne Kamin.

»Schnell«, befahl ich. »Das Feuer.«

Hätte ich mehr Zeit gehabt, unsere Möglichkeiten abzuwägen, hätte ich wahrscheinlich nicht den Mut gehabt, das zu tun, was ich als Nächstes tat. Niemand entscheidet aus einer Laune heraus, in ein Feuer zu steigen, nur weil ein sterbender Vampir es einem sagt.

Entweder vertraute ich Mordecai oder meinem eigenen Instinkt, aber ich wusste, dass es das Einzige war, was zu tun war. Die Hitze, die vom Feuer ausging, war nicht gerade unbedeutend, und ich verlor fast den Mut, aber ich holte tief Luft und trat in die Flammen. Ich erwartete, dass meine Stiefel verbrennen, dass mein Umhang Feuer fangen würde wie Wilkinsons, aber das geschah nicht. In der Mitte war es nicht einmal warm. Ich blickte zurück zu meinem Team, um es ihnen zu sagen, aber die Moleküle meines Körpers hatten eine andere Idee und lösten sich auf, stiegen wie Rauch durch die Decke. Der mächtige Instaportal-Zauber brachte mich problemlos auf das Dach, wo ich spürte, wie sich mein Körper wieder zusammenfügte. Es war mein erster Vorgeschmack auf die Macht der Hohen Hexe, und es machte mir Angst. Ich wusste, wenn jemand mächtigere Magie besaß als ich, und Ms. Ms Fähigkeit war wie nichts, was ich je erlebt hatte. Es war ein neutraler Zauber, ohne gute oder böse Absichten, aber die Stärke ihrer Magie war unbestreitbar.

Die Spitze des Gebäudes war so groß, wie ich es erwartet hatte. Niemand war in Sicht. Der Himmel hatte sich merklich verdunkelt und füllte sich mit schweren, bedrohlichen Wolken, die ich nur als Weltuntergangsbringer beschreiben konnte. In der Ferne blitzte es. Ich fühlte mich einsamer als je zuvor in meinem Leben, als wäre ich die Einzige in einer erstickenden Welt. Ich umklammerte mein Ritualmesser.

Die Luft roch nach der Verheißung der Apokalypse. Dämpfe vom Beschuss der Stadt, Rauch von den brennenden Stockwerken darunter, der aus den Fenstern aufstieg, die das Palefang-Rudel zerschlagen hatte. Bitter, beißend und faulig zum Atmen. Das war es, was Æterna wollte, diese völlige Zerstörung. Dieser widerliche Gestank des Todes. Alles wegen einer Frau, einer Hexe, die so voll des Bösen war, dass es überall dort herausschwappte, wo sie hinging, überall, wo sie hinschaute. Ich stellte sie mir vor, wie sie in der Mitte dieses Dachgartens stand – eine schlanke Silhouette wie eine Vase schwarzer Tinte – und es überlief, überflutete jeden Zentimeter, bedeckte jede Oberfläche mit seinem öligen Film, bis es über die Kanten schwappte und den ganzen Weg nach unten floss, den gesamten Wolkenkratzer schwarz färbte und die Stadt darunter, bis das gesamte Reich in ihrem gierigen schwarzen Loch verschwand, wie der Riss, der in deinem Herzen bleibt, wenn jemand stirbt, den du liebst.

Der Wind blies sauer. Kieron erschien mit Bronx neben mir. Sofort fühlte ich mich durch ihre Anwesenheit stärker. Auch die anderen kamen an. Sugar, zusammen mit ihrer Wache. Sam, Rick – der immer noch eine komatös wirkende Savvy hielt – und Apollo. Die meisten anderen Wölfe waren damit beauftragt worden, das Penthouse zu sichern.

»Wo ist sie?«, fragte Bronx und schnüffelte in der Luft.

»Sie wird vom Clan geschützt«, sagte ich. »Sie wird die letzte Person sein, die wir hier oben finden.«

Ein zischendes Geräusch erreichte meine Ohren. Vampire. Ich konnte erkennen, dass die Wölfe es auch hörten, denn ihre Körper versteiften sich und sie spitzten die Ohren. Die Wolken verdeckten die untergehende Sonne, und es wurde schwierig zu sehen.

»Pass auf!«, schrie Rick.

Ich drehte mich um und sah einen Blutsauger, der im Begriff war, seine Reißzähne in meinen Hals zu versenken. Ohne nachzudenken, brachte ich meinen Dolch nach oben und stieß ihn direkt durch die weiche Unterseite seines Kinns. Es machte ein schreckliches, schmatzendes Geräusch, aber anstatt zusammenzuzucken, genoss ich es. Ich zog das Messer heraus, und während ich das tat, verwandelte sich der Vampir in Asche. Ich ging zu dem Vampir über, der sich Sam näherte. Er hatte die Sturmwaffe von vorhin und schoss einen Kugelhagel auf seinen Angreifer, der den Feind durch die Wucht der Geschosse zurückwarf, und ich kauerte mich schnell über ihn und stieß dem Blutsauger das Messer in die Brust, um die Sache zu beenden. Noch ein Vampir zu Asche. Es war schwierig, im rauchigen, bewölkten Licht zu sehen, aber als ich blinzelte, um mich zu konzentrieren, erschien ein neuer grüner Filter durch mein Monokel. Nachtsicht. Ich wusste, dass die Wölfe einen ähnlichen Vorteil haben würden. Palefang riss seinen zweiten Angreifer in Stücke, und Bronx folgte. Gemeinsam nahmen sie einen dritten in Angriff und machten kurzen Prozess mit ihm, bevor ein vierter und fünfter eintrafen. Fell und Reißzähne, Bestien und Blut. Die Dunkelheit schien überwältigend.

Rick hatte Savvy hinter sich abgesetzt, damit er gleichzeitig kämpfen und sie verteidigen konnte. Auch er hatte eine Sturmwaffe, die nützlich war, um die Vampire zurückzudrängen und zu verlangsamen, aber um sie wirklich aus ihrem Elend zu erlösen, brauchten sie einen Armbrustbolzen oder mein Messer in ihren Herzen. Blitze zuckten, und der Wind frischte auf. Ich fragte mich, ob die Hohe Hexe das Wetter kontrollierte.

Ein grinsender Vampir hatte es auf mich abgesehen. Selbstsicher rief ich ihn näher, bereit, mein Messer in ihn zu stoßen. Ich stolperte über etwas und taumelte auf ihn zu, und er nutzte die Gelegenheit voll aus. Er sprang auf mich, scharfe Nägel gruben sich in meine Arme, Reißzähne an meinem Hals. Ich jaulte auf, verzweifelt bemüht, nicht gebissen zu werden, und benutzte all meine Kraft, um ihn wegzustoßen. Als er zurückkam, trat ich ihn mit einem Fahrradtritt in die Brust, sprang auf und landete auf ihm, als er rückwärts auf den Boden fiel. Meine Klinge drang leicht in sein Herz ein, und ich drehte sie zur Sicherheit noch einmal. Ich benutzte seinen Umhang, um sein glitschiges Blut vom Griff zu wischen, kurz bevor er in Flammen aufging. Ich sah den nächsten Vampir nicht, der mich von hinten angriff. Er nahm meinen Kopf in seine Hände und bereitete sich darauf vor, mir das Genick zu brechen. Ich stieß ihm meinen Ellbogen in den Magen. Er schrie auf, und sein Griff um mich lockerte sich, aber er erholte sich schnell und packte mich mit mehr Kraft als zuvor. Die Hände des Vampirs bewegten sich zu meinem Hals und begannen, mich zu würgen. Ich versuchte, ihn abzuwerfen, aber er war viel stärker als ich und gab nicht nach. Ich versuchte zu atmen, aber meine Atemwege waren zu zusammenge-drückt, um Sauerstoff zu bekommen. Schwindel setzte ein, und meine Nachtsicht verschwamm. Ich konnte einfach nicht atmen. Ich tastete nach meinem Zauberstab, aber meine Gliedmaßen gehorchten nicht. Ich würde nicht so sterben. Ich weigerte mich. Ich versuchte wieder, ihn abzuwerfen, aber er drückte noch fester zu. Mein Körper wurde schlaff, und gerade als ich ohnmächtig werden wollte, ließ der Vampir mich los. Ich wusste nicht, was passiert war. Ich konnte nichts hören oder sehen außer dem Rauschen in meinen Ohren und den Funken vor meinen Augen. Während ich mit einem nassen, keuchenden Geräusch Sauerstoff in mich hineinzog, drehte ich mich schließlich um und sah den Vampir hinter mir. Er hatte einen Bolzen in der Brust. Als er zu brennen begann, blickte ich über ihn hinaus und sah Savvy, die ihre Armbrust senkte. Unsere Blicke trafen sich, und wir nickten uns beide leicht zu.

Sam brüllte, und ich drehte mich um und sah zwei Vampire auf ihm. Ich sprang vor und rammte dem ersten den Dolch in die Brust. Der zweite sah mich und ließ meinen Detektiv los, um stattdessen mich zu verfolgen. Ich trat ihm in den Hals, und als er zurückschwankte, sprang ich auf ihn und stieß meinen Dolch in seine Brust. Er verbrannte schnell, hätte dabei fast meine Augenbrauen mitgenommen.

Bereit für die nächste Auseinandersetzung, ging ich in die Hocke und begutachtete das Schlachtfeld, während ich mich auf den nächsten Angriff vorbereitete. Die einzige Bewegung waren die kleinen Feuer, die an den Stellen brannten, wo die Vampire gefallen waren. Ich dankte der Leere und bekreuzigte mich rückwärts. Soweit ich sehen konnte, waren die Smaragd-Vampire vernichtet worden.

KAPITEL 62
STERNENSTAUB & SCHWARZE FLAMMEN

ASHA

Wir taumelten aufeinander zu, erleichtert, den Angriff überlebt zu haben, aber wir wussten, dass unser Kampf noch nicht vorbei war. Mein Hals war gequetscht, und es tat weh zu schlucken. Sam hatte Prellungen und Schürfwunden im Gesicht. Sugar schrie ihre Wache an, sie solle aufhören, sich um sie zu kümmern, und ich sah, dass sie einen großen Schnitt auf ihrer Wange hatte.

Besorgt bemerkte ich, dass einige der Werwölfe fehlten. Ich hoffte, sie versteckten sich nur in den Schatten, doch dann sah ich, dass das Ding, über das ich gerade gestolpert war, der Körper eines Rudelmitglieds war. Bronx flüsterte Kieron zu, dass zwei andere vom Dach geschleudert worden waren, während sie uns beschützten.

»Je früher wir sie töten, desto besser«, erwiderte der Alpha-Wolf. Ich erinnerte mich, dass er vor einigen Wochen seine Gefährtin durch denselben Clan verloren hatte. Kein Wunder, dass dieser Kampf für ihn so persönlich war. Donner grollte in den Wolken über uns. Es klang wie eine Warnung.

»Komm raus und stell dich uns!«, rief ich in den Wind. »Du willst mich tot sehen? Komm und töte mich!«

Sam drückte meine Hand, und ich drückte zurück. Die Dinge würden hässlich werden.

Feuer leckte an den Rändern des Dachgartens. Der Wolkenkratzer verwandelte sich schnell in ein Freiluft-Krematorium. Ein nahestehender Topfbaum ging in Flammen auf und erleuchtete den Raum. Ich sah Angst in den Gesichtern meiner Freunde, sowie Schmutzflecken, Blut und Kratzer. Aber vor allem sah ich Rechtschaffenheit und Tapferkeit, und das gab mir Mut.

»Komm raus!«, schrie ich. Ich nahm an, dass der Königin der Dunkelheit nicht oft gesagt wurde, was sie zu tun hatte, und ich hoffte, sie würde Anstoß nehmen und erscheinen, bereit, mich für meine sture Widerspenstigkeit niederzustrecken.

Ich hörte ihn, bevor ich ihn sah. Das Wimmern eines Hundes. Verwirrt sah ich mich um, und als ich mich wieder umdrehte, saß er direkt vor uns, königlich und schön. Das gesamte Palefang-Rudel verbeugte sich sofort und starrte zu Boden, um ihre Unterwürfigkeit zu zeigen.

Er war der schönste Wolf, den ich je gesehen hatte. Augen wie Gletscher, ein weiches, grau meliertes Fell, das in der Brise wehte. Alles in meinem Körper sagte mir, dass ich ihn kannte. Meine Nebenhöhlen brannten vor plötzlicher Emotion.

»Orion?«, fragte ich.

Er tappte zu mir herüber. Ich streckte meine Hand aus, und der Wolf stupste meine Handfläche an. Eine Flut von Tränen blendete mich, und ich fiel auf die Knie und schlang meine Arme um ihn. »Orion«, weinte ich in seinen Nacken. Er winselte als Antwort, und ich schluchzte. Ich kannte seinen Geruch so gut, kannte das Gefühl seines Fells auf meiner Haut. Ich fiel zurück in die Zeit, als er mir irgendein kleines totes Tier brachte, das er im Wald gejagt hatte. Es war das intensivste Gefühl von Vertrautheit, Nostalgie, Déjà-vu. Ich erinnerte mich an das Gefühl, wie er mein Haar leckte. Ich erinnerte mich, in den Spiegel zu schauen und ein Baby zu sehen, das sich an einen Wolf schmiegte, und zu beobachten, wie meine kleine rosa Hand sein Fell griff, während der Daumen meiner anderen Hand tief in meinem saugenden Mund steckte.

Der Wolf heulte. Das Rudel stimmte ein, stand auf und bellte aus Leibeskräften.

»Orion«, sagte Kieron und verbeugte sich. »Wir stehen zu deinen Diensten.«

Sam beobachtete mit wachsender Verwirrung. Obwohl ich tief im Inneren mehr wusste als er, konnte ich nicht erklären, was passierte. Intensive Emotionen erschütterten mich und machten es schwer zu denken, zu verstehen, was das bedeutete. Bevor ich bereit war loszulassen, tappte Orion zu seiner ursprünglichen Position zurück und setzte sich, scheinbar Hof haltend. Der Baum brannte immer noch und verlieh der Szene eine traumhafte Qualität. Wir schauten zu und warteten. Wir blieben ruhig trotz des Feuers, das langsam das Gebäude verzehrte, auf dem wir standen. Der Rauch reizte meine Lungen, und ich hustete. Es tat weh.

Die Luft hinter Orion begann zu schimmern und zu funkeln. Eine menschliche Gestalt erschien allmählich wie aus Sternenstaub und schwarzen Flammen. Wir warteten darauf, dass die Hohe Hexe ihre vollständige menschliche Gestalt annahm. Als ich ihr Gesicht sah, fühlte es sich an, als wäre mein Leben vorbei.

KAPITEL 63

GOTTLOSES ELIXIER

ASHA

Ich konnte mich nicht erinnern, jemals das Gesicht meiner Mutter gesehen zu haben – sie hatte mich zu früh verlassen, um irgendwelche Erinnerungen zu haben – aber ich hatte es während meines Trips erblickt, in dieser beängstigenden Zeit, als der Pilz mir erlaubte, hinter die dünnen Wände zu sehen, die die Geheimnisse des Universums verbargen.

Ich hatte das Gesicht meiner Mutter nie im echten Leben gesehen, aber jetzt sah ich es.

Apollo, der ähnlich schockiert war, als er eins und eins zusammenzählte, blickte immer wieder zwischen meinem Gesicht und dem der Hohen Hexe hin und her. Ich erinnerte mich, dass er gesagt hatte, das Gemälde der Frau, das er aus Virvaris gestohlen hatte, sähe mir ähnlich, was bis jetzt keinen Sinn ergeben hatte.

»Asha«, sagte die Hexe. Ich konnte ihren Gesichtsausdruck nicht genau deuten, aber sie war nicht überrascht, mich zu sehen.

Ich hingegen fühlte mich, als hätte mir jemand einen Tiefschlag verpasst.

Frau M.

Maleficum.

Belladonna Maleficum.

Ich erinnere mich, dass ich es an der Tür einer der Zellen in der Riverside-Anstalt gesehen hatte. Es war eine Falle gewesen.

»Mutter.« Das Wort fühlte sich fremd in meinem Mund an, ungewohnt. Anders als die meisten Kinder hatte ich das Wort »Mama« nicht hunderttausendfach über die Jahre ausgesprochen. Ich spürte, wie Sams Körper neben mir erstarrte. Er war genauso fassungslos wie ich.

Kieron Palefang knurrte und beäugte mich misstrauisch. »Was soll das bedeuten?«

»Ich wusste es nicht«, antwortete ich. »Ich hatte keine Ahnung.«

»Es stimmt«, sagte Savvy, und Rick nickte. »Niemand wusste es.«

»Außer der Königin der Finsternis selbst«, sagte Sugar mit einem enthauptenden Blick in Richtung der Hohen Hexe.

»Ich habe aufgehört, nach dir zu suchen«, sagte ich.

»Offensichtlich nicht«, erwiderte sie. »Du hast Mordecai Überstunden machen lassen.«

Ich ahmte ihre kühle Art nach. »Und jetzt gibt es keine Handlanger mehr, die uns trennen können.«

Sie verstand, was ich gerade mitgeteilt hatte. Ihr treuer Vampirgehilfe war tot. Ihre Augen flackerten bei dieser Erkenntnis, und sie nahm sich einen Moment Zeit, bevor sie ihren Blick zu Apollo wandte. »Du«, zischte sie verächtlich.

Er duckte sich ein wenig, aber ich konnte sehen, dass er versuchte, tapfer zu bleiben.

Sie verbarg ihre Feindseligkeit nicht. »Du hast sie hergeführt.«

»Nein«, unterbrach ich. »Deine Bösartigkeit hat uns hergeführt. Deine Gier und Gewalt haben uns hergeführt.«

Meine Worte beeindruckten ihr Selbstvertrauen nicht. Sie erzwang ein Lächeln. »Du verstehst nicht, wie die Dinge laufen. Ich mache dir keinen Vorwurf. Du bist jung und... beeinflussbar.«

»Und du bist das Gegenteil«, sagte ich. »Alt. Und festgefahren in deiner Verderbtheit.«

Alles an dieser Begegnung war bizarr. Auf einem brennenden Dach hoch über der Stadt zu stehen, während das Gewitter wild am Himmel tobte. In die Augen einer Frau zu blicken, nach der ich mich mein ganzes Leben gesehnt hatte, und zu hassen, was ich sah. Es half nicht, dass wir uns so sehr ähnelten. Ich konnte sehen, dass sie einmal schön gewesen war – wenn ich ehrlich war, war sie es immer noch –, aber die Verdorbenheit ihrer Seele war deutlich. Es war etwas äußerst Beunruhigendes an ihrem Erscheinungsbild, wie ein Blick in einen Spiegel, der zeigte, wer ich sein könnte, wenn ich den falschen Weg einschlagen würde. Grausam, teuflisch und brodelnd mit einer Macht, die so fesselnd war, dass sie zu glühen schien. Ein unbehagliches Gefühl, zu wissen, dass ich diese Art von Magie erlangen könnte, wenn ich bereit wäre, die Dunkelheit in mir zu umarmen.

»Ich habe alles in meiner Macht Stehende getan, um das zu verhindern«, sagte sie. »Um zu verhindern, dass wir uns treffen.«

Das war keine Neuigkeit, aber es tat trotzdem weh.

»Ich weiß«, antwortete ich. »Ich musste gegen alle möglichen Dämonen kämpfen, um dich zu finden, einschließlich Sirilla Voltane. So wussten wir, dass eine Hexe hinter allem steckte. Ich habe den Zauber erkannt.«

»Er ist praktisch«, sagte sie mit einem Anflug von Stolz.

»Es hat nicht funktioniert«, erwiderte ich und hasste ihre Selbstzufriedenheit. »Nichts davon hat am Ende funktioniert, denn wir sind hier und werden dich aufhalten.«

Sie lächelte wieder, aber diesmal war es echt. »Es gibt keine Möglichkeit, mich aufzuhalten.«

Ich war gerade dabei, es auf eine Weise umzuformulieren, die sie verstehen würde, als Kieron das Wort ergriff.

»Wir haben dich bereits aufgehalten«, sagte er. »Deine Armee ist besiegt, sowohl Xarlug als auch Smaragde. Du hast niemanden mehr.«

»Ich brauche keine Armee mehr«, erwiderte sie. »Sie haben ihre Pflicht erfüllt. Ich habe, was ich will.«

»Wir haben dein Geschäft zerstört«, sagte ich. »Die Lieferkette, die Lagerhallen, die Fabrik. Wir haben die Mädchen nach Hause gebracht, die du für dein gottloses Elixier ausgebeutet hast.«

»Fabriken sind leicht zu ersetzen«, erwiderte sie gleichgültig. »Und Menschen ebenso. Seit eurem Besuch in Schloss Obsidian habe ich Gespräche mit einem anderen Clan begonnen, der sehr glücklich darüber ist, mir beim Wiederaufbau zu helfen.«

»Bist du wirklich so verdorben?«, fragte ich.

»Geschäft ist Geschäft«, sagte sie.

Ich konnte nicht glauben, dass jemand so korrupt sein konnte. Jeden und alles zu verkaufen. »Also geht es wirklich nur ums Geld?«

Sie lachte auf eine herablassende Weise. »Nein, Asha, es geht darum, was man mit Geld kaufen kann. Reichtum ist *Macht*, und ich habe die meiste Macht im Reich.«

»Macht«, spuckte ich aus. »Und was hast du vor mit all dieser Kontrolle, nach der du so hungrig bist?«

»Das ist das Schöne daran«, grinste sie. »Ich kann alles tun, was ich will.«

KAPITEL 64
LEICHEN UND TRÜMMER

ASHA

»Ist es das wert?«, fragte ich. »Ist es all die Leben wert, die du zerstört hast?«

»Das ist das Ding mit dem Leben«, sagte meine Mutter. »Es kommt und geht. Am Ende sterben alle.«

»Aber all das Leid, das du verursacht hast …«

Belladonna zuckte mit den Schultern. »Das ist der Zustand des Menschseins. So war es seit Anbeginn der Zeit.«

»Deine Schläger haben unseren Freund getötet«, sagte Bronx. »Und Kierons Gefährtin umgebracht.«

»Und du hast meinen Gemahl getötet«, sagte sie direkt zu Savvy, als hätte sie es mit eigenen Augen gesehen. Savvy nahm dies als Bedrohung wahr und hob ihre Armbrust. Ich konnte mir vorstellen, was sie dachte: *Deinen Gemahl zu töten war erst der Anfang.*

Die Hohe Hexe sorgte sich nicht um Savvys Drohung. »Bevor du abdrückst, Verbannte, muss ich dich warnen, dass ich gegen deine Pfeile immun bin.«

»Warum sollte ich das glauben?«, fragte Savvy. »Du siehst genauso verwundbar aus wie jeder andere, der auf diesem Dach steht. Sollen wir deine Theorie testen? Ich wäre froh, dir zu helfen.«

»Nur zu«, verhöhnte Belladonna sie. »Aber zuerst eine Warnung. Meine Schutzaura ist nicht harmlos.«

Bei diesen Worten wirkte Savvy weniger sicher. Wir wussten, was das bedeutete. Jeder Angriff auf die Hohe Hexe würde verstärkt und auf uns zurückgeworfen werden. Eine Armbrust auf Belladonna abfeuern, und ein Dutzend Bolzen würden ohne ihr Zutun zurückkommen. Während wir unsere Magie bewahren mussten, um zu überleben, musste sie das nicht. Wir hätten genauso gut unsere Waffen auf uns selbst richten können.

Das machte mich wütend, und ich spürte einen erneuten Schwall von Magie in meinen Adern. Ich hatte Lilian Blacks Schutzamulett, also was würde passieren, wenn ich einen Zauber in die Richtung meiner Mutter schleuderte? Ich trat einen Schritt vor.

»Also«, sagte ich. »Du wirst mich endlich töten. Du hast es so lange versucht, und jetzt wirst du es endlich tun.«

»Du weißt gar nichts«, erwiderte sie.

»Du hast dein Baby im Wald zurückgelassen«, sagte ich. »Dein erster Versuch, mich umzubringen.«

»Nicht wahr«, sagte sie. »Ich habe sichergestellt, dass für dich gesorgt wird.«

Orion beobachtete mich mit seinen hellen Augen.

»Du hast ein schutzloses Baby in der Obhut eines Wolfes und eines Vampirs zurückgelassen«, platzte ich heraus.

Ihr Auge zuckte leicht – ein Hauch von Emotion. Endlich.

»Es war das Richtige«, sagte sie.

Ich lachte durch die frische Welle des Herzschmerzes. »Es war das Richtige? Dein eigenes Baby!«

»Eines Tages wirst du es verstehen«, antwortete sie.

Ich trat wieder vor. »Nein. Nicht eines Tages. Sag es mir jetzt. Ich verdiene es zu wissen.«

Als sie nicht antwortete, drängte ich weiter. »Und das Kopfgeld auf mich. Die Dämmerungsschnitter auf mich anzusetzen. Auf dein eigenes Fleisch und Blut.«

Die Sturmwolken wühlten sich um uns herum.

Meine Mutter runzelte die Stirn. »Dämmerungsschnitter?«, sagte sie. »Du denkst, *ich* habe sie geschickt?«

»Wer sonst? Du wolltest mich offensichtlich tot sehen seit dem Moment meiner Geburt.«

»Das ist nicht wahr«, erwiderte sie. »Ich habe dich bei Orion gelassen, um dein Leben zu retten, nicht um es zu beenden. Wenn ich dich hätte töten wollen, hätte ich es getan. Es wäre viel einfacher gewesen.«

»Du hast diese Zauberer-Kopfgeldjäger geschickt, um mich umzubringen, um mich davon abzuhalten, deine abscheulichen Pläne aufzudecken. Um deinen Reichtum und deine Macht zu erhalten.«

»Asha«, fuhr sie mich an. »Das Gegenteil ist wahr. Ich habe Mordecai geschickt, um dich vor ihnen zu warnen. Und das hat er, immer und immer wieder. Aber deine Sturheit-«

»Meine *Sturheit*!«, schrie ich. »Ich habe versucht, die Mädchen zu retten. Hunderte von Mädchen! Vor *DIR*. Nur du könntest das als Persönlichkeitsfehler darstellen.«

Die Kombination aus meiner Wut und dem brennenden Gebäude unter uns machte mich wahnsinnig. Ich wollte dem ein Ende setzen, aber ich wusste nicht wie. »Wer hat sie geschickt?«, fragte ich. »Wenn nicht du, wer hat ein Kopfgeld auf mich ausgesetzt?«

Es gab ein Rauschen von Flammen, und die Ecke des Daches gab nach. Ein riesiges Betonstück fiel herunter und hätte beinahe Sugar und ihren Wächter mitgerissen. Sie sprangen nach vorne, als der Boden unter ihnen zerbröckelte.

»Wir haben nicht viel Zeit«, sagte Belladonna zu Apollo. »Gib mir den Spiegel.«

Ich erwartete, dass Apollo ängstlich aussehen würde, aber das tat er nicht. Er straffte die Schultern. »Nein.«

Die Augen der Hohen Hexe loderten auf, und Funken sprühten von ihr ab. »Apollo!«, schrie sie. »Gib mir den Spiegel!«

»Du wirst ihn aus meinen kalten, toten Händen reißen müssen«, antwortete er.

»Das lässt sich sicherlich arrangieren«, erwiderte sie und ließ die Luft um sie herum bedrohlich wabern.

Ein Blitz schlug in der Nähe ein, und wir alle zuckten zusammen.

»Jetzt«, sagte die Hexe, ihren Arm ausgestreckt, um ihn zu empfangen. »Gib ihn *jetzt* her.«

Belladonna Maleficum war es offensichtlich nicht gewohnt, ein »Nein« als Antwort zu akzeptieren. Mit der Hand, die sie bereits ausgestreckt hatte, sandte sie einen Strom roter Elektrizität durch die Luft. Apollo versuchte auszuweichen, aber er traf ihn in die Schulter. Die Luft um ihn herum summte, und er schrie vor Schmerzen auf. Sein Rucksack sah unbeschädigt aus. Die Hohe Hexe sandte einen weiteren Strom. Dieser traf ihn in den Bauch, und er krümmte sich.

»Lass ihn in Ruhe!«, schrie Savvy und hob ihre Armbrust wieder.

»Worauf wartest du?«, verlangte Belladonna. »Drück endlich ab!«

»Nein!«, schrie ich. »Savvy, *nicht*. Hör nicht auf sie!«

Die Hexe ignorierte uns und drohte Apollo erneut. »Gib mir den Spiegel!«

Immer noch gekrümmt, schüttelte er den Kopf. Der dritte rote Blitzschlag war der stärkste. Er krachte in seinen Körper, versengte seine Haare und ließ seine Haut Blasen werfen. Trotz des Rauches in der Luft konnte ich riechen, wie er verbrannte. Er brüllte vor Schmerzen.

»Hör auf!«, zischte ich meine Mutter an, die Kiefer so fest zusammengepresst, dass mein Schädel schmerzte.

»Ich mache dir ein Angebot«, sagte sie mit diesem furchtbaren Lächeln wieder in ihrem Gesicht. »Ich höre auf UND lasse euch alle gehen, wenn ihr mir den Spiegel gebt.«

»Das wird nicht passieren«, sagte Kieron.

Belladonna blinzelte den Alpha-Werwolf an. »Oh doch. Denn der Spiegel gehört mir. Schon immer.«

»Warte«, sagte ich. »*Du* hast die Septiker in den Spiegel getan?«

»Natürlich habe ich das. Dieser Spiegel ist das Einzige, was zwischen uns und der vollständigen Vernichtung des Reichs steht.«

»Aber du bist diejenige, die die Stadt zerstören will«, sagte ich.

Sie runzelte die Stirn. »Nein, will ich nicht. Warum sollte ich die Stadt zerstören, die ich regieren will? Was bringt es, Leichen und Trümmer zu erben?«

»Warum?«, fragte Sam. »Warum hast du Apollo angeheuert, ihn für dich zu stehlen?«

»Habe ich nicht«, erwiderte sie. »Ich habe Apollo angeheuert, um das Matahandi-Buch zu stehlen.«

Ich konnte sehen, dass Sam versuchte, den Fall zu enträtseln. »Wilkinson hat nicht für Sie gearbeitet?«, fragte er.

Sie sah Sam eine Weile an, bevor sie sprach. »Wer ist Wilkinson?«

KAPITEL 65

ORION

ASHA

»Du hast die Septics in den Spiegel verbannt«, wiederholte ich. Es ergab für mich keinen Sinn, aber Belladonna hatte keinen Grund zu lügen. »Du hast die Sternenlose Zeit beendet.«

»Ich habe getan, was ich konnte. Dystopien sind schlecht für die Wirtschaft.«

»Du tust so, als würde dir nur Reichtum wichtig sein, aber ich sehe, dass das nicht stimmt.«

»Es stimmt. Reichtum ist Macht; Reichtum gibt dir Möglichkeiten. Reichtum enttäuscht dich nicht.«

»Was ist mit Menschen?«, fragte ich.

»Menschen sind das Gegenteil von Reichtum. Sie lassen dich machtlos fühlen; sie brechen dir das Herz.«

»Du hast ein Herz?«, schnaubte Sugar. »Hätte ich nicht gedacht.«

Belladonna fuhr mit der Zunge über ihre Zähne. Ich konnte sehen, dass sie ungeduldig wurde. Als ob sie das illustrieren wollte, brach eine weitere Ecke des Daches ein. Apollo lag immer noch am Boden und hatte den Rucksack noch bei sich.

»Asha«, sagte sie, »ich denke, ich habe dir und deinen Freunden genug meiner Zeit geschenkt.«

Wenn ich sie jetzt nicht angriff, wäre es zu spät. Es war ein großes Risiko, aber genauso riskant war es, am Rand eines Infernos zu verweilen. Am besten zuschlagen, solange sie es nicht erwartete. Meine Nerven lagen blank, aber das war nicht schlecht, denn meine Magie lag so nah an der Oberfläche, dass es nicht viel Mühe kostete, sie zu rufen, ohne dabei zu auffällig zu sein.

»Dieb! Ich gebe dir noch eine letzte Chance«, fauchte sie Apollo an, obwohl er kaum bei Bewusstsein schien.

»Wenn du ihm noch einmal wehtust ...«, warnte ich.

»Was dann?«, forderte sie heraus.

Ich strotzte jetzt vor Magie; es war eine Anstrengung, sie zurückzuhalten.

Sie streckte ihre Hand wieder nach Apollo aus, und ich hörte sie unter ihrem Atem murmeln. Der mittlerweile vertraute rote Blitz schoss aus ihrer Hand, aber ich richtete meinen Zauberstab auf sie und schleuderte sie mit einem *rumpis*-Zauber zurück, sodass der scharlachrote Strahl über Apollos Kopf hinwegflog.

Es folgte ein absolutes Chaos.

Mein zerstörerischer Zauber prallte, nachdem er Belladonna gestört hatte, genau wie sie es vorhergesagt hatte, direkt auf mich zurück. Darauf vorbereitet, wich ich dem Schlimmsten aus. Nur der Rand traf mich und schor mein Haar auf der linken Seite ab. Es schnitt wie ein Rasiermesser, und ich wusste, dass ich Glück hatte, noch am Leben zu sein. Es schien, dass Blacks Amulett mich nicht vor meiner eigenen Magie schützen würde. Orion knurrte und warnte uns, Abstand von Belladonna zu halten.

Es blieb keine andere Wahl, als weiterzumachen. Ich schleuderte einen weiteren *rumpis*-Zauber, während zwei AK-47s das Feuer eröffneten. Savvy benutzte ihre Armbrust. Jedes Geschoss traf auf die Aura der Hohen Hexe und wurde schnell zu uns zurückgeschleudert. Ich errichtete einen Feuerschild, bevor jemand verletzt wurde, um jedes Projektil zu verbrennen, das zurückgeschickt wurde, um uns zu töten. Da Belladonna unverletzt blieb, schien es nutzlos, aber wir hatten an Boden gewonnen. Wir alle machten einen weiteren Schritt nach vorne und wiederholten den Angriff. Wieder kam alles wie ein Bumerang zurück, und ich erschuf eine neue Feuerwand, um uns zu schützen. Es funktionierte. Wir kamen noch näher heran. Ich war mir nicht hundertprozentig sicher, was passieren würde, wenn wir Auge in Auge standen, aber ich folgte meinem Instinkt, weil ich überfordert war und nicht wusste, was ich sonst tun sollte.

Näher ran, angreifen, verteidigen.

Belladonna wurde nervös – ich konnte es an ihrer Bewegung erkennen. Vorher so selbstsicher und gefasst, zog sie sich jetzt zurück und blickte über ihre Schulter, um zu sehen, wie nahe sie dem brennenden Dachrand war. Ich sah keine Angst in ihren Augen, nur Ärger darüber, dass sie sich mit uns herumschlagen musste, wenn sie viel lieber irgendwo bequemer sitzen, französischen Champagner trinken und den Aktienkurs von Æterna überprüfen würde.

Als wir zu nah für ihren Geschmack kamen, war sie gezwungen, etwas zu unternehmen. »Orion!«, rief sie, zeigte auf Apollo und zischte: »Fass!«

Orion fletschte die Zähne, knurrte den Taschendieb an, bereit zum Sprung.

»Nein!«, schrie ich ihn an. »Nein! Runter, Orion! Bleib!«

Die Werwölfe sahen schockiert aus. Meine Hundetrainingsfähigkeiten waren bestenfalls dürftig und schlimmstenfalls nicht vorhanden. Ich war sicher, dass ich den wichtigen Wolf beleidigt hatte, indem ich ihn wie einen Hund behandelte, aber ich würde nicht zulassen, dass mein alter Freund meinen neuen tötet, nur weil irgendeine verrückte, machthungrige Hexe es befahl.

»Orion«, warnte Belladonna durch zusammengebissene Zähne. »Hol. Ihn.«

»Nein!«, kreischte ich und benutzte den höchsten Ton, den ich hervorbringen konnte, damit er mich auch ja hörte.

Der alte Wolf jaulte, gefangen zwischen dem Willen der beiden Menschen, die er liebte.

Das machte Belladonna absolut wütend. »Du bist ein *Jäger*«, fauchte sie. »Jage ihn!«

Orion winselte angesichts des Zorns seiner Herrin. Er war das nicht gewohnt. Er war ein treuer Begleiter gewesen, länger als ich lebte. Er trottete in Apollos Richtung, aber ich konnte sehen, dass keine Gewalt in ihm steckte. Vielleicht plante er, ihm den Rucksack abzunehmen – ein guter Kompromiss in der ansonsten unhaltbaren Situation.

»Nein, Orion!«, rief ich. »Wenn sie diesen Spiegel bekommt, sind wir alle tot.«

»Angriff!«, schrie die Hohe Hexe.

Orion schaute auf Apollos schlaffen Körper am Boden, verbrannt und blutig. Kaum bei Bewusstsein. Er schnupperte in der Luft und entschied sich, nicht anzugreifen, vielleicht weil er erkannte, dass Apollo keine Bedrohung für seine Herrin darstellte.

Ich wollte »Braver Junge!« rufen, aber wollte nicht riskieren, ihn wieder zu beleidigen.

Belladonnas Unglaube war spürbar. Sie hob eine Hand und zog eine silberne Peitsche aus der Luft über ihr. Bevor einer von uns sie stoppen oder den Wolf warnen konnte, schnippte sie damit und peitschte seine Flanke mit einem schrecklichen Knallgeräusch. Orion jaulte auf, dann heulte er – seine Stimme verriet seinen

Schmerz und Unglauben, dass seine geliebte Belladonna ihn auspeitschen würde. Er drehte seinen Kopf, um sie anzusehen, und sie richtete den Griff der Peitsche drohend auf ihn. »Töte«, befahl sie.

Ich wünschte, er würde seine Krallen und Fänge gegen sie richten, aber seine Loyalität war stärker als sein Schmerz. Er richtete seinen Blick auf Apollo und knurrte zur Warnung. Er gab Apollo eine letzte Chance, den Spiegel herauszugeben. Als er es nicht tat, knurrte Orion, schnappte mit den Kiefern und sprang auf ihn zu.

KAPITEL 66

EWIGE VERGESSENHEIT

ASHA

»Nein!«, schrie ich. Als der majestätische Wolf auf Apollo zusprang, der noch immer am Boden lag, hob Apollo seinen Kopf. Das Universum schien zu schrumpfen, und die Zeit verlangsamte sich, als Apollo Blickkontakt mit Orion herstellte und damit seinen schrecklichen Fluch auslöste. Der Wolf wimmerte – sein hohes Winseln zerschnitt die Luft – während ich versuchte, zu ihnen zu gelangen, bevor einer von beiden verletzt würde.

Ich landete zur gleichen Zeit wie Orion, aber meine Landung war federnd und durch meine Hände abgefedert. Seine war schwer und endgültig. Apollos Gesichtsausdruck war schmerzerfüllt, als ich Orions schlaff hängenden Kopf in meine Arme nahm, sein Fell so weich wie immer.

»Orion«, flüsterte ich. »Orion.« Es gab nicht viel mehr zu sagen.

Die Augen des Wolfs waren verdunkelt, aber er wusste, dass ich da war. Er hob eine Pfote und legte sie auf meinen Schoß, sein Körper erschlaffte, und er hörte auf zu atmen. Ich vergrub mein Gesicht in seinem Nacken, sein Geruch so nostalgisch, dass ich fast daran erstickte. Der Wolf war meine Welt gewesen während meiner prägenden Jahre, und jetzt waren er und Mordecai verschwunden.

Völlig wütend drehte ich mich zu Belladonna um. »DU hast das getan!«, schrie ich. »Wie konntest du nur?« Meine Stimme war so rau wie mein Herz.

Die Hohe Hexe wirkte weniger erschüttert als ich erwartet hatte. Orion war jahrzehntelang ihr treuer Begleiter und Vertrauter gewesen, aber sie schien nicht einmal halb so am Boden zerstört zu sein, wie ich mich fühlte. Ich war plötzlich froh, dass sie nicht in meinem Leben gewesen war. Von einer Mutter aufgezogen zu werden, die so kalt war, hätte sicherlich mehr Schaden angerichtet als jede mysteriöse Verlassenheit. Vielleicht war es der richtige Deal mit der Leere, jede Hoffnung aufzugeben, meine Mutter zu finden.

»Ich habe Apollo eine Chance gegeben, den Spiegel zurückzugeben«, sagte sie. »Er ist verantwortlich für den unglücklichen Ausgang.«

Ich hasste, wie sie die Dinge darstellte, um sich selbst weniger bösartig erscheinen zu lassen. Ich hasste, wie ähnlich wir aussahen und dass wir unumkehrbar durch Blut verbunden waren. Meine Füße begannen zu brennen, die harten Gummisohlen der Stiefel wurden weich durch die Hitze des Feuers, das den Boden unter mir verzehrte. Meine Gefühle waren genauso feurig. Ich wollte sie mit einem *ignem*-Zauber vom Dach fegen.

»Nimm das als Warnung«, sagte sie. »Nichts wird mich davon abhalten, diesen Spiegel zu bekommen.« Sie sah mich direkt an. »Nicht einmal meine Tochter.«

»Nenn mich nicht so«, fauchte ich. »Du hast kein Recht dazu.«

»Gib mir den Spiegel«, sagte sie, »und ich lasse dich gehen. Wenn nicht, werde ich jeden einzelnen deiner Freunde töten.«

Sie kannte mich vielleicht nicht gut, aber sie wusste, dass ich meine Freunde nicht opfern würde – auch nicht für Frieden im Reich.

»Das werde ich nicht zulassen«, sagte ich.

»Ich fange mit deinem am wenigsten bevorzugten an, ja?«

Bevor ich antworten konnte, schleuderte sie einen *rumpis*-Zauber auf Sugars Wächter und schleuderte ihn von den Füßen direkt vom Dach. Seine Schreie, als er dutzende Stockwerke tief auf die dunklen Straßen unter uns fiel, waren schrecklich anzuhören.

»Wer ist der Nächste?«, fragte sie fröhlich, als würde sie Eiscreme verteilen statt ewige Vergessenheit. Ich wusste, dass sie nicht bluffte.

»Wir geben dir den Spiegel«, sagte ich.

»Nein, Asha«, warnte Sugar Shagar. »Sie wird alles zerstören.«

»Wenn sie uns alle tötet, bekommt sie sowieso den Rucksack«, sagte ich.

»Und wenn du ihr den Rucksack gibst«, argumentierte der Ork, »wird sie uns alle töten.«

Das war ein gutes Argument, aber ich wusste, dass ich auf keinen Fall tatenlos zusehen würde, wie meine Mutter mein Team ermordete.

Ein geschlagen aussehender Rick ging zu Apollo, der immer noch angeschlagen war, und nahm ihm den Rucksack vom Rücken. Er öffnete den Reißverschluss, zog den Spiegel heraus und reichte ihn vorsichtig an Belladonna weiter, wobei er ihn hielt, als würde er eine gefährliche Schlange füttern und nicht seinen Arm verlieren wollen. Sie riss ihn ihm aus der Hand, und er wich zurück.

Ihre Körpersprache strahlte vor Freude. Mir fiel auf, dass sie viel aufgeregter war, das magische Artefakt zu sehen, als sie es gewesen war, ihre verlorene Tochter zu sehen. Mit ihren schwarz lackierten Krallen riss sie das braune Papier auf und zerfetzte es in Eile. Ihr Gesicht leuchtete, als sie es sah, und für einen Moment stellte ich sie mir als die böse Hexe in Schneewittchen vor, wie sie ihr eigenes Spiegelbild umklammerte.

Ich blickte zu Apollo und hoffte, dass seine Zauberfähigkeit nicht so verletzt war wie er selbst; hoffte, dass er in der Lage sein würde, seinen Schmerz zu nutzen, um seine Magie zu verstärken und unsere Mission zu vollenden.

KAPITEL 67

HAUTNAH UND PERSÖNLICH

ASHA

»Apollo«, drängte ich. »Apollo!«

Ich wusste nicht, worauf er wartete. Er musste Belladonna sofort im Spiegel einfangen, sonst wäre es zu spät. Er sah mich an und schüttelte traurig den Kopf. Er konnte es nicht tun. Vielleicht lag es daran, dass sie seine Fähigkeit, Magie zu wirken, beeinträchtigt hatte, oder dass sein Zauber von ihrer Aura abprallte, oder vielleicht besaß sie eine Art Immunität gegen diesen speziellen Zauber, aber die Gründe spielten keine Rolle. Wir konnten sie nicht töten, und wir konnten sie nicht im Spiegel einfangen. Es sah aus, als wären wir am Ende angelangt. Der Sturm schien zuzustimmen, denn sein Angriff wurde noch gewaltiger als zuvor und schob uns mit seinem orkanartigen Wind umher. Die Blitze kamen näher, und sie erinnerten mich an den Tag, als ich mich fast selbst elektrisiert hatte. Ich spürte, wie meine Narben beim Gedanken an die Rosendornen brannten.

Meine Haare peitschten um mein Gesicht. »Warum hast du Mordecai geschickt, um mich zu beschützen?«, forderte ich.

»Warum einen Vampir mein ganzes Leben lang zum Schutz abstellen, nur um unsere Blutlinie jetzt zu verraten?«

Belladonnas Kopf schnellte hoch, um mich anzusehen. Sie blinzelte, als würde sie aus der Träumerei des Spiegelbildes erwachen. »Die Antwort darauf liegt in deiner Frage«, erwiderte sie.

Ich verstand das nicht und wusste nicht, wo ich anfangen sollte, um es zu enträtseln.

»Die Septics sind seit achtundzwanzig Jahren dort drin gefangen.« Ich musste schreien, um über dem Wind und Donner gehört zu werden. »Sie hatten Jahrzehnte Zeit, zu planen und zu intrigieren und ihre Magie zu verbessern. Sie werden gefährlicher sein als-«

»Glaubst du, ich weiß das nicht?«, schrie sie zurück.

»Dein Reichtum und deine Macht werden ihnen nichts bedeuten!«, rief ich. »Sie werden es dir wegnehmen!«

Belladonna sah mich an, als wäre ich unter einem Stein hervorgekrochen. »Ich weiß das!«

»Dann lass uns ihn wegbringen«, drängte ich. »Wir können ihn sicher verwahren.«

»Sicher *verwahren?*«, fragte sie. »Wenn ihr ihn sicher verwahrt hättet, wäre er noch immer versteckt in Avalon.«

Moment mal. Die ganze Zeit wusste sie, wo er war? Warum war sie nicht einfach hineingestürmt, um ihn zu holen?

»Du hast Wilkinson dazu gebracht, Apollo anzuheuern, um ihn zu stehlen. Deshalb ist er nicht mehr dort.«

Wieder dieser Blick voller Abscheu. »Vielleicht solltest du diese Verletzung behandeln lassen«, höhnte sie. »Sie beeinträchtigt offensichtlich deine Denkfähigkeit. Mordecai zu deinem Schutz zu schicken und gleichzeitig Dämmerungsschnitter anzuheuern, um dich zu töten ... das ergibt keinen Sinn, oder?«

»Wer weiß?«, antwortete ich. »Deine Bosheit scheint über die Logik zu triumphieren. Du bist diejenige, die ihr einziges Kind in einer Hütte im Wald zurückgelassen hat – ‚zu seinem Schutz'. Entschuldige, wenn ich deine strategische Planung etwas nebulös finde.«

Ich sah Apollo wieder an. Ich hatte ihm etwas zusätzliche Zeit verschafft, um seinen Zauber zu wirken, aber es schien nicht zu helfen. Sein Gesichtsausdruck war leer. Wir brauchten einen Plan C.

Ich griff nach dem Fliegenpilz-Schlüsselanhänger in meiner Tasche.

Ich flüsterte dem Anhänger zu: »*Evoco et excito, nunc et semper, res ac mortales, Merlin.*«

Der Beschwörungszauber funktionierte, und Merlin erschien, zusammen mit Dusty und Abigail.

Die Hohe Hexe wirkte gleichgültig gegenüber den neuen Teammitgliedern. Ein stämmiger Mann und zwei junge Mädchen waren kaum bedrohlich.

Savvys Mund klappte auf. »Warum seid ihr hier? Wer ist dieser Mann?« Sie erkannte Merlin nicht einmal – es musste der Schock von all dem sein.

»Sei nicht böse«, flehte Dusty. »Merlin kam im Haus nach uns sehen, und wir waren alle zusammen, als du ihn gerufen hast.«

Merlin warf mir einen entschuldigenden Blick zu, seine Brille glitzerte, als er den Kopf schüttelte. »Ich konnte sie nicht allein lassen.«

Die Tatsache, dass auch die Mädchen jetzt in Gefahr waren, machte meine Aufgabe umso dringender.

»Ich muss sie töten«, flüsterte ich Merlin zu. »Meine Magie prallt einfach von ihrer Aura ab.«

»Geh da rein und tu es«, drängte er mich. »Du hast, was du brauchst.« Er tippte auf seinen Hals und deutete damit an, dass ich die Essenz des Grünen Knollenblätterpilzes verwenden sollte.

Ich nickte. Meine Magie war ihrer nicht gewachsen, aber Gift würde funktionieren.

Soleils Stimme kam zu mir mit dem Wind, eine längst verlorene Erinnerung aus der Zeit, als sie mich zu ihrem Zauberstab-Söldner ausbildete.

»Geh zum Töten über«, hatte sie gesagt. Für unsere Ausbildung bedeutete dieser Satz nicht nur das, was er im Allgemeinen bedeutete. Für die Hohepriesterin und mich übersetzte sich das wörtlich. Es bedeutete, dass ich direkt in Belladonnas intimen Raum eindringen musste – ich musste in ihre schützende Aura gelangen, um effektiv zuzuschlagen. Hautnah und persönlich.

»Die Aura ist undurchdringlich«, sagte ich.

»Portal dich hinein«, schlug Merlin vor.

Ich schüttelte den Kopf. Apollos Magie war zu schwach. »Meine Portalfähigkeiten–«

Er packte energisch meinen Arm. »Rookie, du kannst das. Ich weiß, dass du es kannst. Deine Magie ist viel mächtiger, als du denkst.«

Mein Adrenalin schoss in die Höhe.

»Es ist jetzt oder nie«, sagte Merlin.

»*Invisibilis factus*«, murmelte ich. Das warme Rauschen in meinem Körper sagte mir, dass ich unsichtbar war, und ich machte meinen Zug. Ich stürmte direkt auf sie zu. »*Ianua sit*«, flüsterte ich. Ich zuckte zusammen, als ich es sagte, da ich erwartete, dass die Portalmagie nach hinten losgehen würde. Es war kein ehrgeiziger Zauber – alles, was ich brauchte, war ein Tor in ihren Raum jenseits der Aura. Ein Schimmer erschien, eine silberne Schneise. Mein ganzer Körper spannte sich an, als ich hindurchschlüpfte und hoffte, dass ich mich nicht versehentlich an einen ganz anderen Ort transportieren würde. Nachdem ich sicher hineingetreten war, sah ich die Hexe aus der Nähe, ihr Gesichtsausdruck wandelte sich von

Unglauben zu Zorn. Sie konnte mich nicht sehen, aber sie wusste, dass ich hier in ihrem Kokon war.

»*Monstras*«, sagte sie und machte mich wieder sichtbar. »*Impedio!*«

Ich hob mein Handgelenk, und Lilian Blacks Schutzamulett absorbierte den Zauber, der mich sonst in der Zeit eingefroren hätte. Ich spürte, wie meine Magie anschwoll. Es war Zeit, aufzuhören, in der Verteidigung zu sein. Ich musste angreifen.

»*Fiat fulgur!*«, rief ich, aber mein Zauberstab reagierte nicht. »*Ignem exquiris!*«, schrie ich. Nichts.

»Du vergisst etwas«, sagte die Hexe. Ihre Augen waren so dunkel, dass ich das Gefühl hatte, darin zu ertrinken. »Du hast einen Pakt mit der Leere geschlossen, erinnerst du dich?«

»Der Pakt war, die Hoffnung auf dich aufzugeben. Das habe ich schon vor Jahren getan«, log ich. »*Fiat fulgur!*«

Nichts. Mein Zauberstab war gegen meine Mutter machtlos. Ich fluchte laut. Ich konnte meine Magie spüren, sie war genau da, in Reichweite. Warum funktionierte sie nicht?

»Siehst du?«, gab sie an. »Wenn ich nicht existiere, kannst du deine Magie nicht gegen mich einsetzen.«

»Du irrst dich«, erwiderte ich. Ich riss die Giftphiole von meinem Hals. Sie streckte ihre Hand aus, um mich aufzuhalten, während sie mit der anderen den Spiegel an ihren Körper drückte.

»Asha«, warnte sie.

Ich schlug ihre Hand beiseite und stieß sie so hart ich konnte. Sie war stark, aber dass sie den Spiegel festhielt, verschaffte mir einen Vorteil. Ich streckte meinen Stiefel aus, brachte sie zum Stolpern, und sie fiel auf den harten, brennenden Boden. Sie keuchte wegen der Hitze und vor Überraschung, sich auf dem Rücken wiederzufinden. Bevor sie aufstehen konnte, sprang ich auf sie, die Knie zu beiden Seiten ihres Oberkörpers. Ich rang den Spiegel aus ihrem Griff und schleuderte ihn beiseite.

»Asha«, wiederholte sie. »Du weißt nicht, was du tust.«

Aber ich wusste es. Mit meiner linken Hand fesselte ich ihre Handgelenke, und mit meiner rechten leerte ich das Gift in ihren protestierenden Mund.

Belladonna würgte an dem Toxin und spuckte so viel wie möglich aus. Es spielte keine Rolle – ich wusste, dass die Dosis selbst in winzigen Mengen tödlich war. Ihre Augen wurden dunkler, bis ihre Augäpfel zu tintenartigen Kugeln wurden. Die Haut darunter verdunkelte sich, und die Kapillaren pulsierten violett. Sie hustete und röchelte, ihre Lippen blass. Mein Herz fühlte sich an, als würde es brechen, aber das konnte nicht sein. Nicht für diese monströse Hexe. Dennoch durchschnitt ein reißender Schmerz meine Brust, und ich schrie auf, umklammerte mein Herz, als würde es zusammen mit meiner Mutter sterben.

Ihre Aura begann zu verblassen, was es den anderen ermöglichte, näherzukommen.

»Oh, Asha«, sagte Savvy und ließ sich neben mir auf die Knie fallen. Sam tat das Gleiche. Beide hielten meine Hände und drückten sie, zeigten mir, dass es ein Leben und Licht und Hoffnung auf der anderen Seite dieser schrecklichen Sache gab.

Belladonnas Körper zuckte, und ich wünschte, es würde aufhören. Trotz allem wollte ich nicht, dass sie litt. Der ganze Sinn eines Zyanid-Zahns war ein schneller, schmerzloser Ausgang – aber das Elixier hatte ihre Gesundheit so robust gemacht, dass es länger als üblich dauerte.

»Es ist okay, Mama«, sagte ich. Ich war genauso überrascht von meinen Worten wie alle anderen. Ich ließ die Hände meiner Freunde los, um sie auf die bebende Brust meiner Mutter zu legen, versuchte, sie zu beruhigen, versuchte, ihren Übergang zu erleichtern.

Sie kämpfte, benutzte all ihre Kraft, um gegen das Gift zu kämpfen, das durch ihren Körper reiste. Meine Augen brannten von Rauch und Tränen. Ihr Schmerz war mein Schmerz, und es war fast unerträglich. Ich war in diesem Moment so mit ihr verbunden, als wären wir eine Person. Ich konnte meine Augen nicht von ihrem sich windenden Gesicht abwenden, mein eigener Ausdruck von Tränen verzerrt. Ein Spiegelbild der Qual.

»Mama«, weinte ich. »Mama.«

Es hätte anders sein können. Es *hätte* anders sein *sollen*.

Sie versuchte etwas zu sagen, aber es war unhörbar. Ich hielt mein Schluchzen zurück, um ihre letzten Worte zu hören, kauerte mich näher zu ihr, sodass unsere Gesichter sich fast berührten. Ihre Hand wanderte zu meinem Monokel. Es schien eine Geste der Zuneigung zu sein, also lehnte ich mich noch näher heran, und mit einem plötzlichen, gewaltsamen, ohrenbetäubenden Blitzschlag verschwand ich.

KAPITEL 68

SO FÜHLT SICH ALSO DER
TOD AN

ASHA

Ich stürzte in die Leere, mein Körper im freien Fall.

So fühlt sich also der Tod an.

Ich war mir nicht sicher, was genau passiert war, und während ich durch die Sterne taumelte, würde ich es nicht herausfinden. Trotzdem versuchte mein Gehirn, einen Sinn darin zu finden.

Ich war vom Blitz getroffen worden und dort auf dem Dach gestorben. Oder Belladonna hatte mich getötet – oder vielleicht eine Kombination aus beidem. Ich war frei von Schmerzen, wofür ich dankbar war. Mein Körper begann zu verblassen, verschwand schließlich ganz aus meinem Blickfeld, und ich fragte mich, ob man so zu Sternenstaub wird. Ein sanftes Verwelken; ein Flüstern.

»Asha«, sagte die Leere. Es klang wie Wind im Schilf oder raschelnde Blätter.

Asha.

Ich erkannte die Stimme meiner Mutter. Es fühlte sich an wie gefleckter Sonnenschein auf meiner Haut.

Ich war ein kleines Kind, das in einem Feld mit hohem Gras stand. Es bewegte sich so wunderschön in der Brise. Es gab so viel Grün, das musste der Himmel sein. Der Himmel war ein ununterbrochenes Blau. So viel Farbe und Güte hier. Ich trug ein hübsches Kleidchen, mein Haar war gebürstet und glatt und mit einem Stirnband zurückgehalten. Ich wusste, dass es keine Erinnerung war, weil ich nie sauberes, gekämmtes Haar oder Kleider hatte, als ich so jung war – ich war eine Waldhexe mit einem schwarzen Heiligenschein aus verfilztem Haar gewesen.

Eine Frau erschien. »Asha«, schnurrte sie, ganz Lächeln und Wunder, ihr frisches blau-weißes Sommerkleid flatterte im Wind. Sie sah aus wie ich, minus meiner botanischen Tattoos. Sie war eine reinere Version von uns beiden.

»Mama«, antwortete ich, mein Herz schwoll an. Sie nahm meine Hand und wir gingen gemeinsam, kicherten, als das Gras unsere Beine kitzelte, und zeigten auf Wildblumen. Ich empfand so viel Liebe für sie und wusste, dass ihre noch größer war. Es war der perfekte Moment ... aber er hatte nie stattgefunden.

Warum zeigte mir die Leere das? Warum mich mit dem quälen, was hätte sein können, und warum jetzt? Es schien einerseits grausam, andererseits war ein kleiner Teil von mir glücklich, es wenigstens einmal in meinem Leben zu erleben, auch wenn es nicht real war.

»Asha«, sagte meine Mutter wieder. »Es ist Zeit für dich zu sehen.«

Ich erinnerte mich, mit ihr auf dem Dach gewesen zu sein, als sie mein Monokel berührte. Sie lag im Sterben.

Es ist Zeit zu sehen.

Ich schaute zu ihr auf und erwartete, dass das Gras schwarz werden würde, dass die Äste der Bäume uns erwürgen würden, weil Szenen wie diese – glücklich auf einem Feld spazieren – der Beginn der besten Albträume sind. Sie wiegen dich in ein falsches Gefühl von Frieden und Freude, und dann, ohne Vorwarnung, wendet es sich zum Schlechten. Das Wasser, das du schluckst, verwandelt sich in Tinte, die Katze, die du gestreichelt hast, entpuppt sich als riesige Ratte, und der schöne Apfel, in den du gerade gebissen hast, ist voller Würmer. Der beste Horror überrascht dich; er packt dich an der Kehle, wenn du eine Umarmung erwartest, und ich war mir sicher, dass dies nicht anders sein würde. Aber die Landschaft verwandelte sich nicht in Asche. Stattdessen drückte meine Mutter meine Hand und wir wurden an einen anderen Ort gebracht, den ich nicht kannte.

Es war Nacht, und wir waren auf einer Terrasse am Strand. Lichterketten schwankten von der Markise über uns. Meine Mutter saß an einem Tisch. Sie war barfuß, ihre Haut war gebräunt, und sie trug nichts weiter als einen lockeren Baumwollüberwurf über einem Bikini. Sie war jung, strahlte Vitalität und Sinnlichkeit aus. Eine Silhouette – ein Mann mit einer von Kondenswasser tropfenden Bierflasche – näherte sich ihr, und sie lud ihn ein, sich zu setzen. Etwas, das er sagte, brachte sie zum Lachen. Später gingen sie am Strand spazieren und hielten an, um sich zu küssen, wenn der Drang dazu überkam. Sie hatte sich als Donna vorgestellt, aber er nannte sie Belle.

Er würde sie immer Belle nennen. Für den Rest dieses tropischen Urlaubs, für die Dates, die sie später hatten, und bei ihrer Hochzeit. Er war exzentrisch, lustig und superschlau. Sie war schön und ehrgeizig. Die meiste Zeit ergänzten sich ihre magischen Kräfte. Sie waren eine Zeit lang glücklich, dann verwandelte sich das Wasser in Tinte.

Rufen, Schreien, Teller, die magisch gegen die Wände krachten. Schranktüren, die alle gleichzeitig aufflogen, als ob ein Poltergeist ihre Küche teilte. Papiere und Fotografien, die mit violettem Feuer verbrannt wurden, die gleiche Farbe wie die Blutergüsse, die von Phantomschlägen herrührten. Einmal verfehlte ein Metzgermesser nur knapp die Unterarme meiner Mutter, als sie sie hochhielt, um ihr Gesicht zu schützen. Es landete in der Schranktür hinter ihr, eingekeilt ins Holz. Sie entfernte es ohne ein Wort und legte es in die Schublade, wo es hingehörte, und packte ihre Koffer. Als sie fertig war, übergab sie sich in die Toilettenschüssel, und ihre Hände wanderten zu ihrem flachen Bauch, während sie ihr Spiegelbild im Badezimmerspiegel betrachtete. Meine Augen starrten zurück.

Ein paarmal ging es hin und her, Koffer packen und wieder auspacken, bis wir in einem Krankenhaus aufwachten, wo sie dachte, ich hätte sie verlassen, aber das hatte ich nicht. Als sie die Neuigkeit hörte, weinte sie, aber nicht vor Erleichterung. Schnellheilung war auf ihrer Seite, und wir gingen, bevor das Personal schwierige Fragen stellte. Danach gab es kein Zurück zu ihm, aber er fand uns immer und immer wieder.

An einem bewölkten Tag saß sie am Fenster und beobachtete den Regen. Wir saßen in einem Schaukelstuhl, und die Bewegung tat gut. Ihr Bauch war geschwollen mit mir, die darin wuchs. Sie sah blass und krank aus, als ob ich zu viel ihrer Lebenskraft nahm. Ihre Bewegungen waren abgemessen und langsam. Sie plante ihr Verschwinden.

In dieser Nacht fand er uns wieder. Er trug seinen Zaubererumhang und erschreckte uns mit seiner gewalttätigen Magie. Es war eine Nacht, in der sie gegeneinander kämpften – Explosionen ihrer individuellen Magie im Wettstreit miteinander –, bis es zu viel für sie war. Ich dachte, wir würden wieder im Krankenhaus aufwachen, aber sie wachte tagelang nicht auf. Ausgestreckt auf dem Boden, die Sonne strömte durch das Fenster, ging unter, dann ging wieder auf, ich fragte mich, ob sie je aufwachen würde. Die Zerstörung, die er angerichtet hatte, war erheblich. Als sie wieder zu sich kam, blieb sie auf dem Boden liegen und weinte.

»Er hat mich verflucht«, weinte sie. »Er hat mich verflucht.«

Zuerst dachte ich, sie meinte, seine bösartige Präsenz in ihrem Leben sei ein Fluch, aber ihre Hände lagen auf ihrem Bauch, und es wurde klar, dass ich der Fluch war. Ich hatte sein Blut in meinen Adern. Ich war der Grund, warum er immer wieder zurückkam.

Sie packte einen winzigen Koffer und wir zogen in die Hütte in einem scheinbar magischen Wald, wo ein junger Wolf uns adoptierte. Orion hatte kein Rudel, also wurden wir seine Familie. Wir gingen mit ihm lange Spaziergänge, warfen Stöcke und gaben ihm Leckerbissen, als wäre er unser Hund. Wir standen Orion näher als jedem Menschen zuvor. Er legte sich abends ans Feuer und schlief nachts am Fußende des Bettes. Seine Ohren scannten immer nach seltsamen Geräuschen, als wüsste er, dass Gefahr in der Luft lag. Jeden Morgen zeichnete meine Mutter den Schutzkreis um die Hütte auf Stelzen neu und sprach einen einstündigen Schutzzauber. Sie benutzte, was sie finden konnte – Kieselsteine, Blumen, Zweige, gebleichte Tierknochen – und befestigte sie sicher, damit der Ring nie gebrochen wurde. Es funktionierte, und die gefährliche Silhouette blieb fern.

Manche Tage waren leichter als andere, während sie auf meine Ankunft wartete. Ihre Energie war dunkler als je zuvor, und sie starrte in ihren Spiegel und dachte schlechte Gedanken. Das Wort »Fluch« war nie weit von ihren Lippen entfernt. Eines Tages stand sie nicht aus dem Bett auf, obwohl Orion sie immer wieder mit seiner Schnauze anstupste. Er sprach auf seine Weise mit ihr, mit seiner samtigen, knurrenden Stimme.

Du musst aufstehen, sagte er. *Ich weiß, du fühlst dich schwer, aber du musst den Schutzring überprüfen und etwas Nahrung finden, bevor die Sonne zu tief sinkt.*

Sie blieb auf dem Rücken liegen und starrte an die Decke, kaum blinzelnd.

Der zweite Tag, an dem sie nicht aus dem Bett kam, war das erste Mal, dass Orion für uns jagte. Er brachte einen schlaff herabhängenden Hasen in seinem Maul, aber sie drehte sich nur auf die Seite und ignorierte das Geschenk.

Sie war erfolgreich aus ihrem Leben verschwunden, und jetzt verschwand sie vollständig.

»War das alles, was ich für dich war?«, fragte ich sie. »Ein Fluch?«

Aber ich kannte die Antwort bereits.

KAPITEL 69

RELIKTE DES TODES

ASHA

Die Farben verblassten. Es wurde eine schwarz-weiße Welt, in der alles kalt war und bitter roch. Wie in der Geschichte *Die verschwundenen Töchter von Evaron* lauerte das Böse hinter den knorrigen schwarzen Baumstämmen, und die Felsen waren zackig. Unbekannte Kreaturen schlängelten und krabbelten und huschten umher. Das Heulen begann. Ein Windspiel aus Tierzähnen klimperte in der Brise.

Ich war schon einmal hier gewesen.

Ich schwebte über der albtraumhaften Hütte, die von Relikten des Todes und zerbrochenen Wünschen umgeben war. Die Schreie kamen in Wellen. Sie erreichten ein schreckliches Crescendo und brachen zusammen.

Selbst dort oben über der Hütte konnte ich Geburt riechen: erdig, salzig, metallisch. Der Geruch von Blut und Angst. Ich sank durch das Dach und in die Hütte mit den Stockpentagrammen an den Wänden. Ihre Schatten tanzten, während ein kleines Feuer in der Ecke brannte. Der Körper meiner Mutter, von Schmerzen geplagt, kämpfte auf dem Bett, das sowohl zu ihrem Zufluchtsort als auch zu ihrem Gefängnis geworden war, die Laken feucht von Schweiß und Blut.

Ja, ich war schon einmal hier gewesen.

Sie war zwischen den Wehen, ruhte, solange sie konnte, bevor die nächste Runde von Krämpfen ihren Körper verzerrte. Ihr Haar war ein Schock aus schwarzen Dreadlocks und verknoteten Fäden, ihr Gesicht ein Mond hinter einem Schleier aus Wolken. Sie balancierte am Rande der Bewusstlosigkeit.

In ihrem Inneren tanzte auch ich mit dem Tod. Ich wusste, dass ich raus musste oder ertrinken würde, aber ich steckte fest.

»Fluch«, murmelte sie. »Fluch.« Die Wehen ergriffen sie wieder und die rabenschwarzhaarige Hexe wölbte sich und schrie vor Qual. Es gab eine weitere Flut von Blut, und sie biss die Zähne zusammen und schwang ihren Körper von ihrem Bett. Sie taumelte, vor Schmerzen gekrümmt, in Richtung der kleinen Theke nahe dem Kamin. Sie nahm ihr Ritualmesser auf, die Klinge glitzerte im Feuerschein, und ließ es in einen Kessel mit kochendem Wasser fallen.

Nachdem sie das Messer herausgeholt hatte, wartete sie kaum, bis es abkühlte. Mit einem brutalen Schnitt öffnete sie ihren Bauch. Katzengeheul prasselte herab. Nach einem Moment war ich nicht mehr gefangen. Sie riss mich in die Luft und ich stimmte in ihr Heulen ein.

Später, als ich in weichen Lumpen eingewickelt aufwachte, schaute ich in die Augen meiner Mutter. Sie hatte ihre Blutung gestoppt, und ich konnte die Kräuter des Heiltranks in ihrem Atem riechen. Es war meine erste Begegnung mit der Magie der Pflanzen, und sie würde für immer bei mir bleiben, zusammen mit dem Gedanken, ein Fluch zu sein.

KAPITEL 70

DAS GEGENMITTEL

ASHA

Ich öffnete meine Augen. Ich war zurück auf dem Dach des Wolkenkratzers, meine Mutter zuckend unter mir. Es herrschte Chaos. Menschen schrien und husteten, die Ränder bröckelten weg. Es war dringend, sofort nach Hause zu portalen oder in den Flammen zu sterben – aber ich war noch nicht bereit zu gehen.

»Mom!«, rief ich, und sie öffnete ihre Augen einen Spalt. Sie versuchte, etwas zu sagen, aber die Worte wollten nicht kommen. Zum Glück war Dusty, telepathisch wie immer, an meiner Seite.

»Dass sie dich bei Orion gelassen hat... sie möchte, dass du weißt, dass sie es getan hat, um dich zu schützen.«

»Vor meinem Vater?«, fragte ich.

»Vor der Dunkelheit in ihnen beiden«, antwortete Dusty. »Sie spürte, wie mächtig deine Magie war, selbst als Baby, und sie wusste, dass die Dunkelheit dich ergreifen würde, deine Macht für das Böse nutzen würde, wenn sie bei dir geblieben wäre. Für sie war es zu spät, aber nicht für dich.«

»Aber wir hätten die Dunkelheit hinter uns lassen können«, sagte ich. »Wir hätten es zusammen schaffen können.«

»Sie war zu tief und zu gefährlich«, sagte Dusty. »Ihr musstet beide verschwinden.«

Ich schloss meine Augen gegen die beißende Luft und um die Tränen zurückzuhalten. Ich riss mich aus meiner emotionalen Trance. »Das Gegenmittel!«

Ich ließ meine Mutter los und stand auf. »Merlin!«, schrie ich. »Das Gegenmittel! Schnell!«

Merlin stand direkt da und hatte mich beobachtet, wie ich über meiner sterbenden Mutter kauerte. Er starrte mich an, bewegte sich aber nicht.

Ich erhob meine Stimme, mein Körper vor Panik bebend. »Gegenmittel, Merlin, bitte!«

Merlin sprach endlich. »Es gibt kein Gegenmittel.«

Ich starrte ihn an. »Natürlich gibt es eins«, rief ich. »Es ist in deiner Tasche.«

Merlin schüttelte langsam den Kopf. »Asha«, sagte er und nannte mich zum ersten Mal, soweit ich mich erinnern konnte, beim Vornamen. »Hör zu, was ich sage. *Es gibt kein Gegenmittel.*«

Mein Gehirn schaltete ab. Ich verstand nicht. Ich verstand nicht... und dann verstand ich doch, und es fühlte sich an, als würde die Welt über mir zusammenbrechen. Der Wolkenkratzer hätte genauso gut unter uns einstürzen können – es hätte sich gleich angefühlt. Die Flammen hinter Merlin zeichneten ihn als Silhouette ab.

Während wir zuschauten, veränderte sich Merlins Gestalt von der eines rundlichen Onkels zu einer größeren, muskulöseren Version. Sein Gesicht blieb ähnlich, aber als er die runde Brille, die ich so gut kannte, ins Feuer warf, sah er aus wie eine andere Person. Ich hätte ihn auf der Straße nicht wiedererkannt.

»Ich muss dich für deine Mason & Sons Glamour-Tränke loben, Asha«, sagte er. »Sie funktionieren jedes Mal einwandfrei.« Er bewegte seinen Nacken und knackte mit den Knöcheln, während er sich in seinem wahren Körper zurechtfand.

»Nein«, flüsterte ich. »Nein.« Ich schüttelte meinen Kopf, wollte es nicht glauben. »Das ist nicht möglich.«

Aber während ich dort stand und es leugnete, fügten sich alle Puzzleteile zusammen.

Merlin hatte mir das Handy als Geschenk gegeben – dasselbe Handy mit der eingebauten Spionage-Software. So wussten sie immer, wo ich war und was ich plante. Deshalb wusste Wilkinson, wo er uns in der verlassenen Minenstadt finden konnte. Deshalb hatte Savvy ihn nicht erkannt, obwohl Merlin angeblich »seit Jahren in meinem Leben« war. Warum er nie auf Fotos an meinen Wänden zu sehen war. Ich konnte nur starren, während alles plötzlich Sinn ergab.

»Als ich dich endlich gefunden hatte«, sagte er, »erwachsen und mit meiner und Belles Macht in deinen Adern, wusste ich, dass du die Einzige warst, die mich davon abhalten konnte, das zu bekommen, was ich wollte. Ich musste die Dusk Reapers anheuern, bevor du zu stark wurdest. Aber du hast diesen Angriff überlebt, und ich erfuhr, dass du mit Amnesie aufgewacht bist. Mir wurde klar, dass es die perfekte Gelegenheit war, in dein Leben einzudringen. Ich konnte so tun, als wäre ich schon immer ein Teil davon gewesen.«

Mir wurde schlecht bei seinem Verrat. Richtig übel wurde mir. Am liebsten wäre ich umgekippt.

»Aber warum?«, fragte ich. »Warum hast du dich in mein Leben eingeschlichen?«

»Weil du mein Ticket nach drinnen warst.« Er deutete auf das Gebäude, das um uns herum brannte. »Ich wäre niemals ohne dich an Belle herangekommen. Du warst mein trojanisches Pferd.«

»Du wolltest sie vernichten?«, fragte ich. »Nach all dieser Zeit?«

»Mehr als das«, antwortete er. »Ich wollte ihr alles nehmen, weil sie mir alles genommen hat.«

KAPITEL 71

JEKYLL & HYDE

ASHA

Belladonna, der nur noch wenige Atemzüge blieben, stöhnte. Dusty und Abigail waren noch bei ihr. Dusty verengte die Augen, als sie Merlin ansah, und ich konnte die Enttäuschung in ihrem Gesicht erkennen.

»Ich kann es nicht fassen«, murmelte sie. Ich konnte den Schmerz in ihrer Stimme hören, den Verrat, während sie für uns beide sprach.

»Ich habe euch gewarnt«, erwiderte Merlin. »Jekyll und Hyde, erinnerst du dich?«

Meine Mutter murmelte vor Schmerzen.

»Was sagt sie?«, fragte ich Dusty.

»Sie hat nicht mehr viel Zeit. Die Dinge verschwimmen. Sie möchte, dass du weißt, dass sie dich liebt, dass sie dich immer geliebt hat. Sie fühlt, dass ihr Verzicht auf dich vergebens war, da Merlin dich trotzdem gefunden hat. Sie trauert um die Zeit, die sie mit dir hätte verbringen können.«

Die Worte schnitten tief, aber wie ein zweischneidiges Schwert. Ich war am Boden zerstört, dass sie starb – dass *ich* diejenige war, die sie getötet hatte – und zu hören, dass sie mich vermisste, die Zeit, die wir zusammen hätten haben können – das würde ich nie vergessen.

»Sie hat den Zauber auf deinen Ring gelegt«, sagte Dusty. »Damit er leuchtet, wenn du in Gefahr bist. Sie hat versucht, dich zu beschützen.«

»Genug«, sagte Merlin und näherte sich Belladonna. Als wir protestierten, fegte er die Mädchen mit einem Zauber beiseite. Die Haare in meinem Nacken stellten sich auf, meine Magie funkelte.

»Lass sie in Ruhe!«, schrie ich.

Er machte eine Geste in meine Richtung und schleuderte mich mit einem Orkan zurück, wie er es mit den Mädchen getan hatte.

»Belle! Endlich wieder vereint«, sagte er mit leiser Stimme zu ihr. Er hob den Spiegel auf. »Bevor du stirbst, will ich, dass du weißt, dass ich dir alles nehmen werde. Ich werde den Marquis-Spiegel nehmen. Ich werde deine Magie nehmen, deinen Reichtum und unsere Tochter.«

Belladonna stöhnte und schüttelte den Kopf. Er legte seine Hände auf ihre Brust und murmelte einen Zauberspruch. Ich versuchte, näher zu kommen, um ihn aufzuhalten, aber ich prallte an der Barriere ab, die er zwischen uns errichtet hatte. Hilflos musste ich zusehen, wie er seine Beschwörung fortsetzte. Auch die Mädchen versuchten durchzukommen, mit dem gleichen Ergebnis. Lila Energie begann von Belladonnas Körper durch Merlins Arme zu wandern und in seine Brust einzudringen. Er bog seinen Rücken durch, als würde er ein stromführendes Kabel berühren – was er in gewisser Weise auch tat. Es begann als ein Absaugen von Magie, aber ihre Kraft war so berauschend, dass es aussah, als würde er elektrisiert. Es wurde immer heller und heller, bis die Verbindung riss und Merlin zurückgeschleudert wurde, während Belladonnas Körper leblos zurückblieb.

»Sie ist fort«, sagte Dusty, die keinen Puls fühlen musste, um zu sehen, ob jemand noch lebte. Apollo machte ein keuchen-des Geräusch, und als ich ihn ansah, wie er seinen Kopf hielt, wurde mir klar, dass sein Fluch gebrochen war, was nur eines bedeuten konnte.

Meine Mutter war tot.

Mein Blick wanderte zurück zu dem dunklen Zauberer am Boden, hoffend, dass er außer Gefecht gesetzt war. Ich sollte bitter enttäuscht werden. Merlin erhob sich wie ein monströser Phönix, der aus einem Flammenmeer auftaucht. Er glühte von der Kraft, die er meiner Mutter entzogen hatte. Jetzt sah er doppelt so groß aus wie zuvor, und die glitzernde schwarze Magie ging in Wellen von ihm aus, ließ die Luft um ihn herum schimmern und funkeln. Am schlimmsten war, dass er den Spiegel hatte.

Ich hasste ihn mit der rohen Kraft eines Vulkans, der kurz vor dem Ausbruch stand. Vermischt mit dem puren Hass waren Wut, Herz-schmerz und ein Gefühl des Verrats, wie ich es noch nie zuvor erlebt hatte. Meine eigene Magie war so verstärkt, dass ich Mühe hatte, sie zurückzuhalten. Sie brauchte dringend ein Ventil, bevor ich spontan verbrannte.

Dusty sah mich mit tellergroßen Augen an, und ich war sicher, dass sie dasselbe Gefühl hatte.

Dusty, sagte ich stumm. Sie blinzelte, um zu zeigen, dass sie mich gehört hatte.

Wir müssen unsere Magie vereinen, wenn wir eine Chance haben wollen, Merlin zu besiegen.

Sie nickte.

Sag es Abigail und Savvy. Zusammen werden wir unsere fiat fulgurs *miteinander verweben.*

Dusty bewegte sich zu Savvy, die ihre Armbrust auf Merlin richtete, und übermittelte ihr die Nachricht. Savvy reichte leise ihre Armbrust an Sugar weiter, die zur Deckung hinter ihr gestanden hatte. Wir vier stellten uns in einer Reihe dem Zauberer gegenüber auf: Abigail, Dusty, Savvy und ich.

Immer noch geschockt und tränenreich durch den absoluten Verrat fragte ich: »Warum, Merlin, *warum*?«

Wie profitierte er davon, das Reich dem Erdboden gleichzumachen? Ich verstand, dass er Belladonnas Macht und Reichtum gestohlen hatte, aber warum die Stadt zerstören?

»Erinnerst du dich, als wir nach Pilzen suchten und ich dir den Hallimasch-Pilz zeigte?«, fragte er.

»Ja«, antwortete ich. »*Armillaria*.« Es war der Pilz, der strategisch Bäume in Gebieten fällte, in denen der Boden Sonnenlicht und Wasser brauchte. Pionierpflanzen übernehmen, eine Wiese entsteht, Stickstoff wird ersetzt und das Gleichgewicht im Ökosystem wird wiederhergestellt.

»Nun, du bist wie ein Hallimasch«, sagte Merlin. »Du erkennst, dass manchmal Menschen sterben müssen, um das Gleichgewicht im Reich wiederherzustellen. Und wie Vater, so Tochter, mein Zweck ist es auch, ein Wiesenmacher zu sein. Indem ich das Reich zerstöre, öffne ich es für eine bessere Version seiner selbst. Damit es sich erneuern kann. Und wie Pilze, die auf toten Bäumen wachsen, so werden wir unsere Energie aus der Zerstörung und Zersetzung unter uns gewinnen. Wie du weißt, ist Verfall eine eigene Form von Energie. Das Endergebnis wird eine umfassende Erneuerung sein – mit mir am Steuer, mit mehr Macht, als irgendjemand für möglich gehalten hätte. Aber ich werde etwas Hilfe brauchen.« Merlin sah sich um.

»Du«, sagte er zu Apollo. »Hol die Leute aus diesem Spiegel heraus.«

Egal wie stark Merlins Magie war, er war nicht reinen Herzens und konnte die Septics nicht selbst befreien.

Apollo hatte sich kaum genug erholt, um zu stehen, und er sah wackelig auf den Beinen aus. »Nein, Sir«, sagte er. »Das wird nicht passieren.«

»Hör zu, du hirnloses Unkraut«, sagte Merlin. »Du wirst tun, was ich sage, oder du wirst es jeden Tag für den Rest deines bedeutungslosen Lebens bereuen. Du dachtest, Belles Fluch war schlimm? Warte nur, bis du siehst, was ich für dich auf Lager habe.«

Apollos Nasenflügel bebten. Er war nervös, aber tapfer. Er begann langsam um Merlin zu kreisen, wo er stand. »Du kannst mir drohen, so viel du willst, aber ich werde die Septics nicht befreien.«

»Narr«, höhnte der Zauberer. Ein Projektil schwarzer Elektrizität schoss von Merlins Hand in Apollos bereits verwundete Schulter. Er schrie vor Schock und Schmerz auf und stürzte zurück zu Boden. Merlin schlich näher.

»Du kannst mich nicht töten«, sagte Apollo. »Wenn du mich tötest, wirst du sie nie herausbekommen.«

»Da hast du recht«, sagte Merlin. »Aber ich kann die Menschen töten, die du liebst.«

»Das hast du bereits getan«, erwiderte Apollo.

Merlin war eine imposante Figur vor dem sternenlosen Nachthimmel. »Rede vernünftig, Junge«, forderte er.

»Es sind nur sechs dunkle Zauberer im Spiegel gefangen. Mir fiel auf, dass einer fehlte, aber ich wusste nicht, wer, bis ich dich und Belladonna zusammen sah. Sie war diejenige, die sie eingesperrt hat, aber sie konnte dich nicht einfangen, richtig?«

»Zu viel Geschichte zwischen uns«, sagte Merlin. »Ihre Magie ließ es nicht zu.«

»Du warst der Anführer der ursprünglichen sieben Dusk Reapers«, sagte Apollo. »Später bekannt als die Septics, die meine biologischen Eltern getötet haben. Ich hoffte, dass wir uns nie begegnen würden, aber ich schätze, es ist Teil meines Schicksals. Also hier bin ich. Es ist Zeit, diese Sache ein für alle Mal zu beenden.«

Merlin lachte. »Du?«, spottete er. »*Du* wirst diese Sache beenden?«

Apollo stand wieder auf. Ich verspürte einen Stich des Mitgefühls für ihn. Er gesellte sich zu Savvy, den Mädchen und mir in unserer Reihe, als wir dem Zauberer gegenüberstanden.

Ich sah meinem Vater in die Augen. »*Wir* werden diese Sache beenden.«

Merlin sah amüsiert aus, als wäre er der Erwachsene und wir Kinder, die ein Spiel spielten. »Apollo. Ich gebe dir eine letzte Chance, die Septics zu befreien.«

»Verhex die Septics«, sagte ich. »Die gehen nirgendwo hin.«

Da bemerkte er, dass der Spiegel verschwunden war. Er blinzelte, um sein Sehvermögen zu klären, aber der Spiegel blieb aus seiner Hand verschwunden. Manchmal ist es sehr nützlich, einen Taschendieb im Team zu haben.

KAPITEL 72

HEISSER TOD & VERFALL

ASHA

Wir fünf standen entschlossen da, bereit, unsere Magie zu bündeln, um Merlin zu besiegen, doch der Zauberer hatte andere Pläne. Schnell wie der Blitz sandte er ein silber-schwarzes Seil aus und fing Abigail ein, zog sie zu sich und packte sie. Savvy und ich schrien auf, als Abi versuchte, sich zu wehren, indem sie ihm ihren Ellbogen in den Bauch rammte, aber er hielt sie nur noch fester. Sie begann zu husten, sowohl vom Rauch als auch davon, dass er sie so fest gepackt hielt.

»Lass sie los!«, rief Savvy. Sie bewegte sich instinktiv vorwärts, aber Merlin brachte sie zum Stehen, indem er seinen Zauberstab wie eine Pistole an die Schläfe ihrer Tochter hielt. Savvy erstarrte, ihre Augen wild vor Sorge, ihre Hände zitterten. Merlin murmelte einen Zauberspruch, und ein Ring tödlichen Feenfeuers entflammte um ihn herum, um jeden daran zu hindern, sich zu nähern, und um Abi an der Flucht zu hindern, sollte sie sich befreien.

Er lächelte Savvy an. »Nicht mehr so selbstsicher, oder?«

Savannah knurrte ihn an.

»Ich frage mich, liebe Hexen, ob ihr den *adela*-Zauber kennt.«

Ich schluckte. Savvy und ich kannten diese schwarze Magie. Im Altenglischen bedeutete das Wort flüssiger Schmutz – als würde dein Gehirn zu verseuchtem Schlamm werden. Es war die lateinische Wurzel des Wortes »verwirrt«.

»Er durcheinander deinen Verstand, versteht ihr? Es wäre eine Schande, wenn jemand so Junges davon betroffen wäre. Es bedeutet ein Leben voller Leiden, und es gibt keine Heilung.«

Ich dachte daran, wie verwirrt Mildred Malachays Verstand nach dem Verlust ihrer Tochter gewesen war. Wir würden nicht zulassen, dass Abigail dasselbe passierte.

Die Mädchen weinten. Savvy drehte sich zu Apollo. »Tu, was er sagt«, verlangte sie. Als Apollo sich nicht rührte, nahm sie ihre Armbrust von Sugar zurück und richtete sie auf ihn. Der Donner grollte; ein Blitz schlug in der Nähe ein.

»Savvy!«, schrie ich. »Was machst du da?«

»Ich rette meine Tochter«, sagte sie, ohne den Blick von Apollo zu nehmen. »Jetzt tu es!«

Abigail kämpfte gegen den Zauberer an. Apollo hob seine Hände im Zeichen der Niederlage. »Ich werde es tun«, sagte er, dann wiederholte er es lauter, um sicherzustellen, dass Merlin es gehört hatte. Er sah mich an, und ich nickte.

»Du wirst ihre Namen brauchen«, begann Merlin.

»Ich kenne ihre Namen«, antwortete Apollo. »Sie haben meine Eltern getötet.«

Ich sprach lautlos mit Dusty.

Beruhige dich, sagte ich ihr. *Hör auf zu weinen. Abigail braucht uns vernünftig und stark.*

Sie nahm ein paar tiefe Atemzüge. Ich sagte es ebenso zu mir selbst wie zu ihr.

Gut. Jetzt brauche ich dich und deine Magie. Bist du bereit?

Dusty wischte sich die Tränen von den Wangen und nickte.

Höre auf meine Anweisungen, bevor du etwas tust. Keine plötzlichen Bewegungen. Tu nichts, um Aufmerksamkeit auf dich zu ziehen. Ich brauche dich unsichtbar, während Merlin vom Spiegel abgelenkt ist. Dann geh zu Apollos Rucksack. Kannst du ihn sehen?

Dort, wo sie neben Savvy stand, blinzelte sie und ließ ihren Blick über den Boden schweifen und nickte, als sie ihn gefunden hatte.

Darin befinden sich sechs offene Paare magitechnischer Fußfesseln. Mache auch sie unsichtbar.

Dustys Gesichtsausdruck änderte sich von Entsetzen zu Hoffnung, als sie den Plan verstand.

Sobald ein Septiker aus dem Spiegel tritt, schnappst du ihm eines dieser Dinger an die Knöchel.

Sie nickte, und ich zwinkerte ihr zu. *Braves Mädchen. Das war's. Tu es jetzt.*

Dusty trat langsam einen Schritt zurück, dann noch einen, und verschwand gänzlich.

Apollo blickte in den Spiegel, bis er sah, wie die Oberfläche zu silbernem Feuer wurde. »Malakar der Dunkle, ich rufe dich, erscheine vor uns.«

Ein Blitz spaltete die Luft. Vielleicht warnte uns die Leere vor der Gefahr, die wir einluden. Mein Ring spielte verrückt, blitzte und leuchtete.

Aus dem Augenwinkel sah ich, wie sich Apollos Rucksack ganz leicht bewegte, dann verschwand auch er. Schwarzer Nebel strömte aus dem Spiegel. Er roch schlimmer als Sirilla Voltanes Thronsaal – nach heißem Tod und Verfall – und brachte die blutgefrierenden Erinnerungen an Obsidian Castle zurück.

Der übelkeiterregende Nebel nahm die Gestalt eines alten Mannes in einem Umhang an. Sein leichenartiges Gesicht erinnerte mich wieder an Voltane. Er sah aus wie hundertundzwanzig im Schatten. Offensichtlich war das Land im Marquis-Spiegel nicht freundlich zu seinen Bewohnern. Vielleicht funktionierte es ähnlich wie Hundejahre – ein Jahr im Spiegel ließ dich zehn Jahre in der realen Welt altern.

Vielleicht war ihre Degeneration darauf zurückzuführen, dass sie dort drinnen nichts anderes zu tun hatten, als in ihrer Boshaftigkeit zu schmoren. Keine Menge an Kollagen oder Botox würde das in Ordnung bringen.

»Malakar der Dunkle«, sagte ich und ließ meine Stimme erklingen, um sicherzustellen, dass er mich hören konnte. »Wir haben dich des Hochverrats und des Mordes ersten Grades für schuldig befunden.«

Er knurrte mich an, graue Lippen gaben den Blick auf braune Zähne frei. Seine schwarze Kapuze bedeckte einen Teil seines Gesichts, aber ich konnte ihn noch gut genug sehen, um kalte Schauer über meinen Rücken laufen zu lassen. Er richtete seine Hand in meine Richtung und sang etwas Böses. Ich hielt mein Schutzamulett hoch, um dem Zauber entgegenzuwirken, aber es war nicht nötig. Der Zauber verpuffte, bevor er seine Handfläche verlassen konnte. Er blickte auf seine Hand und versuchte herauszufinden, warum sein Zauber nicht funktioniert hatte.

»Was«, krächzte der alte Zauberer, »soll das bedeuten?«

Gut gemacht, Dusty. Ich dachte in ihre Richtung. *Das ist mein Mädchen.*

Eine Bedrohung neutralisiert, sechs weitere vor uns. Ich betete zu Themis, der griechischen Göttin der göttlichen Ordnung und des Rechts, dass es ebenso einfach sein würde, die anderen zu fesseln.

»Malakar!«, rief Merlin. »Worauf wartest du? Töte sie!«

Malakar versuchte es erneut, scheiterte und zischte uns an.

Apollo fuhr mit seiner Liste fort, und jeder Zauberer wurde der Reihe nach aus dem Spiegel entlassen.

»Zarek der Schattenwebber.«

»Azazel.«

»Nylas Blackwood.«

»Malcolm Morbideus.«

»Lord Vaulter.«

Die sechs gebeugten Zauberer standen dort in ihren Umhängen, stinkend von ihrer finsteren Geschichte, verwirrt darüber, warum ihre einst furchterregende Magie nicht mehr funktionierte. Merlin war auch nicht glücklich. Er hatte erwartet, dass seine Männer so gesund wie er selbst sein würden, strotzend vor ihrer typischen Bösartigkeit.

Dusty, dachte ich. *Erzähle Sugar, was du getan hast, dann erscheine leise wieder und komm zu uns zurück.*

Einen Moment später nickte Sugar.

»Ich habe getan, was du verlangt hast«, sagte Apollo. »Jetzt lass Abigail gehen.«

»Warum sollte ich das tun?«, fragte Merlin, und ich hatte das Bedürfnis, meine Faust in sein Gesicht zu rammen. Wir konnten nicht zu ihm gelangen wegen seines tödlichen Feenfeuerrings. Es erinnerte mich an die Feenringe aus Pilzen, die wir an dem Tag im Wald gefunden hatten, als er Sam und mich zum Sammeln mitgenommen hatte. Die schmerzhafte Wahrheit war, dass ich Merlin während der kurzen Zeit, die wir zusammen verbracht hatten, geliebt hatte. Er hatte gewusst, dass ich mich immer nach Eltern gesehnt hatte, und hatte mich meisterhaft manipuliert. Seine Illusion als Papa Schlumpf war vollkommen gewesen, und ich hatte die Scharade komplett geschluckt. Die Kaffees, die Gespräche, die Geldspenden für das Naturschutzprojekt ... und die Ratschläge, die mich fast in Oblivion getötet hätten. Ich konnte nicht anders, als die Ironie zu sehen, dass ich mir gewünscht hatte, er wäre mein Vater.

»Weil es vorbei ist, Merlin«, sagte ich. »Du hast gesehen, wie nutzlos deine einst mächtigen Dämmerungsschnitter sind. Dein Plan hat nicht funktioniert. Es ist *vorbei*.«

Ich gab Sugar ein Zeichen, die mir kaum merklich zunickte. Ihre Hand war bereits in ihrer Tasche.

Einer der Schnitter schrie vor Schmerz auf, als seine Fessel einen gewaltigen Stromschlag durch ihn jagte.

Merlin starrte ihn an. »Was ist mit dir los?« Er ließ Abigail los, aber sie war immer noch im Ring gefangen.

»Du kannst sehen, was mit ihm los ist«, erwiderte ich. »Du hast erwartet, dass sie mächtiger sein würden als je zuvor; du dachtest, sie würden aus diesem Spiegel steigen, größer als das Leben selbst, und Chaos und Zerstörung anrichten.« Um ehrlich zu sein, war es das, was wir alle erwartet hatten, aber der Pfad der Leere führt zu Ehrlichkeit und Gerechtigkeit.

Merlin betrachtete die alten Schnitter, als wären sie Ungeziefer.

Ich machte weiter. »Seine Bosheit hat ihn von innen aufgefressen. Sie hat seinen Körper korrumpiert, genau wie sie es bei dir tun wird, nur dass du auch Mamas Kraft genommen hast, sodass dein Verfall schnell sein wird, und du wirst einen traurigen und einsamen Tod sterben. Den Tod, den du verdienst.«

Ich gab Sugar erneut ein Zeichen, und ein weiterer der Schnitter schrie auf und fiel zu Boden.

»Abigail«, rief ich, meine Stimme wurde durch das Einatmen von Rauch und das Schreien heiser. Sie sah mich mit völliger Verzweiflung an. »Erinnerst du dich daran, wie du mit Jed Harkner umgegangen bist?«

Ihr blasses kleines Gesicht nickte.

»Wir werden das wieder tun.«

»Sei still, Hexe«, höhnte Merlin. »Ich werde hier die Befehle erteilen.«

Ich konnte erkennen, dass er versuchte, eine Strategie zu entwickeln, den besten Weg zu finden, uns alle zu töten, aber wir waren nicht ohne unsere eigene kraftvolle Magie, besonders wenn wir sie vereinten. Ich hatte erfolgreich den größten Teil meiner Kraft zurückgehalten, und ich war bereit, sie einzusetzen.

Ich gab Sugar ein Zeichen, und sie benutzte ihre Fernbedienung, um einen weiteren der Schnitter zu zerstören. Während Merlin abgelenkt war, packte ich Apollo und flüsterte ihm ins Ohr: »Weißt du, wie man Feenfeuer löscht?«

»Ja«, antwortete er.

Diese Tage und Nächte, in denen ich die verbotenen Bücher in Craig Blackloths Geist gelesen hatte, zahlten sich jetzt wirklich aus, genau wie die Direktorin gesagt hatte.

»Aber wir brauchen ein Geschenk für die Feen.«

Mein Wissen über Feen war fast null. Nein, ich nehme das zurück. Es war buchstäblich null.

»Wie was?«, fragte ich. Vielleicht könnte ich etwas herbeizaubern. Ich hoffte, sie würden kein Menschenopfer verlangen. Feen konnten grausam und unberechenbar sein.

»Gold«, antwortete Apollo.

Ich hatte keines.

»Ein Diamant? Oder ein Smaragd?«, fragte er.

Merlins Aufmerksamkeit richtete sich wieder auf uns. »Hört auf zu intrigieren, oder ich schicke ein *veneno imbuis* in eure Richtung.«

Nein, danke. Ich hatte genug magisches Gift für ein ganzes Leben abbekommen.

Sugar wartete nicht auf mein Signal, und ein weiterer der Schnitter schrie vor Schmerzen auf.

»Tansanit«, flüsterte ich zu Apollo. »Wird das funktionieren?«

Er zuckte mit den Schultern. »Es sollte.«

Ich nahm den Ring ab, den ich als wilde junge Hexe im Wald gefunden hatte. Der Picknickplatz war einer meiner Lieblingsorte als Kind gewesen. Ich hatte gelernt, dass wenn ich nur bedrohlich genug aussah, die Besucher weglaufen und ihr Essen zurücklassen würden. Ich musste mich nie besonders anstrengen. Meine Augen hatten schon immer eine beunruhigende Grüntönung, und mein Haar war verfilzt und ungezähmt. Orions Heulen verstärkte die unheimliche Atmosphäre. Ich hatte mich nur für ihr Essen interessiert und teilte es mit meinem Vertrauten. Aber bei einer Gelegenheit ließ ein Paar einen Ring zurück. Mir gefiel die Farbe, wie er so blau funkelte, und ich beschloss, ihn zu behalten. Jahre später entdeckte ich mit Captain Morgans Hilfe, dass es dasselbe Paar war, das zu den Behörden gegangen war und von einem wilden Straßenkind im Wald berichtet hatte.

Der Ring hatte mich über die Jahre vor Gefahren gewarnt, und jetzt würde er helfen, die größte Gefahr von allen zu stoppen.

KAPITEL 73
ÜBERNATÜRLICHE ENTHAUPTUNG

ASHA

Ich gab Apollo den Tansanit-Ring, der ihn in den Feuerring warf. Er zischte und brannte in einem leuchtenden Blau, genau wie der Stein selbst. Das Blau lief schnell die Linie der grünen Feenfeuer entlang und löschte die tödliche Magie. Merlin stürzte auf Abigail zu, aber sie war bereits unsichtbar geworden und durch die Lücke entkommen. Ich presste vor Stolz die Kiefer zusammen. Das war mein Feenpatenkind.

Mit seiner tödlichen Barriere erstickt war Merlin endlich verwundbar. Sugar beseitigte die restlichen Reapers, während sich unsere Angriffslinie neu formierte und meinem Vater gegenüberstand.

»Jetzt!«, rief ich. Apollo, Savvy, Abigail, Dusty und ich streckten unsere Hände und Zauberstäbe in seine Richtung.

»*Fiat fulgar!*«, riefen wir alle. Unsere Magie, alle in verschiedenen Farben und Stärken, strömte aus uns heraus und vereinigte sich zu einem massiven, ohrenbetäubenden Fluchgewitter.

»*Effectus adversum!*«, schrie Merlin und schleuderte es direkt auf uns zurück.

Ich sprang vor mein Team und hob meinen Unterarm mit meinem Schutzamulett. »*Protendo!*«, rief ich und ließ die zurückgeschleuderte Magie erlöschen, kurz bevor sie uns erreichte. Ein kleiner Reststrahl traf Savvy, und sie keuchte vor Schmerz auf.

Das machte mich wütend. »*Rumpis!*«

Eine dünne blaue Linie bösartiger, zerstörerischer Energie flog auf ihn zu, und er schlug sie erneut weg, wobei er Rick fast traf, der sich duckte und gerade noch rechtzeitig vermied, übernatürlich enthauptet zu werden.

»Ich dachte immer, du seist klug«, sagte Merlin und deutete damit an, dass er seine Meinung geändert hatte. »Was glaubst du, wird passieren, wenn du mich tötest?«

»Das Reich wird ein besserer Ort sein?«, antwortete ich.

»Fraglich«, sagte er. »Was noch?«

»Asha«, sagte Sam und ergriff meinen Arm.

Ich suchte in seinem Gesicht. Seine Güte zu sehen, nachdem ich in solcher Bosheit versunken war, war wie Balsam. »Ja?«

»Du hast mir gesagt, dass wenn man den Verflucher tötet, der Fluch gebrochen wird.«

Er ließ mich das sacken lassen.

»Merlin hat Belladonna mit einer Schwangerschaft verflucht«, sagte Sam. »Sie nannte dich den Fluch.«

»Ja«, sagte ich.

Sein Gesicht verzerrte sich vor Emotion. Er verstand, dass wenn ich Merlin tötete, der Fluch des Zauberers aufgelöst würde und ich zusammen mit ihm sterben würde.

Wenn wir Merlin töteten, würde ich aufhören zu existieren. Aber das Reich wäre sicher, und meine Freunde wären sicher. Es war ein Handel, den ich bereit war, einzugehen.

»Nein«, sagte Sam. »Das werde ich nicht zulassen.«

»Die Göttin weiß, dass ich dich liebe, Detektiv Sam Armstrong«, sagte ich und zwang die Worte an dem Kloß in meinem Hals vorbei. »Und du hast mich mehr geliebt fühlen lassen als je zuvor in meinem ganzen Leben. Selbst als ich dich bat zu gehen, zu deiner eigenen Sicherheit, hast du dich geweigert, mich im Stich zu lassen. Ich wünsche mir nichts mehr, als den Rest meines Lebens mit dir zu verbringen.«

»Dann lass uns das möglich machen«, erwiderte Sam, Tränen ließen seine Augen glänzen. »Ich möchte eine Familie mit dir. Ich möchte Dusty und die Katzen und Jemima adoptieren. Ich möchte sogar Nilve SaltySnap adoptieren, Gott steh mir bei. Ich möchte dir jeden Morgen Kaffee machen und dich zu jedem Jahrestag ins Cog ausführen.«

»Das klingt wunderschön«, sagte ich und biss die Zähne zusammen, um nicht zu weinen. Es war die erhabenste Fantasie – aber mehr war es nicht.

Mein Schicksal war hier, auf diesem Dach, in diesem Feuer. Das war es, wofür ich bestimmt war; dafür wurde ich geboren. Es hatte sich vollendet – ich war die Fluchbrecherin, und es war Zeit, meinen letzten Fluch zu brechen.

KAPITEL 74
ÄQUINOKTIUM-STICH

ASHA

» **E**s muss einen anderen Weg geben«, sagte Savvy, die sich an Sams Seite gestellt hatte.

»Dafür haben wir keine Zeit«, antwortete ich. »Wir müssen jetzt zuschlagen. Eine weitere Chance wird es nicht geben.«

Savvy wollte solchen Unsinn nicht dulden. Ohne zu zögern, richtete sie ihre Armbrust auf Merlin und drückte ab. Der Bolzen schoss auf seinen Bauch zu und erstarrte genau dort in der Luft, ohne ihn zu berühren. Er vibrierte, als würde er auf seinen Befehl warten. So schnell wie er gekommen war, schoss er zu Savvy zurück und durchdrang ihren Brustkorb direkt unter ihren Brüsten.

Abigail und ich schrien auf, als sie nach hinten fiel. Rick fing sie auf, wiegte sie in seinen riesigen Armen. Ich wollte, dass sie nach Luft schnappt oder stöhnt oder irgendein Geräusch von sich gibt, aber sie blieb still.

Nein nein nein nein nein!!!

Es war hinterhältig von Merlin – er hatte erwartet, dass wir alle unsere Abwehr fallen lassen und zu ihr eilen würden, damit er uns von hinten angreifen könnte. Es war düster, aber ich wusste, dass ich standhaft bleiben musste, sonst wären wir alle verloren, einschließlich Savvy. Es kostete mich jedes Quäntchen Mut, das ich hatte.

»Sie lebt«, hörte ich Rick murmeln, und die Erleichterung, die ich fühlte, stärkte meinen Entschluss. Sie würden sich um Savvy kümmern, und ich würde mich Merlin stellen. Die Septiker, die sahen, dass das Team nun abgelenkt und verwundbar war, schlichen sich heimlich heran, um sie anzugreifen.

Ich holte tief Luft und beschwor all meine Kraft herauf. Ich hatte gedacht, ich wäre eine gewöhnliche Hexe, aber das stimmte nicht. Ich hatte das Blut von zwei der mächtigsten Hexen und Zauberer, das durch meine Adern raste. Ich hatte Potenzial, von dem ich nie geträumt hatte. Jeder Funke Magie war genau da, wartend, und selbst als ich glaubte, nicht mehr davon halten zu können, beschwor ich mehr, saugte sie aus allen möglichen Quellen: meiner Angst um Savvys Leben, meiner Liebe zu Sam, den starken Emotionen um mich herum. Mein Ekel gegenüber den Reapern, die Energie der Pflanzen auf dem Dach, das elektrische Unwetter, das über uns tobte. Ich nahm alles auf und fühlte mich so voller Energie, dass es schien, als würde ich bald in der Luft schweben.

Ich hob meine Arme zu Mutter Natur und ihrem Zorn: dem tosenden Sturm, dem stürmischen Wind, dem Blitz, der drohte, uns niederzustrecken – aber die Leere sagte mir, dass Zeus auf meiner Seite war. Dass ich den Blitz nicht fürchten, sondern nutzen sollte.

Mit noch erhobenen Armen rief ich den Sturm herbei. »*Tempestas!*«

Er antwortete mir mit einem Donner so laut, dass ich dachte, meine Ohren würden bluten. Ich schaute nach oben und sah einen Blitzpfeil, der neckend meine Handfläche berührte und mich dazu bringen wollte, ihn zu packen. Ich pflückte den Blitz aus der Dunkelheit und schleuderte ihn auf den Reaper, der meinen Freunden am nächsten war. Seine Füße hoben vom Boden ab, zuckend von der Spannung, die durch ihn lief, Rücken gebogen,

Gesicht eine Maske der Qual, dann kippte er um und verbrannte zu nichts. Der flammende Boden unter uns brach ein. Ich griff bereits nach dem nächsten Donnerkeil, und er kam mühelos zu mir. Schnell reduzierte ich alle sechs Septiker zu traurigen, rauchenden Haufen alter schwarzer Umhänge, bevor sie meine Freunde berühren konnten.

Als ich mich zu Merlin umdrehte, kamen mir die Worte des Äquinoktium-Stich-Zaubers in den Sinn.

Sie brennt ganze Wälder grün zu schwarz

Verwandelt handförmige Blätter zu Staub

Sie bedeckt Ozeane mit ihrem rauchenden Eis

Bewegt Berge mit furchtbaren Böen.

Macht bricht aus ihr hervor wie Lava

Flammen rasen entlang brennender Wurzeln

Während sie die Zukunft mit ihrem Feuer strickt

Aus der Asche wachsen grüne Sprösslinge.

Alles, was brennt, wird bald blühen

und alles, was blüht, muss brennen

Der Tod ist nicht das Ende, nein, nein —

Die Welt dreht sich immer weiter.

Alle schlafenden Samen erweckt sie

Der Regenbogen ist ihr Zeichen

Die Macht des Zerstörers wird genommen

In Liebe werden alle Flüche gebrochen.

Wie die Jahreszeiten alle wehen

Ist unser zerbrechliches Schicksal besiegelt

Alles Verlorene wird stets gefunden

Alles Verwundete wird geheilt.

Dies ist die Bahn der eigensinnigen Frau

Die mit Sternen und Steinen strickt

Die Wilde, die Wanderin, die Wespe, die Hexe

Dies ist der Weg der eigensinnigen Göttin

Eine Flamme, ein Stein, ein Stich.

KAPITEL 75
SCHLUMMERNDE SAMEN

ASHA

Zwei der Zeilen blieben in meinem Kopf stecken, weigerten sich, verdrängt zu werden und blockierten meine Konzentration auf den letzten Zauber, den ich brauchte, um meinen Vater zu töten.

Alle schlummernden Samen weckt sie.

Die Macht des Zerstörers wird genommen.

Oh Göttin, ich hatte es! Ich brauchte keinen riesigen, auffälligen Zauber, der wahrscheinlich direkt zurückgeschlagen würde und mich in ein frühes Grab stürzen würde. Nach allem, was ich gehört, gerochen und gesehen hatte, konnte ich es nicht ertragen, die Gewalt anzuwenden, die so oft von mir erwartet wurde, um das Gleichgewicht im Reich zu halten. Ich brauchte weder Zeus noch den tobenden Sturm oder einen komplizierten Zauber. Alles, was ich tun musste, war nach innen zu schauen, die inhärente Kraft meiner Blutlinie zu nutzen und zu dem zurückzukehren, was ich am besten konnte. Ich griff in meine Tasche und holte den Samen hervor, den ich in Skippys Laden gekauft hatte.

Merlin wirbelte seine Kraft in seiner Handfläche, einen schimmernden Ball aus mörderischer Magie, der für mich bestimmt war. Er ließ ihn wachsen, während ich selbstbewusst vor ihm stand. Die ruchlose Magie spiegelte sich in seinen Augen, als er zielte. Ich wünschte, ich könnte mich von meinen Freunden verabschieden, ihnen für ihre Tapferkeit danken und ihnen sagen, dass ich jeden Einzelnen von ihnen liebte. Mehr als alles andere wollte ich, dass sie nicht um mein Ableben trauern würden, denn es war und ist schon immer meine Vorsehung gewesen, und sich zu wünschen, dass die Dinge anders enden würden, würde nur zu Leid führen. Ich schaute in die Augen meines Fluchmachers.

»Verräterfluch« war der Name des magischen Samens, und hier stand ich, vor dem größten Verräter im Reich.

»*Ianua sit*«, flüsterte ich dem kleinen braunen Samen zu.

Merlin schleuderte seine Magie auf mich, genau in dem Moment, als der Samen auf ihn zuschoss. Ich hob meinen Unterarm als Schild, wobei Lilian Blacks Amulett mich vor den meisten Schäden schützte, aber die Kraft war immer noch so intensiv, dass ich durch die Luft flog. Ich sprang so schnell wie möglich auf, gerade rechtzeitig, um zu sehen, wie Merlin seine Brust packte, als hätte er Brustschmerzen. Angenommen, der Samen hatte sein Ziel erreicht, was wahrscheinlich aussah, würde er in Merlins Herz sitzen.

Alle schlummernden Samen weckt sie.

Er verzog das Gesicht und trat einen Schritt zurück. »Was tust du?«

»Ich pflanze einen Baum in deiner Wiese«, antwortete ich. Ich zeigte auf seine Brust. »*Augescis!*« *Wachse.*

Er stöhnte, drückte stärker als zuvor auf sein Herz und brüllte vor Schmerzen. Ich konnte es nicht ertragen, zuzuschauen, aber ich hörte das Grauen, das sich entfaltete. Die Äste, die seine Haut durchbohrten, als sie aus seinem Körper herauswuchsen, die Wurzeln, die durch seine Beine schossen und sein Fleisch aufrissen, der Baumstamm, der sein Inneres zerstörte, während er sich ausdehnte.

Nichts von seiner Macht, seinem Reichtum oder seiner Magie würde ihm jetzt helfen.

Die Macht des Zerstörers wird genommen.

Die Geräusche waren erschütternd und grauenhaft, und ich kauerte unter ihnen, die Augen fest zusammengepresst, die Hände über den Ohren, und wartete darauf, dass der verfluchte Faden, der uns verband, riss. Wartete auf das Ende.

Der Wolkenkratzer brach schließlich ein, feurige Trümmer stürzten herab und rissen uns alle mit in die Tiefe.

In Liebe werden alle Flüche gebrochen.

KAPITEL 76
FAULPELZ

ASHA

Es war so dunkel und so still. Da war kein Feuer, kein Rauch, keine Gefahr.

»Asha«, rief Sams Stimme. Ich spürte, wie er mein Haar streichelte.

Wenn ich Sams Stimme hören konnte, bedeutete das, dass er auch tot war. Waren alle bei dem Sturz gestorben? Sie mussten es sein – es gab keine Möglichkeit, dass wir das überlebt haben könnten.

Ich öffnete meine Augen, und das Licht stach wie Zitronensaft. Ich kannte dieses Licht, ich kannte diesen Raum und dieses Bett. Es war dort, wo ich mit siebenunddreißig Stichen im Kopf aufgewacht war.

»Asha!«, rief er, Aufregung in seiner Stimme. Er ließ mich los und brüllte in den Korridor. »Sie ist wach! Leute! Asha ist wach!«

Er kehrte an meine Seite zurück.

»Lass mich raten«, krächzte ich. »Du bist hier, um mich zu verhaften.«

Sam kicherte und drückte meine Hand. »Du hast ein paar Tage geschlafen.«

»Er sagt *geschlafen*«, kam Savvys Stimme. »Aber du warst im Koma. Es stand auf der Kippe. Er hat dich keine Sekunde allein gelassen.«

Ich blinzelte durch die trübe Sicht und drehte meinen Kopf, um Savvy zu sehen. Sie war bandagiert und saß aufrecht in einem Krankenhausbett, identisch mit meinem.

Ich erinnerte mich an den Pfeil, der sie durchbohrte. »Geht's dir gut?«, fragte ich.

»Bestens«, antwortete sie mit einem Daumen hoch. »Ein paar zertrümmerte Rippen und minus eine Milz, aber der Bolzen hat die wichtigsten Organe verfehlt.«

Sam stellte den Winkel meines Bettes so ein, dass ich sitzen konnte, und reichte mir etwas Wasser. Es schmeckte fantastisch. Ich hörte ein Knacken und sah Salty in der Ecke sitzen, die sich an einem Snackkorb mit einem darüber schwebenden Ballon mit der Aufschrift »Gute Besserung!« bediente.

»Oh, hi, Hexe!«, sagte sie, Erdnussbrittle zierte ihre Zähne.

»Hi, Salty«, antwortete ich. »Wie geht's dem Handgelenk?«

»So gut wie neu!«, sagte sie, wobei ein Stück der Süßigkeit aus ihrem Mund flog.

Chione, Apollo und Morgan stürmten herein mit Umarmungen, Lächeln und Geschenken.

»Wurde auch Zeit, dass du aufwachst«, stichelte der Grimalkin. »Faulpelz.«

»Sie war buchstäblich im Koma«, sagte Morgan. »Gib ihr eine Pause.«

»Alles, was ich höre, sind Ausreden«, murmelte Chione. »Während du deinen Schönheitsschlaf hattest, musste ich mit *viel* klarkommen.«

»Lasst sie in Ruhe«, schimpfte Ferra, die gerade durch die Tür gekommen war. Die Belore-Zwillinge waren bei ihr und trugen Behälter mit Essen.

»Ferra«, sagte ich, so dankbar, sie zu sehen, dass ich den Tränen nahe war.

»Schau nicht so überrascht, Anfängerin. Denkst du wirklich, ich würde dir erlauben, *Krankenhaus*essen zu essen?«

»Keine Sorge«, meldete sich Salty. »Ich hab ihr Krankenhausessen gegessen.«

Ferra lachte. »Und dann sagen die Leute, Kobolde seien keine rücksichtsvollen Wesen.«

Alle kicherten.

»Wie haben wir überlebt?«, fragte ich.

»Nun«, sagte Nilve, »der einzige Grund, warum du noch lebst, ist, dass du deine Glücksunterhose anhattest.«

Ich lachte, aber sie meinte es ernst. »Sobald dieser Sanitäter-Magier mein Handgelenk geheilt hatte, konnte ich über deine Schlafshorts zurück zu dir portalen. Das Timing war perfekt, denn du warst so gut wie tot.«

Worte, die man nicht oft hört, aber da haben wir's.

»Nachdem er dich stabilisiert hatte, hat er die alte Säuferin da drüben versorgt«, sie zeigte auf Savvy.

»Ex-Säuferin«, korrigierte Savvy.

»Und sichergestellt, dass der Rest von uns okay ist.«

»Aber... das Gebäude«, sagte ich. »Es brannte. Es stürzte ein. Niemand hätte diesen Sturz überleben können.«

»Mussten wir auch nicht«, sagte Sam. »Apollo hat uns hierher portiert, bevor wir auf dem Boden aufschlugen.«

»Niemals«, antwortete ich. »Unmöglich.«

Apollo polierte seine Nägel an seinem Hemd und bewunderte sie. »Hab dir ja gesagt, dass ich der beste Portierer im Reich bin.«

»Und dein Fluch?«, fragte ich ihn.

»Gebrochen«, sagte er, in seinen Turnschuhen hüpfend. »Dank dir. Hey, wenn du willst, kann ich es dir zeigen. Chione, verwandel dich in eine Katze.«

Der Grimalkin verdrehte die Augen. »Das macht er den ganzen Morgen schon. Er mag ein brillanter Portierer sein, aber seine Anwesenheit ist absolut anstrengend.«

Ich lachte, bevor mir auffiel, dass Rick fehlte. »Wo ist Rick?«

Morgan lächelte so breit, dass sie mich fast ganz verschluckte. »Tureek? Er ist bei Gnrok! Sie holen alles nach. Sie sind dir natürlich unglaublich dankbar, dass du sie wieder zusammengebracht hast.«

»Sie haben beide mehrfach mein Leben gerettet«, sagte ich. »Das ist das Mindeste, was ich tun konnte.«

»Dusty und Abigail?«, fragte ich.

»Sie arbeiten an einem geheimen Projekt für dich«, sagte Sam. »Dr. Gilbert hat uns alle nach dem Showdown auf dem Wolkenkratzer befragt, und wir mussten alle versprechen, zu Folgeterminen zu gehen, um das Trauma zu verarbeiten. Sie ist diejenige, die den Mädchen die Idee gegeben hat, dir etwas zu machen.«

»Sie sind bei mir«, sagte Ferra. »Sobald du dich gut genug fühlst, können wir sie besuchen.«

»Ich fühle mich gut genug«, sagte ich. »Ich habe mich nie besser gefühlt.«

»Äh, nein«, sagte Morgan. »Ich wiederhole es lauter für die Leute in der letzten Reihe. Du bist gerade aus einem *Koma* erwacht.«

»Stimmt«, sagte ich, »aber ich habe auch eine rasend schnelle Heilungsfähigkeit. Ich fühle mich gut... eigentlich fühle ich mich besser als gut.«

Ferra wurde hellhörig. »Glaubst du, du bist fit genug, um zum Pub zu kommen?«

»Ich würde ABSOLUT GERNE«, schwärmte ich. »Ich kann mir nichts Besseres vorstellen. Außerdem habe ich dem Team ein riesiges Festessen versprochen, wenn das alles vorbei ist.«

»Ausgezeichnet«, antwortete Ferra grinsend. »Festessen sind zufällig meine Spezialität.«

»Bevor wir vorpreschen«, sagte Chione, »mussten wir einige Vorkehrungen treffen, während du geschlafen hast.«

»Okay«, antwortete ich.

»Also. Apollo ist unglaublich nervig, aber er ist wirklich gut mit Tieren.«

»Ja?«, antwortete ich.

»Ich habe ihn engagiert, um das Thomas Harvey Naturschutzprojekt zu leiten.«

»Oh, das ist grandios«, sagte ich.

Apollo nickte. »Es ist der erstaunlichste Job, den ich je hatte! Plus habe ich einen Ort zum Leben und genug Geld von meinem Gehalt übrig, um den Kühlschrank meiner Eltern zu füllen und ihre Miete zu bezahlen.«

»Und das Wichtigste«, sagte Savvy, »ist, dass er keine Gedichte mehr schreibt.«

Wir alle lachten, aber nicht zu laut, um Apollos Gefühle nicht zu verletzen.

»Nathan Steiger hat jetzt auch einen Job«, sagte der Grimalkin.

»Oh!«, rief ich aus. »Es geht ihm besser?«

»Devka hat ihn brillant gesund gepflegt. Er sitzt im Rollstuhl – wahrscheinlich noch eine Weile – aber sein Verstand ist so scharf wie eh und je. Also haben wir ihn zum Chef von Æterna gemacht.«

»Was?«

»Natürlich müssen wir den Namen der Firma ändern und das Geschäftsmodell neu ausrichten, aber da wartet ein riesiges und erfolgreiches Unternehmen auf dich. Belladonna hat es dir in ihrem Testament hinterlassen. Allein das Vertriebsnetz ist Milliarden wert.«

»Vertriebsnetz?«, wiederholte ich dümmlich.

Chione nickte. »Denk zum Beispiel daran, wie wir dein Glamour-Vape-Geschäft ausbauen können. Wir haben Labore, Frachtlogistik, Einzelhandelsgeschäfte im ganzen Reich. Und wir müssen nicht bei Glamour-Tränken aufhören. Steiger hat einen ausgezeichneten Geschäftssinn, und die Kelche leiten ihn an, wie er die Gewinne des Unternehmens investiert, einschließlich einer großen Summe, die an die BetterRealm Foundation gespendet wird, aber alles läuft hervorragend. Devka ist seine Assistentin und Sebastian das Firmenmaskottchen. Es hat sich alles recht gut entwickelt.«

»Oh«, fügte Sam hinzu. »Und wir haben Agreement und Halfpint von der Auric Bank abgeworben. Wir haben ihre bereits großzügigen Gehälter verdoppelt als Dankeschön dafür, dass sie uns beim Hacken des Eingangs zum Wolkenkratzer geholfen haben.«

Ich strahlte ihn an.

»Noch eine letzte Sache«, sagte Sam. »Jetzt, da Garrett im Gefängnis ist, hat Dustys Mutter zugestimmt, das Sorgerecht aufzugeben.«

Ich hätte fast vor Freude geschrien. »Was? Ernsthaft?«

»Jep«, sagte Ferra. »Die Belore-Skunks sind außer sich, weil sie Dusty regelmäßig sehen werden.«

»Was ist mit meinen Neuigkeiten?«, forderte SaltySnap.

Sam lächelte nachsichtig. »Salty und Skippy haben ein neues Geschäft eröffnet.«

Ich hob überrascht die Augenbrauen.

»The Lime Shake Shack«, sagte Salty. »Weil unsere Haut grün ist, verstehst du? Und weil ich Limetten-Milchshakes liebe. Es ist ein Pop-up-Laden. Wir wollten es The S-lime Shack nennen, aber Chione sagte, wir wären innerhalb einer Woche pleite. Sie ist sehr herrisch.«

Ich lachte. »Was hab ich noch verpasst?«

»Die Kelche haben eine Wohnung für die Mädchen springen lassen. Zaleria, Mercury und Marielle. Anscheinend war es Mercurys Traum, eine Wohnung zu teilen und zur Universität zu gehen, also haben die Kelche es möglich gemacht. Sie wussten, dass Mercury ihre eigene Sicherheit riskiert hat, um sicherzustellen, dass Zaleria sicher nach Hause kam.«

»Das sind wunderbare Neuigkeiten«, sagte ich. »Mercury verdient das.«

»Sie haben auch eine beträchtliche Spende an das Woodhaven Kinderheim gemacht. Anscheinend waren sie kurz vor dem Bankrott, aber jetzt werden sie ziemlich komfortabel leben können.«

Überglücklich seufzte ich. »Ihr Leute wisst wirklich, wie man Dinge erledigt. Ich sollte öfter ins Koma fallen.«

»Untersteh dich«, sagte Sam.

Ich war nervös, die nächste Frage zu stellen, aber ich musste es wissen. »Wie geht es Jax?«

Ein Moment der Stille verriet die anhaltende Sorge aller.

»Die ehrliche Antwort ist, dass wir es noch nicht wissen«, sagte Morgan. »Wir werden es erst wissen, wenn das Baby kommt. Jax'

Termin ist jeden Tag. Die Nerven aller liegen blank. Es fühlt sich an, als würde das ganze Reich den Atem anhalten.«

Mein Herz sank. »Okay. Ich schätze, es gibt nichts anderes zu tun, als abzuwarten.«

»Wenn wir vom Warten sprechen«, sagte Apollo, »bei Harveys Projekt gibt es gute und schlechte Nachrichten.«

»Oh«, antwortete ich. »Rap?«

Salty meldete sich wieder zu Wort. »Wie Polly sagen würde, Rap, ruhe in Frieden.«

»Ach nein«, murmelte ich. »Ich liebte diesen hohlknochigen, sichel-klauigen Regenbogen-Raptor. Er hat unser Leben gerettet.«

»*Sie* hat unser Leben gerettet«, sagte Chione.

Ich sah sie an. »Sie? Woher weißt du das?«

»Weil sie uns ein Geschenk hinterlassen hat«, sagte Apollo und sah entzückt aus. »Ich habe in Harveys Haus ein elektrisches Heizkissen gefunden–«

»Das, das ich ihm für seinen Rücken gekauft habe«, sagte Morgan.

»Also wird das Ei schön warmgehalten. Es könnte sogar bis Halloween schlüpfen. Wäre das nicht etwas?«

MEINE BESUCHER GINGEN, und ich war gerade dabei, meinen Infusionsschlauch zu ziehen, als Sam mich aufhielt und darauf bestand, dass ich auf den Arzt warte.

»Es eilt nicht«, sagte er sanft. »Die Mädchen brauchen ein wenig Zeit, um ihr Projekt abzuschließen, und Ferra wird ein paar Stunden zur Vorbereitung brauchen.«

Er leistete mir Gesellschaft, und wir teilten uns die Trauben, die er mitgebracht hatte. Sobald der Arzt mir grünes Licht gab zu gehen, war ich frei, wobei der Mediziner angesichts meiner wundersamen Genesung ratlos den Kopf kratzte.

»Okay«, sagte Sam und schaute auf seine Uhr. »Wir haben immer noch eine Stunde, bevor Ferra bereit für uns ist. Wir fahren nach Hause zum Umziehen und gehen dann rüber.«

Ich liebte, wie er mein Haus als »Zuhause« bezeichnete.

»Sagst du etwa, dass du mein Outfit nicht magst?«, neckte ich ihn und posierte in meinem rückenfreien Krankenhaushemd.

»Ich mag es sehr«, sagte er und küsste mich. »Aber ich hätte dich lieber ohne es.«

Ich grinste ihn an. Ich kniff mich selbst und war erfreut, als es weh tat.

Eine Stunde später war ich sauber, angezogen und ausgehungert. Wir fuhren fast schweigend zum Copper Cog.

»Fühlst du dich okay?«, fragte Sam. Er sah in seiner eleganten schwarzen Jacke außerordentlich gut aus.

»Ja, danke. Es gibt nur eine Menge zu verarbeiten.«

Er nickte mitfühlend und zustimmend. »Es wird eine Weile dauern. Aber das Wichtigste ist, dass du in Sicherheit bist – wir alle in Sicherheit sind – und dass Merlin und Belle weg sind.«

Ja.

»Du hast etwas Unglaubliches getan, Asha. Ich bin so, so stolz auf dich.«

»Warum denkst du, bin ich nicht gestorben?«, fragte ich, »Weißt du, als ich Merlin getötet habe?«

»Oh, darüber habe ich nachgedacht«, antwortete er. »Es ist, weil du kein Fluch bist.«

Beim Cog standen tonnenweise Autos. Ich reckte den Hals, um zu sehen, warum es so voll war.

»Hab's noch nie so gesehen«, bemerkte ich. Ich hatte den magischen Gastropub schon völlig überfüllt erlebt, besonders dank Ferras Fähigkeit, zusätzliche Tische und Stühle erscheinen zu lassen, wenn sie gebraucht wurden – und manchmal auch zusätzliche Räume – aber das war ungewöhnlich.

»Zum Glück weiß Ferra, dass wir kommen«, sagte ich. »Sonst müssten wir hungern.«

Sam lachte. »Hunger gibt's nicht, wenn Ferra in der Nähe ist.«

»Nie wurde ein wahreres Wort gesprochen«, antwortete ich.

Er öffnete die Autotür für mich und half mir heraus. »Bist du sicher, dass du fit genug bist, um Leute zu sehen?«

»Auf jeden Fall«, sagte ich. »Ich kann es kaum erwarten, besonders die Mädchen zu sehen.«

Er zog mich näher. Ich erinnerte mich an seine Worte auf dem Æterna-Wolkenkratzer. »Ich liebe dich«, sagte ich, und er zerquetschte mich in einer Umarmung.

»Ich liebe dich auch«, sagte er und nahm meine Hand, als wir in den Cog gingen.

KAPITEL 77
GLÜCKSBRINGER LIPPENSTIFT

ASHA

Das Innere des Pubs war leer. Das Feuer brannte fröhlich vor sich hin, aber weit und breit war kein Tisch, Stuhl oder Mensch zu sehen.

»Kein Grund zur Sorge«, beruhigte mich Sam. »Ferra hat mich vorgewarnt. Dusty und Abigail sind im privaten Speisesaal.«

Ich konnte nicht anders, als an die Chalices zu denken, als wir hindurchgingen. Dort hatten sie mich angefleht, ihnen bei der Suche nach ihrer Tochter zu helfen, also schien es ein passender Ort für unser Festmahl zu sein. Aber als wir ankamen, waren nur Dusty und Abigail anwesend. Sie keuchten auf, als sie mich sahen, und warfen sich in meine Arme.

»Wir haben dich im Krankenhaus besucht«, sagte Dusty.

»Aber du warst nicht wach«, sagte Abigail. »Wir haben dir auch einen Korb mit Leckereien mitgebracht, aber ich glaube, Salty hat sie aufgegessen.«

Sie überreichten mir eine Schachtel. Sie hatte Löcher und es war ein deutliches Piepsen daraus zu hören.

»Das ist auch für dich, aber das Krankenhauspersonal hat uns nicht erlaubt, es reinzubringen.«

Vorsichtig öffnete ich den Deckel. Sechs der niedlichsten mehrfarbigen Küken, die ich je gesehen hatte, waren darin.

»Ach«, sagte ich. »Sie sind die Süßesten! Danke!«

Beide strahlten.

»Ah, meine Mädels«, sagte ich, mein Herz wollte fast zerspringen. Es tat so gut, sie in meinen Armen zu spüren, und ich war so stolz auf die beiden. Ich küsste sie auf ihre Köpfe und bemerkte ein großes Stück schwarzen Stoff auf dem Tisch. »Was ist das?«

»Wir haben es für dich gemacht«, sagten sie im Chor.

»Es ist ein besonderes Kleid«, sagte Dusty.

»Ein besonderes *Hexen*kleid«, sagte Abigail. »Mit *Taschen*.«

»Die Belore-Zwillinge haben uns geholfen.«

»Oh mein Gott«, rief ich aus. »Es ist so wunderschön!«

»Wir hatten überlegt, ein weißes Kleid zu machen, aber das erinnerte uns an Celestia, also haben wir es in Schwarz geändert. Auch weil es deine Lieblingsfarbe ist. Und wir haben es ärmellos gemacht, um deine schönen Botanicals zu zeigen.«

»Nun, es ist traumhaft«, erwiderte ich und hielt es hoch, um es zu bewundern. »Ich liebe es. Vielen, vielen Dank!«

»Willst du es anziehen?«, fragte Dusty.

»Jetzt?« Ich wollte nicht undankbar erscheinen, aber es war ein festliches Kleid und nicht wirklich für einen Pub geeignet.

Beide nickten.

»Ah, okay«, stimmte ich zu und nickte enthusiastisch. Es sollte schließlich eine Party sein.

Dusty bedeutete Sam, sich umzudrehen, um meine Privatsphäre zu wahren, aber er verließ den Raum, um nachzusehen, ob er Ferra mit irgendetwas helfen könnte. Ich zog meine Kleidung aus und schlüpfte in das schicke, elegante Kleid.

Die Mädchen hatten Glubschaugen. »WOW, Asha«, sagte Abigail. »Du siehst UNGLAUBLICH aus.«

»Hier ist die Tasche für deinen Zauberstab«, sagte Dusty und zeigte mir eine schmale Tasche, die an den Rippen entlanglief.

»Und Ferra hat uns erlaubt, etwas von ihrem Kevlar zu verwenden, also ist das Kleid kugelsicher«, sagte Abigail.

»Gut zu wissen!«, lachte ich. »Ihr Mädels habt an alles gedacht. Danke, ich liebe es.«

»Es hat Spaß gemacht, es herzustellen«, sagte Abigail. »Dr. Gilbert meinte, es sei gut, seine Hände zu benutzen und Dinge zu erschaffen, wenn man ein Trauma verarbeitet, außerdem konnten wir mehr Zeit miteinander verbringen.«

»Ihr zwei seid einfach genial«, sagte ich.

Es klopfte höflich an der Tür, und ich rief Sam herein, aber stattdessen trat Kieron Palefang ein.

»Kieron!«, rief ich aus. »Ich hätte nicht gedacht, dass du hier sein würdest.«

»Werwölfen ist es jetzt erlaubt, in die Öffentlichkeit zurückzukehren, dank dir«, sagte er.

»Und dank dir«, erwiderte ich. »Ohne dein Rudel hätten wir es nicht geschafft.«

»Was mich zum Grund meines Hierseins bringt«, sagte er. Er nahm eine Schmuckschachtel aus seiner Jackentasche und gab sie mir.

»Was ist das?«

»Öffne es«, sagte er.

In der kleinen Schachtel befand sich eine Kette mit einem runden Anhänger. Ich hielt ihn näher, um das Siegel auf der silbernen Scheibe zu betrachten. Es war ein stattlicher Wolfskopf – das Wahrzeichen der Palefangs. Als ich ihn umdrehte, sah ich das Symbol von Orion, eingerahmt in einer S-Form.

»Wir wären geehrt, wenn du dies im Namen unseres Rudels annehmen würdest«, sagte Kieron. »Eine Ehrenmitgliedschaft im Palefang-Rudel, mit einer Erinnerung an Orion und Stoker auf der Rückseite.«

Ich war zutiefst gerührt. Tränen stiegen mir in die Augen.

»Nein, Asha«, sagte er streng. »Es ist nicht die Zeit zum Weinen.«

»Danke«, stammelte ich. »Würdest du sie mir umlegen?«

Kieron tat dies, und als ich den Verschluss einrasten hörte, betrat Sam wieder den Raum. Ich drehte mich zu ihm um, und er wirkte wie vom Donner gerührt.

»Mein Gott«, sagte er, fast atemlos. »Du siehst unglaublich aus.«

Die Mädchen kicherten, aber ich kämpfte immer noch gegen die Tränen an.

»Komm«, sagte er, »alle warten auf uns.«

Ich wusste nicht, wer »alle« waren, denn ich konnte immer noch keine andere Seele sehen außer denen, die mit mir im Raum waren. Sam führte mich durch den Seiteneingang in den Kräutergarten, wo wir vor einer Ewigkeit unsere süße Ringzeremonie hatten. Nur ein Stück weiter im Garten, der in einen feenhaft beleuchteten Wald überging, blickten mir hundert Gesichter entgegen. Ich erkannte keines von ihnen.

»Oh, verflixt«, sagte ich zu Sam und duckte mich verlegen. »Wir scheinen auf die Feier von jemand anderem geraten zu sein.«

»Nein«, sagte er, fing mich ab und lenkte mich zurück in Richtung der Leute. »Nicht die Feier von jemand anderem.«

»Aber wer sind diese Leute?«, flüsterte ich.

»Menschen, die dir danken wollen«, sagte Sam.

Die Menge strömte fröhlich auf uns zu. *Asha*, sagten sie, der Name raschelte auf ihren Lippen.

»Danke, Asha«, sagte der erste Mann, der mich erreichte. Er nahm meine Hand in beide seine. »Du hast unsere Tochter gerettet.«

»Danke«, sagte die Frau neben ihm. Ihre Augen waren geschwollen, ihr Make-up längst weggewaschen.

»Du hast meine Schwester gerettet«, sagte ein kleines Mädchen.

»Du hast meinen Onkel befreit«, sagte ein Ork mit Zöpfen. »Er war in der Fabrik.«

Ein Zwerg trat vor. »Ich wollte nur sehen, ob du echt bist.«

So ging es weiter, bis ich die Vorderseite der Menge erreichte, wo Stühle inmitten einer regelrechten Blumenexplosion aufgestellt waren. Es gab so viele Blumen in so vielen Farben, es sah aus wie ein Frühlingskarneval oder Mardi Gras.

»Ding, dong, die Hexe ist da«, sang eine Stimme direkt hinter mir. Kapitän Morgan.

»Morgan!«, sagte ich und drehte mich um, um sie zu umarmen. »Damit habe ich nicht gerechnet.«

»Du siehst umwerfend aus«, sagte sie und wackelte mit den Augenbrauen. »Es fehlt nur noch eines.« Sie holte den Glückslippenstift hervor, den ich ihr bei Skippy gekauft hatte, und trug ihn auf meine Lippen auf. »So«, sagte sie, »perfekt.«

Ich dankte ihr.

»Also«, sagte sie mit leiser Stimme, »dein sexy Detektiv und ich haben uns in deinem Krankenzimmer unterhalten, während du dich erholt hast, und ich habe mich über all die Blumen und Geschenke beschwert, weißt du.«

»Ja«, sagte ich. »Der Pollen.«

»Also... haben wir beschlossen, den Leuten einfach Bescheid zu geben, hierher zu kommen, um dir zu danken, anstatt mein Büro völlig unbewohnbar zu machen und meine Nebenhöhlen und die Sicherheit des Reiches zu gefährden. Wir haben Rick und Gnrok gebeten, die Blumen auch hierher zu bringen, weißt du. In Ricks Monstertruck, weil der riesig ist.«

»Tolle Idee, Morgan«, sagte ich.

»Dann ist etwas Lustiges passiert«, sagte sie. »Savvy war wach, als wir über die Massen von Blumenarrangements, all die Schokolade und den Alkohol sprachen, und sie sagte – hey, Savvy, was hast du gesagt?«

Savannah erschien, immer noch bandagiert, aber trotzdem in einem glamourösen Kleid. »Ich sagte, wir werden Leute hier haben, Blumen, Geschenke und ein Festmahl. Wir könnten genauso gut eine –«

Sam räusperte sich, um unsere Aufmerksamkeit zu bekommen. Als ich mich zu ihm umdrehte, ging er auf ein Knie.

Warte, was?

»Asha Viridian Rook«, sagte er, »ich bewundere dich seit dem Moment, als ich dich zum ersten Mal gesehen habe. Deine Tapferkeit und Entschlossenheit. Deinen Humor und deine Wärme. Ich könnte mir keine perfektere Partnerin für mein Leben vorstellen. Willst du mich heiraten?«

EPILOG: DIE FAMILIE ROOK

ASHA

Ich nickte und versuchte mein Bestes, nicht zu weinen.

»Wag es ja nicht, hässlich zu heulen«, flüsterte Savvy mir ins Ohr. »Du wirst dein Gesicht für die Hochzeitsfotos ruinieren.«

»War das ein Ja?«, fragte Sam. »So wie, ja, lass uns jetzt sofort heiraten?«

»Ja«, murmelte ich, dann gab ich ein nachdrücklicheres »Ja!«

Sams Gesicht leuchtete wie ein Leuchtturm auf. Er sprang auf der Stelle und rief der Menge zu: »Die Hochzeit findet statt! Leute! Es geht los! Macht euch bereit!«

Die Menge jubelte und pfiff. Einige von ihnen tranken grüne Milchshakes mit zuckerstangenförmigen Strohhalmen. Als ich meinen Blick hob, sah ich Salty und Skippy, die sie von ihrer Pop-up-Shake-Bude aus verteilten.

»Achtung, Achtung«, dröhnte die Stimme eines Orks ins Mikrofon. Es war Rick. Ich winkte ihm hektisch zu und er lächelte zurück. »Ich wurde gerade informiert, dass die Dame Ja gesagt hat.«

Das Publikum rastete aus.

»Also nehmt bitte Platz«, kündigte Rick an, »und lasst uns diese Party starten!«

Er gab Gnrok ein Zeichen, der neben ihm in einer provisorischen DJ-Station saß. Gnrok spielte eine instrumentale Rock'n'Roll-Version von »Here Comes the Bride«, die mich zum Lachen brachte. Sam nahm meine Hand und führte mich ganz nach vorne, wo ein Altar hell mit grünen Blättern und wunderschönen, schweren Blüten geschmückt war. Soleil sah weise und wunderschön in ihrem Zeremoniengewand aus und schenkte mir das wärmste Lächeln. Alle hatten Platz genommen, aber etwas fehlte.

»Ich brauche eine Minute«, sagte ich zu Sam. »Ich bin gleich zurück. Wirst du auf mich warten?«

»Ich habe mein ganzes Leben auf dich gewartet«, sagte Sam. »Was ist da schon eine weitere Minute?«

Ich küsste ihn und rannte den Gang hinunter und zurück in den Cog. Ich stieß die Doppeltüren zur Küche auf und sah einen Bienenstock an Kochaktivitäten, während die Stinktiere im Eiltempo ihrer Arbeit nachgingen.

»Haben nicht mit so vielen Gästen gerechnet!«, sagte einer von ihnen strahlend. Ich grinste zurück.

Ich erblickte Ferra, die Anweisungen erteilte, Soßen probierte und sich die Stirn wischte. »Ferra!«

»Ah!«, rief sie, »Fängt es an? Was habe ich verpasst?« Sie zog ihre Schürze aus und warf sie einem Stinktier zu, der sie geschickt auffing und in den nahegelegenen Wäschekorb fallen ließ.

»Es geht los«, sagte ich. »Wirst du mich den Gang hinunterführen?«

Sie griff nach dem Geschirrtuch, das sie immer auf ihrer Schulter trug, und schluchzte hinein. Ich hatte sie noch nie weinen sehen. Sie trug die Brosche, die ich ihr in Skippys Laden gekauft hatte: Odins Raben, Huginn und Muninn. Gedanke und Erinnerung.

»Wein nicht«, wiederholte ich Savvys Worte von vor einer Minute. »Denk an die Hochzeitsfotos.«

Sie nickte, verbarg immer noch ihr Gesicht mit dem Baumwolltuch und wischte sich die Augen damit. Sie nahm sich einen Moment, um sich zu sammeln, fächelte sich die Augen, und wir marschierten gemeinsam hinaus in den Sonnenschein. Als die Gäste Ferra sahen, klatschten sie wie verrückt. Ich blickte zum Altar, wo Sam stand, und er sah so glücklich aus wie nie zuvor. Savvy und Morgan standen als meine Trauzeuginnen dabei, und Apollo als Sams Trauzeuge. Die Blumenmädchen, Dusty und Abigail, kicherten hinter uns.

Gnrok startete die Musik erneut, und meine Zwergen-Fee-Patin führte mich den Gang hinunter. Ich hatte mich noch nie im Leben so geliebt oder glücklich gefühlt. Bevor sie sich umdrehte, um zu gehen, umarmte sie mich heftig – eine ihrer berühmten rippenknackenden Umarmungen – und sagte: »Ich bin so stolz auf dich, Rookie.«

Gnrok gab Soleil das Mikrofon, und die Starfall-Hexen in der Menge jubelten und klatschten. Halfpint und Agreement saßen neben Craic Blackloth und waren in ein lebhaftes Gespräch vertieft. Haryk Virvaris sah schick in einem weißen Smoking aus.

»Willkommen, Freunde und Familie, zu diesem freudigen Anlass, an dem wir die Vereinigung von Asha Viridian Rook und Samuel Ray Armstrong feiern. Als Hohepriesterin des Starfall-Zirkels ist es mir eine Ehre, diese Hochzeit zu leiten und die Liebe und Hingabe zu bezeugen, die Asha und Sam teilen.«

Sam und ich grinsten einander an. Ich entdeckte Steiger in seinem Rollstuhl in der ersten Reihe, zusammen mit Devka und Sebastian. Hinter ihnen saß Ms. Hammond, wunderschön in einem neuen

Kleid, zusammen mit Mercury, Marielle, Frankie und Zaleria. Das gutaussehende Chalice-Paar schaute immer wieder zu ihrer Tochter, als wollten sie sichergehen, dass sie noch da war.

»Während sie hier vor euch stehen, lasst uns einen Moment innehalten, um die Elemente zu ehren, die ihre Ehe segnen und leiten werden. Erde, Luft, Feuer, Wasser und Geist.«

Sam war noch nie auf dieser Art von Hochzeit gewesen und schien die Neuheit zu genießen.

»Asha«, intonierte Soleil, »als geschickte Gärtnerin und Tränkemeisterin bringst du die nährende und heilende Energie von Erde und Wasser in diese Verbindung. Sam, als Detektiv verkörperst du die gewitzte und anpassungsfähige Energie der Luft. Die Stärke deiner Entschlossenheit bringt Hitze und Feuer. Das Zusammenkommen eurer gleichgesinnten Köpfe und Herzen wird der Geist sein. Gemeinsam werdet ihr ein starkes und lebendiges Fundament für eure Ehe schaffen, verwurzelt in Liebe und Vertrauen.«

Die Leute jubelten und applaudierten. Es war sicherlich die ausgelassenste Hochzeitszeremonie, an der ich je teilgenommen hatte, und das machte mich glücklich.

»Es ist nun Zeit für euch, eure Liebe und euer Engagement füreinander auszudrücken.« Sie schaute Sam an, dass er anfangen solle. Er lachte nervös und räusperte sich.

»Ich, Sam, nehme dich, Asha, zu meiner rechtmäßig angetrauten Ehefrau. Ich habe nie jemanden so geliebt wie dich. Ich bin nicht gut in Hexereikram, aber ich kann dir versprechen, dass du mein Mond, meine Sterne, mein Ein und Alles bist. Ich verspreche, dich zu lieben, zu ehren und zu beschützen und an deiner Seite zu stehen durch alle Herausforderungen und Freuden, die das Leben bringt. Und ich werde immer den Pfeil für dich abfangen.«

Ich schluckte. Ich war an der Reihe und mein Mund war so trocken. »Ich, Asha, nehme dich, Sam, zu meinem rechtmäßig angetrauten Ehemann.« Es klang so seltsam! »Ich verspreche, dich zu lieben, zu ehren und zu unterstützen und deine Partnerin in allen Dingen zu sein. Mit meinen Fähigkeiten als Fluchbrecherin werde ich daran arbeiten, alle Hindernisse zu beseitigen, die unserem Glück im Weg stehen könnten.«

Soleil sah zufrieden aus. »Samuel und Asha werden nun Ringe austauschen als Symbol ihrer ewigen Liebe und Verpflichtung füreinander«, sagte die Hohepriesterin und nickte jemandem am Ende der Menge zu. Ich geriet für einen Moment in Panik. Ich hatte keinen Ring! Aber Sam kam näher und drückte meine Hand, um mir zu zeigen, dass es nichts zu befürchten gab.

Gnrok spielte ein lustiges, aber holpriges Lied, das klang, als sollte es Teil des *Addams Family*-Soundtracks sein. Ich entdeckte Sugar, die in der Gemeinde saß, mit ihrem Baby auf dem Schoß. Es kuschelte mit dem fluchenden Affen. Hinter ihr saßen Mason Senior Senior Senior mit seiner Sauerstoffflasche, Mason Senior Senior und Mason Senior. Mason Senior Senior fing meinen Blick auf und winkte, dann bekam er einen Hustenanfall. Es gab Getuschel aus der Menge, als ein Wesen den Gang hinaufkam. Ich hätte mich fast vor Lachen nach vorne gebeugt, als ich sah, wer es war: Jemima in einem rosa Tutu. Ich hätte weinen können, aber stattdessen entschied ich mich fürs Lachen. Hochgradig ablenkbar, wie Dinosauriervögel es nun mal sind, wenn alles wie Futter aussieht, ließ sie sich Zeit, zu uns zu kommen, wo Apollo einige Samen für sie hinwarf. Während Jemima an ihnen pickte, band er das Band los, das an ihrem Tutu befestigt war und an dem ein Ring hing, und reichte es Sam. Es war derselbe Ring, den er mir in genau diesem Garten gegeben hatte.

Sam lächelte mich an und nahm meine Hand. »Asha, dies ist der Ring, den ich dir zuvor als Symbol meiner Verpflichtung gegeben habe. Wir mussten ihn in der Notaufnahme des Krankenhauses abschneiden, aber ich habe ihn reparieren lassen. Genau wie der Ring wieder zusammengefügt wurde, werde ich immer zu dir zurückkehren.« Er steckte mir den Ring an den Finger. »Mit diesem Ring nehme ich dich zur Ehe.«

Ich schaute auf meine Hand und sah ein Schimmern. In den Ring war der Opal des Schutzamuletts eingesetzt. Ich würde Lilian Blacks Halsband nicht mehr tragen müssen.

Oohs und *Aahs* gingen von der Menge aus, als drei schlanke schwarze Katzen den Gang zum Altar hinunterschlenderten. Als sie uns erreichten, nahm Chione ihre menschliche Gestalt an, und Circe und Odysseus setzten sich zu beiden Seiten von ihr, als sie mir Sams Ring reichte. Er war schwerer als erwartet, und ich muss die Stirn gerunzelt haben, denn Chione flüsterte schnell: »Er ist aus der eingeschmolzenen Kugel gemacht.«

Ich wusste, welche sie meinte. Ich hatte immer noch die Narbe über meiner Gebärmutter. Die Symbolik des Rings war eine klare Botschaft von Sam: *Wir sind eine Familie, egal was passiert.*

Ich nahm Sams Hand. Er hatte immer noch die glänzende Brand-narbe an seinem Arm von der Rettungsaktion der Insassen aus dem Riverside-Asylum. »Mit diesem Ring nehme ich dich zur Ehe.«

Wir fassten uns an den Händen und schauten einander in die Augen.

»Asha«, sagte Soleil, »als Hexe hast du die Kraft, Licht und Positi-vität durch deine Magie in die Welt zu bringen. Sam, als Detektiv hast du den Mut und die Entschlossenheit, die Wahrheit zu suchen und die Bedürftigen zu beschützen. Gemeinsam habt ihr die Stärke und Weisheit, jeder Herausforderung zu begegnen, die euren Weg kreuzt—«

»Stoppt die Hochzeit!«, rief Madame Copperfield. Sie hielt ihr Handy mit einer Hand hoch und schwang ihren Stab mit der ande-ren, um unsere Aufmerksamkeit zu bekommen. »Stoppt die Hoch-zeit! Ich habe eine wichtige Ankündigung zu machen.«

Mein Mund klappte auf. Das Mikrofon in Soleils Hand machte ein quietschendes Geräusch, als sie es senkte.

»Was ist los?«, fragte Gnrok.

»Es ist Jax«, rief die Direktorin.

Mein Magen verkrampfte sich sofort. Ich wusste, der Tag war einfach zu perfekt gewesen. Morgan und ich tauschten besorgte Blicke aus.

»Darick ist am Telefon«, verkündete Copperfield. »Jacquelyn Denna Knight hat ein gesundes Mädchen zur Welt gebracht! Mutter und Kind geht es gut!«

Die Versammelten jubelten. Mein ganzer Körper sackte vor Erleichterung zusammen. Ich hatte nicht bemerkt, wie ängstlich ich gewesen war. Was für wunderbare, wunderbare Nachrichten. Ich fing Sugar Shagars Blick auf und sie schenkte mir zum ersten Mal ein aufrichtiges Lächeln.

Soleil hob das Mikrofon wieder. »Ein gesegneter Tag fürwahr!« Wir wandten uns wieder ihr zu, und sie fuhr mit dem letzten Teil der Zeremonie fort. »Mögen diese Hände, vereint in der Ehe, als Erinnerung an die Liebe und Partnerschaft dienen, die ihr teilt. Mögen sie zusammenarbeiten, um Heilung, Gerechtigkeit und Glück in die Welt zu bringen. Kraft der mir verliehenen Vollmacht als—«

»Warte«, unterbrach Sam.

Was jetzt?

»Bitte warte«, sagte er. »Könnten wir... wäre es möglich... eine schnelle Adoptionszeremonie einzubauen?«

Soleil sah verwirrt aus, nickte aber. »Natürlich. Es wird offensichtlich nicht rechtlich bindend sein, aber—«

Sam rief Dusty herüber. Sie sah in ihrem Blumenmädchenkleid wieder wie ein Lamm aus. Ehrfürchtig schaute sie zu uns auf. »Meint ihr das ernst?«

»Natürlich meinen wir es ernst«, sagte Sam. »Du bist jetzt unsere Tochter.«

Dustys Gesicht verzog sich, und sie weinte. Ich stimmte ein. Sams Augen sahen auch nicht allzu trocken aus.

Soleil straffte ihren Rücken und bereitete sich darauf vor, die Zeremonie zu beenden. »Als Hohepriesterin und gemäß den heiligen Traditionen des Reiches erkläre ich euch nun zu Ehemann, Ehefrau und Tochter. Ihr dürft eure Gelübde nun mit einem Kuss besiegeln.«

Sam und ich küssten Dustys Kopf, dann einander.

»Bollocks!«, rief Sugar Shagars Baby, und um sie herum gab es eine Welle des Gelächters. Sugar sah aus, als würde sie vor Stolz platzen.

»Meine Damen und Herren, Kobolde und Orks, Werwölfe und Zwerge, Zauberer und Hexen«, verkündete Soleil. »Es ist mir eine große Freude, euch die Familie Rook vorzustellen: Ehemann, Ehefrau und Tochter.«

Die Menge rastete aus. Konfetti, Umarmungen, knallende Champagnerkorken, die köstlichsten Snacks auf Platten, stille Feuerwerke und Gnroks ungewöhnliche Auswahl an Tanzmelodien. Es gab Reden von denen, die ich liebte, und von völlig Fremden. Es gab viel Gelächter und Tränen in Strömen. Es war ein Rausch absoluter Glückseligkeit. Ich glaube, ich habe einen Blick auf Henry in der Menge erhascht, aber ich konnte nicht sicher sein. Als es Zeit für unseren langsamen Tanz war, umarmte mich Sam fest und flüsterte mir ins Ohr, während wir uns zur Musik bewegten, mein Herz zu groß für meine Brust. Dusty gesellte sich zu uns, und wir wiegten uns gemeinsam.

»Du bist das Beste, was mir je passiert ist«, sagte Sam. »Meine wundervolle Hexe, meine Frau, meine Fluchbrecherin.«

»Meine Mutter«, sagte Dusty, und ich konnte meine Tränen nicht zurückhalten. Ich kuschelte mich eng an sie, und diese Zeile aus dem Äquinoktium-Stich-Zauber kam mir wieder in den Sinn.

In der Liebe werden alle Flüche gebrochen.

ENDE

Machen Sie sich bereit für das nächste Action-Adventure-Urban-
Fantasy-Buch:
die SpellStorm-Reihe.
Holen Sie sich jetzt Buch 1!

BÜCHER VON JT LAWRENCE

URBAN FANTASY

BLOOD MAGIC

1. The HighFire Crown

2. The Dream Drinker

3. The Witch Hunter

4. The Ember Isles

5. The Chaos Jar

6. The New Dawn Throne

CURSEBREAKER

1. The Dusk Reapers

2. The Haunted Portal

3. The EverShade Ring

4. The Obsidian Castle

5. The Pick Pocket's Curse

6. The Eternal Betrayal

STANDALONE NOVELS

The Memory of Water

(steamy psychological thriller)

Grey Magic

(witchy magical realism)

EverDark

(urban fantasy)

SHORT STORY COLLECTIONS

Sticky Fingers

Sticky Fingers 2

Sticky Fingers 3

Sticky Fingers 4

Sticky Fingers 5

Sticky Fingers 6

WHEN TOMORROW CALLS

(Futuristic kidnapping thriller)

The Stepford Florist: A Novelette

The Sigma Surrogate

1. Why You Were Taken

2. How We Found You

3. What Have We Done

NON-FICTION

The Underachieving Ovary

(memoir)

www.jt-lawrence.com